湖の男

アーナルデュル・インドリダソン

その白骨は干上がった湖底で発見された。頭蓋骨には殴られたらしい穴があり、壊れたソ連製の盗聴器が体に結びつけられている。30年以上前の事件らしいことから、エーレンデュル捜査官の手に捜査が委ねられた。丹念な調査の末、ある失踪事件が浮かび上がる。アイスランド全土をまわっていた農業機具のセールスマンが、婚約者を残し消息を絶っていたのだ。男の名は偽名で、彼の身分証明記録は一切なかった。男は何者で、何故消されたのか？　捜査が浮かびあがらせたのは、時代に翻弄された哀しい人々の真実だった。北欧ミステリの巨人渾身の大作。

登場人物

エーレンデュル・スヴェインソン……レイキャヴィク警察犯罪捜査官
エリンボルク……エーレンデュルの同僚
シグルデュル＝オーリ……エーレンデュルの同僚
エヴァ＝リンド（エヴァ）……エーレンデュルの娘
ヴァルゲルデュル……エーレンデュルの女友達。病院の検査技師
シンドリ＝スナイル（シンドリ）……エーレンデュルの息子
ベルクソラ……シグルデュル＝オーリのパートナー
テディ……エリンボルクの夫
マリオン・ブリーム……引退した警察官。エーレンデュルの元指導官
ヘルマン・アルベルトソン……自動車修理工
ハラルデュル……高齢者施設にいる老人
レオポルド……行方不明の農耕機械セールスマン
アスタ……レオポルドの恋人

パトリック・クィン……アメリカ大使館の安全保障問題担当官
エルサ・ミュラー……ドイツ大使

ライプツィヒ

トーマス……アイスランドからの留学生
エミール……アイスランドからの留学生
カール……アイスランドからの留学生
ルート……アイスランドからの留学生
ハンネス……アイスランドからの留学生
フラフンヒルデュル……アイスランドからの留学生
ロータル・ヴァイセル……アイスランドの学生の連絡係
イローナ……ハンガリーからの留学生

湖　の　男

アーナルデュル・インドリダソン
柳　沢　由　実　子　訳

創元推理文庫

KLEIFARVATN

by

Arnaldur Indriðason

湖の男

眠りなさい。私がお前を見守っていてあげるから。

(作者不詳の詩)

1

女性は骸骨《がいこつ》を長いこと見つめていた。まるでいま目の前にあるものが信じられないかのように。自分がその場にいること自体、現実とは思えなかったのかもしれない。

最初は、また羊がその湖で溺《おぼ》れたのかもしれないと思った。が、近づいてみると、砂の中から半分突き出ている頭蓋骨《ずがいこつ》と体の骨は人間のそれであることがわかった。肋骨が露《あら》わになっていて、それに続く腰の骨と脚の骨が砂の中に埋まっていた。頭蓋骨は左側を下にしていて、見えるのは右の頬骨、ぽっかり空いた眼窩《がんか》、それに上の歯が三本。歯の一つにアマルガムが充填《じゅうてん》されている。頭蓋骨には大きな穴が空いていて、女性は見るなりハンマーのようなもので殴られてできた穴に違いないと思った。前かがみになってその骨を観察した。そしてためらいながらも指を一本その大きな穴の中に入れた。頭蓋骨には砂が詰まっていた。

なぜハンマーを想像したのか、自分でもわからなかった。頭をハンマーで殴られるなんて、とんでもなく恐ろしいことだと思った。だがよく見ると、その穴はハンマーで叩かれてできたにしては大きすぎた。大きなマッチ箱ほどの大きさだった。骨には触らないことに決め、携帯電話を取り出して警察に通報した。

何を言うべきか考えた。すべてがなぜかとても非現実的に感じられてならなかった。湖の、それも岸からかなり離れた湖の底に、半分埋もれた人骨を見つけたなんて。それに彼女自身、いま調子があまりよくなかった。頭に浮かぶのはハンマーとマッチ棒。集中力がなく、思考があちこちに飛んで、しっかり考えることができなかった。

おそらくそれは、二日酔いのせいだ。外に出るつもりはなかったのだが、気が変わり、計測器をチェックするために、湖までやってきたのだ。研究者になることは子どものころからの夢だった。そして研究者になったいま、計測はすべて正確でなければならないことは知っていた。ただ、今日彼女は二日酔いで、とても理性的とは言えない状態だった。前の晩エネルギー庁の職場パーティーがあって、少し飲みすぎたのだ。ときどきそういうことがある。

男が彼女のベッドに寝ていることを思い出した。その男が原因で自分は湖へ出かけたのだということも。男が目を覚ますときにその場にいたくなかった。自分がいないうちに勝手に帰っていてくれるといいと思った。男はパーティーからそのまま一緒に家まできたのだ。でも、とくにどうということもない男だった。それは離婚以来付き合った男たちに共通して言えることだった。趣味であるレコード収集の話ばかりしていて、彼女が興味を示さなくなってもかまわずそのまま話し続けていた。そのあと彼女はリビングのソファで眠り、目を覚まして見ると、男はぴっちりしたビキニのブリーフに黒い靴下姿で口を開けて眠っていた。

「通報センターです」という声が携帯電話から聞こえた。

「人の骸骨を発見したので通報しました」と彼女は言った。「頭蓋骨に穴が空いているんです」

顔をしかめた。ああ、腹が立つ、二日酔い。穴が空いてる頭蓋骨？　誰がそんなことを言うだろう？　穴の空いてる十ウーレ硬貨という表現があったっけ。いや、あれは二クローナだったかしら。

「そちらの名前は？」通報センターの事務的な声。彼女は不安な気分を抑えて名前を言った。

「それで、いまいる場所は？」

「クレイヴァルヴァトゥン湖の北側です」

「網で釣り上げたんですか？」

「いいえ。湖の底に埋まっていたんです」

「潜ったんですか？」

「いいえ。湖底から突き出ているんです、頭蓋骨が。他の部分の骨も」

「湖底で見つけたんですか？」

「ええ」

「湖底にあるものが、どうして見えたんですか？」

「いま実際に湖に立って、頭蓋骨を見ているんです」

「それを湖から岸まで引き上げたんですか？」

「いいえ、わたしは骨に手を触れてもいません」と彼女は考えもせずに答えた。

相手はここで黙った。

「ばかばかしい」と怒声が聞こえた。「冗談のつもりか？　通報センターにいたずら電話をかけたらタダでは済まないことを知っているだろうね」

「いえ、冗談などじゃありません。いま実際にわたしの目の前に頭蓋骨があるんです」

「ふーん、それであんた、水の上を歩けるとでもいうのかね？」

「水がなくなってるんです。この湖には水がないんです。湖底がむき出しになってる。そこに人の骸骨が半分埋まっているんです」

「水がなくなってるとは、どういうことかね？」

「湖水がすべてなくなっているわけではないんです。でも、いまわたしの立っているところには水がない。わたしはエネルギー庁の水専門の研究員です。この湖の水深を測りに来て、骸骨を見つけたんです。頭蓋骨に穴が一つ空いていて、体の他の部分は砂に埋もれています。最初は羊かと思ったんですけど」

「羊？」

「最近発見したんです、だいぶ前にここで溺れたと思われる羊の骨を。そのころはまだ湖は大きかったので」

ふたたび沈黙。

「そこで待っていてくれ」という声が聞こえた。まだ少し迷いがあるような声だった。「車を一台そっちに手配する」

女性は骸骨のそばに立っていたが、少ししてから水際まで歩き、測定した。二週間前に測ったときに骸骨がなかったことは確かだ。もしそこにあったら、必ず目に留まったはずだ。この二週間の間に水位が一メートル強下がったことになる。

これは、エネルギー庁の専門家たちがクレイヴァルヴァトゥン湖の水位が異常な速さで下がっていることに注目して以来、研究員たちが取り組んできた謎の現象だった。一九六四年、水深を表示する測定器が設置され、その表示を定期的に読み取って記録することが研究員たちの仕事の一つとなった。二〇〇〇年の夏、水深測定器が壊れたかと思われるような事象が生じた。毎日、信じられないほどの量の湖水がなくなったのだ。それは通常の二倍もの量だった。

女性は骸骨のほうに戻った。それを自分の手で調べたいという欲求に駆られた。周りを掘って砂を払い、骸骨そのものをよく見たかった。だが、そんなことをしたら警察によく思われないだろう。この骨の主は男か、女かと思いを巡らせているうちに、男のと女のはじつは腰の骨以外はまったく違いがないとどこかで読んだことを思い出した。推理小説だったかもしれない。それから、推理小説に載っていることなど信じてはいけないと思った。この腰の骨はほぼ全体が砂の中に埋まっている。いまもしこの骸骨を掘り出したとしても、何を見るべきか自分にはわからないだろう。

頭が割れるように痛くなり、骸骨のすぐそばに腰を下ろした。日曜日の朝で、湖沿いの道路を車がときどき走っていく。日曜日だから家族でドライブする人たちだろうと思った。海に、ヘルディスサルヴィークとかセルヴォグルなどに。人気のある観光地で、そこに至るまでの景色も美しい。熔岩の丘陵地、起伏のある大地、途中に湖もある。車で遠出する家族……と彼女は考えた。夫は二人の間に子どもができないことがはっきりわかったとき、家を出ていった。その後すぐに再婚し、いまでは可愛い子どもが二人いる。彼は幸せを見つけたというわけだ。

自分はといえば、黒いソックスを履いたまま人のうちのベッドで眠っている、ろくに名前も知らない男ぐらいしかいない。時間が経つほどにいい男を見つけるのは難しくなっている。たいていは彼女同様離婚経験のある男か、もっと悪いのは女と付き合ったことすらない男だ。

みじめな気分になって、骸骨を見つめたままほとんど泣きそうになった。

一時間も経って、ようやくハフナルフィヨルデュルの警察署からの車が一台やってきた。それでも急ぐ様子もなく、ゆっくりと湖のほとりまでやってきて車を止めた。五月のことで、太陽が高く、陽の光が静かな湖面を照らしていた。女性は砂の上に座ったまま、やってきた車を眺めていたが、手を振ると、警察の車は水際近くまで進んできて止まった。警察官が二人、車を降りて彼女のほうに向かって歩いてくる。

骸骨のそばにしばらく何も言わずに立っていたが、そのうち一人が足で、肋骨を突《つつ》いて言った。

「魚釣りでもしてたんじゃないか？」

「ボートで、か？」もう一人の警官が言った。

「あるいは水際まで歩いて」

「ここに穴が空いてるわ」と女性は片方の警官に言い、もう一人に目を移した。「頭蓋骨に」

片方の警官がしゃがみこんだ。

「なるほど」と言った。

「ボートから落ちて頭を打ったのかな」ともう一人が言った。

「頭の中は砂でいっぱいだ」としゃがんだほうの警官が言った。

「犯罪捜査課に知らせるべきじゃないか？」

「犯罪捜査課の連中はいまみんなアメリカに行ってるんだ」と言って、しゃがんだ警官は空を見上げた。「会議だとさ」

相手はうなずいた。それからしばらく二人は何も言わずそこに立っていたが、ようやく彼女のほうを向くとこう言った。

「水はどこに行ってしまったんだ？」

「いろんな推測がされてます。それで、どうするんです？　わたしはもう帰ってもいいのかしら？」

二人は顔を見合わせた。彼女の名前と連絡先を書き付けて、礼を言った。長い時間待たせたことに関しては一言も謝らなかった。彼女はそれでもかまわなかった。急いではいなかったし、湖の周辺は美しく、骸骨さえ見つけなければ二日酔いの頭痛を抱えながらもゆっくり穏やかな時間が過ごせたに違いなかった。黒いソックスの男はもう帰ったかしらと思い、心からそうであってほしいと願った。夜になったら、暖かい毛布にくるまってテレビの前に座りこもうと決めた。

女性は目をふたたび骸骨に下ろし、頭に空いている大きな穴を見つめた。
何か、面白いスリラーものでも借りてこようかしら。

2

二人の警官はハフナルフィヨルデュル署の上司に湖で見つかった骸骨《がいこつ》のことを報告したが、その場所が湖でありながら砂の上であることを説明するのに時間がかかった。上司はレイキャヴィク警察の犯罪捜査課の警部に電話をかけ、頭蓋骨《ずがいこつ》発見の報告をし、この件はそっちで引き受けてくれないかと頼んだ。

「ふん、これはこっちで引き受けられそうな仕事だな」警部が言った。「この件にぴったりの捜査官がいる」

「それは？」

「いまは無理やり休暇をとらせているんだがね。なにしろ五年分ぐらい休暇が溜まっているんだ、あいつは。何か仕事ができれば、喜ぶだろうよ。失踪とか行方不明とかいう事件に興味をもつ変わった奴でね。そういう事件の捜査が面白いらしい」

警部はハフナルフィヨルデュル署の警部にあいさつして電話を切ると、すぐにまた受話器を取ってエーレンデュル・スヴェインソンに連絡してクレイヴァルヴァトゥン湖へ行くように伝えろと言った。他の捜査官も一緒に、と付け加えた。

電話が鳴ったとき、エーレンデュルは家で本を読んでいた。部屋の中は五月の太陽を締め出して、できるかぎり暗くしてあった。リビングルームの厚いカーテンをぴっちりと閉め、キッチンへ通じるドアも閉めてある。キッチンにはカーテンらしきものはほとんどないからだ。そのようにして読書にふさわしい暗闇を作り、一人掛けの椅子に座って読書ランプを点け、本を読んでいた。

その本に書かれていることは知っていた。すでに何度も読んでいたからだ。一八六八年に数人の男が魚釣りをしに、スカフタルツンガからミルダルヨークルの北にあるフィヤトラバクスレイズ経由でガルデュルへ向かったときのことだ。その中の一人はダヴィドという名の十七歳の少年だった。男たちは山岳地帯に何度も来ていて道もよく知っていた。が、出発してまもなくひどい悪天候に見舞われて、目的地までたどり着けなかった。捜索隊が懸命に探したが、彼らの形跡はどこにもなかった。十年後、まったくの偶然から彼らの骨がカルダクロフィの北の大きな砂丘のそばで見つかった。体をくっつけ合って毛布にくるまっていた。

エーレンデュルは目を上げて暗い部屋の中を見た。少年が心配そうにしている姿が見えた。怖がっている。少年はこれから起きることがわかっているようだ。というのも、出発する前に弟に自分の遊び道具を与えて、自分はもういらないと言ったからだ。

エーレンデュルは電話の音に本を置いて立ち上がり、こわばった脚で二、三歩歩いて受話器を取った。エリンボルクだった。

「来ますか?」といきなり言った。

「行かないわけにはいかないだろう？」とエーレンデュルが言った。エリンボルクは長い時間をかけて料理本を書いてきたが、いまそれがついに出版されるのだ。

「わたし、すごく心配で。この本、売れるかしら？」

「おれは電子レンジさえ満足に使えない人間だから、おれに訊いても……」

「出版社はとにかくとても強気で。それに写真がすごくいいんです。料理専門の写真家がいるなんて、ほんと、知らなかったわ！　それになんと言っても、一章まるまるクリスマス料理なんですからね」

「エリンボルク」

「はい？」

「電話をかけてきたのは、何か用事だったんじゃないのか？」

「ああ、はい、クレイヴァルヴァトゥンで骨が見つかったそうです」と言って、エリンボルクは声をひそめた。料理本以外の話になると声が低くなるのだ。「あなたを迎えに行けと命令を受けたので。湖の水位が下がったとかいうことで、今朝人骨が見つかったんだそうです。エーレンデュルの担当だと上からの命令です」

「湖の水位が下がったって？」

「ええ。それと人骨とどう関係があるのか、わたしにはわかりませんけど」

エーレンデュルとエリンボルクが湖に到着すると、先に来ていたシグルデュル＝オーリが骸骨のそばに立っていた。鑑識官を待っている様子だった。ハフナルフィヨルデュル署の警官たちはナイロン製の黄色い立入り禁止テープを張り巡らそうとして取り出したが、湖畔には固定するものが何もなく、所在なさそうにして立っていた。シグルデュル＝オーリはその様子を見て冗談の一つも飛ばそうと頭をひねったが、何も思いつかなかった。

「いま休暇中じゃなかったんですか？」とエーレンデュルに訊きながら、砂地を渡ってきた。

「ああ、そうだが。お前のほうはどうなんだ？」エーレンデュルが応えた。

「相変わらずですよ」そう言いながらシグルデュル＝オーリは湖のそばの道路脇に駐車しようとしている大型のワゴン車を見上げた。テレビ局の車のようだ。「あいつら、女性を帰したんですよ」と言って、シグルデュル＝オーリはハフナルフィヨルデュル署の警官二人を顎をしゃくって示した。「最初に骸骨を見つけた女性のことです。何かの計器を読み取りに来て見つけたらしい。なぜ湖水が干上がってしまっているのか、あとでその女性に訊くこともできる。普通なら、いまぼくたちが立っているここは湖の底のはずなんだから」

「肩はもういいのか？」

「大丈夫です。エヴァ＝リンドはどうしてますか？」

「まだ逃げ出したとは聞いていない。あのときのことは反省していると思う。そのほかのことは何もわからないが」

と言ってエーレンデュルはしゃがみこみ、骸骨の砂の上に出ている部分に顔を近づけて観察した。頭蓋骨にできている穴の中に指を一本入れたあと、肋骨に触った。

「頭を殴られたようだな、この男」と言って、立ち上がった。

「それは見ればすぐわかりますよね」エリンボルクが口を尖らせて言った。「男かどうかは知りませんけど」

「喧嘩で一発食らったのか」とシグルデュル＝オーリ。「穴は右こめかみのすぐ後ろに空いている。強い一打で空いたものじゃないかな」

「あるいはこうも考えられる。一人でボートを漕ぎ出して、なんらかの理由で倒れて頭を手すりにぶつけたとか」とエーレンデュルが言い、エリンボルクに視線を移した。「きみは料理本もそんな調子で書いたのかい？」

「穴ができたとき砕けた骨の残骸はもちろんすでに消えてしまってます」エリンボルクがエーレンデュルの言葉を無視して言った。

「からだ全体を掘り出してみないと」シグルデュル＝オーリが言った。「鑑識はいつ来るんだろう？」

道路際に車が数台停まっているのがエーレンデュルの目に映った。報道関係者の車だ。骸骨発見のニュースが早くも漏れたらしい。

「テントを張らなければならないかもしれんな、あいつら」と言って、エーレンデュルは道路を見上げた。

「ええ。当然、持参しているでしょう」とシグルデュル＝オーリ。

「そうですか。この人は一人で魚釣りに来たとあなたは思うんですね？」エリンボルクが言った。

「いや、それもあり得ると言ったまでだ」

「でも殴られていたとしたら？」

「その場合は、事故じゃない」とシグルデュル＝オーリ。

「何が起きたのか、我々はまだ何も知らない」エーレンデュルが言った。「殴られたのかもしれない。誰かと一緒に魚釣りに来て、その相手が突然ハンマーを取り出したのかもしれない。相手は一人じゃなく二人だったかも、いや三人だったかもしれない」

「あるいは」とシグルデュル＝オーリ。「どこか他のところで殺されて、ここに運ばれてきて、湖に捨てられたのかもしれない」

「その場合、どうやって死体が湖底に沈むようにしたのかしら？」とエリンボルク。「死体を水底に沈めるにはちょっと工夫が必要よ」

「これ、成人の男だろうか？」とシグルデュル＝オーリが訊いた。

「立ち入り禁止と言ってくれ」とエーレンデュルが言った。ジャーナリストらが道路から湖に向かって下りてくる。レイキャヴィクの方角から小さなヘリコプターが近づいてきた。撮影のカメラを持っている男の姿が見える。

シグルデュル＝オーリが報道陣のほうに行った。エーレンデュルは水際に近づいた。小さな波がゆっくり岸辺に打ち寄せて揺れている。夕日が水面に当たって光る。いったい何が起きているのだろう。水位が下がってきたのは、人間が原因を作ったのか、それとも自然現象なのだろうか？　まるで湖自体がここで犯罪が起きたと知らせてくれたようではないか。暗くて静かなもっと深いところには、他にもまだ悪行が隠されているのだろうか？

エーレンデュルは道路のほうを見上げた。白い作業衣を着た鑑識官が数人こっちに向かってくる。テントと、何が入っているのかエーレンデュルにはわからない鞄を手に持っている。目を空に向けると、顔に陽の光が当たり、温かさを感じた。

太陽が湖を干上がらせたのだろうか。

小さなチリトリと筆で骸骨から砂をていねいに払っていた鑑識官が最初に見つけたものは、肋骨の間を通って背中にまわされたコードだった。その端は砂の中に消えていた。

水専門研究員の名前はスンナといった。ちょうどソファに寝そべって毛布にくるまり、ビデオを見始めたところだった。『消えた骨』というアメリカ映画だ。黒いソックスの男はいなくなっていた。紙切れに電話番号が二つ書き残されていたが、スンナはすぐにトイレに流した。映画が始まろうとしたとき玄関のドアベルが鳴った。最初は居留守を決めこんで無視しようとした。しょっちゅう人がやってくるのだ。戸別訪問して携帯電話を売りつけようとする者、魚を売りに来る者、そうかと思えば、赤十字のために空き瓶空き缶を集めているという子どもたち。ふたたびドアベルが鳴った。彼女はまた迷ったが、とうとう毛布をのけて立ち上がった。

戸口には男が二人立っていた。片方は背中を丸め、悲しそうな目をしたしょぼくれた男で、五十歳を少し超えているだろうか。若いほうの男はそれより格好よかった。格好いいどころか、すごくハンサムだった。

エーレンデュルは女性の顔に浮かんだ表情を見て思わず苦笑しながら「クレイヴァルヴァトゥン湖の件ですが」と言った。

リビングルームに彼らを通して、スンナは湖の水位の低下についてエネルギー庁の見解を話した。

「あの湖には水面から水が流出する口はないんです。それで水は湖底から排出される。ここ数年は一秒につき一立方メートル排出されていたので、湖の水量は安定していたんです」

エーレンデュルとシグルデュル＝オーリは興味深い話を聞くというふりをした。

「二〇〇〇年に地震があったことを憶えているでしょう?」とスンナが訊き、二人はうなずいた。「あの大地震の五秒後に、クレイヴァルヴァトゥン湖に揺り戻しの地震がきて、その結果、排出される湖水の量が二倍になったんです。水位が下がった最初のころ、わたしたちは降水量が少なかったためだと思ったんですけど、そのうち湖底にある割れ目から水が大量に漏れ出したためだとわかった。その割れ目は昔からあったものなのですが、地震がきっかけで大きくなっていたんです。それで大量の水が排出されるようになったというわけです。湖の水面面積はかつては十キロ平方メートルだったのですが、いまは八キロ平方メートルに縮んでいます。水位は少なくとも四メートル下がっています」

「それで骸骨が現れたというわけだ」とエーレンデュルがつぶやいた。

「以前、水位が二メートル下がったときに、羊の骨が現れたんです。もちろん頭に殴られた痕などはなかったけど」

「なに、その殴られた痕とは?」シグルデュル＝オーリが訊いた。

スンナがシグルデュル＝オーリに目を移した。それまで彼女は彼の手を見ないようにしていた。結婚指輪をしているかどうか探っていると思われたくなかったからだ。

「頭蓋骨に穴が空いていましたから。身元はもうわかったんですか?」

「いいや、まだ」エーレンデュルが答えた。「きっとボートに乗っていたんでしょうな。あそこまで行くにはボートしかないでしょうから」

「骸骨が見つかった場所まで歩いていくことができるかと考えているのなら、答えはノーです。数年前まであそこは水深四メートルはありましたから。でももっと昔に起きたことだったら、はっきりはわかりませんけど、あそこらへんはもっと深かったはずです」

「つまり、ボートで漕ぎ出したということですね?」シグルデュル＝オーリが訊いた。「あの湖の周りの人たちはボートを持っているんですか?」

「あのあたりには家が数軒あります」と言って彼女はシグルデュル＝オーリの視線を受けた。きれいな目。形のいい眉毛の下の紺色の瞳。あの辺でボートをもっている人はいるかもしれない。でも湖にボートが浮かんでいるのを見たことはない。ああ、この人と二人でボートに乗ってどこかに行ってしまいたい。

エーレンデュルの携帯電話が鳴りだした。エリンボルクだった。

「こっちに来られますか?」

「どうした？」

「見てほしいものがあります。なんだかとっても変。こんなもの、見たこともない」

3

男は立ち上がり、テレビを消して深くため息をついた。クレイヴァルヴァトゥン湖で骸骨《がいこつ》発見というニュースを見た。犯罪捜査課の捜査官がインタビューに答えて徹底捜査を開始するというコメントを発表した。

男は窓辺に立ち、海を眺めた。家の前の遊歩道を一組のカップルが歩いていく。彼らは毎晩散歩する。男が少し前を歩き、女はその後ろから遅れまいとしてついていく。散歩しながら二人は会話をしている。男は後ろに向かって、女は男の背中に向かって。この二人はもう何年も前から家の前を通って散歩をしているが、あたりの景色には興味を失っている。以前は、ときどき顔を上げてこの海岸沿いの道の家や庭などを見たりしていたのだが。足を止めて庭に置かれた子どもの新しい遊び道具や、垣根、バルコニーなどが作られるのを眺めたりもした。彼らは天気にも季節にも関係なく、午後か夕方に必ず散歩をする。それも必ず二人で。

男は沖のほうに目をやり、大きな貨物船が水平線に浮かんでいるのを眺めた。すでに時刻は夜なのだが、まだ太陽は高く上がっている。一年で一番明るい日はもうじきだ。そのあとまた日が短くなり、しまいには太陽がまったく見えなくなる。この春は素晴らしかった。四月に家の前で今年最初のムナグロを見た。ヨーロッパ大陸からの暖かい風に乗って飛んできたのだ。

生まれて初めて外国に行ったのは晩夏だった。当時の貨物船はいまほど巨大ではなく、まだコンテナというものもなかった。船員たちが五十キロの袋を軽々と持ち上げて倉庫に運んだのを憶えている。彼は港で夏休みのアルバイトをしていたので、船員たちとは顔なじみだった。船員たちは通関の役人たちをいかにしてごまかしたかを得意げに話したりした。話は大げさで、彼は眉唾《まゆつば》ものだと知りながらも面白がって聞いていた。中には劇的な、手に汗を握るような実話もあった。だが男たちはそれでも彼が他所でそんな話を吹聴したりしない、ここでの話を面白おかしく伝えたりしないとわかっていると言った。高校生の共産主義者なら大丈夫！この子は噂話などしない。他所に行ってバラしたりしないよ。

彼はテレビのほうに目をやった。このニュースを長いこと待っていたような気がした。

思い出せるかぎり、自分はずっと社会主義者だったと彼は思った。母方の家族も、父方の家族もみんなそうだった。政治に無関心な者はいなかったし、彼は保守主義を憎む環境で育った。父親は一九〇〇年代初頭から組合のバリケードの先頭に立つ活動家だった。家ではよく政治について議論し、とくにミドネスへイディに駐留するアメリカ軍に関しては激しく批判した。ごく少数のアイスランド人が駐留アメリカ軍に卑屈に腰を屈めていると。アメリカ軍の基地があることで利益を得る連中だった。

同じような環境で育った友人たちとの団結も彼を支えてきた。際立って急進的で、中にはアジテーターもいた。彼は政治的な集会のこともよく憶えていた。あふれる情熱も、発言者たちの信念も。よく友人たちと一緒に政治集会に参加した。みんな、彼と同じように党の青年部に入ろうとしていた者ばかりだった。労働者階級《プロレタリアート》を搾取する資本家たちを糾弾《きゅうだん》する話、彼らを小指で小突き回すアメリカ軍を批判する話に耳を傾けた。これらの話題は何度も聞いた。それはいつも必ず確信をもって話された。聞いたことはみんな彼の心に深く刻み込まれた。というのも、彼は祖国の真の友となるように教育されていたし、信じるべきことは何かを知っている真の社会主義者として育て上げられていたからだ。何が真実かに関して迷うことは決してなかった。

集会ではミドネスヘイディに駐留するアメリカ軍がしばしば槍玉にあがった。そして、いかにアイスランドの資本家たちがアメリカの思うままに国土を明け渡したか、その陰謀について話し合った。アイスランドがどのようにしてアメリカに売り渡されたか、資本家たちがいかにして夏の牧草地に寝そべる牛のように肥えるに至ったのかも学んだ。資本家の手先たちが国会議事堂から走り出てオイストゥルヴォットゥル広場にいるデモ参加者たちを警棒や催涙弾《さいるいだん》で襲ったとき、彼は十代の少年だった。売国奴たちはアメリカ帝国主義者たちの手下だ！　アメリカの資本主義の踵《かかと》に踏みにじられてたまるか！　若者たちはプラカードに書くスローガンには事欠かなかった。

彼自身、虐《しいた》げられた階級に属していた。人間はすべて平等であると、言葉巧みに情熱的に語られる理想的な思想に突き動かされた。主任は労働者とともに工場で働くべきだ！　階級社会を壊せ！　社会主義を信じる心は強固でその信念は深かった。ことの成就のために自分も役に立ちたいという気持ちが強かった。他の人たちを説得し、すべての弱い立場の人間、労働者と被抑圧者のために闘おうと心から思った。

立て万国の奴隷たちよ、立ち上がれ……。

彼は熱心に討論会に参加し、読まなければならないものはすべて読んだ。書物は図書館や本屋で見つけたし、簡単に手に入れることができた。彼は人々に自分の意見を聞いてほしかった。心の底から自分の考えは正しいと信じていた。青年部で耳にする話もまた彼の信念を強固にした。

そのうちに弁証法と唯物論について学び、歴史の推進役としての階級闘争や、資本家とプロレタリアートの間の問題に対する答えも学び、本を読むにつれて、また読んだ本が示すものがわかるにつれて、革命理論家の言葉を引用することも次第に上手になった。そのうち、彼のマルキシズムの理論と修辞に関する知識は同年輩の同志の中でも目を引くものとなり、青年部のリーダーたちにも注目されるようになった。通常、党の幹部や委員会のメンバーは慎重に選ばれるのだが、幹部のメンバーにならないかと声をかけられた。高校三年生のときに、同志と一緒に〈赤いバナー〉という名の弁論クラブを立ち上げた。父親は彼に高等教育を受けさせることに決めた。四人きょうだいの中で彼一人だけだった。彼はこのことで父親に深く感謝していた。

もちろん問題もいろいろあったことはあった。

青年部は活発に活動していた。新聞も発行していたし、集会もしばしばあった。代表はモスクワに招待され、帰国時にはプロレタリアートの独裁政治についての話をたくさん持ち帰った。ソ連では社会の構造は素晴らしく、人々はみんな明るかった。ほしいものはすぐになんでも手に入れていた。コレクティヴ（共同体）と計画経済はめざましい進歩を遂げていた。社会と労働者が所有し運営する工場が建てられていた。新しい住宅地が郊外にできていた。医療はすべて無料だった。いままで読んだこと、聞いたことは本当だった。嘘偽りのない真実だったのだ。なんという素晴らしい時代の到来だろう！

ソヴィエトへ行って、他の、もっと否定的な経験をして帰ってきた者たちもいたが、彼らの話は若いコミュニストたちにはまったく影響力をもたなかった。否定的な経験を語る者たちは資本主義のみじめな暮らしを続けることになるとみなされた。彼らは共産主義を、より公平な社会への闘争を、否定したのだと。

弁論クラブ〈赤いバナー〉の会合には大勢の若者が訪れた。会員もどんどん増えた。彼はこのクラブの代表に選ばれ、そのうちに社会党の中の重要な人物たちにも注目されるようになった。彼は優秀な成績で高校を卒業したが、それ以前にすでに、誰もが彼を将来重要な指導者になるとみなすまでになっていた。

彼は窓から離れ、ピアノの上に置いてある高校卒業時の記念写真を見つめた。白い学生帽をかぶっている学生たち。男子は黒いスーツ姿、女子はワンピースを着ている。太陽が校舎を照らし、真っ白い学生帽を輝かせている。彼の成績は卒業生の中で二番目だった。一番との差はほんのわずかで、もしかすると彼が一番になったかもしれないほどの成績だった。彼は写真をそっと撫でた。高校時代が懐かしかった。あのころ、社会主義に対する彼の確信は絶対的で、それを砕くものは何もなかった。

高校の最後の年、彼は党の新聞で働くチャンスを与えられた。夏のアルバイトに、彼は港湾で荷物の積み下ろしをする労働者として働いた。そこで荷揚げ労働者や船員と話をするようになった。彼のニックネームはコミュニスト。港湾労働者の多くは昔から保守党に投票してきた者たちだった。彼はジャーナリズムに関心があり、党の広報としての新聞は党にとって非常に重要であると知っていた。党の新聞で働きだす前に、青年部の代表と一緒に彼は党の副書記長を訪れた。彼が未来の社会主義国アイスランドについてとうとうと話す間、痩せた副書記長は一人掛けの椅子に腰を下ろし、ハンカチでメガネを拭きながら聞いていた。そのあと副書記長は静かな声で、彼の言ったことはすべて真実で正しいと言った。小さなリビングルームで副書記長は若い彼の言葉の一言一句にうなずきながら、身震いしていた。

彼はすべてを素晴らしい早さで学んだ。歴史であろうが、数学であろうが、なんでも簡単に理解した。一度頭にしまい込んだものはいつでも必要なときに取り出すことができた。記憶力の良さと何事もすぐに理解できるという二つの特徴のため、彼は速やかにジャーナリズムの世界に入り込むことができた。頭の回転が早く、彼は効率的に仕事をした。長いインタビューも、メモをとらず、いくつか簡単なカギとなる言葉を書くだけで記事を書き上げた。自分の伝達するニュース報道は必ずしも客観的ではないと思うこともあったが、そもそも客観的なニュースなどあるだろうかとも思った。

秋の新学期から大学に行くつもりだったが、党の新聞は彼に残ってくれと頼んだ。彼はすぐにうなずいた。冬の寒さが厳しくなったころ、彼は副書記長の家で開かれた会議に呼ばれた。東ドイツの社会主義統一党がアイスランドの若者をライプツィヒの大学に招いているという。もし行きたかったら交通費だけは自分で調達しなければならないが部屋代と滞在費は向こうがもつということだった。

彼は東ヨーロッパやソヴィエトに行ってみたくて仕方がなかった。自分の目で戦後の復興がどう行なわれているか見たかった。とにかく旅をして、他の国を見たかった。言葉も学びたかった。社会主義が実践されているところを見たかった。高校の最終学年のとき、彼はモスクワ大学に願書を出してみようと思ったことがあったほどだ。副書記長の家に呼ばれたとき、彼はまだ国内のどの大学からも合格の返事をもらっていなかった。副書記長はメガネをハンカチで拭きながら、ライプツィヒでの勉強は社会主義の国を内側から見るめったにないチャンスで、自分の目で社会主義が実践されているのを見ることは、将来この国に奉仕するのに大いに役立つだろうと言った。

副書記長はメガネをかけてから言った。

「そして闘争だ。きみはきっと気に入るだろうよ。ライプツィヒは歴史のある町で、アイスランドとも文化的な縁がある。ハルドル・ラクスネス（アイスランドの作家。一九五五年にノーベル文学賞を受賞した）が友人のヨハン・ヨンソンを訪ねていった町だ。また、ヨン・アルナソンの民話は、一八九二年にライプツィヒのヒンリクス書店から初版が出版されているのだよ」

彼はうなずいた。ハルドル・ラクスネスが東欧諸国における社会主義のことを書いているものは全部読んでいた。その文章力に敬意を覚えたことも憶えていた。

ドイツまで、貨物船で働きながら行けることになった。船舶会社に知人がいる叔父が世話をしてくれた。以前にも夏休みのアルバイトに荷役をしたことがあった。船で仕事をして旅費を浮かすことはそれほど難しいことではなかった。家族全員が大喜びした。外国へ行ったことのある者など一人もいなかった。いや、そもそも旅行など誰もしたことがなかった。もちろん、大学で勉強した者など、いるはずもなかった。これは大変な冒険だった。まるで奇跡のようなものだった。

家族は電話や手紙で知らせ合った。あの子は出世するぞ、いまにきっと大臣になる、見ていろ、と。

船が最初に停泊したのはフェロー諸島、次はコペンハーゲン、次はロッテルダム、そして最後にハンブルクで船を降り、そこから汽車でベルリンへ行った。ベルリン駅の構内で眠り、翌日のライプツィヒ行きの汽車に乗った。迎えに来てくれる者は誰もいないことは承知していた。ポケットの中に住所を書いた紙が一枚。終点まで来るとその紙を持って、人に聞いてまわりながら目的地にたどり着いた。

高校卒業記念写真の前に立ち、彼は深くため息をついた。この中の一人は、ライプツィヒでその後友人として付き合った男だ。このあとに何が起きるか、このときに知っていたら！

警察は湖の男の正体をいつか嗅ぎつけるのだろうか？　あれは遠い昔のことだと思うと少し安心する。何が起きたかなど、もはや気に留める者がいるはずもない。

クレイヴァルヴァトゥン湖の男のことなど、誰が憶えているだろう？

4

鑑識課が発見された骸骨《がいこつ》の上に大きなテントを張った。エリンボルクはその前に立ち、シグルデュル＝オーリとエーレンデュルが遠くから急ぎ足で干上がった湖の上を歩いてくるのを眺めていた。時間はすでに遅く、報道陣はいつの間にか姿を消していた。ここで骸骨が見つかったというニュースが広まってからこの付近の交通量は増えたが、それもいまはもうすっかり静まっていた。

「やっとお出ましね」近づいてくる二人を見ながらエリンボルクが言った。

「シグルデュル＝オーリが途中どうしてもハンバーグを食べたいと言うもんだから」とエーレンデュルが顔をしかめながら言い訳した。「何が起きたんだ？」

「こっちに」と言って、エリンボルクはテントを開けた。「検死官が来てます」

エーレンデュルは湖を見渡し、湖底にできている割れ目を見た。空を見上げる。まだ明るく、太陽が輝いている。頭上の小さな雲を見ながら、ここが少し前まで四メートルの深さの水があったというところだと思った。

鑑識が周りの砂を取り払ったため、骸骨全体が見える。肉片はまったくない。衣類なども残っていない。骸骨のそばに四十がらみの女性がひざまずいていた。黄色い鉛筆を持った手で腰の骨を突《つ》いている。

「男ね、これは。中背で、おそらく年齢は四、五十代。あとで確定します。どのくらいここにあったのかはわからない。四十年とか五十年？　それ以上かもしれない。ま、それも推量ですけど。死体保管所《モルグ》に運び込んで、しっかり調べなくては」

女性は立ち上がって、入ってきた三人にあいさつした。エーレンデュルは前にもこの女性に会っていた。マティルデュルという新しくやってきた法医学者だ。なぜ医学のうち法医学を専門に選んだのか、聞いてみたかった。なぜ普通の医者として診療してアイスランドの福祉社会に貢献するほうを選ばなかったのだろう？

「この男、頭を一撃されているようだが」エーレンデュルが言った。

「ええ、そう見えますね」とマティルデュルが言った。「でも、道具がなんだったのかはわからない。穴の周りの傷や痕跡はすべてなくなってしまってますから」

「ということは、意図的な殺人ということですか？」シグルデュル＝オーリが訊いた。

「殺人はすべて意図的なものです。意図の程度が違うだけ」検死官が答えた。

「これが殺人であることにはなんの疑いもないわ」とそれまで黙って話を聞いていたエリンボルクが口を挟んだ。

彼女は骸骨の上にまたがると、その下に広がる大きな砂の穴を指差した。鑑識課の連中が掘ったものだ。エーレンデュルはエリンボルクのそばに行って穴を覗き込んだ。黒い金属製の箱が見えた。ケーブルのようなもので骸骨にしっかり結びつけられている。箱はほとんどが砂に埋もれていたが、黒い開口部と黒いキーボードがついている壊れた測定器のようなものが見えた。箱の表面は傷だらけで凸凹だった。箱の内側には砂がぎっしり詰まっていた。

「なんだ、これは」シグルデュル＝オーリが声をあげた。

「さあ、見当もつかないわ。でも、この人を湖に沈めた者たちは知っていたんじゃない？」エリンボルクが言った。

「これは何かの測定器だろうか？」エーレンデュルがつぶやいた。

「わたしはいままで見たこともありません」エリンボルクが言う。「鑑識課の連中は一昔前の無線の送信機じゃないかと言ってました。いま、みんな、食事に行きましたけど」

「無線送信機？　なんだそれは？」とエーレンデュル。

「彼らもべつに自信があるわけじゃないんです。まず砂から掘り出してみようと言ってました」

エーレンデュルは骸骨と、湖底に沈めるための重しとして使われた黒い箱を繋ぐケーブルをまじまじと見た。そして、車から死体を引っ張り下ろして黒い箱に縛り付け、湖に漕ぎ出して、箱もろとも死体を湖に沈める男たちの姿を頭の中に描いた。

「これ、どう考えても本人がしたことじゃないな」シグルデュル＝オーリが言った。「湖に漕ぎ出し、なんの機械だか知らないがこの黒い箱を自分の体にくくりつけ、自分で頭を殴りつけて穴を作り、そのうえ、湖に出たら間違いなく舟から落ちて沈むなんてことは、一人でできることじゃない。もしそうだったとしたら、歴史上もっとも馬鹿げた自殺だよ」

「あの箱の重さはどのくらいあるのだろう？」とエーレンデュルはシグルデュル＝オーリを無

視して検死官に訊いた。

「鉛の塊のように重いんじゃないですか？」マティルデュルが言った。

「かつて湖底だったこの場所で殺人の凶器を探さなければならないんですかね？」エリンボルクが口を尖らせて言った。「金属探知機を使って、ハンマーとか何かそういうものを。もしかすると、湖底に投げ捨てられたかもしれないですよね」

「それは鑑識がやるだろう」と言って、エーレンデュルは黒い箱のそばにしゃがみこんだ。箱についている砂を手で払った。

「もしかしてアマチュア無線士だったのかも？」シグルデュル＝オーリが眉を寄せた。

「ねえ、どうなの？　来てくれるの？　本の出版記念パーティーに」とエリンボルクが訊いた。

「逆に訊きたいよ。行かなくてもいいのかって」とシグルデュル＝オーリ。

「強制するつもりはないわ」

「本のタイトルは？」エーレンデュルが訊いた。

「法と権利。でも二重の意味です、もちろん。法《ラーグ》は料理するという動詞の原形のラーガにかけているの。そして権利《レット》は料理《レット》にね」

「ふーん、ずいぶん工夫したもんだな」とエーレンデュル。その言葉を聞いてシグルデュル＝オーリが吹き出した。

エヴァ＝リンドは白いモーニングガウンを着て彼に向かい合って座っていた。指で髪の毛先をぐるぐると回している。まるでトランス状態にいるようだ。通常、施設に入っている者は外部の人間と面会することができないのだが、施設の側にエーレンデュルをよく知っている者がいて、娘に会いたいという彼を中に入れてくれたのだった。父娘《おやこ》はしばらく何も言わずに座っていた。そこは患者たちのデイルームになっていて、壁には飲酒や麻薬禁止の呼びかけポスターが貼られていた。

「まだあのバアさんと付き合ってるの、あんた？」とエヴァ＝リンドは毛先を回しながら言った。

「バアさんなどと呼ぶんじゃない。ヴァルゲルデュルはおれより二つも若いんだ」

「いいじゃん、バアさんで。まだ会ってるの？」

「ああ」

「それで？　あのバアさん、あんたんちに来るの？」

「一度来たことがある」

「他のときはホテルへ行くわけだ」

「ホテルのレストランで会う。どうだ、具合は。シグルデュル＝オーリがよろしくと言ってたよ。肩はもうだいぶいいそうだ」

「頭を狙ったのに、外れちゃった」

「自分が何をしたか、わかってるのか？　お前は本当にどうしようもない娘だ」

「バアさん、もう旦那と別れたの？　まだ結婚してるんじゃないの、そのヴァルゲルデュルとかいうバアさん。いつかそう言ってたよね?」

「お前には関係ないことだ」

「彼女、不倫してるってことだよね? つまり、あんた、結婚してる女とやってるってことだよね。それはどうなのよ」

「おれたちはそういう仲じゃない。お前には関係ないことだが言っておく。それに、なんだその下品な口のきき方は!」

「あんたたちが寝てないなんて、あたしが信じると思う?」

「お前のそのひん曲がった根性を治す薬はここにはないんだな」

エーレンデュルは立ち上がった。エヴァ=リンドは父親を見上げた。

「ここに入れてと頼んだ覚え、ないよ。あたしの世話をしてと頼んだこともない。あたしにかまわないで。近寄らないで」

エーレンデュルは無言でデイルームから出た。

「バアさんによ・ろ・し・く!」エヴァ=リンドが後ろから叫んだ。そして指で髪の毛をぐるぐると回しながら「コンチクショウのババアによろしく」と小さくつぶやいた。

エーレンデュルはアパートの建物の外に車を停めて階段を上り始めた。住んでいる階の廊下まで来ると、そこに床に腰を下ろしてタバコを吸っている若者がいた。まだ若い。長髪でだらしない服装をしている。上半身が陰になっているので、エーレンデュルからは顔が見えなかった。最初は、おれに不満をぶつけたい事件関係者だろうと思った。そういう輩《やから》はときどき電話をかけてくる。たいていは酔っ払っていて、余計なことに口出しせずに引っ込んでろとわめきたてる。中にはアパートまで押しかけてきて、怒鳴り散らす者もいた。これもそんな類《たぐい》だろうと思った。

若い男はエーレンデュルの姿を見て立ち上がった。

「泊まってもいいかな」というのが彼の第一声だった。手に持ったタバコの吸殻を捨てようとしてあたりを見回している。床にはすでに捨てられた吸殻が二本見える。

「お前は……?」

「シンドリ」と言うと若者は暗闇から一歩前に出た。「あんたの息子の。見覚えないかな?」

「シンドリ?」エーレンデュルは目を瞠《みは》った。

「町に戻ってきた。あんたにあいさつしようかと思ってさ」

シグルデュル=オーリがベルクソラのそばでまさに眠りかけていたとき、ベッドサイドテーブルで電話が鳴った。電話番号に見覚えがあった。相手を知っていたが、応えるつもりはなかった。六回ベルが鳴ったとき、ベルクソラが突《つつ》いた。

「出れば。話せば楽になるのよ、きっと。助けてくれると思っているんじゃない?」

「あいつに夜中でもおれの家まで電話してもいいと思わせたくないんだ」シグルデュル=オーリがぼやいた。

「何言ってるの。ばかみたい」と言うと、ベルクソラはシグルデュル＝オーリの体の先に手を伸ばして受話器を取った。

「ええ、いますよ。ちょっと待ってください」

シグルデュル＝オーリに受話器を渡して言った。

「あなたによ」そしてにっこり笑った。

「起こしてしまったかな？」電話の向こうから声がした。

「ああ」とシグルデュル＝オーリは嘘をついた。「家には電話しないでくれと頼んだはずだ。困るんだ」

「悪かった。ただ、おれ、眠れないんだ。神経を落ち着かせる薬も睡眠薬も飲んだんだが、全然効かなくて」

「だからと言って、おれのところに電話してくるな」

「ごめん。ただ、本当に気分が悪くて」

「いいよ。それじゃ話を聞こう」

「もう一年になる。ちょうど今日で一年なんだ」

「ああ、知ってる」シグルデュル＝オーリが相槌を打った。

「一年間、地獄の毎日だった」

「考えないようにすることだ」とシグルデュル＝オーリ。「自分を責めるのはもうやめることだよ。そんなことをしてもなんの役にも立ちはしないんだから」

「もちろんわかってるさ。だけど、言うのは簡単だが行なうのは難しいんだ」

「ああ、そうだろうな。それでもそうするしかない」

「あの腹立たしいイチゴがどうしても頭から離れないんだ」

「それはもう何千回も話したことじゃないか」と言ってシグルデュル＝オーリは首を振り、ベルクソラを見た。「あれはあんたのせいじゃない。それはわかってるだろう。自分を責めるのはやめることだ」

「ああ。でもあれはおれのせいだ。何もかもおれのせいなんだ」

そう言って、相手は電話を切った。

5

女性は二人の顔を見比べてから、かすかな笑いを浮かべ、家の中に通した。エリンボルクが先に入り、エーレンデュルがドアを閉めた。エリンボルクがあらかじめ電話で連絡しておいたため、女性はクッキーとケーキを用意して待っていた。キッチンからコーヒーの匂いが漂ってくる。その家はブレイスホルトにあるテラスハウスで、女性は再婚していた。前夫との間に生まれた息子はアメリカに留学して医学を勉強している。再婚で女性は子どもを二人もうけていた。エリンボルクからの電話に驚いたようだったが、午後の仕事を休み、家で警察の訪問を待っていた。

「彼なのですか?」二人をソファに案内したあと、女性は訊いた。女性の名前はクリスティンといい、六十歳を少し超え、でっぷりと太っていた。クレイヴァルヴァァトゥン湖で骸骨《がいこつ》が発見されたというニュースは知っていた。

「いや、まだわかりません」とエーレンデュルが答えた。「男性ということはわかっていますが、まだ年齢が確定されていないのです」

骸骨が見つかってからまだ二日しか経っていない。骨の一部はC14法という放射性炭素年代測定に送られているが、検死官は検査結果を早く知るためにさらにもう一つの測定先に骨を送り込んでいた。エリンボルクは検死官からその話を聞いていた。

「なんだ、その検査結果を早く知るための測定とは?」エーレンデュルが訊いた。

「検死官はストロイムスヴィークにあるアルミニウム工場に測定を頼んでいるんです」

「アルミニウム工場?」

「その工場からの排出物を調べているんです。二酸化硫黄《いおう》とフッ化物と他にも何かあるらしいんですけど、聞いてますか?」

「いや」

「アルミニウム工場から一定量の二酸化化合物が排出されて、それが近くの湖などに蓄積される。クレイヴァルヴァトゥン湖はその一つなんです。浄化の技術が発達してから排出物は少なくなってはいる。でも検死官は発見された骨に一定量の二酸化化合物が含まれていると言い、それを根拠に計算してだいたい一九七〇年以前にこの男は湖底に捨てられたのではないかと見ているようです」

「一九七〇年か。誤差はどのくらいあるのかな?」

「その前後五年ほど」

骸骨の捜査は一九六〇年から一九七五年の間に行方不明になった男性に絞られていた。アイスランド全国で該当者が八名いることがわかった。そのうちの五人がレイキャヴィクとその近郊に住んでいた。

クリスティンの前夫はその一人だった。エーレンデュルは彼の記録に目を通していた。警察に届けを出したのはクリスティン自身だった。ある日突然彼は帰宅しなかった。クリスティンは夕食の用意をして夫の帰りを待っていた。息子はまだ小さく、フロアで遊んでいた。時間が過ぎ、子どもを風呂に入れて着替えさせ、寝かしつけた。皿を洗い台所を片付けて、夫の帰りを待った。その日が木曜でなかったら、きっとテレビを見ていただろう。当時木曜日はテレビの放映はなかった。

それは一九六九年の秋のことだった。一家は購入したばかりの小さなアパートに住んでいた。彼は不動産会社の課長で、アパートは割安な値段で手に入れたものだった。二人の出会いは彼女の商業高校卒業時までさかのぼる。翌年華やかな結婚式を挙げ、その次の年に男の子が生まれた。夫は目の中に入れても痛くないほどの可愛がりようだった。

「ですからわたしにはどうしてもわからないんです」とクリスティンはエーレンデュルとエリンボルクを交互に見て言った。

エーレンデュルは、この女性は突然姿を消した男をいまでも待っているのだと思った。頭の中に、晩秋の暗がりの中でじっと待っている彼女の姿が浮かんだ。知人という知人に一人残らず電話したに違いない。友人や親類の者たちが集まり、彼女を慰め励ましたに違いない。

「わたしたちはとても幸せでした。小さなベニーは本当に可愛かったし、わたしは卸売の組合に就職し、彼もまたわたしの知るかぎり職場でとてもうまくいっていたようでした。不動産会社で彼は優秀な営業マンだったと聞いてます。学校は面白くなかったらしくて、高校より上には行きませんでしたけど、仕事はできる人で、とても満足しているようにわたしには見えました。とにかくわたしにはいつもそういう態度しか見せませんでした」

コーヒーをカップに注いで話し続けた。

「最後の日もべつに変わったところはなかったと思うんです」と言って、クッキーを勧めた。

「朝、行ってくるよ、と言って出かけ、ランチの時間にいつものように電話をくれて、べつに用事があったわけじゃなくわたしの声を聞くために電話してくれたんですけど、午後にまた、今日は少し遅くなると電話をくれました。それが最後で、そのあとはまったくなんの知らせもありませんでした」

「でも、もしかすると仕事はあまりうまくいっていなかったのではないですか？　彼自身は何も言わなかったかもしれませんが」エリンボルクが訊いた。

「彼に関する記録の中にそんなことが書いてあったような……」

「会社は誰かをクビにしなければならなかったようなのです。そのことは数日前に彼から聞いていました。でもその段階では誰になるかわからないということでした。あの日、彼は呼び出されて、解雇を宣告されたのだそうです。あとで会社の経営者から直接聞きました。その話によれば、夫は解雇と言われても何も言わなかったそうです。抗議もしなかったし、説明も求めなかった。ただ事務所に戻って自分の席に座っていたそうです。なんの反応も見せなかったとか」

「電話もなかったのですか？　この話をあなたに伝える電話も？」

「ええ」とクリスティンはうなずいた。その様子にエーレンデュルはふたたびこの人はまだ悲しんでいるのだという印象を受けた。「さっきも言ったように電話はしてきたのですが、解雇については一言も言いませんでした」

「彼はなぜ解雇されたのですか？」エーレンデュルが訊いた。

「それについては満足のいく説明を受けませんでした。経営者はわたしと話をしたとき決して失礼な態度は見せず、とても同情的で理解のある話し方でした。売り上げが落ちたので人員整理しなければならなかったと説明してくれました。でもあとで、ラグナルはやる気がなかったと聞きました。仕事に興味がないようだったと。高校の同級会に出たあと、彼はいまからでも自分もちゃんと教育を受けたいと話していました。彼は高校を中退したので卒業しなかったのですが、それでもクラスメートたちは同級会に彼を招《よ》んでくれたんです。みんな医者や弁護士やエンジニアになっていたとか。彼がそう言ってました。高校を卒業しなかったことを後悔しているように見えました」

「それと彼がいなくなったことと、関係があると思いますか？」エーレンデュルが言った。

「いいえ。直接には関係ないと思います。でも、前日わたしたち小さな言い争いをしたんです。それが関係してるのじゃないかと。いえ、もしかすると、息子が夜泣きするのでそれが原因かもとか、車を買い換えたかったけど余裕がないことも関係しただろうかとか。正直言って、わたし全然わからないんです」

「ラグナルはくよくよするタイプでしたか？」エリンボルクが訊いた。相手が現在形で話すことに注目していた。まるで夫が失踪したのはつい最近のことのように。

「他のアイスランド人と比べてとくに落ち込むタイプ、というわけじゃありませんでした。いなくなったのは秋でした。季節に意味があるかどうかわかりませんけど」

「当時あなたは犯罪と関係することは絶対にないと言い切ってましたね」エーレンデュルが言った。

「はい。そんなことはまったく考えられませんから。何か変なことに巻き込まれたということは絶対にないと思います。もし殺されたのだとしたら、まったく偶発的に犯罪に巻き込まれたのだと思います。わたしはそういうことだったとは思いません。警察も当時、そんな想定はしなかった。法廷で裁かれるべき犯罪事件という見方はなかったと思います。その日彼は他の人たちがみな帰宅するまで会社にいたそうです。そしてそれが彼の最後の姿になったと聞きました」

「彼の失踪は一度も犯罪とみなされて捜査されたことはなかったというのですね？」とエリンボルクが訊いた。

「はい」

「もう一つ、聞きたいことがある。ラグナルはアマチュア無線をやってませんでしたか？」エーレンデュルが訊いた。

「アマチュア無線？　なんですか、それは？」

「私自身もあまりよく知らないのだが」と言ってエーレンデュルはエリンボルクのほうを見た。

彼女は知らんふりしていた。「無線を使って世界と通信することとです」エーレンデュルは続けた。「遠くと通信するにはかなり大きな機械が必要らしい、いや、だったというべきか。彼はそんな通信機械をもっていましたか?」

「いいえ。アマチュア無線?」

「テレグラフはどうでしたか?　彼は何かそういう装置を……」

クリスティンは目を大きく開けて彼らを見た。

「いったいあなたたちはクレイヴァルヴァトゥン湖で何を見つけたんですか?」と疑いをまっすぐ口にした。「あの人は通信機なんてもの、一切もってませんでした。アマチュア無線の通信機?　いったいなんの話?」

「ラグナルはクレイヴァルヴァトゥン湖に魚釣りに出かけたことはありませんでしたか?」エリンボルクがクリスティンの問いを無視して質問を畳みかけた。「または、誰かそこで釣りをした人と付き合いがあったとか?」

「彼は釣りにまったく興味がありませんでした。わたしの兄が大の釣り好きでいつも彼を釣りに誘っていましたけど、彼は一度も行ったことがなかった。その点はわたしとまったく同じでした。わたしたちは二人とも、不必要に生き物を殺すことに反対でした。人間のレジャーのために魚を殺すなんて。わたしたち二人ともクレイヴァルヴァトゥン湖には近づきさえしませんでした」

エーレンデュルはリビングの棚に飾ってある美しい額入りの写真に目を留めた。クリスティンが小さな男の子と一緒に写っている。これが幼いときに父親を亡くした男の子だろうと思い、すぐに自分自身の息子のシンドリのことを思い出した。なぜあの子は突然訪ねてきたのだろう。シンドリはいつも父親を避けてきた。なにかと言えばやってきて、なぜ自らの子どもを見捨てたのかと責め立てる姉のエヴァ＝リンドとは違っていた。エーレンデュルはシンドリが生まれてすぐに子どもたちの母親と別れている。そして年月が経つにつれ、子どもたちと連絡をとらなかったことを深く後悔するに至っていた。

あのとき彼は廊下に立っているシンドリと握手してあいさつした。まるで初対面の男同士のように。それから中に入れと声をかけ、コーヒーをいれにキッチンへ行った。シンドリは小さなアパートか間借りの部屋を探していると言った。エーレンデュルは部屋のことやアパートのことは知らないが、何か聞いたら連絡すると言った。

「それまでここに住んでもいいかな？」と言って、シンドリは本がぎっしりと詰まった本棚に目を移した。

「ここに？」と言って、エーレンデュルはキッチンからリビングへ出てきた。突然シンドリがなぜ自分を訪ねてきたのかわかった。

「エヴァが言ってた。あんたのところに使われていない部屋が一つあるって。もっぱらガラクタが置かれてるって」

エーレンデュルは息子を見た。確かにここには一部屋使っていない部屋がある。エヴァ＝リンドがガラクタと呼んだのは、彼がどうしても捨てられず両親の家から持ってきたものだ。子ども時代からのもの。古い手紙の入った箱、両親のものや他の親戚のもの、手作りの棚、古い週刊誌、魚釣りの道具、祖父の所有物だった旧式の重い狩猟銃など。

「お前の母さんのところはどうなんだ？　そこにはいられないのか？」

「ああ、それね……、もちろん、そこにいることもできるけど」

二人とも沈黙。

「あいにくあの部屋にはいろんなものがあって、お前の泊まるスペースはない。そうだなあ……」

「エヴァはそこに泊まったんだよね」シンドリが言った。

そのあと重い沈黙が流れた。

「エヴァはあんたが変わったと言ってた」しまいにシンドリが言った。

「お前はどうなんだ？　お前は変わったのか？」

「何カ月も飲んでないよ。あんたの言っているのがそのことだったら」

エーレンデュルは我に返った。現実に戻り、コーヒーを一口飲んだ。額縁入りの写真からクリスティンに目を移した。無性にタバコが吸いたかった。

「男の子は父親を憶えていないのですか？」目の隅でエリンボルクが鋭い視線を送ってきているのを捉えたが、無視することにした。いま自分は三十年以上も前に謎の失踪をした夫の不在を悲しむ女性の私生活に割り込もうとしていると自覚していた。いまの質問は警察の捜査とはなんの関係もない。

「わたしが再婚した人はいつもあの子に優しかったし、義理の弟たちと彼の関係もとてもよかった。でも、そのことと夫の失踪とはなんの関係があるのかしら」

「確かにそのとおり。失礼しました」エーレンデュルが謝った。

「それではお話を聞くのはこの辺で」エリンボルクが言葉を挟んだ。

「夫だと思うのですか、あなた方は」クリスティンが立ち上がりながら言った。

「おそらくそうではないでしょう」エリンボルクが答えた。「でも結論を出すためにはいろいろと調べなければならないのです」

三人はそのまま何も言わずに立っていた。まるでまだ言わなければならないことが残っているかのように。

「彼がいなくなった翌年のことでした」クリスティンが口を開いた。「スナイフェルスネス半島の入り江で海岸に打ち上げられた遺体が見つかったという連絡がありました。彼かもしれないと。でも、それは間違いでした」

彼女は両手を擦り合わせた。

「ときどき、いまでも、あの人が生きているような気がするんです。死んでなんかいないんじゃないかと。もしかして、わたしたちを残してどこか遠いところに行ってしまったんじゃないかと。例えば、外国へ。わたしたちには何も言わずに。そこでまったく新しい暮らしを始めたんじゃないかと。一度など、あの人をここレイキャヴィクで見たと思いました。五年前のことです。わたし、なりふり構わずその人のあとを尾《つ》けました。クリングラン・ギャラリーでのことです。よくよく見ると、別人でした」

クリスティンはエーレンデュルを見上げた。

「あの人はいなくなったのですが……、でも決していなくなっていないいんです」悲しそうな笑いが唇に浮かんだ。

「わかります。どういうことか、よくわかります」エーレンデュルが言った。


車に戻ると、エリンボルクはエーレンデュルに正直に疑問をぶつけた。息子のことを訊いたことについてだ。エーレンデュルは逆に、そんなに神経質になる必要はないと応じた。

携帯電話が鳴った。ヴァルゲルデュルだった。彼はその電話を待っていた。彼女とは前年のクリスマスに、レイキャヴィクのあるホテルで殺人事件の捜査をしていたときに出会った。病院の検査技師で、二人はその後微妙な距離で付き合いをしてきた。ヴァルゲルデュルは結婚している。夫が浮気をしていたことが発覚したが、離婚話になると夫は別れたくないと言い、これからは決して裏切らないと言ってひたすら謝り続けているという。ヴァルゲルデュルはエーレンデュルには離婚すると言っているが、まだそうなってはいない。

「娘さんはどんな具合?」と彼女は開口一番に訊き、エーレンデュルは面会をしてきたときのことを手短に話した。

「それでも、そこに入っていること自体、治療になっているのでしょう?」

「そうだといいと思っている。他に助ける方法がないんだ。あの子は赤ん坊をなくす前の状態に完全に戻ってしまっている」

「明日会いましょうか？」

「うん、そうしよう」と言ってエーレンデュルは電話を切った。

「いまのは、彼女？」エーレンデュルの生活に女性がいるのではと疑っていたエリンボルクが訊いた。

「ヴァルゲルデュルのことを訊いているのなら、そうだ」とエーレンデュルが答えた。

「その人が、エヴァ＝リンドのことを心配してるんですか？」

「あの機械について、鑑識はなんと言ってるんだ？」エーレンデュルは話題を変えた。

「あまりわからないようです」エリンボルクもすぐに応じた。「ロシア製だとは言ってます。製造元と製品番号は削り取られてますが、いくつかロシア文字とわかる字がかすかに残っているらしいです」

「ロシア製？」

「ええ、ロシア製」


クレイヴァルヴァトゥン湖の南側の沿岸に何軒か家が建っていて、エーレンデュルとシグルデュル＝オーリは家の所有者たちから話を聞いた。電話をかけて、湖の周りで行方不明になった人間はいるかと一般的な質問をした。答えはいないということだった。話はそれ以上進まなかった。

シグルデュル＝オーリは料理本の出版にすっかり心を奪われているエリンボルクのことを愚《ぐ》

痴《ち》った。

「彼女、これで有名になると思ってるらしい」

「有名になりたいのかな？」エーレンデュルが訊いた。

「誰でも有名になりたいんじゃないですか？」とシグルデュル＝オーリ。

「虚栄だな」エーレンデュルがつぶやいた。

6

シグルデュル＝オーリは手紙を読み終えた。それは一九七〇年に姿を消した若者の、遺書とも読める最後の手紙だった。

若者の両親はともに七十八歳で、健在だった。子どもは他にも二人いて、二人とも消えた若者より若いがいまでは五十歳ほどの年齢だった。親たちは息子が自殺したと確信していた。手紙に書かれていることをそのまま信じていた。だが彼らは息子がどのように命を絶ったのか、またその遺骨がどこにあるのかは知らなかった。シグルデュル＝オーリは彼らにクレイヴァルヴァトゥン湖、無線機、頭蓋骨《ずがいこつ》の穴という言葉を立て続けに並べてみたが、二人はただ首を振るだけで、なんの話かさっぱりわからない様子だった。息子は誰とも不仲ではなかった、敵はいなかった、そういうことは考えられないと言うばかりだった。

「あの子が殺されたなんてことは考えられないわ」と言って母親は夫を見た。三十年以上経ってもまだ息子の死を受け入れられないでいる。

「手紙にあるとおりだよ」と父親は言った。「あの子が何を考えていたか、はっきり書かれている」

シグルデュル＝オーリは手紙をもう一度読んだ。

〝親愛なる母さん、そして父さん。申し訳ない、でもこれしか道は残っていない。これ以上耐えることはできない。ぼくはこれ以上生きることができない、生きていきたくないし、生き続けることができない〟

手紙にはヤーコブというサインがあった。

「あの娘のせいよ」と母親が言った。

「それはわからないじゃないか」と父親が言った。

「あの女はあの子の友だちと寝まくっていたんですからね。それがヤーコブには耐えられなかったのよ」

「警察は見つかった骨があの子のだとみなしているのですか?」父親が訊いた。

シグルデュル＝オーリは行方不明になった男の両親の家のソファに座っていた。彼らは息子が姿を消して以来何度となく発してきたこの問いに対する答えをひたすら待っていた。しかし、同時に彼らは一番難しい問いに対してこの捜査官は答えることができないとわかっていた。その問いこそこの数十年彼らの胸に重くあるもので、親としてずっと答えを求めてきたものだった。それを知る責任があった。しかし、シグルデュル＝オーリには遺骨がこの両親の息子のものであるかどうかなど、わからなかった。ニュースではクレイヴァルヴァトゥン湖で骸骨《がいこつ》が見つかったとしか発表されていない。無線機とか頭に空いている穴のことはまだ警察だけの情報だった。これらについて彼が質問しても彼らはただ不安そうに見つめ返すばかりだった。ほしいのは〝その骨は息子のか?〟という問いに対する答えだけなのだ。

「私はおそらく彼ではないと思います」と言ってシグルデュル＝オーリは母親と父親を交互に見た。どうしても理解できない喪失、愛する息子の不在が彼らの人生にはっきり痕を残していた。息子の失踪はまだ最終点に至っていない。息子はまだ家に帰ってきていない。彼らはそう思ってこの数十年を暮らしてきたのだ。彼がどこにいるのか、彼の身に何が起きたのか、これらの問いに対する答えがないことが彼らを不安にさせ、不幸にしているのだ。

「あの子は海に泳ぎ出て行ったんだと思うの。あの子は泳ぎが得意でした。だから沖のほうに泳いでいったんだと思います。泳ぎ疲れたか、水が冷たくて凍え死んでしまったのだと」

「当時警察は、遺体が見つからないのでおそらく海で溺《おぼ》れてしまったのではないかと言ったのです」

「あの娘のせいよ」

「彼女に責任を全部かぶせることはできないよ」

この夫婦はずっとこのような会話を繰り返してきたのだろう。このへんで、と言って彼は立ち上がった。

「わたし、ときどき彼にすごく腹が立つんですよ」と母親が言った。シグルデュル＝オーリは息子のことを言っているのか、夫のことを言っているのかわからなかった。

ヴァルゲルデュルはすでにテーブルについてエーレンデュルを待っていた。初めてデートしたときと同じ、長い革のコートを着ていた。二人は偶然に出会ったのだった。迷いながらもエーレンデュルが食事に誘ったのが最初だった。そのときはまだ彼女が結婚しているか、家族がいるかなど、まったく知らなかった。あとで、彼女は既婚者で、成人して外で暮らす息子が二人いて、結婚はいまにも壊れそうな状態であると知った。

二度目に会ったとき、ヴァルゲルデュルは夫にやり返してやりたい、だからエーレンデュルに会ったのだと言った。

そのあと少し経って彼女のほうから会いたいという連絡があり、そのあと彼らは数回会っていた。一度、彼女はエーレンデュルの家に来たことがある。彼は一生懸命家中を掃除した。皿を洗い、たまった新聞を捨て、本を本箱に詰め込んだ。めったに客を家に迎えることはなかったから、本当はヴァルゲルデュルにも来てほしくなかった。だが彼女は頑固で、どうしても彼の住んでいるところを見たいと言い張った。エヴァ＝リンドは彼のアパートはまるで穴だ、潜り込んで隠れる穴だと言ったが、実際そのとおりだった。

「すごいじゃない！　こんなにたくさん本があるなんて！」ヴァルゲルデュルは彼のアパートの床に立ち、歓声をあげた。「これ、全部読んだの？」

「ほとんど全部。コーヒーをいれようか。菓子パンを買ってきたんだ」

ヴァルゲルデュルは本棚に近づき、本の背を撫で書名を読み、一、二冊取り出した。

「これ全部遭難事故や失踪事件についての本なの？」と訊いた。

すでに彼女はエーレンデュルが行方不明になった人々に強い関心をもっていて、遭難、事故、失踪などに関する書物を何十冊も読んでいると知っていた。エーレンデュルは、それまでエヴア＝リンドにしか話していないことをヴァルゲルデュルに話していた。彼が十歳のときのある冬の日、八歳の弟が東方の山岳地帯で行方不明になったこと。兄弟は父親と一緒に山に行ったのだが、エーレンデュルと父親は麓《ふもと》の農家に無事に戻ったが、弟の行方はわからなかった。おそらく凍え死にしたのだろう。遺体は見つからなかった。

「弟さんとあなたのことが書かれている本があるといつか話してくれたわね」とヴァルゲルデュルが言った。

「ああ」

「それを見せてくれる？」

「うん、いつか」とエーレンデュルはためらいがちに言った。「別のときに。今日ではなく。あとで、いつか」

いまレストランで、彼の姿を見てヴァルゲルデュルは立ち上がった。二人はいつものように抱擁《ほうよう》ではなく握手してあいさつした。エーレンデュルはこの関係がどういうものなのかよくわからなかったが、心地よいと思っていた。およそ半年ほどときどき会ってきたが、二人の仲はそれ以上進んではいなかった。二人の間にセックスはなかった。会えばいつもそれぞれが自分の人生、自分の生活のことを話す、そんな仲だった。

「なぜきみは彼と別れないんだ？」食事が終わり、コーヒーとリキュールを飲みながらエヴァ＝リンドとシンドリの話をし、彼女の二人の息子の話と仕事の話をしてからエーレンデュルが訊いた。彼女からはクレイヴァルヴァトゥン湖で見つかった骸骨について聞かれたが、話せることはあまりなかった。一九七〇年前後に失踪した人々の家族と連絡をとり、話を聞いているということぐらいだった。

ヴァルゲルデュルはクリスマス前に夫が二年間も不実であったことを知った。すでにそれまでに一度、夫の言葉によれば〝ほんの遊び〟という不倫関係もあった。今回彼女は夫に別れたいと言った。すると夫は他との関係を断ったという。

「ヴァルゲルデュル……？」

「エヴァ＝リンドに会いに治療施設へ行ったのね？」と彼女は彼が言葉を続けるのを恐れるように急いで言った。

「ああ、会いに行った」

「逮捕のときのこと、何か憶えていた？」

「いや、何も憶えていないと思う。それについては話さなかった」

「かわいそうな子ね」

「きみは夫のもとに残るつもりなのか？」エーレンデュルが訊いた。

ヴァルゲルデュルはリキュールを少し飲んで、ゆっくり言った。

「とても難しいの」

「そう？」

「決心がつかないの」と言ってエーレンデュルと目を合わせた。「でもあなたとも会いたい」

その晩エーレンデュルが家に帰ると、シンドリ＝スナイルがソファに寝そべってタバコを吸いながらテレビを観ていた。父親に向かってうなずき、そのままテレビを観続けた。アニメのようだ。エーレンデュルは息子に合鍵を渡していた。住む部屋を与えたわけではなかったが、息子はいつでもここに出入りすることができるようになっていた。

「テレビ、止めてくれないか」と言って、エーレンデュルはコートを脱いだ。

シンドリは立ち上がり、テレビを消した。

「リモコンが見つからないんだ。このテレビ、ものすごく古くない？」

「いや、べつに。二十年ぐらいだろう。おれはほとんどテレビを観ない」

「エヴァが電話をくれた」と言ってシンドリはタバコを消した。「エヴァ＝リンドを捕まえたのは、あんたの友だちだって？」

「シグルデュル＝オーリだ。エヴァは彼を殴った。ハンマーで。頭を狙ったのが肩に当たった。彼は暴行と公務執行妨害でエヴァを訴えようとした」

「だがあんたは彼をなだめて、エヴァ＝リンドを施設に送り込んだというわけだ」

「あの子はいままで麻薬中毒治療施設に行くのを拒んでいた。シグルデュル＝オーリが訴えなかったから、今回初めて彼女を治療施設に送り込むことができたんだ。シグルデュル＝オーリのおかげだ」

エッディという売人が麻薬取引に絡んでいた。シグルデュル＝オーリと捜査官二人が彼をフレンムル近くの麻薬常習者のたまり場で見つけた。そこはクヴェルヴィスガータにある警察署からすぐのところだった。エッディを知っている者からのタレコミだった。そこで唯一抵抗した人間がエヴァ＝リンドだった。彼女自身すっかり飛んでしまっている状態だった。エッディは半裸でソファに寝転がっていた。完全に意識がない状態だった。そのそばにエヴァ＝リンドよりも若い女の子が素っ裸で寝ていた。エヴァは警察の姿を見ると半狂乱になった。彼女はシグルデュル＝オーリを知っていた。彼が自分の父親の同僚であることも知っていた。床に転がっていたハンマーを取り上げるとシグルデュル＝オーリの頭めがけて打ち下ろした。頭には当たらなかったが、鎖骨を砕いた。激痛で床に倒れたシグルデュル＝オーリをエヴァ＝リンドはさらに攻撃しようとしたが、他の二人の捜査官に取り押さえられ、床に組み伏せられた。

シグルデュル＝オーリはこの件について一切何も言わなかったが、エヴァ＝リンドがハンマーで立ち向かってきたときシグルデュル＝オーリが一瞬ためらったことをエーレンデュルは捜査官たちから聞いていた。エヴァはエーレンデュルの娘だ。傷つけたくなかった。その一瞬のためらいがエヴァ＝リンドの攻撃を許してしまったのだった。

「赤ん坊をなくしてから変わると思ったのだが、前よりむしろ悪くなっている。いまではもう何もかもどうでもいいという感じだ」

「エヴァと話がしたい」シンドリ＝スナイルが言った。「でも、あそこは訪問者を受け入れないんだろう？」

「訊いてみるよ」

電話が鳴り、エーレンデュルは受話器を取った。

「エーレンデュル？」震え声が聞こえた。エーレンデュルはすぐに誰かわかった。

「マリオン？」

「クレイヴァルヴァトゥン湖で何を見つけたんだ？」マリオン・ブリームが訊いた。

「人間の骨です。心配しなくていい」

「そうかい？」

マリオンは、退職したエーレンデュルの先輩捜査官で、エーレンデュルのすること、彼が扱う興味深いケース一つ一つに首を突っ込まずにはいられないのだった。

二人はしばらく黙っていた。

「何か言いたいことがあって電話してきたんですか？」

「クレイヴァルヴァトゥン湖のことをよく調べるといい。だが、邪魔するつもりはない。そんなつもりは毛頭ない。すでに手いっぱいの昔の同僚を煩わせるつもりはないよ」

「クレイヴァルヴァトゥン湖がどうしたというんです？　いったいなんのことですか？」

「いや、なんでもない。それじゃまた」と言って、マリオンは電話を切った。

7

たまに昔のことを思うとき、ディットリッヒリンクにあった建物の臭いを思い出す。汚れたリノリウムの床の臭い、汗の臭い、そして恐怖の臭い。町全体を覆っていた褐炭の鼻を突く臭いも。汚れた空気でほとんど何も見えないほどだった。

ライプツィヒは想像していたものとは違った。この町はエルスター川、パルテ川、プライセ川が合流するところにできた町で、昔からドイツを代表する出版と書籍の町であることは出発前に読んでいた。バッハがこの町に埋葬されている。ここにはかの有名なレストラン、アウアーバッハス・ケラーがある。ゲーテがファウストの中に登場させたレストランだ。ヨン・レイフスがここに何年か住み、音楽学校で学んでいる。ライプツィヒは昔からのドイツの文化都市だと思っていたが、現実に来てみると、それは戦争の痕跡の生々しい町だった。連合軍がここを占領し、その後ソ連に引き渡した。まだ壁に銃痕が残っているし、崩れた家、戦禍の痕跡があちこちに残っていた。

列車は真夜中にライプツィヒに着いた。駅で荷物を預け、真っ暗な町を夜明けまで歩いた。電力制限のため町は真っ暗だったが、彼はライプツィヒに到着したのが嬉しく、故郷を遠く離れて一人でいることでワクワクしていた。まず聖ニコライ教会へ行き、次に聖トーマス教会へ行って、教会の正面のベンチに腰を下ろし、偉大な二人の作家ハルドルとヨハンが遠い昔肩を並べてこの通りを歩いたことに思いを馳せた。あたりが明るくなってきて、彼は二人の作家が美しい聖トーマス教会を見上げて褒め讃えてはまた散歩を続けたのだろうと想像した。まだ幼い花売り娘がやってきて花を買ってくれと言ったが、彼は持ち合わせの金がなく、ごめん、という顔で微笑んだ。

未来への期待に胸が弾んだ。いよいよ自分の足で立ち、人生の舵を取るのだ。この先何が起きるかまったく予測がつかなかったが、両手を広げて受け止めるつもりだった。自分はホームシックにはかからないと知っていた。なにしろこれから自分の人生を形作り、将来役に立つ人間になろうとしているのだから。きっと猛烈に勉強しなければならないだろうと思ったが、勉強することはちっとも苦にならなかった。工科で科学技術を勉強したいという大きな望みをもっていたし、これからたくさんの人に会うだろうし、新しい友人もできるだろうと確信していた。学期が始まるのが待ち遠しかった。

小雨の降る中、彼は戦禍がまだ残っている町の中を歩き、かつてアイスランドの偉大な作家二人もきっとこの道を歩いたに違いないと思い、胸を高鳴らしていた。

ようやく明るくなったので、駅に戻り、旅行鞄を受け取って大学へ行った。学生課はすぐにわかった。寮は大学の主な建物の近くにあった。それは昔の大きな貴族の館で、大学の建物と繋がっていた。彼は他二人の学生と一部屋を使うことになっていた。一人はアイスランドの自分の高校の同級生のエミール、もう一人はチェコスロヴァキア人ということだった。二人とも部屋にはいなかった。その建物は三階建てで、二階部分にトイレと台所があった。あちこちの壁から古い壁紙が垂れ下がり、板張りの床は汚れていて、建物全体に嫌な臭いが立ち込めていた。部屋には古いベッドが三台、ガタガタの机が一つあった。かつては漆喰《しっくい》が塗られていたに違いない天井からは裸電球が一つぶら下がっていたが、漆喰はほとんどはげ落ちていて穴から天井裏の梁《はり》が見えた。部屋には窓が二つあった。その一つは板張りになっていた。窓の桟《さん》がなくなっていたためだ。

　眠そうな学生たちが部屋から出てきて、トイレの前に列ができていた。外に出て小便をする者もいた。昔風のかまどに大きな鍋をかけて、湯を沸かしていた。その隣に古い大きな石窯《いしがま》があった。エミールを目で探したが、見つからなかった。食堂兼台所にいる学生たちを見渡し、驚いたことに男子だけでなく女子学生もいることに気づいた。

若い女子学生が彼に近づき、ドイツ語で話しかけてきた。彼は高校でドイツ語を学んでいたが、何を言われているのかさっぱりわからなかった。とつとつとしたドイツ語で、もっとゆっくり話してくれと頼んだ。

「誰か探してるの？」と相手は言った。

「エミールを探してるんだ。アイスランド人の」

「あなたもアイスランド人なの？」

「そう。きみは？　きみはどこからきたの？」

「ドレスデン。わたし、マリアっていうのよ」

「ぼくはトーマス」と言って、二人は握手を交わした。

「そう、トーマス？　ここには他にもアイスランド人が何人かいるわ。みんなよくエミールの部屋に訪ねてくるわよ。わたしたち、ときどき彼らを追い出すのよ。だって、夜中までお酒飲んでうるさいったらないのよ。あなた、なかなかドイツ語上手じゃない？」

「ありがとう。学校で習っただけのドイツ語だけど。いまエミールがどこにいるか、知ってる？」

「彼、今日はネズミ当番だから地下室にいるわ。ここにはネズミがたくさんいるの。ねえ、紅茶飲みたい？　三階に食堂がもうじきできるんだけど、それまではここでなんとかしなければならないの」

「なんだいそのネズミ当番って？」

「ネズミが夜中に走り回るのよ。だから夜中に当番が捕まえるってわけ」

「そんなにたくさんネズミがいるの？」

「十四捕まえたら、二十四匹新しいのがやってくるわ。でも、これでも戦時中よりはよくなったんだって」

気がつくとトーマスは床に目を下ろし、人の足の間を走り回るネズミがいるのではないかと目を凝らしていた。じつは彼は何よりもネズミが嫌いだった。

誰かに肩を叩かれて振り向いた。満面に笑みを浮かべたエミールがそこに立っていた。片手で巨大なネズミ二匹の尻尾を摑み、もう一方の手には大きなスコップを持っていた。

「叩き殺すにはスコップが一番さ」と言った。

トーマスは驚くほど早く新しい環境に順応した。建物に漂う嫌な臭い、上の階まで立ちのぼるトイレの悪臭、ガタガタのベッド、きしみ音を立てる椅子、そしてじつに原始的な台所。しかしほとんど気にならなかった。戦禍から立ち直るには時間がかかると知っていた。

教室は貧相だったが大学の授業は満足のいく素晴らしいものだった。教師は専門分野の造詣が深く、学生たちも熱心で、トーマスはここでも優秀な学生だった。エンジニアコースを専攻し、そこでの交友関係も広がっていった。地元ライプツィヒ出身者だけでなく周辺の町から来た者、あるいは近隣国、とくに東ヨーロッパから来た者が多かった。その一部の学生は、トーマス同様、東ドイツ政府から授業料免除で招待された者たちだった。しかしカール・マルクス大学で学ぼうとする学生は世界中から来ていた。まもなくトーマスはベトナムやキューバの出身者たちとも親しくなった。中国からの学生たちもいたが、彼らは外部の者たちとあまり交流しなかった。ナイジェリアからも数名来ていたし、隣室にはインドから来たデーペンドラという学生がいて、気持ちのいい付き合いが始まっていた。

アイスランドからの学生は少なかったが、仲がよかった。漁村出身のカールはジャーナリズム専攻だった。ジャーナリズム研究所は通称〝赤い修道院〟と呼ばれ、そこで学ぶのは正真正銘の共産主義者だけだという噂だった。ルートはアイスランド北部の町アークレイリ出身で、そこの高校の卒業生だった。彼女はライプツィヒの若い共産主義者たちの会の書記長をしていて、大学は文学部で、とくにロシア文学を専攻していた。フラフンヒルデュルはドイツ語とドイツ文学史の専攻、エミールは西アイスランド出身で経済学を専攻していた。ほとんどが出身地で政党に選ばれて、カール・マルクス大学で学ぶための奨学金を得ていた。彼らはほぼ毎晩のように集まっては、デーペンドラの持っているジャズレコードを聴いたり、近くの酒場へ繰り出してアイスランドの歌を歌ったりしていた。

大学には活発に活動している映画クラブがあって、彼らは『戦艦ポチョムキン』を観てプロパガンダのモデルとしての映画芸術の役割を議論したり、他の学生たちと政治に関する討論を交わした。政治的な集会には必ず参加しなければならないことになっていた。自由《F》ドイツ《D》青年同盟《J》の集会にも必ず参加する決まりだった。他の青年組織を作ることは禁止されていた。誰もが新しい自由な世界の実現を切望していた。

誰もが。一人を除いては。その人、ハンネスは留学組のアイスランド人の中ではもっとも古くからいた男だが、アイスランド人グループとは一線を画していた。トーマスがハンネスに会ったのは、ライプツィヒに来てから二カ月も経ってからのことだった。すでにレイキャヴィクでハンネスの名を聞いていたし、将来、党の要人になる人間とみなされていることも知っていた。党新聞の編集室で、編集長がハンネスのことを将来の重要人物であると語ったことも憶えていた。ハンネスは以前トーマスと同じく党新聞の記者だったため、編集室ではハンネスの噂が飛び交っていた。レイキャヴィクでの集会で、ハンネスがアイスランドの民主主義はアメリカのカウボーイの血で汚れた金で簡単に買えるのだ、アイスランドの政治家はアメリカ帝国主義の前ではまるで操り人形のようなものだと痛烈に批判する演説を聞いたこともあった。この国の民主主義はまったくゴミのようなもの、見よ、アメリカの軍隊がアイスランドの国土を思うままに汚しているではないか！　ハンネスは満場の聴衆を前に熱弁をふるっていた。

ハンネスは東ドイツに来た最初の年、祖国の党新聞に〈東方発の手紙〉というコラムをもち、共産主義国東ドイツの先駆者たちを賞賛する記事を書いた。しかし、そのコラムはいつの間にかなくなった。大学に来ているアイスランド人の多くはハンネスとほとんど付き合いがなかった。ハンネスは彼らから離れ、一人でいることが多かった。彼らはたまにハンネスのことを話すこともあったが、肩をすくめ、基本的に関係ないという態度だった。

ある日トーマスは偶然に大学の図書館でハンネスに出会った。夕方近くで、図書館に人は少なく、ハンネスは授業の準備に没頭している様子だった。それは凍えるほど寒い日のことで、図書館の中の寒さは、話をする人の口から出た息がそのまま口の周りに凍りつくほどだった。ハンネスは長いオーバーコートを着て頭には耳覆い《イヤー・マフ》の付いた帽子をかぶっていた。図書館は戦争の爆撃で壊れていたので、一部しか使われていなかった。

「あなたはハンネスですよね？」とトーマスは親しげに声をかけた。「いままで会ったことはないけど」

ハンネスは書物から目を上げた。

「ぼくはトーマスといいます」と彼は手を差し出した。

ハンネスは彼を見、差し伸べられた手を見たが、すぐにまた書物に目を戻した。

「邪魔しないでくれ」

トーマスは驚いた。そのような対応を受けるとは思ってもいなかった。とくにあれほどみんなに賞賛され、彼自身も敬意を抱いていた人物がこんな態度をとろうとは。

「すみません。勉強の邪魔をするつもりはなかったんです」

ハンネスは答えもせず、目の前に開いた本から文章を書き写し続けた。鉛筆で猛烈な速さで筆記した。指先だけ切った手袋をはめていた。

「いつかコーヒーでも一緒にと誘おうと思っただけなんです。なんならビールでもいいけど」

ハンネスは答えなかった。トーマスはそばに立ってなんらかの反応を待ったが、ハンネスが何も言わなかったのであとずさりし、少し離れて本棚のところで踵《きびす》を返そうとしたとき、ハンネスが頭を上げた。

「トーマスという名前なの？」

「はい。いままで会ったことはないけど、ぼくはあなたの名前を……」

「きみが誰か、ぼくは知ってる」ハンネスが言った。「昔、ぼくはきみのようだったな。ぼくになんの用事？」

「べつに用事はないんです。ただあいさつしようと思っただけで。向こうに座っていて、あなたに気がついたものだから。以前、集会であなたが……」

「きみはライプツィヒをどう思う？」ハンネスがその言葉を遮って言った。

「猛烈に寒いし、食べ物がまずい。でも大学はいい。そして国に帰ったらまずしたいのはビールが配給されるよう運動をすること」

ハンネスは笑みを漏らした。

「うん、それはいい。この町で一番いいのはビールだよ」

「よかったら、そのうち、いっぱいやりませんか？」

「そのうち」と言うと、ハンネスはまた読書に向かった。話はこれで終わり、とばかりに。

「あなたは昔ぼくのようだったとは、どういう意味ですか？」トーマスはためらいながら訊いた。「何が言いたいんですか？」

「べつに」と言って、ハンネスは目を上げた。一瞬ためらっているのがわかったが、言わないことに決めたらしかった。「ぼくを評価するのはやめるほうがいい。そんなことをしてもなんの役にも立たないからね」

トーマスは怪訝《けげん》に思いながら図書館をあとにし、極寒の外に出た。すでに暗くなっていた。学生寮に戻る途中、エミールとルートにばったり出会った。二人は故郷からルートに送られてきたものを郵便局で受け取ってきたところだった。箱の中身は食べ物で、何が入っているのか楽しみな様子だった。トーマスは図書館でハンネスに会ったことを二人に話さなかった。ハンネスの言葉の意味がわからなかったからだ。

「ロータルが探してたよ」エミールが言った。「きみは図書館へ行ったと言っといた」

「ロータルが？　図書館では会わなかったけど。なんの用事かな？」

「さあ、わからない」エミールが言った。

ロータルはいわばトーマスの連絡係だった。ドイツ語でBetreuer、世話をする者という意味である。留学生には必ずそう呼ばれる人物が一人ひとりにあてがわれ、相談役となっていた。ロータルは学生寮に住むアイスランド人学生たち全員の友人になっていた。ときには学生たちをライプツィヒの街に誘い出し、めぼしい観光スポットを案内してくれた。大学との事務的な手続きの手伝いや、ときにはアウアーバッハス・ケラーの伝票を支払ってくれたりもした。いつかアイスランドへ行って、大学で学びたいと言うのが口癖だった。流暢なアイスランド語も話した。人気のあるアイスランドの流行歌も歌えたし、アイスランドのサーガにも関心があると言った。ニャルのサーガも読んだことがあるという。いつかそれを翻訳したいと言っていた。

「ここよ」と言ってルートが急に足を止めた。「ここが事務所なの。この奥に牢屋があるのよ」

三人は建物の外壁を見上げた。殺風景な石造りの四階建ての建物だった。一階の窓にはすべて薄板が打ち付けられていた。通りの名前はディットリッヒリンク。その建物はディットリッヒリンク二十四番地だった。

「牢屋？　この建物はなんなの？」トーマスが訊き返した。

「ここが秘密警察《シュタージ》の本拠だよ」エミールがささやくような声で言った。

「シュタージ」とルート。

彼は改めて建物を見上げた。薄暗い街灯が灰色の石の壁と窓を照らしている。体中に悪寒が走った。この建物には絶対に足を踏み入れたくないものだと思った。そのときはまだそんな望みがまったく通じるものではないことなど知る由もなかった。

男は深いため息をついて窓から海を眺めた。小さなヨットが一艘波に揺れながら通り過ぎていった。

数十年後、東西ドイツを分断していたベルリンの壁が崩されてから、男はライプツィヒに行ったことがあった。すぐにあの息が詰まるような悪臭が鼻を突いた。石窯の後ろに巨大なドブネズミが挟まっていたときと同じほどの悪臭だった。学生たちはそうとも知らずその石窯を料理に使っていた。しまいに悪臭が建物全体に満ちて、ついには台所を閉めなければならなくなったのだった。

8

エーレンデュルは椅子に座っているマリオンを眺めた。顔に酸素吸入のプラスティック・マスクをつけて酸素を吸っている。前にこの昔の先輩に会ったのは去年の七月のことで、そのときは病気だとは知らなかった。しかし今回、周囲の人間たちに訊いてまわり、長年チェーンスモーカーだったマリオンの肺は完全にやられてしまっていること、そのうえ脳卒中で右の腕と顔の右側が動かせなくなっていると知った。外は陽がさんさんと輝いているのにマリオンの部屋は薄暗かった。部屋中に埃が積もっている。一日に一回、介護士がやってくる。エーレンデュルがドアベルを鳴らすと、ちょうど帰るところだった介護の女性が出てきた。

エーレンデュルは低いソファに腰を下ろし、かつての同僚の衰えた姿を見た。体全体が痩せている。大きな頭がゆっくりと前後に揺れている。顔の一つ一つの骨がくっきりと見え、目が落ち窪んでいる。金髪はボサボサで、藁《わら》のようだ。指先がニコチンで黄色くなっている。爪はボロボロで、その指先が椅子の肘掛けの上にあった。マリオンは眠っていた。

介護の女性はエーレンデュルと入れ違いに帰り、エーレンデュルはいま一人静かにそこに座ってマリオンが目を覚ますのを待っていた。頭の中で、何十年も前に警察官として働き始めたころのことを思い出していた。

「なんなんだ、お前は?」というのがマリオンが最初に発した言葉だった。「お前は物事を学ぶことができないのか?」

どう答えていいか、わからなかった。この、いつもキャメルのタバコを指に挟み、つねに青い煙に包まれている小さな人間に自分がどんな目で見られているのかが、まったくわからなかった。

「なぜお前は犯罪捜査課で働きたいのだ?」あのときマリオンはエーレンデュルが答えに詰まっているのを見て、続けて訊いたのだった。「これからも交通巡査をしていればよさそうなものを」

「何か自分にできることがあるのではないかと思ったのです」とエーレンデュルは答えたのだった。

あのときの部屋を思い出す。小さな部屋で、書類やファイルでいっぱいだった。そして机の上には大きな灰皿。吸殻が山になっていた。部屋にはタバコの臭いが濃く染みついていた。だが、それはエーレンデュルにとってはとくに不快ではなかった。自身タバコを吸ったからだ。

マリオンはタバコを一本取り出した。

「お前はとくに犯罪に関心があるのか?」あのときマリオンの質問は続いた。

「ある種の犯罪です」と言って、マッチを取り出した。

「ある種の?」

「自分は失踪に関心があるのです」エーレンデュルは答えた。

「失踪？　なぜ？」

「昔から関心があるから。自分は……」エーレンデュルは迷った。

「なんだ？　何が言いたい？」マリオンはタバコに火をつけて言った。一センチも残っていないタバコが、吸殻の山の上でまだチラチラと燃えていた。「なぜ口ごもるんだ？　仕事でもそのように口ごもるのなら、ここにはいらない。言いたいことがあったらはっきりと言え！」

「失踪は人が思っているよりもずっと犯罪と関係があるように思うから。確証があるわけではないが、そういう気がするんです」

エーレンデュルは我に返った。マリオンが酸素吸入器で呼吸している。エーレンデュルは外に目を移した。そう、あのときおれは直感的にそう思ったのだった。

マリオン・ブリームはゆっくりと目を開けて、ソファに座っているエーレンデュルを見た。視線を合わせ、マリオンは酸素吸入のマスクを外した。

「みんな、あのいまいましい共産主義者を忘れたのか？」しゃがれ声でマリオンが言った。脳卒中のあと、口が少し曲がり、言葉もはっきり言えない。

「具合はどうなんです？」エーレンデュルが訊いた。

マリオンが一瞬笑いを見せた。いや、顔をしかめただけだったのかもしれない。

「年が越せれば奇跡、というところだろうね」

「なぜ教えてくれなかったんです？」

「それでどうなるというわけでもあるまい？　新しい肺をくれるとでもいうのか？」

「がん、ですか？」

マリオンはうなずいた。

「タバコの吸いすぎですよ」エーレンデュルが言った。

「そうだな。がんにかかるためならなんでもやった、というところだな」

マリオンは酸素吸入マスクをふたたび顔につけ、エーレンデュルを見た。その目はまるで、タバコをくれと要求しているようだった。エーレンデュルは首を振った。部屋の隅にあるテレビがついていて、マリオンはその画面に目を移した。マスクがふたたび外れた。

「例の骸骨《がいこつ》のほうはどうなってる？　本当にみんな共産主義者たちのことを忘れてしまったのか？」

「どうして共産主義者のことをしつこく言うんですか？」

「お前の上司がきのう見舞いに来た。いや、見舞いというより別れを言いに来たというべきだろうな。あいつのことは昔から気に食わなかった。なぜお前があいつのポジションに座っていないのか、私にはさっぱりわからない。なぜなんだ？　お前はずっと前にあいつに代わってチーフになって、いまの倍の給料を、何もしないで手にすることができたのに」

「さあ、なぜですかね」

「あのばかが、例の骸骨はソ連時代の無線機のような機器にくくりつけられていたと口を滑らせた」

「ええ、機器はたしかにロシア製のようです。無線の発信機のようなものにくくりつけられて

わないか？」

「私の命はもうじき終わるんだ。いまタバコの一本や二本吸ったってなんの違いもないとは思わないか？」

「だめです」

「タバコを一本くれないか？」

ました」

「それでも私からはもらえないとわかってください。もしかして、そのために電話をくれたんですか？　私からもらう最後のタバコで死んでやろうと？　それは私に銃で頭を一発撃ってくれと頼むのと同じですよ」

「頼んだらそうしてくれるか？」

エーレンデュルは笑いをこぼし、マリオンの顔は一瞬明るくなった。

「それより血栓のほうがずっとひどいんだ。そう、脳卒中だ。口がちゃんと開かないから何を言っているのかわからないだろう？　手も満足に動かせない」

「さっきから言ってる共産主義者たちとは、なんのことですか？」

「お前がうちにまわされてくる二、三年前のことだが……。いや、お前は何年に来た？」

「一九七七年です」

「あのときお前は失踪事件に関心があると言ったな。それは憶えている」とマリオンが言った。その顔に痛みをこらえるような表情が浮かんだ。マリオンは酸素吸入マスクをまた顔につけ、目を閉じた。しばらくそのまま、長い時間が経った。エーレンデュルはあたりを見回した。不愉快なことに、マリオンのアパートは自分のアパートに似ていた。

「誰か、介護の人を呼びますか、医者でも？」

「いや、誰も呼ばなくていい」そう言ってマリオンはマスクを外した。「あとで二人分のコーヒーをいれてくれ。ときどき休まなければならないだけだ。とにかく、お前は思い出すべきだったんだ、おれたちがあの機器を見つけたときのことを」

「機器？　なんの機器ですか？」

「クレイヴァルヴァトゥン湖でみつけた機器のことだよ。まったく、誰も憶えていないとは！」

マリオンはエーレンデュルを見つめ、弱々しい声で昔クレイヴァルヴァトゥン湖で見つかった無線機の話を始めた。エーレンデュルは話の途中で急に思い出した。その話はまた聞きだったので、おぼろにしか憶えていなかった。だから今回の骸骨のことがすぐに何十年も前の無線機の話に結びつかなかったのだ。当然すぐに思い出すべきだった。

マリオンによれば、一九七三年九月十日、ハフナルフィヨルデュル分署に通報があり、レイキャヴィクから来た二人の潜り屋——当時は潜水夫のことをそう呼んでいた、と言って、痛むにもかかわらずマリオンはニヤリと笑った——が、偶然に湖の未捜索地帯で数台の機器を発見したと知らせてきた。機器は十メートルの深さの湖底にあった。引き上げて調べると、機器はロシア製で、側面に刻まれた文字は削り取られ消されてはいたが、かろうじてロシア文字であることが読み取れた。郵便電話局の専門家が調べ上げ、盗聴及び情報発信の機器であることが判明した。

「機器はけっこうな数だった」マリオン・ブリームが言った。「テープレコーダー、数台の無線受信機、数台の無線送信機だったな」

「その捜査の責任者はあなたでしたか?」

「いや。私ではない。私は機器が湖から引き上げられたときに立ち会っただけだ。この事件は大きな注目を集めた。冷戦の只中《ただなか》だったし、ロシア人がここアイスランドでもスパイ活動をしているということがこれではっきりとわかったわけだ。アメリカ人もスパイ活動をしていたが、彼らはこっち側で、友人だった。が、ロシア人ははっきり、敵だったからね」

「送信機?」

「ああ、そうだ。そして、盗聴器も。それらの一部は駐留するアメリカ軍の無線波長に合わせてあったということだった」

「それで、そのときの機器と今度見つかった骸骨が関係あると言うんですか?」

「お前はどう思う?」と言って、マリオンは目をつぶった。

「うーん。まったく関係ないとは言えないかもしれない」

「頭の片隅にこのことを覚えておいてくれ」と言ったが、もはや激痛で口もきけないようだ。

「何か私にできることは? 何かほしいものはありますか?」

「ときどき西部劇を借りる」長い沈黙のあと、目をつぶったままマリオンは言った。

エーレンデュルはすぐには意味がわからなかった。

「西部劇? カウボーイ映画のことですか?」

「いい西部劇の映画のビデオを借りてきてくれないか?」

「いい西部劇とは?」

「ジョン・ウェインの」とマリオンは消え入るような声で言った。

エーレンデュルはマリオンがふたたび目を覚ますかもしれないと思って、その後もしばらく動かなかった。そろそろ昼近かった。キッチンへ行ってコーヒーをいれ、カップに注いだ。マリオンはブラックコーヒーを好《この》んだ。自分と同じように砂糖もミルクも入れない。マリオンの座っている椅子のそばにカップを置いた。他に何をしていいかわからなかった。

西部劇とは! アパートの建物を出ながら、首を振った。

「驚いたな」とつぶやいて、車を走らせた。


午後、シグルデュル=オーリがエーレンデュルの部屋に入ってきて、椅子に腰を下ろした。例の男がまた夜中に電話をかけてきて、自殺するつもりだと言ったというのだ。シグルデュル=オーリはパトカーを送り込んだが、誰もいなかったという。男は小さな一軒家に一人で住んでいた。シグルデュル=オーリの命令どおり、警官たちは鍵を破って踏み込んだが、家はもぬけの殻だった。

「そしてまた今朝あいつ、電話してきたんですよ」と一通り昨夜のことを話してからシグルデュル=オーリが言った。「また家に帰ったんでしょう。何も起きはしなかったんですが、自分はもううんざりしてるんです」

「その男か、妻と子どもを亡くしたというのは？」

「なんだか知らないけど自分でこしらえた理由をでっち上げて、自分を責めてるんです。他の人間の話は聞こうともしない」

「妻と子どもが死んだのは、まったくの突発事故だったんだろう？」

「ええ。でも、彼の頭の中では別のストーリーになってしまっているんですよ」

それはシグルデュル＝オーリが臨時に市民生活課に狩り出されて働いていたときのことだった。ブレイスホルツブロイトの交差点で大きなランドクルーザーが普通乗用車に衝突した。乗用車の運転者と後部座席にベルトを締めて座っていた五歳の娘が即死した。ランドクルーザーの運転者が酔っ払っていて、信号を無視した結果だった。女性の乗用車は信号待ちをしていた車の最後尾車で、交差点を渡っていたときに猛スピードでランドクルーザーが突っ込んできたのだった。もしこのとき女性が渡るのを待って、次に青になったときに信号待ちの車の最初の車として渡っていたら、事故に遭わなくてすんだだろう。ランドクルーザーもそのまま角を曲がって運転を続けただろう。酔っ払いの運転者は早晩事故に遭っただろうが、とにかくそのときは無事だったはずだ。

「でも、たいていの事故はそんなふうに起きるんですよ。不幸な偶然の重なりなんです。でも、彼にはそれがわからないんです」

「良心の痛みに耐えられないいんだろう。もう少し理解してやればいいではないか」エーレンデュルが言った。

「理解？　理解してますよ！　でも、彼は夜中に自宅まで電話をかけてくるんですよ。これ以上理解しろと言われても、それは無理というもんです！」

女性は娘と一緒にスマラリンド・ショッピングセンターに食料品の買い物に出かけたのだった。レジで支払おうとしていたときに夫から電話があり、イチゴを買ってきてくれと頼まれた。もう一度売り場に戻ってイチゴを買ったために、四、五分遅れて店を出た。夫の後悔はそこにあった。もし自分がイチゴを買ってくれなどと言わなかったら、妻はきっとあの瞬間に交差点にはいなかっただろうし、事故にも遭わなかっただろうというのである。そのように考えて彼は自分を責めていた。事故の原因は、自分が彼女に電話したことにあると。

それは凄まじい光景だった。女性の車は衝撃で見る影もなくなった。ランドクルーザーのほうは横転し、道路脇に転がった。運転していた男は頭に強い衝撃を受け、数カ所骨を折り、意識不明のまま救急車で病院へ運ばれた。女性と女の子は即死だった。潰れた車体の残骸から二人の体をまさに文字どおり切り離さなければならなかった。道路が血で真っ赤に染まった。

シグルデュル＝オーリは牧師と一緒に男の家へ行った。車は彼の名前で登録されていた。妻と娘の帰りが遅いと心配し始めていた彼は、シグルデュル＝オーリと牧師の姿を見て仰天した。事故のことを知らされると、彼は倒れ、医者を呼ばなければならなかった。それ以来、彼はときどきシグルデュル＝オーリの家まで電話をかけてくるようになった。いまでは望もうと望むまいと、シグルデュル＝オーリは男の信頼できる友人のような役割を果たしていた。

「ぼくは彼のコーチになんかなるつもりないんですよ」シグルデュル＝オーリがため息をつい

た。「でも彼はどうしてもぼくと話をしたがる。夜中に電話してきて、これから自殺すると宣言するんですから！　どうして牧師に相談しないんですかね？　あのときは牧師も一緒だったのに」

「コーチ？」

「彼の言葉を聞いて、ああ、もっともだ、ああ、そのとおりと言って慰める人。コーチですよ！　これ、アイスランド語なんだけどなあ！」

「セラピストに相談しろと言えばいいじゃないか？」

「それも言いましたよ」

「彼の気持ちを理解するのは難しいだろうな。とにかくものすごく落ち込んでいるのだろう」

「そうなんです」とシグルデュル＝オーリ。

「それで、自殺願望があるのか？」

「ええ、そのようです。とにかくとんでもないことをやらかしそうなんですよ。ぼくはもう付き合いきれない。もう十分だ！」

「ベルクソラはなんと言ってるんだ？」

「ぼくなら彼を助けることができると言ってますよ」

「イチゴのせい？」

「ええ。そう決めつけているんです。いつもあの男にはそうじゃないと言ってるんですがね。ほんと、狂ってますよ」

9

エーレンデュルはもう一件、一九六〇年代に失踪した男についての話を聞いた。シグルデュル＝オーリも同席した。その男はあと少しで五十歳という年齢のときに突如姿を消した。クレイヴァルヴァトゥン湖で見つかった男の年齢は、初期検査の段階で、三十五歳から四十歳と推測された。ロシア製の機器の推定製造年と考え合わせ、男は一九六一年以降に湖に沈められたものとみなされた。骸骨《がいこつ》の下にあったその箱は徹底的に調べ上げられ、盗聴器であることが判明していた。それも一九六〇年代にＮＡＴＯ（北大西洋条約機構）が使用した周波数をキャッチできる短波受信機だった。製造年月日は、部分的に削られてはいたが、一九六一年と読めた。そして箱に刻まれた文字は間違いなくロシア文字だった。

エーレンデュルは一九七三年にクレイヴァルヴァトゥン湖で発見された数個のロシア製機器について報道した当時の新聞を探し出して読んだ。そしてマリオン・ブリームが語ったことはおおむね当時の報道と一致しているとわかった。それらの箱はゲイティホフディ付近、水深十メートルのところで発見されていた。今回骸骨が発見されたところからはかなり離れた場所だ。シグルデュル＝オーリとエリンボルクに一九七〇年代にも同じような通信機が発見されていたことを伝え、三人は今回発見された骸骨と関係があるかどうか話し合った。エリンボルクは当然関係があると即座に答えた。一九七〇年代にもし警察がもっと広範囲にわたって探索していたら、今回見つかった骸骨も見つけられたのではないかという意見だった。

当時の警察の報告書には、湖に潜った二人の潜り屋はその一週間前にもクレイヴァルヴァトゥン湖に潜りに来ていて、そのとき湖から走り去る黒いリムジンを見かけたと証言していた。二人は外交官の車だと即座に思ったと語っていた。ソヴィエト大使館は警察の問い合わせに対してノーコメントだった。レイキャヴィクに大使館を置く他の東ヨーロッパ諸国に関してもそれは同様だった。エーレンデュルは発見された機器はソ連製であると認証した短い報告書を見つけた。機能的には百六十キロメートル四方の範囲で盗聴できる受信機で、おそらくレイキャヴィクでの通話とケフラヴィク周辺での通話の盗聴に使われたものと推測された。一九六〇年代初頭のもので、トランジスターが出てくる前には一般的だったエレクトロンが搭載されていた旧式のもの、とあった。機器はバッテリで作動し、普通の旅行鞄に入るほどの大きさだった。

いまエーレンデュルとシグルデュル＝オーリの前に座っている女性は七十歳ほどで、年齢にふさわしい落ち着きを見せていた。当時彼女が一緒に暮らしていた男が突然いなくなったのだという。二人の間に子どもはいなかった。結婚はしていなかったが、近いうちに市役所で婚姻届を出すつもりだったという。男がいなくなってからはずっと一人暮らしだという口調に、少し寂しさが感じられた。

「とても素敵な人だったんですよ。わたし、あの人がきっと帰ってくるとずっと思っていたんです。そう思うほうが、あの人は死んだと思うより良かったですから。死んだとはどうしても思いたくなかった。いまでもそれは同じです」

　二人は小さなアパートを買い、子どもがほしいと思っていた。女性は牛乳屋で働いていた。一九六八年のことだった。

「あなたは憶えているでしょう？」と女性はエーレンデュルに言い、それからシグルデュル＝オーリのほうに目を向けた。「もしかするとあなたも。昔は牛乳屋というものがあったということを。牛乳や乳製品だけを売っていたんですよ」

　エーレンデュルはもちろん、というようにうなずいた。シグルデュル＝オーリはすでに苛立ち始めていた。

　男は彼女を迎えに来ることになっていた。いつものように。しかしその日はいつまで待っても男は来なかった。

「もう三十年も経ってしまいました」と女性はエーレンデュルに語りかけた。「でもわたしはいまでもまだ、牛乳屋の前に立ってあの人を待っているような気がして仕方がないんです。もう三十年も経ってるのにね。あの人はとても几帳面で、遅れることなんてなかった。だからあの日、わたしは十分経ったとき、変だと思ったんです。そして十五分経ち、三十分経った。時間がとても長く感じられたのを憶えています。わたし、忘れられてしまったのかしら、と思ったことも」

　と言って、女性はため息をついた。

「それから、本当は彼なんていなかったのだという気がしました」

エーレンデュルとシグルデュル＝オーリは報告書を読んでいた。女性は翌朝早く男の失踪を警察に届け出、警察が彼女の家にやってきた。男は新聞、ラジオ、テレビで行方不明と報道された。警察は彼女にきっと戻ってくるだろうと言った。酒飲みだったか、このようにいなくなることがいままでもあったか、他にも女がいたか、と訊いた。彼女はこれらすべてにノーと答えたが、これらの質問のために男のことをそれまでとはまったく別の方向から考えだした。他の女がいたのだろうか？　他の女を求めていなくなったのだろうか？　男はセールスマンだったので、国中にセールスに出かけた。農業用の機械や車を販売していた。トラクター、藁《わら》貯蔵室のための空気清浄機、掘削機、ブルドーザーなど。だから国中を旅していたのだ。出かけるときは二週間ほど続けて留守にした。いなくなったとき、彼はちょうどそんな旅行から帰ってきたばかりだった。

「あの人がクレイヴァルヴァトゥン湖になんの用事で出かけたのか、見当もつかないわ」と女性はエーレンデュルとシグルデュル＝オーリの顔を交互に見た。「少なくとも一緒にその湖に行ったことはありません」

女性にはソ連製の機器のことと頭蓋骨《ずがいこつ》に穴が空いていたことは言わなかった。ただ水がなくなった湖に骸骨が見つかったために、ある一定の時期に失踪した男たちのことを調べているとだけ話した。

「あなたの車がバスターミナルで二日後に見つかってるんですよね」シグルデュル＝オーリが言った。

「バスターミナルでは、あの人の外見を話しても、見かけたことがあると言った人は一人もいなかったそうです。わたしはあの人の写真を持っていませんでした。あの人もわたしの写真を持っていなかった。わたしたち、そんなに長い付き合いじゃなかったんです。それに何より、わたし、カメラをもっていなかった。一緒に旅行したこともなかったし。普通旅行のときでしょう、人が写真を撮るのは」

「そう。それとクリスマスのとき」シグルデュル＝オーリが言った。

「ああ、そうね。クリスマスのとき」

「彼の両親は？」

「ずっと前に二人とも亡くなってます。あの人、ずいぶん長いこと外国に行ってたそうです。船員をしてたそうですし、イギリスとフランスに住んでたこともあると言ってました。外国語もペラペラでした。本当に長いこと外国に住んでいたんだと思います。あの人がいなくなってからわたしの車が見つかるまでの間に、バスターミナルからは三十もの遠距離バスが様々な目的地に向かって出発してるんですけど、一人として彼を見かけたという人がいなかった。はっきり憶えていない、という人ばかりだったと警察は言うんですが、わたし、わかるんです。警察はわたしを慰めているだけだと。警察はあの人がどこかで酒に酔いつぶれているだけで、そのうちに帰ってくるだろうと思っていたんです。実際わたしは警察の人に、ダンナはどこかで酔いつぶれているだけだから、きっとそのうちに帰ってくるよと言われましたから」

女性は黙った。

「当時警察はちゃんとした捜査をしなかったんです。なんの関心も示さなかった」

「なぜ彼はバスターミナルまで車で行ったんでしょうね？」エーレンデュルが訊いた。目の端でシグルデュル＝オーリが当時の警察の態度をメモするのを見ながら。

「わかりません。本当にわからないわ」

「誰か他の人が運転して彼をそこまで連れて行ったとは考えられませんか？　あなたを、または警察を混乱させるために。彼が町を出たと信じ込ませるために」

「わかりません。彼は殺されたのかもしれないと思うこともあります。しょっちゅうそんな思いが胸を突き上げてくるわ。でもいったい誰が、そして何より、なぜ彼を殺すなんてことを！　わたしには本当にわからない」

「偶然そうなったとか、運命のいたずらということもあります」エーレンデュルが言った。「ちゃんとした理由などなしに。なんの説明もつかない殺人というものもあるのです。アイスランドの殺人事件は、たいていはそういう、なんの説明もつかないような突発的なものが多いのです。事故だったり、偶発的な殺人だったり。たいていはまったく計画的なものではないし、それどころか理由らしい理由もないのですよ」

警察の報告書にはその日男は近くにセールスに出かけ、その後家に帰る予定だったとあった。町の近くの農家がトラクターを一台買いたいと言ってきたので、説明に出かけたということになっていた。だが農家の話では、男は現れなかったという。一日中待っていたが、来なかったと。

「すべてが平和でなんの問題もないように見える。それなのに彼は家出したんですね」シグルデュル＝オーリが言った。「あなたは実際のところどう思ったんですか？」

「彼は家出なんかしてません。なぜそんな言い方をするんですか？」と女性は目を剝いた。

「ああ、失礼。もちろん、家出ではありませんでしたね。失踪でした。失礼しました」

「わたしがどう思ったか？　わかりません。あの人、ときどき何か深く考え込んでいるように見えました。子どもでもいたら……もしわたしたちに子どもがいたら、違っていたかもしれない」

三人ともしばらく何も言わなかった。エーレンデュルは心の中で女性が牛乳屋の前に立って心配そうに、あるいは落胆して足踏みをしながら待っている姿を思い浮かべた。

「彼は……、レイキャヴィクでどこかの大使館に出入りしていたということはありませんでしたかね？」エーレンデュルが訊いた。

「大使館？」女性が聞き返した。

「ええ。大使館です。どこかの大使館と連絡を取り合っていたとか？　例えば東ヨーロッパの大使館のどこかと」

「いいえ。知りません。あの、いったいなんなんですか？　どういうことですか？」

「どこかの大使館に知り合いがいないか、彼らのために仕事をしていなかったか、ということです」シグルデュル＝オーリが答えた。

「いいえ、全然。少なくともわたしが知るかぎり。わたしがあの人と付き合うようになってからはそんなこと、ありませんでした」

「あなたが所有していた車の車種はなんでしたか?」エーレンデュルが訊いた。報告書に書かれていたかどうか思い出せなかった。

女性は考え込んだ。おかしな質問が続いて、混乱しているようだった。

「フォードでした。フォードのファルコンだったと思います。黒の」

「警察の記録には車の中にはあなたの夫が失踪した理由を知る手がかりは何もなかったとあります」

「ええ、警察は何も見つけられなかったと言ってました。ホイールキャップの一つが盗まれていたとか聞きましたが、他には何も異常なことはなかったと」

「バスターミナルの近くでホイールキャップが一個盗まれたというんですか?」シグルデュル=オーリが訊いた。

「ええ、そう言ってました」

「ホイールキャップが一個なくなっていると?」

「ええ」

「それで、その車はいまどこに?」

「売りました。お金が必要だったので。わたし、いつもお金が足りないんです」

女性は車輛番号を憶えていて、シグルデュル=オーリがそれを書き留めた。エーレンデュルはシグルデュル=オーリに合図し、二人は立ち上がって、礼を言った。女性は椅子に座ったままだった。エーレンデュルの目にその姿が哀れに映った。

「彼が売っていた機械はどこから仕入れていたんですかね？」何か言わずにはいられず、エーレンデュルは思いついたことを訊いた。

「農耕機械のこと？　ロシアと東ドイツでした。アメリカ製と比べたら品質は悪いけど、値段はずっと安いと言ってました」


エーレンデュルは息子のシンドリ＝スナイルが何を求めているのか、理解できなかった。息子は娘のエヴァ＝リンドとはまったく違っていた。エヴァ＝リンドはエーレンデュルが子どもたちに会うための努力をまったくしなかったと言って父親である彼を責めた。母親がいつも彼のことを悪く言うために、彼らは父親の存在を知ったわけで、それがなければ、まったく知らなかったに違いないと。大きくなってからエヴァ＝リンドは突然父親の前に現れ、容赦なく怒りをぶちまけた。だが、シンドリ＝スナイルの場合は違うようだった。家族を崩壊させたと言って父親を糾弾《きゅうだん》するわけではなく、子どもたちを見捨てたと言って怒りを爆発させるわけでもなかった。小さいときから、父親は悪い人だから子どもたちを捨てて出て行ったのだと聞かされてきたのは姉と同じだったはずだが。

家に帰ると、シンドリ＝スナイルがキッチンでスパゲッティを茹《ゆ》でているところだった。キッチンは掃除されていた。と言ってもフードカートンをいくつか捨て、フォークなどを洗い、コーヒーメーカーとその周りを拭いただけだったが。エーレンデュルはリビングへ行ってテレビをつけた。ニュースでクレイヴァルヴァトゥン湖で見つかった骸骨のことは五番目に挙げられただけだった。警察はロシア製の機器のことは一切報道に流していない。

二人はキッチンテーブルに向かい、黙って食事を始めた。エーレンデュルはバターを少しスパゲッティにのせてフォークで切りながら食べ始めたが、シンドリは口を尖らせてズルズルと吸い込んだので、トマトソースが飛び散った。エーレンデュルは母親はどうしてると訊いたが、シンドリは町に来てから母親とは連絡をとっていないと言った。二人は黙って食べ続けた。リビングではテレビがしゃべっていた。有名人のお宅訪問とかいう番組で、ロックスターが自慢話をしていた。

「エヴァがクリスマスのときに、あんたが弟を亡くしたって話をしてたんだけどさ」と言って、シンドリはキッチンペーパーで口の周りを拭いた。

「そのとおり」エーレンデュルは少し間を置いてから言った。思いがけないことを聞くという顔つきだった。

「エヴァは、それがあんたに大きな影響を与えてるって言ってた」

「ああ、そうだ」

「それであんたがいまのあんたになった、というわけ?」

「いまのおれに? いまのおれとは、どういう意味だ? おれにはわからん。エヴァにもわからんはずだ!」

二人は黙々と食べ続けた。シンドリは口を突き出してすすり込み、エーレンデュルはフォークでスパゲッティを口に運ぼうと苦労しながら。次に食料品店の前を通ったらオートミールと羊の内臓を買おうとエーレンデュルは密かに思った。

「おれが悪いんじゃない」シンドリが突然言った。

「なんの話だ?」とエーレンデュル。

「あんたのことをおれがほとんど知らないってこと」

「ああ、そうだ。それはお前のせいじゃない」

二人は黙ったまま食べ続けた。シンドリはフォークをテーブルに置き、口の周りをまたキッチンペーパーで拭いた。立ち上がってコーヒーマグを手に取ると水道の蛇口に行き、水を一杯汲んでまた席に座った。

「エヴァはあんたの弟がどうしても見つからなかったと言ってた」

「ああ、そのとおり。どうしても見つからなかった」

「ということは、彼はまだ山岳地方のどこかに埋もれているということ?」

エーレンデュルは食べるのをやめ、フォークを置いた。

「ああ、おそらくそうだろう」と言って、息子の目を真正面から見た。「何が言いたいんだ?」

「いまでもときどき弟のことを探すのか?」

「おれが?　探す?」

「あんた、いまでも探してるのか?」

「なんなんだ?　何を知りたい、シンドリ?」

「おれ、東アイスランドで働いていたことがあるんだ。エスキフィヨルデュルで。誰もおれたちが……」シンドリは言葉を探して一瞬黙った。「おれがあんたを知っているとは知らなかった。でもエヴァからあんたの弟の話を聞いてから、おれは向こうの人たちに訊きまわった。魚工場で働いていたんだが、そこの年寄りの人たちに」

「おれのことを訊きまわった？」

「いや、ズバリ訊いて歩いたわけじゃない。昔の話を聞かせてくれと言ったんだ。かつてあそこに住んでいた人たちとか、農家の人たちの話を。あんたの父さんは農家だったんだろ？　つまりおれのじいさんって人」

エーレンデュルは答えなかった。

「憶えていた人たちがいたよ」シンドリが言った。

「何を？」

「父親と一緒に男の子が二人、山に行ったって話。そして弟のほうがいなくなったってこと。そのあと、一家は町へ引っ越していったって話」

エーレンデュルは息子を正面から見た。

「お前は誰と話をしたんだ？」

「土地の人たちと」

「そしてコソコソとおれのことを調べたんだな？」エーレンデュルの語気が荒くなった。

「いや、コソコソと調べたりなんかしてない。エヴァ＝リンドから話を聞いて、おれは知りたくなったんだ、本当のことを」

エーレンデュルは皿を横にやった。

「それで、何を知った？」

「ものすごい悪天候だったということ。あんたの父さんが一人で帰ってきた。そして村から捜索隊が山に向かった。あんたは雪溜まりの中で見つかった。でも、あんたの弟は見つからなかった。あんたの父さんは捜索隊に加わらなかった。すっかり頭が混乱してしまって、そのあとも変なままで決して元どおりにはならなかったと言ってた」

「頭が混乱しただと？　なんというでたらめを言う奴らだ！」

「でもあんたの母さんは気丈な人だったって。捜索隊と一緒に毎日息子を探しに出かけたと。捜索隊の人たちがあきらめたあとも、一人で探しに出かけたって。二年後にあんたたちは町へ引っ越していったけど、そのときまであんたの母さんは毎日探しに出かけたって。まるで何かに取り憑かれたように」

「息子を埋葬してやりたかっただけだ。取り憑かれたわけじゃない」

「あんたのことも話していたよ」

「噂なんかどうだっていい」

「救われたほうの息子は、その後何度も村に戻ってきて、山へ行って探しまわっていたと。何年も来ないこともあったけど、そして最後に来てからずいぶん経つけど、彼はきっとまたやってくると村の人たちは信じていた。テントを背負ってやってきて、馬を借りて一人で山岳地帯へ出かける。そして一週間か十日、ときには二週間も経ってから戻ってくる。決して誰とも口をきかない。馬を借りるときだけが例外で、それも最小限のことしか話さないと言っていた」

「まだそんなことを話しているのか、村の人たちは？」

「いや、そんなことはないと思う。そんなに話しているわけじゃない。おれが知りたくて、聞きまわっていたから話してくれたんだ、そのころのことを憶えている人たちが。あんたのことを憶えていた人たちが。おれ、馬を貸している人に会いに行ったんだ」

「なぜだ？　なぜそんなことをした？　お前はいままで……」

「エヴァ＝リンドは言ってた。この話を聞いてからあんたのことが少しわかるようになったと。エヴァはいつだってあんたのことをしゃべりたがる。おれはあんたのことなどどうでもいいけど、エヴァは違う。なんだかわかんないけど、エヴァにはあんたは特別なんだ。おれはあんたに興味ない。いなくてもまったくかまわない。でも、エヴァにはあんたが必要なんだ。昔っからそうだった」

「エヴァにはできるかぎりのことはしている」

「ああ、知ってる。それはエヴァから聞いてる。口出しされてうるさいなんて言ってるけど、本当はあんたの気持ち、わかってると思うよ、エヴァは」

「遭難した遺体は七十年、八十年後に見つかることがある。百年以上経って見つかることだってあるんだ。たいていは偶然にだ。そういう話がごまんとある」

「そうなんだろうな。エヴァはあんたが弟のことで責任を感じていると言ってた。弟とはぐれてしまったこと。何度も戻っていったのは、そのため？」

「おれは……」と言いかけて、エーレンデュルは口をつぐんだ。

「それ、良心の痛みのため？」

「良心の呵責《かしやく》に耐えきれないためかどうかは、わからんが」と言って、エーレンデュルはかすかに微笑んだ。

「でもその子のこと、まだ見つけていないんだよね？」

「ああ、そうだ」

「だから何度でも行くんだ」

「昔住んでいたところに行くのはいいものだ。他の土地へ行って、まったく一人になることも」

「おれ、あんたたちが住んでいたという家、見たよ。もうすっかりあばら屋になってた」

「ああ、そうだ。もう何年も前から。半分はもう崩れている。ときどき、あの家を改修してサマーハウスにしようかなどと思うこともあったんだが」

「あれはマジ幽霊屋敷だよ」

エーレンデュルはシンドリ＝スナイルを見て言った。

「あの家で眠るのはなかなかいいものだよ。幽霊たちと一緒に」

その晩ベッドに入ってから、エーレンデュルは息子の言ったことを考えた。シンドリの言ったとおり、いままで数回、夏に故郷へ行って弟を探しまわった。はっきりと目標を定めていたわけではない。ただ、弟の遺骨を見つけたい、そして過去に終止符を打ちたいという気持ちがあった。見つかる可能性がどんなに小さくても。行ったときは必ず最初の晩と最後の晩、いまでは廃墟となっている両親の家に泊まった。居間の床で寝袋に入り、壊れた窓から空を見上げ、昔のことを思い出した。いつも両親と一緒にこの部屋に座って、親戚や近所の人たちの話を聞いていた。きれいに塗られた居間のドアを眺め、柔らかい光の中で母親がみんなにコーヒーを注いでいる姿を見ていた。父親は戸口に立って、笑顔でみんなの話を聞いていた。小さな弟が恥ずかしそうにもう一枚クッキーをもらってもいいかと父親に訊く姿もあった。エーレンデュル自身は窓辺に立ち、馬と、いままで馬に乗っていた男たちが談笑しながら家の中に入ってくる姿を眺めていた。

それがエーレンデュルの幽霊たちだった。

10

翌日エーレンデュルはふたたびマリオン・ブリームを見舞った。少し元気になっていた。ジョン・ウェインの西部劇のビデオが見つかった。『捜索者』という映画で、ビデオを持って行くと、マリオンはすぐに観たいからビデオカセットをセットしてくれと頼んだ。

「いつから西部劇を観るようになったんですか?」エーレンデュルが訊いた。

「昔から好きだった」とマリオンは答えた。酸素吸入マスクは椅子のそばのテーブルの上にあった。「一番いいのは、単純な人々のことを描いている単純なストーリーの映画だな。お前もそういう映画が好きなんじゃないかと思っていた。西部劇のことさ。お前も田舎出だから」

「映画はほとんど観たことがない」エーレンデュルが言った。

「クレイヴァルヴァトゥン湖の捜査はうまくいっているのか?」マリオンが訊いた。

「ロシア製の盗聴器にくくりつけられていた六〇年代のものと思われる骸骨《がいこつ》が見つかったということなんですが、あれはどういうことですかね?」エーレンデュルが言葉を返した。

「一つの解釈しかないだろう」とマリオン。

「スパイ活動?」

「ああ」

「骸骨はアイスランド人スパイだと思いますか?」

「その骸骨がアイスランド人だと誰か言っているのか?」

「いや、そこから始めようと思ってるだけです」エーレンデュルが自信なさそうに言った。

「それがアイスランド人であるという証拠は何もないだろう」マリオンが言ったとたん、猛烈に咳き込み始めた。「そこの酸素吸入マスクを取ってくれ」酸素を吸うと少し気分がよくなる
エーレンデュルはマスクを手に取り、酸素吸入器の口を緩めた。介護士を呼ぶべきか、いや、いっそのこと医者を呼ぶべきかと考えていると、マリオンに考えを読まれた。

「大丈夫。助けはいらない。あとで看護師が来ることになっている」

「疲れるでしょう。帰りましょうか」

「いや、まだ帰らないでくれ。お前は唯一私が話をしてもいいと思う人間なのだから。それにタバコをくれるかもしれない唯一の人間でもある」

「いや、タバコは絶対にあげませんよ」

静かになった。しばらくしてマリオンがマスクを外した。

「冷戦中、スパイ行為をしていたアイスランド人がいたんですか?」エーレンデュルが訊いた。

「知らない。スパイの勧誘があったことは事実だ。あるとき、男が一人警察にやってきて、ロシア人に追いかけ回されて困っていると訴えた」マリオンはここでまた目をつぶった。「じつに馬鹿げた、途方もない話だった。典型的な、アイスランドでしか起き得ないような話だった」

あるときロシア人数人が一人の男に近づき、手伝ってくれないかと話を持ちかけ、ケフラヴ

ィク空港と空港の建物に関する情報がほしいと言った。ロシア人たちは真剣で、町から離れたところで目立たないように彼に会いたいと言ってきたという。かなり強引な物言いで、男は一人ではどうしても彼らを追い払うことができなかった。そんな気はないときっぱり断っても、どうしても引かない。しまいに彼は指示どおり彼らに会うことにした。そして警察に相談し、簡単な罠をしかけた。ロシア人の指示どおりハフラヴァトゥンへ車で向かい、その車の後部座席に警官二人が毛布をかぶって潜り込んだのだ。目的地の周りにも警察官を配置した。ロシア人たちは警察官たちが車から飛び出すまでまったく気がつかなかった。

「彼らは国外追放された」マリオンが言った。ロシア人たちのスパイの勧誘の試みを思い出して唇をゆがめた。「いまでも憶えているよ。奴らの名前を。キシレフとディミトリエフだ」

「ここレイキャヴィクで六〇年代に一つ失踪事件があったんですが、それを憶えているか訊こうと思っていたんです」エーレンデュルが話を切り出した。「農耕機械やトラクターなどを売っていた男なんですが、ある日、市外の農家に、約束があったのに現れなかった。そしてそのまま姿を消してしまったんです」

「ああ、その件ならよく憶えている。担当は確かニエルスだったな。あの怠け者の」

「そうです」ニエルスを知っているエーレンデュルがうなずいた。「男はフォード・ファルコンに乗ってました。車はバスターミナルのすぐ近くで発見されました。ホイールキャップが一個なくなっていたそうです」

「恋人から離れたかっただけじゃないのか？　確かそういう結論に達したと思うが。それで自殺したということだったのではなかったか」

「そうだったのかもしれません」

マリオンは目をつぶった。エーレンデュルは眠っている病人のそばでしばらく『捜索者』を観ていた。ビデオのケースには、ストーリーが書かれていた。ジョン・ウェインはかつて南北戦争で南軍に参加した兵隊で、男のきょうだいとその妻がインディアンに殺され、彼らの娘がさらわれた。何年もかけてようやく探し出した姪は、インディアンの娘として育っていたとあった。二十分後、エーレンデュルは立ち上がり、まだ酸素マスクをつけて眠っているマリオンに声をかけて外に出た。

署に着くと、エリンボルクの部屋へ行った。ちょうど彼女は出版記念パーティーでのあいさつを用意しているところだった。シグルデュル＝オーリもそこにいて、エーレンデュルに例のフォード・ファルコンの最後の所有者を突き止めたと言った。

「車はコーパヴォーグルの中古車部品会社に一九八〇年以前に売られてます」シグルデュル＝オーリが言った。「会社はまだありますよ。でも電話に出ないから、夏休みで店を閉めているのかも」

「鑑識から盗聴器について何か言ってきたか？」エーレンデュルはエリンボルクに訊いたが、彼女はパソコンの画面を目で追いながら口を小さく動かしていた。

「エリンボルク！」エーレンデュルが声をあげた。

彼女はちょっと待ってと言うように指を一本上げた。

「……それで、わたしとしましては」と彼女は声を出してパソコン画面を読み上げ始めた。「皆さんにキッチンでこれから素晴らしい時間をお過ごしになれるよう、また皆さんの豊かな時間がよりいっそう豊かなものになりますよう、この本を贈ります。この本の文章はわかりやすいものにしてあります。というのも、キッチンと料理というものは……」

「素晴らしいね」エーレンデュルが言った。

「ちょっと待って」とエリンボルクはエーレンデュルに言って、続けた。「当然良い家庭の中心にあるものであり、家族は日々そこに集い、一緒にゆっくりと豊かな時間を過ごすのです」

「ばかばかしい」シグルデュル＝オーリが言った。

「ちょっと言い過ぎかな？」とエリンボルクは顔をゆがませて言った。

「うん、気分が悪くなるほど」とシグルデュル＝オーリ。

エリンボルクはようやくエーレンデュルのほうを見た。

「鑑識官たちはあの黒いボックスについてなんと言ってる？」エーレンデュルが訊いた。

「まだ調べは終わってません」とエリンボルク。「電話局から専門家に来てもらうのだそうです」

「昔クレイヴァルヴァトゥン湖で見つかった数個の機器のこと、そして今回骸骨がくくりつけられていた機器のことを考えたんですが、これ、外務省のＯＢに話を聞くほうが早いんじゃないですか？」シグルデュル＝オーリが言った。

「そうしよう。誰に会えばいいのか、調べてくれ。東西の冷戦がもっとも厳しかった時代のことに精通している人物がいい」

「え、これって、アイスランドでのスパイ活動の話なんですか？」エリンボルクが訊いた。

「いや、わからない」エーレンデュルが言った。

「それって、ちょっとばかばかしいんじゃないですか？」とエリンボルク。

「いや、『家族は日々そこに集い、一緒にゆっくりと豊かな時間を過ごす』のほうがよっぽどばかばかしいさ」シグルデュル＝オーリが言った。

「もういいわ！　わかったわよ！」と言って、エリンボルクは書いた文章を消去した。


コーパヴォーグルの中古車部品会社に行ってみると、働いている人間は一人しかいなかった。事業主本人で、午後しかやっていないところだった。壊れた車が高い塀の内側に高く積み上げられていた。六台重ねもあった。事故で潰れたらしい車、ただ単に古くなってくたびれた車があたり一面に積み上げられている。古くなってくたびれたというのは事業主にも言えることで、六十歳近い年齢のくたびれきった感じの男が、これまたくたびれきった青いジャージの上下を着て車の残骸の中で働いていた。男が手にしているのはまだ新しい日本車のフロントバンパーで、車は追突されて、まるでアコーデオンのようにフロントシートまで縮んでしまっていた。

エーレンデュルは男が目を上げるまでしばらくその事故車を見ていた。

「長距離トラックに後ろから突っ込まれたのさ」と男は言った。「後ろに誰も座っていなかったのが不幸中の幸いというものだ」

「ピカピカの新車じゃないか」エーレンデュルが言った。

「あんたは何を探してるんだね？」

「黒のフォード・ファルコンだ。一九八〇年以前におたくに売られたか送り込まれたかしたものだ」

「フォード・ファルコン？」

「そう。たぶん、見つからないだろうと思うんだが」エーレンデュルが言った。

「もしうちに持ち込まれたとしても、その時点ですでにかなり古かったと思うよ」と言うと、男はボロ布を取り出して手を拭いた。「ファルコンの製造が終わったのは一九七〇年か、それより前だからね」

「つまり、持ち込まれていたとしても、使い物にはならなかったということか？」

「フォード・ファルコンは一九八〇年にはほとんど路上から姿を消してたね。あんた、なぜファルコンを探してるんだ？　部品がほしいのか？　自分でフォード・ファルコンを修理して復元してるのか？」

エーレンデュルは有り体に、自分は警察の者で、ある失踪事件に関連して古いフォード・ファルコンを捜していると話した。事業主は興味をもったようだった。そして、この会社は一九八〇年代の中ごろにホイクルという男から買ったものだが、当時の倉庫にフォード・ファルコンがあったかどうかは憶えていないと言った。ホイクルはだいぶ前に亡くなっているが、買い取った中古車を几帳面にすべて購入台帳に記録していたと言い、エーレンデュルをカウンターの奥の部屋に案内した。天井までぎっしりと書類の箱が積み上げられていた。

「これがこの会社の営業記録というわけよ」と男は言い訳がましく言った。「ここにあるものは原則捨てないことにしている。何なりと見てくれ。自分は面倒で帳簿は一切つけないが、死んだホイクルはすべてきちんとつけていたから」

エーレンデュルは礼を言い、年ごとに整理されているホルダーを取り出して書類をめくり始めた。七〇年代のホルダーを見つけたので、そこから始めた。なぜ自分がその車を捜しているのか、理由は自分でもよくわからなかった。もし見つけたとしても、その情報をどうするつもりなのか。他にも失踪した男がいるのになぜ特別にこの失踪にこだわるのかとシグルデュル＝オーリからしつこく訊かれたが、自分でも答えることができなかった。あの孤独な女性のイメージが頭にこびりついて離れないと言ったところで、シグルデュル＝オーリには決して理解できないだろう。とうとう幸せを見つけたと思って、足踏みしながら牛乳屋の前で何度も時計を見ては愛する男を待っていたあの女性のことだ。

三時間後、いい加減あきらめかけ、事業主の男が三度も見つかったかと声をかけに来たあと、ようやく探していたものが見つかった。売却の領収書だった。そこにはこの中古車部品会社が黒いフォード・ファルコンを一九七九年十月二十一日に売却したとあった。付記として、エンジン故障、車内はそれほど汚れていない、車体の塗装は良好とあった。登録ナンバーは記入なし。この紙に鉛筆の手書きメモがホチキスで留められていた。一九六七年型フォード・ファルコン。三万五千クローネ。買い手：ヘルマン・アルベルトソン。

11

レイキャヴィクにあるロシア大使館付一等書記官はエーレンデュルと同年輩だったが、痩身で、自分よりも快活そうだった。訪問を受けるには受けるが、明らかに非公式《インフォーマル》なものにしたがっていると見えた。カーキ色のズボンにセーター姿で、微笑しながらこのあとゴルフに出かけると二人に伝えた。執務室に入ると、エーレンデュルとエリンボルクに腰を下ろすように言い、彼自身は大きな机を前にして椅子に腰掛け、見事な笑顔を見せた。一等書記官には面会理由を伝えてあったし、訪問はあらかじめ日時が指定されていたので、これからゴルフに出かけるという言葉にエーレンデュルは驚いた。できるだけ早く面会を終わらせて帰ってほしいと言われているように感じた。会話は英語で行なわれた。面会理由を知らせてあったにもかかわらず、エリンボルクはなぜこの訪問が必要なのかを時間をかけてしっかり説明した。ロシア製の盗聴器がクレイヴァルヴァトゥン湖で発見された骸骨《がいこつ》にくりつけられていた。その人物は一九六一年以降に殺され、湖に捨てられたものと見られる。報道には機器のことは発表していない。

「ご存じのように、一九六一年から現在まで、アイスランドに駐在したかつてのソヴィエト連邦、現在のロシア共和国の大使は、大勢います」と書記官はまるでいまの説明を聞かなかったかのように言い、自信たっぷりの笑顔を見せた。「六〇年代にこちらの大使館に勤めていた者たちはずっと前に故人となっています。彼らがその湖にあったというロシア製の機器を知っていたとは思えませんね。ま、私同様に、と言っておきましょう」

一等書記官はまた素晴らしい笑顔を見せた。エーレンデュルも微笑み返した。

「しかしあなた方は、冷戦当時、我が国でスパイ活動を行なっていましたね？　行なおうとしていたというほうがいいのかもしれませんが」

「それは私以前の時代のことです。私はそれについて話すことは何もありません」

「つまり、あなた方はもうスパイ活動はしていないということですか？」

「スパイ活動をする？　何をスパイするのです？　我々も皆さん同様、すべて情報はネットで入手してますよ。それに、アイスランドの軍事基地はもはや決定的な役割を担っていませんからね。そもそもそれがなんらかの役割を果たすとすればですがね。世界の衝突地域は他に移りましたからね。アメリカはもはやアイスランドを空軍のベースとして必要としなくなったわけです。巨大な金をかけた設備をこれから何に使おうと言うのでしょうね。じつに不可解なことです。いま我々がいる場所がトルコなら、わかりますがね」

「アイスランドの軍事基地、ではありませんよ」エリンボルクが言った。

「我々警察はこちらの大使館勤務だった人物が数人国外追放されたことを知っています。冷戦がもっとも激しかったころのことですが」エーレンデュルが言った。

「そうですか。それじゃあなた方は私よりもずっとよくご存じだということだ」一等書記官は今度はエリンボルクに目を移してぴしゃりと言った。「あれはアイスランドの軍事施設ですよ。ごまかしちゃいけませんね」それからふたたびエーレンデュルに目を戻して言った。「ふん、もし我々がこの大使館でスパイ活動をしていたというのなら、それはアメリカ大使館で活動していたCIAの情報活動の半分にも満たなかったでしょうな。向こうにはもう訊いたんですか？　私はそちらからの骸骨発見に関する記述を読んで、これはきっとマフィアだろうと思いましたよ。そう考えたことはありますか？　人にコンクリート塊をくくりつけて深い湖に捨てるとは、まさにアメリカのギャング映画そのものじゃありませんか」

「機器はロシア製です。そしてそれは死体にくくりつけてあったのですよ。人骨は……」

「だからどうだというのでしょう。昔、ソヴィエト連邦の機器を使ったのは、他の東欧諸国も同様でした。我々の大使館と決めつけることはできませんね」

「機器の説明文と写真を持ってきました」と言ってエリンボルクが写真と書類を取り出して渡した。「これらの機器の使い方について話してくれませんか？　これらを使ったのはどの部門の人たちでしょう？」

「こんな機器、私は知りませんね」一等書記官は写真を見ながら言った。「残念ながら。でも、少し調べてみましょう。しかし機器について我々が知っていたとしても、それ以上は手伝えませんよ」

「我々としては精一杯やってみるだけです」

書記官は微笑んだ。

「私の言葉を信じてもらいましょう。湖で見つかった骸骨は、うちの大使館とはまったく関係がない。かつてここで働いていた人間にも、現在ここで働いている人間にも」

「我々はこの機器は盗聴器だと推測しています」エリンボルクが言った。「この機器はかつてミドネスへイディでアメリカ軍が使っていた機器の周波が拾えたはずです」

「私はそれについては何も知らない」そう言って書記官は時計を見た。ゴルフの時間、というわけだ。

「かつてあなた方がスパイ活動をしていたのなら、ま、あなたによればしていなかったということですが、何に関心があったのでしょう?」エーレンデュルがズバリ聞いた。

一等書記官は一瞬迷った。

「我々がもしそのような活動をしたとすれば、おそらく基地に関してでしょうな。物資の運搬、船舶の往来、飛行機と潜水艦の動き。時期によってどのくらいの数のものが動いていたか。我我の関心がそういうことにあったことはあなた方にも見当がつくことでしょう。軍隊の基地とその周辺の設備がアイスランド全体でどのように機能していたか。なにしろ基地はあらゆる場所にありましたからね。ケフラヴィクばかりじゃない。あらゆるところでアメリカ軍は活動していた。他の大使館の動向も探っていたかもしれません。国内政治、政党の動きなどですよ」

「一九七三年にクレイヴァルヴァトゥン湖で複数の機器が見つかっているのです。無線送信機、短波送信機、テープレコーダー、ラジオまであった。すべて東ヨーロッパから来たものだった。そのほとんどがソ連製のものでした」エーレンデュルが言った。

「私の知らないことですね」一等書記官が言った。

「もちろんそうでしょうとも」エーレンデュルが言った。「しかしそんな機器が湖に捨てられるというのはどういう理由からでしょう？　古くなった機器を捨てるのに特別のやり方でもあるのでしょうか」

「それに関しては私はなんの役にも立てないのではないかと思います」書記官はもはや笑ってはいなかった。「あなた方の質問にはできる限りお答えしましたが、私にも知らないことがあるのですよ。仕方がないことです」

エーレンデュルとエリンボルクは立ち上がった。この男の自己満足的な話し方がエーレンデュルは気に食わなかった。アイスランドの軍事基地だと？　アイスランドが軍事基地に関しどのような立場にあるのか、この男は知っているのか？

「機器が古すぎて外交封印袋に入れて国に送り返すほどの価値もなかったからでしょうかね？」とエーレンデュルが訊いた。「だが普通の家庭から出るゴミとして捨てることもできない。なぜならそれらの機器はアイスランドでスパイ活動が行なわれたことを示すものになるからです。当時は世界はまだ単純で、物事がはっきりしていましたからね」

「どうぞいくらでもしゃべってください」と言って書記官は立ち上がった。「私は時間がないのでこれで失礼します」

「クレイヴァルヴァトゥン湖で見つかった男はこちらの大使館の人間ですか？」

「いいえ」

「当時の他の東欧諸国の大使館の人間でしょうか?」

「そんなことはあり得ない。さあ、どうぞお帰り……」

「その時代の人間で、誰かいなくなった人はいませんか?」

「いない」

「そんなに簡単に答えられるのですか? 調べもせずに」

「もう調べてある。いなくなった人間はいない」

「姿を消した人、どこに行ったかわからない人はいないのですか?」

「お帰りください」と言って書記官は微笑み、二人のためにドアを開けた。

「確かなのですね、大使館から消えた人間は一人もいないというのは?」と言いながらエーレンデュルは廊下に出た。

「確かだ」と言って、ロシア大使館付一等書記官はエーレンデュルの鼻の先でドアを閉めた。


シグルデュル＝オーリはアメリカ大使館大使ともその配下の人間とも会うことができなかった。その代わりにアメリカ大使館から〈極秘〉と書かれた通知があり、そこには問題の時期に行方不明になったアメリカ人はいないとあった。シグルデュル＝オーリは正式な会見を申し込んだが、警察上層部からの通達で却下された。クレイヴァルヴァトゥン湖で発見された骸骨が、アイスランドに存在するアメリカ大使館、アメリカ軍基地、アメリカ市民と関係があるという具体的な根拠がなければならないということだった。

現在の想定は、骸骨がアイスランドでのスパイ活動となんらかの関係があり、外国人だろうというものだった。シグルデュル＝オーリはスウェーデン外務省に勤める旧友に電話をかけ、六〇年代と七〇年代に我が国に滞在した外国の大使館員について警察に情報を流してくれる先輩外交官を紹介してくれるように頼んだ。具体的なケースについてはできるだけ情報を与えないようにしたが、それでも友人が興味を示しそうな情報は漏らした。友人は調べてみると約束した。

エーレンデュルは所在なげに白ワインのグラスを手に持ち、エリンボルクの出版記念パーティーに集まっている大勢の人々を眺めていた。このパーティーに出席するかどうかずいぶん迷ったが、結局は来ることにした。この種のパーティーはどうしようもなく退屈だった。めったに参加しないにもかかわらず、そう思えて仕方がなかった。白ワインを一口飲んでみた。酸っぱくてまずかった。家にある美味《おい》しいシャルトリューズが飲みたいと思った。

人々に囲まれながらこちらに手を振っているエリンボルクに笑顔で応えた。彼女はちょうどジャーナリストたちと話しているところだった。レイキャヴィク警察の犯罪捜査官が料理本を出版したことが注目を集めているのだ。エーレンデュルはエリンボルクが注目を喜んでいるのを見て嬉しかった。一度、シグルデュル＝オーリと彼の妻ベルクソラと一緒にエリンボルクの家に食事に招待されたことがあった。新しいインドの鶏料理をご馳走したいということだった。それも料理本に入れるつもりだと。香辛料の強い料理で、客の三人は口を揃えて絶賛した。エリンボルクが照れてしまうほど。

エーレンデュルは警察官以外の人々はまったく知らなかったので、シグルデュル＝オーリとベルクソラが近づいてくるのを見て笑顔になった。

「あなたがわたしたちに笑顔を見せたの、初めてね」と言いながらベルクソラはエーレンデュルの頰にあいさつのキスをした。白ワインで乾杯し、さらにエリンボルクのためにもう一度乾杯した。

「あなたがお付き合いしている女性とはいつ会えるのかしら？」とベルクソラが訊いた。エーレンデュルはシグルデュル＝オーリがその場で固まってしまうのを見た。犯罪捜査課でエーレンデュルにガールフレンドができたということはもっぱらの噂だったが、直接それを本人に訊く者はいなかったからだ。

「いつか」とエーレンデュルは言った。「きみが八十歳になったときに」

「でも、そんなに先じゃもう彼女はいないんじゃないの？」

エーレンデュルは微笑んだ。

「どういう人なのかしら、ここに来ている人たちは？」と言ってベルクソラはあたりを見回した。

「警察官仲間しか知らないよ、ぼくは」とシグルデュル＝オーリ。「向こうにいるふくよかタイプはエリンボルクの料理仲間、というところじゃないの？」

「あ、あそこにテディがいるわ」と言ってベルクソラはエリンボルクの夫に手を振った。

グラスをスプーンで叩いて合図した者がいて、あたりは静かになった。あいさつをしたのは会場の向こう端にいた男で、エーレンデュルたちにはほとんど聞こえなかったが、人々はどっと笑った。エリンボルクがその男性のほうに歩み寄り、用意した紙を取り出すのが見えた。三人は彼女のあいさつを聞くために少し前に出たが、すでに最後のフレーズで、自分をサポートしてくれた家族と警察の仲間に感謝するという言葉が聞こえた。拍手喝采。

「まだいるつもりか？」エーレンデュルが訊いた。いまにも逃げ出しそうな気配だった。

「いつもそんなに硬くなっていないで」ベルクソラが言った。「少しリラックスしてくださいな。人生を楽しまなくちゃ。酔っ払うのもいいことよ」

近くにあったトレイの上の白ワインのグラスを手に取った。

「どうぞ、一気にお飲みなさいよ！」

エリンボルクが近づいてきて、三人の頬にキスをし、退屈かと訊いた。酸っぱいワインを一口だけ飲んでいるエーレンデュルに気がついたのか。エリンボルクとベルクソラは会場に来ている有名なテレビ司会者の噂を始めた。上司と浮気をしているという。シグルデュル＝オーリもまた近くの男と話を始めた。エーレンデュルの知らない男だ。エーレンデュルはこの辺で引き上げようとあとずさりを始めたが、運悪く昔馴染みの警察仲間と出くわしてしまった。退職年齢までもう何年もないとのことで、その男が不安がっているという噂があった。

「マリオンのこと、聞いているだろうな」と言って、一口ワインを飲んだ。「肺がすっかりやられてしまったそうだ。かわいそうに、家で最後のときを待っているとか」

「ええ、そうですよ。そして西部劇を見ている」エーレンデュルが答えた。

「きみはファルコンのことを調べたかね？」と先輩警察官は言ってグラスを飲み干し、ちょうど通りかかった給仕のトレイから新しい飲み物を素早く取った。

「ファルコン？」

「職場で聞いたよ。クレイヴァルヴァトゥン湖で見つかった骸骨のことで、昔の失踪事件を調べていると」

「あの車のことで、何か憶えているのですか？」エーレンデュルが訊いた。

「いや、べつにこれといって。おれたちはバスターミナルの近くでフォード・ファルコンを見つけた。あの捜査のボスはニエルスだった。さっき彼を見かけたよ。いやあ、あの子は豪華な本を出したもんだ。さっき見たんだが、写真がいいねえ」

「あの子と言っても、彼女はもう五十歳ですよ」とエーレンデュルは言い、それからうなずいて相槌を打った。「確かにいい本ですね」

ニエルスを探すと、しばらくして窓と窓との間のアルコーブに座っているのを見つけた。隣に腰を下ろし、この男を自分は羨んでいるだろうかと考えた。ニエルスは長い間警察官のキャリアを積んできた男だ。そして彼ならずとも自慢したくなるような家族の持ち主だ。妻は有名なアーティストで、子どもは四人、どの子も高等教育を受けて、孫までいる。夫妻は大きな邸宅をグラファルヴォーグルに構え、ガレージには車が二台。その限りない幸福を遮る心配事は何もなさそうだ。エーレンデュルはニエルスほど幸福と成功を独り占めしている人が他にいるだろうかと思うこともあった。ニエルスほど怠け者で捜査官にふさわしくない人物は他にいないのに。どんなに私生活で成功していても、エーレンデュルは彼に好感がもてなかった。

「マリオンはかなり悪いらしいな」エーレンデュルが隣に座るのを見て、ニエルスが言った。

「いや、まだそれほど悪くはない」個人的に状況を知っているエーレンデュルは言った。「そちらはどんな具合?」

これは儀礼上のフレーズというものだった。ニエルスは元気に決まっていた。

「おれたち警察は何してるのかと思うよ」ニエルスが言った。「週末に前科五犯の泥棒に入った男を捕まえた。毎回彼は罪を認め、そのたびに釈放される。事件は捕まえるだけで解決だということになるんだ。泥棒はまた新たに盗む。また捕まる。また釈放される。その繰り返しだ。馬鹿げているじゃないか? なぜ捕まえたらそのまま牢屋にしっかり送り込まないんだ? 奴らは二十回も泥棒を繰り返してようやく裁判にかけられるが、たいてい執行猶予付きで、入ったとしても最短期間で出てくるんだ。そしてまた泥棒、逮捕、釈放が繰り返される。おれたちはなぜこの繰り返しに付き合わされるんだ? 悪党どもがきちんと罰せられないのはなぜなんだ?」

「確かにアイスランドの刑罰制度はちゃんと機能していない」とエーレンデュルは相槌を打った。

「悪者どもは裁判官を鼻の先で笑ってるさ。子どもを狙う性犯罪者も、妻に暴力をふるう男どもも!」

二人はしばらく黙って隣り合わせに座っていた。刑事裁判における刑の軽さは警察全体を失望させていた。泥棒、強かん犯、子どもに対する性犯罪者を捕まえるのは彼らだ。だが、裁判ではたいてい軽い刑が言い渡される。それも執行猶予付きだ。

「一つ聞きたいことがある。農業機械を売っていた男のこと、憶えているか？　黒いフォードに乗っていた男だ。その後まったく姿を消してしまった」

「バスターミナルの近くに車を捨て置いた男のことか？」

「そう」

「優しそうな女性と一緒に暮らしていた。彼女はいまごろどうしているだろう？」

「いまでも彼がいなくなったことを悲しんでいる。車からホイールキャップが一個なくなっていた。憶えているか？」

「それはバスターミナルに放置されていたときに盗まれたのだろうと我々は思った。あの件には一つも事件性がなかった。唯一盗まれたホイールキャップを除けばだがね。いや、それも盗まれたのかどうかもわからなかった。車を何か硬いものにぶつけたためにホイールキャップが外れたのかもしれない。とにかくそれはなくなったままだった。車の所有者と同じように、な」

「なぜ彼はいなくなったのか？　いい生活をしていたらしいのに。優しそうな女性、生活に不安はなく、買ったばかりのフォード・ファルコン。どれをとっても問題はなさそうだったのに」

「だが、人が自殺すると決めたとき、そんなことはなんの役にも立たないのだ。知ってるだろう？」ニエルスが言った。

「男はバスで行ったと思うか？」エーレンデュルが訊いた。

「当時、我々はそれがもっとも考えられることだと思った。バスの運転手たちと話をしたが、一人として彼を憶えている者はいなかった。だからと言って、彼がバスに乗らなかったと言い切ることはできないがね」

「男は自殺したということ？」

「ああ、だが……」

ニエルスは一瞬ためらった。

「だが？」エーレンデュルが聞き返した。

「その男は、なんと言ったらいいか……、ある種のゲームをしていたんだ」

「ゲーム？」

「レオポルドと名乗っていたんだが、その名前でその年齢の男は警察でも、役場でも見つからなかった。つまり運転免許証も出生証明書もないんだ。レオポルドという男はアイスランドには存在しない。この男はいないのだよ」

「え？　それはどういう意味？」

「彼に関する記録がすべて消えてしまったのか、あるいは……」

「あるいは彼はあの女性を騙した？」

「とにかくレオポルドという名前ではないことは確かだ」ニエルスが言った。

「あの女性はなんと言った？　それを聞いて」

「彼女は騙されたのだと我々は思ったんだ」少し経ってニエルスが言った。「彼女を気の毒に思った。彼女は彼の写真一枚持っていなかった。男について何一つ知らなかったのだ」

「それで？」

「彼女には話さなかった」

「何を？」

「このレオポルドという男はアイスランドの書類上存在しないということを。つまり我々はこういうことだと思った。男は彼女を騙し、そしていなくなったのだ」

エーレンデュルはニエルスがいま言ったことを考えた。

「彼女のことを思いやってのことだ」ニエルスが言った。

「それで、彼女はこのことをいまでも知らない？」

「おそらく」

「なぜ正直に言わなかった？」

「優しくしてやりたかったと言うしかないな」

「だが、彼女はいまでも男を待っている。二人は結婚することになっていた」

「ああ、姿を消す前に、彼女にそう思わせたんだ、その男は」

「いや、姿を消したんじゃなくて、もし殺されていたとしたら？」

「我々はそれはあり得ないとみなした。男が女に取り入って、世話をしてもらい、甘い汁を吸って適当なときにドロンしてしまうなんてことは、我が国ではそれほどよくあることではないが、まったくないわけではない。彼女は心の奥ではそれがわかっていたんじゃないかね？　わざわざ言う必要などなかった」

「それで、車は？」

「車は女性の名前で登録してあった。ローンも彼女の名前で組まれていた。車は彼女のものだったよ」

「すべてを話すべきだったな、彼女に」

「そうだったかもしれん。だが、そうしたところでなんの助けになっただろう？　彼女は自分が愛していた男はいかさま師だったということはわかったはずだ。彼は自分の両親や親族の話は一切しなかったという。彼女は彼のことをじつは何も知らなかった。彼には友だちもいなかった。いつもセールスで旅に出ていた。こんなことから何がわかる？」

「彼女は自分が彼を愛しているということはわかっていた」

「それでいいじゃないか」

「男がセールスに行くはずだった農家の男はなんと言っていた？」

「すべて報告書に書いてあるよ」ニエルスは言った。それから少し離れたところにいるエリンボルクに笑顔でうなずいてあいさつした。エリンボルクは出版社の人間と何やら真剣な顔で話をしていた。アントンとかいう名前のその男をエーレンデュルは以前紹介されたことがあった。

「すべてが報告書に載ってはいないことは、あんたが一番よく知っている」

「男は農家には行かなかった」ニエルスが言った。詳細を思い出そうとしているのがエーレンデュルにはわかった。警官なら誰でも、担当した大きな事件は細部まで憶えている。殺人、失踪、重大事件の犯人逮捕、暴力事件、強かん事件。

「あのときの車、フォード・ファルコンに、男が農家へ行ったかどうかを示すような証拠が残っていなかった？」

「車には男が農家へ出かけたことを示す証拠は何もなかった」

「証拠？　何か出たのか？」

「それは思い出せない。しかし当時はいまのように技術が発達していなかった。当時の標準的捜査はしたはずだ」

「運転席の下の床は？　ペダルの下のゴミや土の採取は？」

「それも報告書にあるだろう」

「いや、なかった。男が農家へ出かけたかどうかは調べられたはずだ。靴に土がつけば、それがペダルや車の床に必ず残るはずだから」

「エーレンデュル、あれは単純な失踪だったんだ。我々は単純な事件を単純に扱っただけだ。男が一人姿を消した。自殺したのかもしれない。そうだとしても、遺体がいつも見つかるとはかぎらないのはご承知のとおりだ。車のペダルの下に土があったとしても、それはどこか別の土地のものかもしれない。男は全国にセールスに出かけていたらしいからな。農業機械を売りに」

「職場の人間たちの事情聴取は？」

ニエルスは思い出そうとした。

「ずいぶん前のことだよ、エーレンデュル」

「思い出してみてくれ」

「その男は給料をもらっていなかった。それは確かだ。当時は給料の形で支払われるのが普通だったのだが。彼は出来高払いで賃金をもらっていた。つまりセールスの成績で」

「ということは、彼は自分で税金を申告していた」

「ああ、そうだ。だが、さっきも言ったように、レオポルドという名前では、我が国の役所に残っている公文書には彼は存在しなかった。税務署にも届け出がない」

「それで、あんたは男がレイキャヴィクにいるときはその女性を、なんと言ったらいいかな、愛人？　のように扱っていたと思ったわけだ。それじゃその男、どこか別のところで暮らしていたのか？」

「そう、どこか別のところで。家族もいたかもしれない」ニエルスが言った。「そんな男もいるからな」

エーレンデュルは白ワインを一口飲み、相手の真っ白いシャツの襟元に完璧に結ばれたネクタイを見た。この男はだめな犯罪捜査官だ。この男にかかったら、すべての事件は単純化されてしまう。

「おれは彼女に真実を話すべきだったと思う」

「いやあ、男のいい思い出をもっている女性にか？　あれは犯罪ではないと我々はみなしたんだ。失踪は殺人とは違う。証拠などめったにチェックしないものさ」

二人は黙って座っていた。会場のざわめきは相変わらず大きく響いていた。

「あんたはいつも失踪事件を引き受けてるのか？」ニエルスが訊いた。「なぜ特別な関心をもつんだ？　何を探してる？」

「さあ、何かな」エーレンデュルが言った。

「とにかくあれは単純な失踪だったのだよ。殺人事件として捜査するには、もっと何かが必要だった。殺人事件と思わせる証拠はまったくなかったんだからな」

「そうかもしれない」

「あんたは失踪事件ばかり調べていて、うんざりするということはないのか？」

「いや、ある、ときどき」

「それに、あんたの娘さん。相変わらず問題を起こして歩いているらしいな」とニエルス。子ども四人全員が大学教育を受け、四人とも結婚し子をもうけ、四人とも彼同様シミ一つない完璧な生活をしている。

エヴァ＝リンドが逮捕された事実が同僚の間にも広まっていることはエーレンデュルも知っていた。彼女がシグルデュル＝オーリに暴力をふるったということも。彼女はその場で他の警官たちに逮捕され、エーレンデュルの娘であっても、決して特別扱いはされなかった。このことは間違いなくニエルスの耳まで届いているだろう。エーレンデュルはニエルスを見た。その上等な服装、手入れされた手の指、爪。幸福は人をうんざりするような嫌な人間にするものなのだろうかとエーレンデュルは思った。

「そう。相変わらず問題を起こして歩いている」

12

家に帰ると、シンドリはいなかった。遅い時間、エーレンデュルが床についたときもまだ帰っていなかった。伝言も電話番号も残されていなかった。エーレンデュルはシンドリの不在が気になった。番号案内に電話をかけてシンドリ＝スナイルの携帯電話の番号を訊いたが、登録されていなかった。

眠りかけていたとき電話が鳴った。エヴァ＝リンドだった。

「あのさ、知ってる？　ここでは収容者をクスリ漬けにするってこと」舌が回らない話し方だった。

「眠っていたんだ」エーレンデュルは嘘をついた。

「クスリで静かにさせるんだよ。あたし、いままでこれほど薬漬けになったこと、なかった。あんた、いま何してる？」

「眠ろうとしていたところだ。お前は何か問題を起こしたのか？」

「今日の昼間、シンドリが来たよ」とエヴァ＝リンドは父親の問いに答えずに言った。「あんたと話をしたって言ってた」

「いま彼がどこにいるか、知ってるか？」

「あんたんとこじゃないの？」

「いや、出て行った。お前たちの母さんのところに行ったのかもしれない。そっちの施設では好きなときに外に電話できるのか？」

「あんたの声を聞けてよかったよ」とエヴァはぴしゃりと言った。「あたしが何か問題を起こしたかって？　いいえ、残念でしたあ！」受話器が叩きつけられた。

エーレンデュルは暗闇を睨みつけた。二人の子どもたち、エヴァ＝リンドとシンドリ＝スナイルのことを考えた。自分を憎んでいる彼らの母親のことも。そして、何十年も探し続けていて決して見つからない弟のことも。どこかに遺骨があるはずだ。もしかすると地中深くに埋もれているのかもしれない。自分が想像もつかないほど高地にあるのかもしれない。八歳の子どもが吹雪の中、広大な山岳地帯でどこまで歩けたのだろうか。

〝うんざりするということはないのか？

永遠に探し続けることに？〟

エーレンデュルは翌日の昼前にフォード・ファルコンを買ったという男ヘルマン・アルベルトソンの家を訪ねた。年齢は六十歳ほど。痩身で、動作はキビキビとしていて、少々くたびれたジーンズに赤い格子柄のコットンシャツを着ていた。大きく口を開けてよく笑う。台所から魚を煮ている匂いがした。一人暮らし。いままでもいつも一人暮らしだったよ、と問われる前に自分から言った。バターの匂いがあたりに充ちていた。

「タラを一緒に食べないか?」とヘルマンは後ろから台所に入ってきたエーレンデュルに言った。

エーレンデュルははっきり断ったのだが、ヘルマンはまったく意に介さず、皿をエーレンデュルの分までテーブルに置き、さっそく湯気の立っているタラとこれまた茹《ゆ》であげたばかりのじゃがいもを皿に取り、バターをたっぷりつけて食べ始めた。二人ともタラは皮まで食べ、じゃがいもも皮を剝かずにそのまま食べた。エーレンデュルはエリンボルクと料理本のことをちらりと頭の隅で考えた。エーレンデュルは彼女が料理本の中に取り上げる料理をずいぶん味見させられた。その中に釣れたばかりのアンコウがあり、それを食べるのに五百グラムものバターを溶かしたライムソースが添えられた。エリンボルクは魚のブイヨンを一晩寝ないで煮詰めてほぼスプーン四杯分の濃縮ブイヨンを作ったと言っていた。アンコウの濃縮ブイヨン！　ソースが味の決め手、というのがエリンボルクのモットーだった。エーレンデュルは一人笑いした。ヘルマンのタラ料理は十分に美味《おい》しかった。

「そのファルコン、おれはずいぶん修理したよ」と言って、ヘルマンは大きなゆでじゃがいもを口に入れた。自動車修理工で、余暇に古い車《オールド・カー》を修繕して、売りに出して小遣い稼ぎをしていた。が、それもだんだん売れなくなってさ、と言った。

「オールド・カーなど、誰もほしがらなくなってしまった。いまじゃみんな、ランドクルーザータイプさ、売れるのは。それだって、ミクルブロイトの環状交差点よりも凸凹な道路など走れないような代物ばかりだよ」

「そのファルコン、まだここにあるのかな?」エーレンデュルが訊いた。

「いや、一九八七年に売ったよ。いまあるのは七九年のクライスラーだ。リムジンよ。それも修理を始めてからもう、そうさな、六年になるよ」

「いい値段で売れるのか?」

「いいや」と言って、ヘルマンはコーヒーカップを二つ取り出した。「それに、おれはあれを売ろうとは思ってないんだ」

「ファルコンは登録してたか、手元にあったとき」

「しなかった。あれは車輛ナンバーを取り消していたよ。何年か修理したが、それは面白いからやったまでだ。この近所を走らせることもあったが、少し遠出したかったら、例えばシンクベットリルまで行きたかったら、いつも乗ってる車のナンバープレートをつけて行ったもんだ。保険に金を払うのはばかばかしかったからな」

「その車はいまでも登録されていない。いまの所有者も登録していないってことだね」エーレンデュルが言った。

ヘルマンはコーヒーを注いだ。

「いや、それはどうかな。もしかすると、買った人間はもういらなくなって、解体業者に出してしまったかもしれない」

「一つ教えてくれないか。フォード・ファルコンのホイールキャップのことなんだが、どこか特別だったのか? マニアが高い金を払うような人気の部品だったとか?」

ここに来る前にエーレンデュルはエリンボルクにネットでフォード・ドット・コムを調べてもらった。古いフォード・ファルコンが数台載っていた。その中の一つが黒いフォード・ファルコンで、プリントアウトしてもらうとホイールキャップがはっきりと写っていた。

「そう。デザインが良かったな」ヘルマンが思い出しながら言った。「それはアメ車全般に言えることだが」

「例のフォード・ファルコンには、ホイールキャップが一個欠けてた」

「そう？」

「あんたが修理したとき、ホイールキャップはどうした？　新しいのを一個買い足したのか？」

「いいや、おれのところに来る前に、誰かが全部のホイールキャップを新しいのに取り替えていた。もともとの車についていたホイールキャップじゃなかったな」

「ファルコンは特別な車だったのか？」

「そうだな、フォード・ファルコンはとくに大きな車じゃなかった。だが、よく見かける、いわゆるアメリカのオールド・カーとは違う。いまおれがもってるシボレーみたいなものではないんだ。ファルコンは小さくて、エレガントで、ハンドルも軽かった。贅沢な車じゃないよ。むしろその反対だ」

黒いフォード・ファルコンの現在の持ち主はエーレンデュルより二、三歳年上の女性だった。コーパヴォーグルに住み、夫は家具職人兼中古車販売業者で、数年前に心臓発作で死んでいた。

「とても状態が良かったんですよ」とガレージのドアを開けながら女性は言った。エーレンデュルは車のことを言っているのか、それとも亡くなった夫のことなのか、わからなかった。車の上に厚いカバーがかけられてあった。エーレンデュルはカバーを取ってもいいかと訊き、夫人はうなずいた。

「夫はこの車にずいぶん時間を費やしてました」夫人は力のない声で言った。「いつもこのガレージにいたんです。ものすごく高い部品を買ってましたよ。足りない部品を買うためならどんなに遠いところまでも出かけていったりして」

「この車を運転してましたか?」エーレンデュルはカバーの結び目をほどくのに苦労しながら訊いた。

「いいえ、この車を走らせたのは家の周りだけ。車はとてもきれいでしたけど、息子たちはまったく関心がなかったので、売りに出しましたが、まったく売れませんでした。夫は亡くなる前、この車を登録しようとしていました。あ、死んだのは、修理工場でです。一人で作業していたんです。食事に帰ってこなかったし、電話にも出なかったので息子を迎えにやったら、工場の床に倒れてもう事切れていました」

「それは大変でしたね」エーレンデュルが言葉を挟んだ。

「あの人の家系は心臓に問題があるんです。母親がそれで死んでいますし、いとこの一人もそうでした」

夫人はエーレンデュルがカバーをほどくのを黙ってそこに立って見ていたが、その姿にはまったく悲しんでいる様子が見られなかった。嘆き終えて、次の人生に向かおうとしているのかもしれない。

「この車になぜそんなに関心をもつのですか?」と夫人が訊いた。

電話したとき、彼女は同じ質問をしたが、エーレンデュルは理由を明かさず、うまく説明することができなかった。詳細に説明したくなかった。しばらく自分の胸のうちにだけ納めておきたかった。正直言って、なぜこの車がこんなに気になるのか、この車からどんな情報を得ようとしているのか、自分でもわからなかった。

「警察の捜査上に一度浮かんだことがあるのです」エーレンデュルは嫌々ながら答えた。「この車がいまどうなっているのか、見たかっただけです」

「その捜査は、何か有名な事件と関係してるんですか?」

「いいや。そんなことはありません」

「それじゃ、この車を買うおつもり……?」

「いや、そんなつもりもありません。中古車に関心はありませんから」

「そうですか。この車、いまも言ったように、状態はすごくいいんですよ。ヴァルディは、あ、夫ですけど、シャシが問題だと言っていました。錆びていたので、夫はずいぶん直していました。それ以外は完璧だと。ヴァルディはモーターを取り外して部品を全部ていねいに洗い、摩耗しているものがあれば取り替えてました」

彼女はここで口をつぐんだ。

「あの人は車にはお金をかけるの、いとわなかった」とつぶやいた。「でもわたしには何一つ買ってくれませんでしたよ。ま、そういう男の人って、よくいるそうですけど」

ようやく結び目がほどけて、カバー全体が床に落ちた。エーレンデュルはかつてバスターミナルに車を置いたまま いなくなった男の所有物だったピカピカに磨き立てられた黒いフォード・ファルコンの全貌を見た。片方の前輪のそばにひざまずいて、車が見つかったときになくなっていたというホイールキャップのことを考えた。あれはいったいどこに消えてしまったのだろう。

ポケットの中で携帯が鳴った。鑑識だった。クレイヴァルヴァトゥン湖で見つかったロシアの機器に関する情報を知らせてきた。鑑識課の課長は前置きもなく、いきなり、機器はみな、湖に捨てられたときには壊れていたと言った。

「どういうことかね?」

「機器はどれも捨てられる前に壊れていたということだよ。砂の湖底は柔らかいから、捨てられた機器の内部がこんなに激しく壊れるはずはないのだ。つまり、捨てられる前から機器はみな壊れていたということだ」

「それは、何を意味する?」

「さあ、まったくわからん」鑑識課長は言った。

13

歩道を歩く二人連れはいつものように男が先、女が後から歩いていた。美しく晴れた春の夕暮れで、陽の光が海まで届いていたが、遠くに雨雲が見えた。夫婦は穏やかな春の夕暮れには関心がないらしく大きな歩幅で歩いていた。男は打ちひしがれているように見えた。しかし、いつもどおりずっと何やら話している。妻のほうはただただ遅れまいと必死に歩いている。
男は窓辺に立って、夕陽の中、二人の姿が見える間ずっと目で追っていた。男の頭の中には、世界がどうしようもないほど複雑になり、自分の手には負えなくなってしまった若かりしころのことが蘇《よみがえ》っていた。

最初の年の学業は素晴らしい成績で終えることができ、夏休みは国に戻って過ごした。夏の間、新聞社で働くことができ、ライプツィヒでの経験を記事に書いたりした。集会に参加し、大学での勉強の話をしたり、ライプツィヒとアイスランドの歴史的、文化的なつながりについて語ったりもした。大きな仕事を考えてくれていた党の首脳部とも会った。トーマスは早く戻りたいと思った。自分には任務がある、もしかすると他の者たちよりもずっと大きな任務があるという気持ちだった。自分は将来が約束されているのだと思った。

秋になり、トーマスはライプツィヒに戻り、この国に来て二度目のクリスマスが近づいた。アイスランド人はみなクリスマスを楽しみにしていた。というのも、故郷からアイスランド特有のクリスマスの食べ物が送られてくるからだった。

ハンギシュット（燻製羊肉）、サルトフィスクル（塩漬け魚）、ハルドフィスクル（乾燥魚）、それに甘い菓子、ときには本なども一緒に送られてきた。カールはそんな箱をすでに受け取っていたし、彼の叔父が農業を営んでいるというフナヴァトゥンスシスラ地方の郷土料理を作ると、ハンギシュットのうまそうな匂いが学生寮全体に漂ったものだ。カールの箱の中には、エミールが目ざとく目をつけた郷土の強い酒（スプリット）も入っていた。

しかし、冬休みにアイスランドへ帰国できる余裕があるのはルートだけだった。また彼女は、アイスランドからの留学生のうち、ただ一人強度のホームシックにかかっている学生でもあった。もしかすると、もう戻ってこないのではないかという噂もあった。学生寮となっている古い貴族の館はがらんとしていた。東ドイツ国内の学生たちは帰郷したし、近隣国の学生たちも旅行許可書がもらえて、安い汽車旅行で帰っていったからだ。

そのため、食堂で燻製羊肉の周りに集まった学生たちはそれほど多くはなかった。テーブルの真ん中に、特別席！　とエミールが我が物顔に言ってスプリットを置いた。学生寮に住んでいたスウェーデン人二人がどこからかじゃがいもを調達し、他の者たちが赤キャベツを、そしてカールがどうやったのか肉のためのブラウンソースを手に入れてきた。アイスランド人学生の世話をする連絡係ロータル・ヴァイセルが、何事かと顔をのぞかせたので、招き入れられた。

ロータルはみんなに好かれていた。よくしゃべるし、面白い男だった。政治に強い関心をもっているようで、ときには彼ら学生に話しかけて、大学のことや、ライプツィヒのこと、DDRすなわちドイツ民主共和国、通称東ドイツについてどう思うか、第一書記のヴァルター・ウルブリヒトと計画経済についてどう思うかなどと訊いたりした。学生たちがウルブリヒトはソ連政府に近いと思うかどうか知りたがった。またハンガリーでの出来事について彼らがどう思うかを知りたがった。ハンガリーでの出来事とはアメリカの資本主義を賞賛する者たちがソ連とハンガリーの仲を裂こうとして放送などあらゆる手段でプロパガンダを流布させたことである。プロパガンダに影響を受けたのは若者たちだとロータルは思っていた。彼らは西側諸国の帝国主義の真の計画を知らないのだというのが彼の意見だった。

「あのさ、今日はただ楽しもうよ」とカールはウルブリヒトの話をしたがるロータルに言い、グラスの酒を一気飲みした。そして顔をしかめ、スプリットがうまいと思ったことはいままで一度もないと言い放った。

「ああ、いいよ、もちろん。政治の話はもうおしまいにしよう」と言ってロータルは笑った。

ロータルはアイスランド語を話した。ドイツ国内で勉強したと言っているが、きっと言葉の天才なのだろう、アイスランドに一度も行ったことがなくてもこんなに上手に話すんだから、とみんなは感心していた。どうやってこんなにアイスランド語をマスターしたのかと訊くと、アイスランド人の話に耳を傾けた、とくにラジオに、と言った。

カールに届いた箱には手紙が二通入っていた。新聞の切り抜き記事が一つとこの秋にアイスランドで起きた主な出来事について書かれたものが一つ。学生たちは故国の出来事について話し、誰かがハンネスはいつもながらこの場にいないと言った。

「ハンネスね」ロータルが言い、鼻の先で笑った。

「今晩ここでクリスマスパーティーをすると彼には伝えたんだけど」とエミールが言い、スプリットのグラスを上げた。

「あいつ、なぜあんなに秘密主義なんだろ」とフラフンヒルデュルがつぶやいた。

「ああ、そうだな、秘密主義だな」とロータル。

「おかしいと思うよ」とエミールが続けた。「あいつは自由《F》ドイツ《D》青年同盟《J》主催の集会にも行かないし講演会にも行かない。あいつが自発的に何か作業するのも見たことがない。例えば戦禍の残骸の片付けなどに参加するのは、あいつ、自分の仕事じゃないと思っているんじゃないか？　自分はもっと偉いからやらなくてもいいと。おれたちはずっと下だから、付き合わなくてもいいと？　トーマス、お前、あいつと話したんだろ？」

「ハンネスはただ、勉学を終わらせたいと思っているだけだと思うよ」と言ってトーマスは肩をすくめた。「彼には今年が最終年だから」

「以前はよく、彼は党の希望の星のように語られたものだった」と今度はカールが言った。「ハンネスは指導者になる人材だと繰り返しみんなが語っていた。でも、ここでは彼はまったく目立たない。おれはこの秋まだ一、二度しか彼を見かけていない。それだって、見かけたというだけで、話をしたわけじゃない」

「ああ、そうだ。いや、見かけることだってめったにないんだ」ロータルが言った。「なんだか陰気臭い男だよ」と言って、スプリットを一気にあおり、顔をしかめた。

そのとき、階下の玄関ドアが開く音がして、足音が聞こえ、男が二人、女が一人、暗い廊下の端に現れた。カールの知人たちらしかった。

「あなたたちがアイスランドのクリスマスパーティーをしてると聞いたので」と部屋の入り口のところまで来た彼らの一人が部屋を覗きながら言った。女性だった。羊肉はまだ十分にあった。彼らは席を詰めて、新しく来た者たちのために椅子を入れた。男の一人がウォッカの瓶を取り出すと、一同は歓声をあげた。三人は自己紹介した。男たちはチェコスロヴァキアから、女はハンガリーからの学生だった。

女性はトーマスの隣に腰を下ろした。トーマスは茫然自失状態だった。廊下の暗闇から彼女が姿を現したときから、彼女に惹きつけられるのを感じ、できるだけ彼女のほうを見ないようにしていた。彼女を見た瞬間から我を失い、どうしていいかわからなくなったからだ。自分でも信じられないような気持ちになった。踊り出したいような。突然嬉しくなり、有頂天になり、そして恥ずかしくなった。いままで一度も女性を見てそんなふうに感じたことはなかった。

「あなたもアイスランドから来たの？」と、席に着くなり彼女が上手なドイツ語で訊いた。

「ええ、そう」とトーマスはいままではすっかり上手なはずのドイツ語で、たどたどしく言った。そして、彼女が部屋に入ってきて自分の隣に座るまで見つめっぱなしだったことに気がついて、視線を外した。

「この恐ろしいものはなんなの？」と彼女は、テーブルの上にまだ誰にも食べられずに置いてあった羊の頭を指差して言った。

「それは茹《ゆ》でた羊の頭。二つに切って直火で焼いたものだよ」と言って、顔をしかめている彼女を見た。

「そんなふうにして食べるなんてこと、誰が思いついたの？」と彼女が言う。

「アイスランド人さ。いや、でも、じつはとてもおいしいんだ」と言いながらも、彼は自信がなくなった。「舌も頬も……」

自分でも美味《おい》しそうには聞こえないと思い、彼は黙った。

「そうなの？　それで、あなたたちは目や唇も食べるの？」と彼女は訊いたが、見るからに気分が悪そうだった。

「唇？　うん、食べるよ。目も食べる」

「よっぽど食べ物がなかったんでしょうね。こんなものを食べることを思いつくなんて」

「そう、アイスランドはとても貧しい国だったから」と言って、彼はうなずいた。

「わたし、イローナというの」と言って、彼女は手を差し出した。彼はトーマスと名乗り、握手した。

一緒に来た男の一人が彼女の名前を呼んだ。彼の前には羊肉やゆでたじゃがいもが山盛りに出されていた。うまいよ、と男は声をかけ、イローナは立ち上がって、自分の皿に肉を取り分けた。

「いつもは肉は少ししかないの」と、ふたたびトーマスの隣に腰を下ろしながら言った。

「ここだって同じだよ」と彼は相槌を打った。それも何か話さなくちゃという気持ちから言ったことだった。

「う──ん、これ、おいしい！」羊の肉を口いっぱい頰張りながらイローナは言った。

「目よりはおいしいかも」と彼は冷やかした。


パーティーはその晩遅くまで続いた。パーティーが開かれているという噂はたちまち広まり、まもなく寮は学生でいっぱいになった。古いグラモフォン（蓄音機）を誰かが取り出し、他の誰かがフランク・シナトラのレコードを持ってきた。真夜中を過ぎたころにはそれぞれが故国の歌を歌いだした。エミールとカールは故郷から送られてきた強い酒にすっかり酔っ払いながらヨーナス・ハットルグリムソンの悲しい歌を歌った。そのあとハンガリー人、チェコ人、スウェーデン人、そしてドイツ人が最後に歌った。すると最後の最後にセネガルからの学生がアフリカの熱い夜を懐かしがって泣いた。ここでフラフンヒルデュルが立ち上がり、それぞれの国でどの詩がもっとも美しい詩とみなされているかと訊いたため、あたりは蜂の巣を突《つつ》いたような騒ぎになった。ようやく合意が見られると、それぞれの国の者が立ち上がってもっとも美しい詩を披露した。アイスランド人は初めから全員文句なく一致した。フラフンヒルデュルが立ち上がり、アイスランド語で書かれた詩の中でもっとも美しいものを読み上げた。

夜の暗雲が

熔岩の岩壁にかかり
愛の星の澄み切った
笑い声を隠す
深い谷間を
一人の若者が
悲しみの思いを馳せながら
行く

フラフンヒルデュルは深い哀愁を込めて読んだので、アイスランド語がわかる者は多くなかったにもかかわらず、一同は一瞬静まり、それから歓声と拍手が続いた。フラフンヒルデュルは深く頭を下げた。

イローナとトーマスはまだ隣り合わせに座っていた。イローナがどういう意味？　というように見上げてきたので、彼は説明した。若者はいま、かつて愛していた娘と一緒にアイスランドの荒野を歩いたことに思いを馳せている、悲しみに打ちひしがれて若者は故郷の谷間に一人で戻っていく、という詩なのだと。若者の頭上には愛の星が輝いている。かつては彼に行く道を示してくれた星だが、いまは雲に隠れている。若者は思う。二人は決して結ばれないが、二人の愛は永遠であると。

イローナはその説明の間、トーマスを見ていたが、それが恋する若者の悲嘆にくれた思いのせいか、説明に感動したせいか、それとも単に強い酒のせいか、彼の唇の真ん中にそっと優しくキスをした。トーマスはまるで赤ん坊になったような気がした。

ルートは冬休みのあと帰ってこなかった。ライプツィヒにいる学友の一人ひとりに手紙を書き、トーマスへの手紙には生活状況や他にもいろいろと困難になったとあった。もうこれ以上ライプツィヒでは勉強できないという意味だと彼は思った。あるいは、ホームシックがそれほど強かったのかもしれないとも思った。彼らは寮の台所でその話をした。カールは彼女がいなくなって寂しいと言い、エミールもうなずいた。フラフンヒルデュルは、彼女は臆病者だと言った。

クリスマスパーティーのあとにハンネスに会ったとき、トーマスはなぜパーティーに来なかったのかと訊いた。二人とも力学の授業を受けていたのだが、その日の授業はいつもとは少し違った。授業が始まって二十分ほど経ったとき、教室のドアが開き、FDJの代理人だという三人の男の学生が入ってきて、発表したいことがあると言った。三人は一人の男子学生を連れてきていた。トーマスは図書館でその学生を見かけていた。ドイツ文学史を専攻している学生だった。学生はうつむいてその場に立っていた。三人のうちの一人が真ん中に進み出て、自分はFDJの書記をしている者だと名乗り、学生たちの団結について話し始め、大学の四つの目標を思い出すようにと言った。一つ、マルクスのイデオロギーを教える。一つ、学生を行動する市民に育てる。一つ、青年共産主義者たちの計画する社会貢献に学生たちを参加させる。一つ、各専門分野で一流の専門家になり高い教育層を築く。

こう話したあと彼はうつむいている学生のほうを向き、この学生は西ヨーロッパのラジオを傍受したことを認めたが、二度としないと約束したと言った。学生は一歩前に出て、罪を認め、二度と繰り返さないと約束した。また彼は、放送は資本主義の制度に則った帝国主義の貪欲さを表す腐敗したものだったと言い、クラスの学生たちみなに、これからは東ヨーロッパの国々からのラジオ放送だけを聞くようにと訴えた。

書記は学生に礼を言い、学生たちに向かって、この部屋にいる者は全員、決して西ヨーロッパの放送を聞かないと、彼の言葉をあとから繰り返すようにと言った。クラスの学生全員が誓いの言葉を繰り返し、その後書記は教授に授業の邪魔をしたことを詫びて、他の二人のFDJのメンバーと学生とともに教室を出て行った。

二列前の席にいたハンネスは、後ろを向いてトーマスを見た。その眼差しには絶望と激怒がはっきり表れていた。

授業のあと、ハンネスは先に教室を出たので、トーマスはあとを追いかけ、捉まえた。そして、何が問題か、何を怒っているのかと聞いた。

「何が問題かって?」ハンネスが鋭く言った「いま教室で起きたこと、あれがいいと思うのか! あの気の毒な学生を見たか?」

「教室で? いや、ぼくは……、でも、やっぱりぼくたちは、その……」

「一人にさせてくれ」ハンネスが言った。「おれにかまわないでくれ」

「なぜクリスマスパーティーに来なかったんだ？　みんな、あんたは自分がみんなよりも偉いから、お高くとまっていると言ってるよ」

「くだらない」と言うとハンネスは少しでも早く彼から離れようとするように階段を駆け下り始めた。

「どうしたんだ？　いったいあんたはどうしてそんなふうなの？　何が起きたの？　おれたちが何かしたと言うのか？」

ハンネスは足を止めた。

「何も。あんたたちが何かしたと言うんじゃないさ。ただ、おれにはかまわないでくれと言ってるんだ。この春で勉強を終わらせなくちゃならないんだ。それだけさ。そしたらアイスランドに帰る。そうすればこんなことはすべておしまいさ。この段階は終わり、というわけだ。お前は見なかったのか？　お前はあいつらがあの学生に何をしたかを見なかったのか？　お前はアイスランドもあんなふうになればいいと思っているのか？」

ハンネスはその場を立ち去った。

「トーマス！」という声が聞こえた。振り向くとイローナが手を振っていた。トーマスは笑いかけた。授業のあと会うことになっていた。クリスマスパーティーの翌日、彼女は改めて彼に会いに学生寮にやってきた。その後、二人はよく会っていた。その日二人は町を長い時間散歩したあと、聖トーマス教会の前のベンチに腰を下ろした。トーマスは、その昔アイスランドの偉大な作家二人がこの町を訪れ、このベンチに座ったのだと話した。一人は結核で亡くなったが、もう一人はアイスランドで最高の作家と認められていると。

「あなたはいつも悲しそうね、自分の国の人のことを話すとき」と言って、イローナは微笑んだ。

「いや、ぼくはただ、素晴らしいと思うんだ。この町であの二人がぼくがいま踏んでいるこの土を踏んだことがあるなんて。アイスランドの作家二人がここで会っていたなんて」

教会のそばで、トーマスはイローナが落ち着かない、心配そうな様子であることに気がついた。人を探しているかのようにあたりを見回していた。

「何か、変なの？」と彼は訊いた。

「男の人が一人……」と言いかけて、イローナは口を閉じた。

「男が？　どんな人？」

「向こうにいるの。見ないで。振り返っちゃだめ。あの人、昨日も見かけたわ。場所は忘れたけど」

「誰なの？　知っている人？」

「いままで見たこともない人。でも、昨日に続けて今日も見たわ」

「大学の学生かな？」

「違うと思う。もう少し歳がいってるし」

「え、どういう意味？」

「なんでもないかもしれないわ」イローナが言った。

「観察されていると思うの？」

「うぅん、なんでもない。さあ、行きましょう」

イローナは大学の寮ではなく、ライプツィヒの町で間借りしていた。二人はそこへ向かった。トーマスは教会のそばにいた男がついてくるかどうか見たが、男の姿はなかった。

イローナの借りている部屋は印刷工場で働いている寡婦の、小さなアパートの一室だった。大家はとても優しく、アパート中好きに使っていいと言われているとイローナは言った。夫も二人の息子も戦争で亡くしているのだった。壁には家族の写真が飾ってあった。息子たちはドイツ軍の制服姿だった。

イローナの部屋はドイツとハンガリーの新聞や雑誌や本でいっぱいだった。ベッドが一つと机が一つ。机の上には使い古されたタイプライターがあった。イローナが台所へ行っている間、トーマスはタイプライターを試し打ちしてみたりした。ベッドのそばの壁には家族の写真らしきものが飾られていた。

紅茶を入れたカップを手に持ってイローナが戻ってきた。ドアを足で蹴って閉め、こぼさないようにそっとカップを机の上のタイプライターのそばに置いた。見るからに熱そうだった。「終わるころにはちょうどいい具合に冷めてるわ」と言うと、彼のそばに来て腕をまわすと、ゆっくりとキスを始めた。トーマスは驚きながらも彼女に腕をまわして応え、ベッドに転げ落ちた。イローナは勢いよく彼のセーターもズボンも脱がせた。彼はあまり経験がなかった。いままでセックスしたことは二回しかなかった。一回目は高校卒業試験に合格したとき、二回目は新聞社のパーティーのあとのことだった。そのどちらもぎこちないものだった。どうしたらいいのか、わからなかった。だが、イローナは知っているようで、彼は喜んですべてを彼女に任せた。

イローナの言ったとおり、トーマスが彼女のそばに横たわり、彼女が満足そうな長いため息を吐いたころには、紅茶はちょうど飲みごろになっていた。

二日後、アウアーバッハス・ケラーで、イローナは声高に政治の話をし、二人は初めて喧嘩をした。彼女はロシア革命の話をし、ロシア革命の結果独裁制になってしまったと言った。さらに独裁制はどのような土台に立とうとも危険なものだと主張した。

その主張は間違っていると思ったが、トーマスは彼女と喧嘩したくなかった。

「スターリンが工業化したためにロシアはドイツのナチの奴らに勝つことができたんだと思うよ」

「スターリンはヒトラーとも手を組んだわ。独裁制は恐怖と奴隷のメンタリティーを生むだけ。それをわたしたちはいまハンガリーで経験している。ハンガリーは自由な国じゃない。ソ連の監視のもとで共産主義の支配を組織的に導入したのよ。わたしたち国民が何を望むかを聞きもしないで。わたしたちは自分たちのことは自分で決めたい。でもそうはなっていない。若者たちは刑務所に送られる。行方不明になる人たちもいる。ソ連に送り込まれるのだという噂もあるわ。アイスランドには外国の軍隊が駐留しているでしょう。もし彼らが銃を突きつけてあなたたちを支配したら、あなたはどう思うの？」

彼はただ首を振った。

「この国でだって、選挙がどう行なわれているか考えてごらんなさいよ。自由選挙だって言うけど、投票できる先は一党しかないじゃない。何が自由だって言うの？　ちょっとでも違う考えをもてば、刑務所行きよ。それが社会主義なの？　自由な選択と言っても、何が選べるって言うの？　去年、この町で変化を求める人々が抗議デモをしたのを憶えていないとでも言うの？　町を行進した人々をソ連の軍隊が銃を撃って蹴散らしたことを？」

「イローナ」

「それに、相互監視のことも」イローナの興奮はもはや留まるところを知らなかった。「それはわたしたちのためだと言われているわ。家族や友だちを監視して、もし反社会主義的な意見を聞いたりしたらすぐに報告しろと。クラスメートの中にもし西ヨーロッパのラジオ放送を聞いている人がいたら報告しなきゃならない。その人はクラスからクラスへ引き回されて、悪かった、もう二度とやらないと言わされる。子どもだって親を密告せよと勧められているんだから」

「党は理論を実践するのに時間が必要なんだ」

ライプツィヒでの暮らしが落ち着いたころ、アイスランドから来た学生たちは状況を話し合ったことがある。トーマスは監視社会に関して、いわゆる〝相互監視〟と呼ばれるもの、すなわち全市民は互いを監視し、反社会主義的態度や意見を報告するということに関して明白な意見をもつに至っていた。党の独裁、思想と言論の自由の禁止、集会とデモ行進の参加義務に関しても同様だった。党はこれらの手段を採用することを隠す必要はないと彼は考えていた。それどころか、変化の過程において、目標を達成するため、そして社会主義国家を築きあげるために、これらの手段は必要であると認めるべきだという意見だった。一定の期間なら、十分に正当化できると考えていた。将来的には、これらの手段は必要がなくなる。人々は社会主義こそ機能する、一番良い制度だと理解するに違いないと。

「みんな怯えているわ」イローナが言った。

トーマスは同意しなかった。二人は口論した。彼はハンガリーで起きていることについてあまり知らず、イローナの言葉を疑うようなことを言ったとき、彼女は傷ついた。彼はレイキャヴィクでの討論会で聞いた理論を言って、彼女を説得しようとした。それは党の委員会と若者たちの運動、そしてマルクスとエンゲルスの理論からの引用だったが、どれも彼女を納得させはしなかった。彼女はただ彼を見つめて繰り返すばかりだった。「これに目をつぶっちゃだめよ」

「きみの言うことはまるで西ヨーロッパの帝国主義者たちのプロパガンダに乗せられてソ連に楯突いているように聞こえるよ。奴らは共産主義国の団結を崩したいんだ。本当は怖いんだよ、奴らは」

「そうじゃないわ」イローナは抗議の声をあげた。

二人はここで押し黙った。ビールのジョッキは空っぽだった。トーマスはイローナに腹を立てた。いままで一度も、故国の右派の新聞を別にすれば、ソ連と東ヨーロッパ諸国をこんなふうに言うのを聞いたことがなかった。もちろん西側の強力なプロパガンダ活動のことは知っていた。アイスランドでは隅々まで行き渡っていることも知っていた。だからこそ表現と言論の自由を制限するのはある程度仕方がない、避けられないことだと思っていた。第二次世界大戦後において社会主義国を確立させるには、十分に必要なことと思っていた。それを言論統制とは言わないとさえ思っていた。

「言い争うのはやめましょう」とイローナが言った。

「そうだね」と言って、彼はテーブルに金を置いて支払いを済ませた。「さあ、帰ろう」

店を出るとき、イローナに腕を軽く突《つつ》かれて、彼はイローナの顔を覗き込んだ。何か目で訴えている。そして視線をバーのカウンターのほうに移した。

「あそこにいるわ」とささやいた。

バーのほうを見ると、イローナが尾《つ》けられていると言っていたさっきの男が座っていた。ビールを飲んでいる。彼らのほうを見てはいなかった。

確かに聖トーマス教会のあたりで見かけた男に違いなかった。

「あいつと話してくる」とトーマスが言った。

「だめ。かまっちゃだめよ。行きましょう」

数日後、トーマスはハンネスが図書館でいつもの場所に座っているのを見かけ、近づいた。

ハンネスは見上げもせず、ノートに書き取り続けていた。

「彼女に困らされてるんじゃないか?」と言い、ハンネスはペンを動かした。

「誰のこと?」

「イローナ」

「彼女のこと、知ってるのか?」

「彼女が誰かは知ってるよ」と言ってハンネスは本から目を上げた。厚いマフラーと指の部分が外に出せる手袋をしていた。

「ぼくが彼女と付き合ってること、知っているのか?」

「ここではなんでも筒抜けさ。イローナはハンガリーから来ているから、おれたちのように無知じゃないいさ」

「おれたちのように無知とは?」

「ああ、忘れろ」と言って、ハンネスはまた本の中に沈み込んだ。

トーマスは手を伸ばしてその本を取り上げた。ハンネスは驚いて顔を上げ、その本を取り返そうと手を伸ばしたが届かなかった。

「いったいどうしたというんだ? なぜあんたはそんな態度をとる?」トーマスが言葉を投げつけた。

ハンネスはトーマスが腕を伸ばして高く上げている本を見やり、それからトーマスの顔に目を下ろした。

「おれはここで起きていることには一切関わりたくない。ただただ国に帰りたい。そしてここのことを忘れてしまいたい。これは無意味な、馬鹿げたことだ。おれはそのことがここに来てまもなくわかったんだ。来てすぐ、いまのお前よりずっと短い間に」

「それでもここに残っているじゃないか」

「授業はいいからな。それと、嘘を見抜くのには時間がかかった。腹を立てるのにも」

「ぼくに見えていないものとはなんだ？」とトーマスは訊いたが、答えを聞くのは恐ろしかった。「あんたに見えたものとはなんなんだ？　おれには見えないものとは？」

ハンネスはトーマスの目をまっすぐに見た。そのあと図書館内に目を移し、それからトーマスが高く持ち上げている本のほうに目をやり、ふたたびトーマスの目を覗き込んで言った。

「そのまま続ければいい。その確信をもち続けることだ。道の外に足を踏み入れるんじゃないぞ。いいか。そんなことをしてもなんの得にもならないからな。そのやり方で不自由なければ、めでたしめでたしだ。深く掘り下げるんじゃない。何に突き当たるかわからないからな」

ハンネスは本のほうに手を伸ばした。

「いまおれが言ったことを信じるんだ。そして忘れろ」

トーマスは本を彼に差し出した。

「それで、イローナは？」

「彼女のことも忘れてくれ」ハンネスが言った。

「え？　それはどういう意味？」

「なんでもない」

「あんたはなぜ、そんな話し方をするんだ？」

「おれにかまわないでくれ。とにかく一人にさせてくれ」ハンネスが言った。

三日後、トーマスはライプツィヒの郊外の森にいた。エミールと〈スポーツと技術の会〉に申し込んだためだ。乗馬と車のラリー、他にも様々なスポーツを振興させるオールラウンドなスポーツ振興会という謳い文句だった。FDJが組織する自由参加の活動とは、秋の収穫時に一週間収穫の仕事に参加すること、一学期に一回あるいは休暇中に一回戦禍の後片付けに参加すること、褐炭採掘場で労働することなどだった。参加は自由とあったが、参加しない者にはなんらかの罰が用意されていた。

トーマスはエミールや他のクラスメートたちと一緒に森の中に来て、このことを考えていた。戸外での一週間の仕事とは、軍事訓練だった。

ライプツィヒでの生活はこういうものなのだ。謳われていた生活と実際とはこれほど違うのだ。客として来ている外国の学生がこの国について何か侮辱するようなことを言ったりしないか、この国は警戒しているのだ。義務付けられている集会で外国からの客人学生が社会主義的価値観をもっているかどうかチェックされる。自由参加とはあくまで名ばかり、じつは必ず参加しなければならないのだ。

まもなく彼らはこのようなシステムに慣れ、ばかばかしいと言うようになった。それでもトーマスは、これは一時的なことだと信じた。彼らの中には、それほど楽観的ではない者もいた。

トーマス自身は〈スポーツと技術の会〉は、カモフラージュされた軍事訓練以外のなにものでもないとわかったとき、心の中で笑った。だが、エミールは笑わなかった。彼はこれを冗談として笑ったりもしなかった。そして他の者たちと違い、このことをばかばかしいことと一蹴したりもしなかった。エミールはライプツィヒでの暮らしを正面から真面目に受け止めていた。

最初の晩、トーマスとエミールは他の学生たちと一緒にテントで寝た。エミールは一晩中アイスランドを社会主義の国として情熱的に語った。

「あんなに小さな国なんだ。みんなが簡単に平等になれるのに、あれほどの不平等があるとは。おれはそれを解決したいんだ」とエミールは言った。

「お前はここと同じような社会主義を国に実現したいのか？」トーマスが訊いた。

「ああ、もちろんだ」

「このシステム全部、そっくりそのまま？　監視、病的なこだわり、表現の制限、ばかばかしさもそのままか？」

「ふん、イローナはお前を転向させるのに成功したのか？」

「は？　誰が？」

「イローナだよ」

「転向って、なんのことだ？」

「いや、なんでもない」

「イローナを知っているのか？」

「いいや、全然知らない」

「お前だっていつも女の子を追いかけ回しているじゃないか。フラフンヒルデュルが言ってたぞ。〈赤い修道院〉の誰かを追いかけているって」

「そんなの、なんの意味もないことさ」

「そうなのか?」

「イローナのことをいつか、もう少し話してくれ」エミールが言った。

「彼女はおれたちのように青臭くないんだ。彼女はシステムの中に不備な点を見つけ、それを正したいと思っている。この国の多くがハンガリーと同じなんだそうだが、ハンガリーでは若者たちが改善に取り組んでいるそうだ。ばかばかしいことに対抗して」

「ばかばかしいことに対抗して?」エミールは鼻の先で笑った。「なんといい加減な話だ。国で、みんながどんな暮らしをしているか考えてみろ。アメリカの軍隊のバラックをもらって暮らしているじゃないか。子どもたちは空きっ腹だ。親たちは子どもに暖かい服を着せる余裕もない。その間にも太った金持ちはどんどん肥えていくんだ。これこそばかばかしいことじゃないか。人々を監視して言論の自由を一定期間縛ることがなんだってんだ? 不公平をなくすためじゃないか。そのためには少しぐらい犠牲があってもいい。そう思わないか?」

二人とも黙り込んだ。どのテントもすでに寝静まっていた。真っ暗だった。

「アイスランドの革命のためなら、おれはどんなことだってやるつもりだ」エミールが言った。

「なんだってやるつもりだ。不公平をなくすためなら」

男は窓辺に立って降り続く雨と遠くにかかる虹を眺め、〈スポーツと技術の会〉という名の組織のことを思い出して一人微笑んだ。心の中でクリスマスパーティーで大笑いしたイローナのことを思い、いまでもはっきり思い出せる彼女の唇、柔らかいキスを思った。愛の星と恋人に思いを馳せながら谷間を行く若者を思った。

14

外務省の役人は喜んで警察に協力するとのことだった。シグルデュル＝オーリとエリンボルクが外務省の事務次官に会いに行った。シグルデュル＝オーリと同年輩の、やたらに愛想のいい男だった。二人はアメリカに留学した仲で、まずはその時代を懐かしむ会話から始まった。そのあと事務次官は警察がなぜ昔レイキャヴィクに駐在したことのある外国大使館員について知りたがるのか、じつは非常に驚いたし、興味深い、ぜひともその理由を教えてくれと言った。シグルデュル＝オーリとエリンボルクは貝のようにきつく口を閉ざした。それからエリンボルクが愛想笑いをして、いや、単なるルーティンワークですよ、と言った。

「それに昔の外国大使館駐在員全員を知りたいというわけじゃない」とシグルデュル＝オーリもまたにっこりと笑いながら言った。「かつての鉄のカーテンの向こう側の国の外交官たちだけですよ」

事務次官は二人の顔を交互に見ながら言った。

「つまり、昔の共産圏の国々の、ということですか？」と聞いたが、その顔にはますます好奇心がはっきりと浮かんでいた。「なぜ彼らだけなんです？　何か問題があるのですか？」

「いえ、純粋にルーティンワークです」とエリンボルクが繰り返した。

彼女はこの前までずっと続いていた緊張から解放されていた。料理本の出版は大騒ぎしつつも大成功に終わり、彼女はまだ幸福感に浸っていた。主要新聞に載った書評には絶賛の言葉と料理の写真とレシピ、それに何より、美食家の犯罪捜査官である著者がこれからもこんな素晴らしい本を書いてくれるように期待するという言葉があったからだ。

「共産圏の国々ねえ」と事務次官は感慨深げに言った。「あの湖で、いったい何を見つけたんです?」

「まだ外国の大使館と関係があるかどうか、わからないのですよ」シグルデュル＝オーリが言った。

「一緒に来てもらうのが一番手っ取り早い」と言って、事務次官は立ち上がった。「国務大臣と話しましょう。部屋にいるといいが」

国務大臣は部屋にいて、彼らの話を聞いた。彼もまたなぜ警察がこの情報をほしがるのかと訊いたが、捜査官二人はそれにには一切答えなかった。

「それで、対象となるリストのようなものはあるのかね?」と国務大臣は訊いた。痩せた背の高い男で、心配そうな顔つき、疲れた目の下には黒い隈《くま》ができている。

「ああ、それはあります」事務次官が言った。「全部を用意するのに少し時間がかかるだけで、問題ありません」

「それじゃ、用意しなさい」国務大臣は言った。

「冷戦時代、我が国を舞台にかなりの規模のスパイ活動が行なわれていたのでしょうか?」シグルデュル＝オーリが訊いた。

「ということは、そちらは湖で発見されたのはスパイだと想定している、ということか？」国務大臣が訊き返した。

「捜査の内容をここで話すわけにはいきませんが、骸骨《がいこつ》は一九七〇年以前から湖にあったと思われます」エリンボルクが言った。

「我が国でスパイ行為が行なわれていなかったとは言えないでしょう」国務大臣が言った。

「あの時代、我が国周辺の国々ではどこでも行なわれていた。とくにアイスランドは今日よりもずっと軍事的に重要だった。多くの使節団が送り込まれていた。東ヨーロッパから、そしてもちろん他の北欧諸国から、そして英国、アメリカ、西ドイツから」

「スパイ行為とは、はっきり言って、どのようなものを指すのでしょうか？」シグルデュル＝オーリが訊いた。

「多くの場合それは他の国々が何をしているかの情報集めだったと思う。中には接触を図ることもあったかもしれないがね。敵対する国の人間を雇って働かせるというようなことだな。それからもちろん、そのころはまだ軍事基地があったからね。その規模、そして活動を探ること。実際の話が、直接アイスランドに関するスパイ行為は多くなかったように思う。しかし、アイスランド人を雇って働かせようとした話はいろいろあったようだ」

国務大臣は口を閉じた。

「それで警察はアイスランド人スパイをお捜しなのかな？」

「いや、そうではありません」シグルデュル＝オーリはこれについてじつは何も知らないにもかかわらず、きっぱりと言った。「アイスランド人スパイ。そんなものが実際にいたのですか？　そんなばかばかしいこと、考えられませんね」

「オーマルと話すほうがいいと思う」国務大臣が言った。

「オーマル？」エリンボルクが訊き返した。

「冷戦時代、外務省事務次官をしていた人物だ。いまはもうかなりの年齢だが、頭ははっきりしている」と言って国務大臣は頭を指差した。「省で記念パーティーなどがあるといまでも必ず顔を見せる。なかなか芸達者な人物でね。彼なら当時の外国の外交官たちのことを憶えていると思うし、お役に立てることもあるだろう」

シグルデュル＝オーリは名前をメモした。

「ついでながら、大使館と限るのはいかがなものか。お尋ねの国々の中には大使館を置かず、通商事務所とか通商代表部、あるいは他にも何か呼び名があったかもしれないが、そういうものしかアイスランドには置かなかった国もあったと思うが」

エーレンデュルは鑑識課から一人係官を同行してファルコンが入れられていたガレージに向かった。鑑識官は血液の痕跡などを探して徹底的に車内を調べ、床の塵《ちり》まですべて掃除機で吸引した。

「これはもう、あなたの個人的趣味以外のなにものでもないですね」シグルデュル＝オーリが言って、口に入れたバゲットを大急ぎで噛んで飲み下そうとした。何か言いたいことがあるらしい。ようやく飲み込み、話そうとして咳き込んだ。「いったい何を見つけようってんですか？　この事件をどの方向にもって行こうとしてるんです？　また何か新しい捜査を始めるんですか？　古い失踪なんかに手をかけている暇はないですよ。捜査しなければならないことが山ほどあるんですから」

エーレンデュルはシグルデュル＝オーリに目を据えて言った。

「いいか。若い女が牛乳屋の前で婚約者を長い時間待っていた。彼は来なかった。二人はまさに結婚するところだったのだ。すべて用意は整っていた。二人の将来は輝いていた、という言い方があるがそのとおりだった。二人の間にはなんの不安もなかったのだ」シグルデュル＝オーリもエリンボルクも何も言わなかった。

「二人の間にはなんの問題もなかった」エーレンデュルは続けた。「彼の体調が悪いわけでもなかった。仕事が終わったら彼女を迎えに来るということになっていた。レイキャヴィクにいるときはいつもそうしていたのだ。だがその日彼は来なかった。職場から約束していた農家の男の家にまっすぐ行くことになっていたが、彼はそこには姿を現さなかった。それどころか、その後彼はいなくなってしまった。誰も見かけていない。状況から、もしかするとバスでどこかへ出かけたのかもしれないと推測された。いや、自殺したのかもしれないとも推測された。失踪のケースではよくあるからだ。アイスランド人には鬱《うつ》病が多いが、たいていはうまく隠しているからな。もう一つ、もしかすると誰か他に女性がいたのかも、と推測する者もいた」

「自殺だとしても、何か複雑な事情があったでしょうね」エリンボルクが相槌を打った。

「ここに一つ重大な情報がある。じつはこの消えた男レオポルドという名前の人間は書類上どこにも存在しないのだ」エーレンデュルが言った。「どうも彼は彼女に嘘をついていたらしいのだ。このケースを扱ったのはニエルスだが、この男について徹底した捜査をしなかったようだ。ニエルスは、レイキャヴィクに住んでいる女は愛人で、男は本当はどこか田舎に本宅があるのではないかと思ったと言っている。もしこれが平凡な自殺でなければ、と勝手に想像したらしい」

「つまり男はどこかに妻がいて、家庭を営んでいて、レイキャヴィクに来るときに愛人と一緒に過ごしていたということ？」エリンボルクが訊いた。「その男の車がバスターミナルの近くに停めてあったというだけで、ずいぶん飛躍した結論ね？」

「男は例えばふだんはヴォプナフィヨルデュルで家族と暮らしていて、レイキャヴィクではその女とやってたってこと？」

「レイキャヴィクではその女とやっていた？」エリンボルクがすぐに反応した。「なにその言い方！　ああ、ベルクソラがかわいそう！　こんな男に我慢してるなんて」

「いや、当たらずとも遠からず、というところだろう」エーレンデュルが言った。

「我が国ではそんなに簡単に重婚ができるものかな？」シグルデュル＝オーリが言った。

「できないわよ」とエリンボルク。「それには人口が少なすぎるもの」

「アメリカではそんな奴らを指名手配するんだ」シグルデュル＝オーリが言った。「テレビにそんな番組があるんだ。この種の失踪、人を騙してドロンする者、騙して結婚する重婚者たちを公開して視聴者に訴える番組が。家族を皆殺しにして他の土地に移って新しい人と結婚して家族を作るなんて男が実際にいるらしい」

「アメリカなら、隠れることも可能かもね」

「ああ、そうかもしれない」エーレンデュルが言った。「だが、短期間なら我が国のような小さな国でも二重生活を送ることは可能かもしれない。この男、セールスと称して頻繁に旅行していた。出かけたら数週間も留守にすることが多かった。レイキャヴィクで彼女に出会った。もしかすると恋に落ちたのかもしれない。いや、もしかすると単にひとときの遊びだったのかもしれない。それで相手が真剣になったとき、姿を消して関係を終わらせた、か?」

「大都会での小さな恋、一巻の終わり」とシグルデュル＝オーリ。

「どうだろう。牛乳屋の前で男を待っていた女にそんなことが考えられただろうか?」エーレンデュルがつぶやいた。

「このレオポルドという男、当時は手配されなかったんですかね?」シグルデュル＝オーリが訊いた。

エーレンデュルはじつはそれをチェックしていた。新聞に小さな尋ね人の記事が載っていた。そこには男の服装と身長、髪の毛の色が書かれていて、心当たりのある人は警察に通報を、とあった。

「もちろん、なんの通報もなかった。写真も添えられていないような記事に誰が反応する?

ニエルスによれば、当時警察は女性にこの男がアイスランドの記録には存在していないということを話さなかったそうだ」

「え？　それ、彼女に話さなかったんですか？」エリンボルクが訊き返した。

「ニエルスがどんな奴か、知ってるだろう」エーレンデュルが言った。「事なかれ主義なんだ。面倒なことは避けられるなら避けるという奴だ。この女性は男に騙されたのに違いないと思ったのだそうだ。だから、かわいそうだから捜査はそこで打ち切りにしたという。まったく、あいつはいつも……」

　エーレンデュルは最後まで言わなかった。

「もしかするとその男、新しい恋人ができたのかもしれないわね。でもそれが言えなかった、とか。まったく浮気な男ほど手に負えないものはないわね」

「まあまあ」とシグルデュル＝オーリ。

「その男がしょっちゅう旅行していたのは、なんだっけ、農業機械とかを売るためじゃなかった？」エリンボルクが訊いた。「それで地方の農家をまわっていたのよね？　もしかすると、そんなときに新しい人に出会って、新しい暮らしをしたくなった。でも、それをレイキャヴィクの恋人には言えなかった、ということかしら？」

「それでいまでも身を隠している、と言いたいのか？」シグルデュル＝オーリが口を挟んだ。

「一九七〇年代と現在は状況がまったく違う」エーレンデュルが言った。「当時は環状線がなかったからアークレイリまで車で行くのに一日かかった。交通の連絡も悪く、地方の村々は孤立していた」

「つまりその時代は、人の行き来のない、神に見放されたような場所がまだたくさんあったということですかね？」シグルデュル＝オーリが口を挟んだ。

「そういえば、こんな話を聞いたことがあるわ」とエリンボルク。「優しい婚約者がいて、何もかもがうまくいっていた女性の話。あるとき電話がかかってきて、軽くおしゃべりしたあと、あのさ、もうきみとは会わないよ、他の人と結婚するから、と言われたというの。電話一本よ。男ってほんと、どうしようもないんだから」

「しかし、今回の場合、やっぱり疑問は残る。そもそもレオポルドはなぜレイキャヴィクに来る必要があったのだろう？　もし田舎に妻がいたり、あるいは新しい女性に会っていたとしたら、レイキャヴィクにいる必要などなかったのではないか？」

「ダメ男だから、っていうのが答えなんじゃない？」エリンボルクが言った。

三人は黙り込んだ。

「とにかく湖の男をどうするか、だ」エーレンデュルが言った。

「外国人の線で捜しましょう」エリンボルクが言った。「ロシアの盗聴器にくくりつけられているのがアイスランド人とはどうしても考えられないわ。そんなことが我が国で起き得ること自体、考えられない」

「冷戦時代の話さ。おかしな時代だった」とシグルデュル＝オーリ。

「そのとおり。おかしな時代だった」エーレンデュルがうなずいた。

「冷戦時代って聞いたらすぐ、世界が終わる恐れを思い出すわ。他のことは思い出せない。いつもその恐れが地球全体を覆っていた。みんないつこの世界が終わってもおかしくないとドキドキしていたってこと」

「そう、どこかで機械が故障して、核戦争のボタンが押されてしまうんじゃないかという恐れ」

シグルデュル＝オーリがうなずいた。

「いまだって、我々の行動には当時の恐怖が残っているんじゃないか」エーレンデュルが言った。

「ファルコンに乗っていた男と自殺を結びつけるってこと？」とエリンボルク。

「例えばその男がフヴァムスタンギで幸せに結婚していたというんじゃなかったら、ってこと」と言ってシグルデュル＝オーリはバゲットを包んでいた紙を丸め、近くの紙くずかごに投げ入れた。

シグルデュル＝オーリとエリンボルクが出て行ったあと、エーレンデュルの部屋の電話が鳴った。聞いたことのない男の声だった。

「エーレンデュルか？」低い、怒りに満ちた声だった。

「ああ、そうだが、誰だ？」

「妻に手を出すな！」

「妻？」

エーレンデュルはいぶかった。ヴァルゲルデュルのことを言っているのだとは気づかなかった。

「わかったか? お前が何を企んでいるのか、こっちはわかっている。やめろと言っているんだ」

「彼女は自分のことは自分で決めるだろう」相手はヴァルゲルデュルの夫だと気がついて、エーレンデュルは言った。この男が不貞についてどう言ったかを思い出した。またそもそもヴァルゲルデュルがエーレンデュルに近づいたのは、夫にやり返してやるというつもりだったことも。

「妻に近づくな」という声に凄みがあった。

「いい加減にしろ」と言ってエーレンデュルは受話器を叩きつけた。

15

元外務省事務次官のオーマルは八十歳前後、背が高くがっちりした体軀で、頭髪は薄く、動作は敏捷《びんしょう》、顎が張った平たい顔をしていた。見るからに訪問客があることを喜んでいる様子だった。エーレンデュルとエリンボルクを迎え入れると、体力も知力もまったく衰えていないのに七十歳で退職させられたのが残念でならないと言った。妻が亡くなったあと、一軒家を売ってクリングルミールの大きなアパートメントに移ってきたという。

エネルギー庁の水専門研究員が人間の骸骨《がいこつ》を発見してから数週間が経っていた。いまはすでに六月上旬、いつもの年よりも暖かく、日照時間が長い。暗い冬から解放され、人々は少し薄着になり、気分も少し明るくなっているようだ。街のカフェはまるで外国のように通りに椅子を出し、人々はそこに陣取って太陽に顔を向けて座り、ビールを飲んでいる。シグルデュル＝オーリは海外で休暇をとってきたので、少しでも晴れると太陽に顔を向けてせっかく焼けた小麦色を保とうとする。彼はエリンボルクとエーレンデュルをガーデンパーティーに誘った。が、エーレンデュルはストレスを抱えていた。エヴァ＝リンドからまったく連絡がないのだ。薬物治療が終わり、施設からはすでに退所しているのは確かだったが、所在がわからなかった。シンドリ＝スナイルからもあれきり連絡がない。

オーマルはじつに饒舌だった。とくに自分について話しだしたら止まらなかった。エーレンデュルはなんとか口を挟むことができた。

「電話でお話ししたように……」エーレンデュルが話しだした。

「ああ、ああ、あれね。私もテレビのニュースで見たよ。クレイヴァルヴァトゥン湖で見つかった骸骨のことだろう。警察はあれを殺人事件だと……」

「はい」とエーレンデュルはまたオーマルの話を遮った。「しかし、ニュースに流さなかったことがあります。外部には知らせていないことで、あなたにも口外しないでいただきたいのです。骸骨は一九六〇年代のロシアの盗聴器にくくりつけられていたのです。機器は製造国の部分が擦られていますが、ソ連製と書かれていることは確かです」

オーマルの視線がエーレンデュルとエリンボルクの間を行き来した。その顔には話を聞いて強い興味が湧きあがったのがはっきりと読み取れた。顔が少し緊張していた。まるで現在も外務省に勤める国家公務員であるかのように。

「それで、私はどんなふうに手伝えるのかな?」

「二つあります。一つは当時アイスランドである程度の規模でスパイ活動が行なわれていたかどうか。もう一つは、それはアイスランド人、あるいはどこか外国の外交官であるという可能性があるか、という点です」

「その時代に行方不明になった人間はもうチェックしたのかね?」オーマルが訊いた。

「はい。しかしながら、ロシアの盗聴器と関係づけることができる人間は一人もいませんでした」エリンボルクが答えた。

「実際にスパイ行為を働いたアイスランド人がいたとは、私は信じていない」とオーマルは長い沈黙のあと、言った。エーレンデュルもエリンボルクも彼が非常に慎重に言葉を選んで話していると感じた。「当時、スパイにする人物を獲得しようという試みが東ヨーロッパ諸国からもNATO諸国からもあったということは知っている。またアイスランドの近隣の国々ではスパイ活動が実際にあったということも知っている」

「近隣の国々というと、他の北欧諸国ですね？」

「そうだ。しかし、それでも問題が一つ残る。もしアイスランド人が東ヨーロッパ諸国に対してであれ、NATO諸国に対してであれ、スパイ活動をしたとしても、我々はそのスパイ行為の結果がどうなったのかを知らない。少しでも影響力のあったアイスランド人スパイなど、一人も発見されていない」

「ロシア製の盗聴器が骸骨と一緒に湖の底に沈められていたことについて、スパイ行為とは別の、なんらかの説明が考えられますか？」エリンボルクが訊いた。

「もちろん」とオーマルは言った。「スパイ行為とはまったく関係がないとも考えられる。しかし、おそらく警察諸君は正しい推測をしたのだろう。このように特異な骸骨の発見が、おそらく当時アイスランドに駐在した昔の東ヨーロッパ諸国の大使館となんらかの関係があるのではないかと考えるのは、ある意味で当然だ」

「そのようなスパイが、例えば、アイスランド外務省の人間だったと考えられますか？」エーレンデュルがズバリ訊いた。

「私の知るかぎり、外務省で失踪した人間はいないはずだ」と言って、オーマルは微笑んだ。

「私の言いたいのは、ロシア側にとって、どこにスパイがいたらもっとも都合がいいかということです」エーレンデュルが言い直した。

「国家機関なら、どこにでもほしいだろうね」オーマルが言った。「この国の行政規模は小さい。人は互いに知っているし、ここで秘密の工作をするなんてことはまず不可能だ。アメリカ軍との連絡はほぼすべて外務省を通して行なわれたから、外務省に情報提供者がいれば都合がいいことは明白だ。だが、実際はどうだったか。外国のスパイであれ、大使館勤務の外交官であれ、すべての情報はアイスランドの日刊紙を読めば得られたはずだ。また実際、彼らはそうしたはずだ。すべてが情報公開されたからね。アイスランドの民主主義のもとでは、すべてが自由に討議討論され、物事を隠すことは難しいからだ」

「カクテルパーティーもありますしね」とエーレンデュルが口を添えた。

「ああ、そうだ。それを忘れちゃいけない。どの大使館も招待客リストを作るのが上手になったからね。アイスランドの人口はとても少ないから、みんな知り合いだし、親戚だ。それもまた我々は利用したものだ」

「情報機関から情報が漏れるということはなかったのですか？　そういうことに気がつきませんでしたか？」エーレンデュルが訊いた。

「私の知るかぎり、一度も」オーマルは言った。「というのも、ソ連が崩壊してそれまであったような形での秘密警察がなくなったいま、もしある程度のスケールでスパイ行為が行なわれていたとすれば、もうとっくに知れ渡っていたはずだから。関連諸国でスパイ行為を働いた者たちはみなさっそく忘備録を発表した。それらのどこにもアイスランド人スパイの話は書かれていない。これらの国々の記録庫はほとんど一般公開されていて、誰でもほしいものを借り出すことができる。かつて共産圏諸国にはとんでもない規模の相互監視システムがあったが、情報はベルリンの壁が崩壊する前にすべてシュレッダーにかけられてなくなってしまった」

「壁が崩壊したあとでも、西側のスパイが何人か暴かれましたね」エリンボルクが言った。

「ああ、そのとおり。スパイシステムそのものがめちゃくちゃに壊れたんだろうよ」

「だが、すべての記録庫が公開されたわけではなかった」エーレンデュルが言った。「すべてが明るみに出されたわけではなかった」

「確かに、そうではなかった。我が国も例外ではないが、どの国にも、国家の秘密というものがあっただろうから。今更と思うかもしれないが、私はとくにスパイに詳しいわけではない。外国のスパイにせよ、我が国のスパイにせよ。きみたちのほうが詳しいかもしれない。じつは私はいつもアイスランドでスパイ活動が行なわれていたということを取り上げることとそのものがばかばかしいと思うのだ。スパイ活動とアイスランドはまったく相容れないもののような気がする」

「数年前に潜水夫たちがクレイヴァルヴァトゥン湖の底に機器を見つけたことがあるのを憶えていますか?」エーレンデュルが聞いた。「今回骸骨が見つかった地点から少し離れたところでした。しかし機器は今回見つかったものと共通点があることは否めません」

「ああ、その件はよく憶えている」オーマルが言った。「ロシア人はそんなものはまったく知らないと言い、レイキャヴィクに大使館を置く他の東ヨーロッパの国々も同様だった。まったく心当たりがないと言ったのだ。古くなった無線機や盗聴器などの機器を単に捨てたかったのだろう、と我々は思ったものだ。それぞれの国に送り返すのは金がかかるし、普通の家庭ゴミとしては出せないしということで……」

「誰も気づかない湖に、ということになったのだろうと？」エーレンデュルが続けた。

「ああ、私はそういうことではなかったかと思っている。しかし、私はこのことに関するエキスパートではない。あの機器が見つかったということはこの小さな国でスパイ活動が行なわれていたことを証明する。それに関しては疑いの余地がない。ま、それがわかったところで、誰も驚きはしないだろうが」

しばらく沈黙が続いた。その部屋には長い外務省勤めで訪れた世界の様々な国からの土産品が飾られていた。外交官は妻とともに遠い国まで旅をする。小さな仏像の隣に万里の長城を背景にして写っているオーマルの写真が飾られていた。その隣りには宇宙ステーション、ケープ・カナヴェラルの宇宙ロケットを背にしてオーマルが立っていた。他にも世界の有名政治家とともに写っている写真が所狭しと飾られていた。

オーマルが咳払いした。これ以上手伝うべきか、あるいはこのあとは自分たちで調べろと言うべきか迷っているように見えた。湖で見つかったロシア製の機器の話を取り上げたあとも、エーレンデュルの目にはオーマルが警戒を解かず、一語一語を慎重に吟味した上で話をしているように感じられた。

「そうだな、その件に関しては、ボブと話してみるのもいいかもしれない」ようやくオーマルが切り出した。

「ボブとは？」エリンボルクが訊き返した。

「ロバート・クリスティー。ボブと呼ばれている。六〇年代から七〇年代にかけてアメリカ大使館の安全保障部門の責任者だった、じつに誠実な男だ。彼とはいい友人になった。ずっと連絡を取り合っていて、私がアメリカへ行くときは必ず彼に会う。ワシントンに住んでいて、私と同様すでに引退している。素晴らしい記憶力の持ち主で、気持ちのいい男だ」

「その人にどのように協力してもらえるのでしょう？」エーレンデュルが訊いた。

「大使館は互いにスパイし合うもの。と、これはボブが言った言葉だ。どれほどの規模だったか、私は知らない。またそのような活動にアイスランドも加わっていたとは思わない。だが、NATO加盟国も東ヨーロッパの国々も、大使館員の中には、スパイがいた。これは冷戦が終わったとき、ボブから直接聞いたことだ。ま、いずれ歴史が証明することだが。大使館の業務の一つに、敵国の大使館員の動きのチェックがあった。彼らは正確に、誰が入国したか、誰が出国したか、旅行先はどこか、所属はどこか、前に滞在したところはどこか、次の滞在先はどこか、名前、プライベートライフ、家族構成、すべて掌握《しょうあく》していた。このような情報を集めるために多額の予算と人員が当てられていた」

「目的はなんだったのでしょう?」エリンボルクが訊いた。

「これら大使館に雇われた人員の中には、名前の知られたスパイもいた。アイスランドにやってきて、短期間滞在し、また出て行く。彼らには様々なランクがあって、あるランクの人間が来れば、何か重要な行事、事件、出来事があるのだと推測されたわけだ。外交官の国外追放は、以前はよくニュースで報道されたものだが、アイスランドでもそれはあったし、近隣諸国でもよくあった。アメリカはロシア人をスパイ行為で国外追放し、ロシア側は告発を全否定し、対抗措置としてアメリカ人を国外追放した。世界中でそういうことが行なわれていた。みんながこのやり方を黙認している。既成の事実だ。互いの行動を監視しているのだ。各大使館では訪問者のリストを作り、チェックは当然の業務としてやっていた」

オーマルはいったん口を閉じ、それからまた話し始めた。

「特別に重要な仕事に、新たな人員を獲得することがあった。そう、新しいスパイを育成することだ」

「外交官をスパイに教育するということですか?」エーレンデュルが訊いた。

「いや、敵の側にスパイを作るということだ」と言って、オーマルは笑顔になった。「つまり向こう側の大使館員の中に、こっちのために働く人間を手に入れるということ。高い地位にいる者であれ低い地位の者であれ、職位に関係なく、また所属も関係なく求められたが、とくに大使館員が求められたのは確かだ」

「それで?」エーレンデュルが話を促した。

「ボブが手伝ってくれるだろう」

「何を、でしょうか?」エリンボルクが訊いた。

「大使館員のことだよ」オーマルが答えた。

「よくわかりませんが……」とエリンボルク。

「つまり、調査において普通でないとかおかしいというものが出てきたら、彼に訊くことができるということですか?」エーレンデュルがエリンボルクの質問を引き継いだ。

「もちろんすでに過去となっているこれらの活動のことを彼も細部まで知っているわけではないだろう。またそういうことはきっと誰にも話さないに違いない。私はよく彼にそういうことを訊いたが、彼は笑い飛ばすか、冗談にしてしまうかして、まともに答えなかった。だが、きみたちにはあまり重要でないことで、ちょっと変に思ったこと、説明するのが難しいような微妙なことを話すかもしれない」

エーレンデュルとエリンボルクはこの男は何が言いたいのだろうといぶかしみ、顔をしかめていまの言葉を聞いた。

「つまりだな、例えば、アイスランドにやってきたのに、帰国しなかった者がいたかどうかなど。そういうことをボブは話せるかもしれないということだ」

「ロシア製の機器のことを考えているのですか?」エーレンデュルが訊いた。

オーマルはうなずいた。

「それで、あなた自身はどうだったんです? あなた自身も誰がここの大使館で働き始めたか、どういう人物かなど調べたのではありませんか?」

「ああ、そのとおり。ひっきりなしに組織変更や新しい大使館員などの知らせを受けた。だが我々には外国の大使館が行なっていた監視手段もなかったし予算も意志もなかったのだよ」

「つまり、こういうことでしょうか? ここレイキャヴィクにあった共産主義国のどこかの大使館にやってきた男がいて、一定期間仕事をした、しかしその後、その男がアイスランドを出たことをアメリカ大使館は確認していない、そのようなことをボブは知っているかもしれない、と?」

「そういうことだ。ボブならきっとその種のことに手伝いができるだろうと思う」


マリオン・ブリームはエーレンデュルのためにドアを開けると、酸素吸入装置を引っ張って居間に行った。エーレンデュルはその後ろに続きながら、これが自分が年取ったときの運命かもしれないと思った。自宅でゆっくり溶けていくこと。みんなに忘れられ、酸素吸入器をつけて永遠に消えてしまうこと。マリオンにきょうだいがいるのかどうかわからない。友だちがいるとしても、ここに毎日大勢詰めかけてくるようには見えない。ただ一つだけ知っていること、それはチューブをつけた本人は家族を作らなかったのを悔やんでいる様子はないということだ。「家族なんて何がいいんだ?」と昔、一度本人が言うのを聞いたことがある。「家族など、悲しみと嘆きをもたらすだけではないか」

そのときはエーレンデュルの家族のことが話題に上った。頻繁にあることではなかった。というのもエーレンデュルが自分のことを話したがらないからだった。マリオンは子どもたちのことを訊いた。連絡をとっているのかと。ずいぶん前の話である。

「子どもは二人ではなかったか?」とそのときマリオンは訊いた。

エーレンデュルはそのとき自室で詐欺事件の報告を書いていた。突然マリオンがやってきて、家族のことを訊き始めたのだった。詐欺事件は年取った母親を騙して一文無しにした二人の娘の起こした事件だった。そのためにマリオンは「家族など、悲しみと嘆きをもたらすだけではないか」と言ったのだった。

「ええ、子どもは二人ですよ」とそのときエーレンデュルは答えた。「このケースの話をしませんか? 自分は……」

「それで、最後に子どもたちに会ったのはいつだ?」マリオンが訊いた。

「それは関係ない……」

「そう、こっちには関係ない。だが、あんたには関係あるんじゃないか。あんたに子どもが二人いるということは、まさにあんたの問題じゃないのか?」

マリオンの正面のソファに腰を下ろしたとき、昔の話が頭から消えた。エーレンデュルが昔の上司に好感をもてない理由は他にも一つあった。おそらく、マリオン・ブリームを訪ねてくる人が少ない理由もそのためではないかと彼は思っていた。マリオンは友情を育まないのだ。その反対だった。こうやってときどきやってくるエーレンデュルでさえも友だちとは言えない仲だった。

マリオンは目を開け、酸素吸入マスクを顔につけた。二人はそのまま、どちらも口を開かずにしばらくそうしていた。ようやくマスクを外したマリオンに、エーレンデュルが問いかけた。

「具合は?」

「恐ろしく疲れている。いつもうとうとしているんだ。酸素のせいかもしれない」

「タバコを吸う人にはきつすぎるのかもしれない」

「あんたはなぜわざわざこんなところまでやってくるんだ?」マリオンが弱々しい声で訊いた。

「わからない」とエーレンデュルは正直に答えた。「ビデオはどうでした?」

「あんたも観るといい。〝反抗〟をテーマにしたものだ」マリオンが言った。「クレイヴァルヴァトゥン湖のほうはどうなってる?」

「まあ、ゆっくり進んではいます」

「ファルコンに乗っていた男は? 見つけたのか?」

エーレンデュルは首を振った。しかし、車そのものは見つけたと言った。いまの所有者は女性で、夫に先立たれたいま、フォード・ファルコンという車のことはあまり知らないし、売りたがっているとも言った。また失踪したレオポルドは謎の男で、婚約者の女性さえ、彼のことは何も知らなかったということがわかったと教えた。写真は一枚もなく、全国どこにも住民登録をしていないのだと。まるですべてが幻のような話だった。牛乳屋で働いていた女性が勝手に頭に描いた男のような気さえした。

「そもそもあんたはなぜその男を探しているんだ?」マリオンが訊いた。

「わからない。それを聞かれるのは初めてじゃない。しかし、自分でもわからない。昔牛乳屋で働いていた恋人のためか。フォード・ファルコンにホイールキャップが一つ欠けていたためか。バスターミナルに比較的新しい車が置き去りにされたためか。これら全部、何かがおかしい」

マリオンは目を閉じて、ふたたび椅子に深く沈み込んだ。

「同じ名前なんだ」とマリオンはつぶやくように言った。エーレンデュルはほとんど聞こえなかった。

「なんのこと?」エーレンデュルが訊き返した。「いま、なんと言ったんです?」

「ジョン・ウェインと私だ。同じ名前だ」とマリオンは繰り返した。

「何言ってるんです、ばかばかしい」エーレンデュルが言った。

「いや、ばかばかしくなんかない。おかしいとは思わないか? ジョン・ウェインだぞ」

答えようとして、エーレンデュルはマリオンが眠りに落ちたことに気がついた。カセットテープの箱を取り上げてタイトルを読んだ。『捜索者』。〝反抗〟の映画、か、と彼は心のうちでつぶやいた。

エーレンデュルはマリオンを見つめた。それからまたカセットケースに目を下ろした。ジョン・ウェインが馬に乗り、ライフル銃を持っている。居間にあるテレビに目をやり、カセットを入れてビデオ再生ボタンを押した。それからまたソファに戻り、眠っているマリオンのそばで『捜索者』を観始めた。

16

電話が鳴ったとき、シグルデュル＝オーリはまさに帰宅するところだった。彼は一瞬迷った。できればドアを乱暴に閉めて出て行きたかった。が、ため息をついて電話に出た。

「いま、いいかな？」男の声がした。

「いや、本当はいま帰るところだったんだ」

「すまない」

「いちいち謝るのはやめてくれ。また、おれに電話するのもやめてくれないか。あんたのためにできることは何もないんだから」

「電話できる相手があんまりいないんだ」男が言った。

「それにしても、おれをその中に入れてくれるな。おれはたまたま事故現場に居合わせた警官の一人にすぎないんだ。あんたのためにおれができることは何もない。あんたの救世主じゃないんだ。牧師に電話してくれ」

「あんたはおれのせいだと思うか？　おれがあのとき電話しなかったら……」

男は必ずこの話をする。どこかに正体不明の神がいて、彼の妻と娘を聖なる儀式のために生贄にしたなどとは、誰も思っていない。宿命だとも思っていない。前世で決められていたことで、誰もその運命を変えることができなかったとも思っていない。シグルデュル＝オーリもこの電話男も、これは単なる事故だとわかっていた。二人とも現実主義者で、二人にとってははっきりしているのは、彼が電話をして妻を遅らせなかったら、酔っ払いの車が信号を無視してあの交差点に突っ込んできたときに妻の車はそこに居合わせなかったということだった。違いは、シグルデュル＝オーリは事故が起きたことを男のせいだとは思っていないことだった。

「あんたにはなんの責任もない。あんただってそれを知っているだろう。自分を責めるのはやめることだ。事故を起こして刑務所へ行くのはあんたじゃない。あの酔っ払いのほうなんだから」

「そんなことはどうでもいいんだ」男がため息をついた。

「カウンセラーはなんと言ってるんだ？」

「薬と副作用のことばかり言う。だけどあの薬を飲めば、おれはまた太ってしまうんだ。もう一つのを飲めば、食欲がなくなるし。三番目の薬だと、吐き気との闘いになるという始末で」

「あのさ、こういう話があるんだ」シグルデュル＝オーリが言った。「あるグループが毎週末ソルスムルクあたりをトレッキングしていた。二十五年続いていたこの行事は、一人の男の提案で始まったことだった。だがあるとき、トレッキング中に事故が起きてグループの一人が死んだ。この事故の責任は昔このトレッキングを始めようと提案した男にあるのか？　それは変だろう。いったいどこまでさかのぼればあんたは気がすむんだ？　あの事故は偶然なんだよ。それだけははっきりしている」

男は応えなかった。

「おれの言っていること、わかるか？」シグルデュル＝オーリが訊いた。

「ああ、わかる。だが、なんの助けにもならない」

「そうかい、好きにすればいい。もう切るぞ」

「ありがとう」と男は言って電話を切った。


エーレンデュルは自宅で本を読んでいた。小さなランプをつけて、十九世紀初頭にオースフリード付近をトレッキングしていた人々の話を読んでいた。七人からなる登山グループでイーサフィヨルデュルからステインフォーファギルを通過するコースだった。片側は厚い氷に覆われた急勾配の崖で、もう片方は冷たい海。ランプが一つしかなかったため全員が固まって歩いた。中の数人は前の晩イーサフィヨルデュルの劇場で〈レンハデュル・フォゲティ〉という芝居を見た。時期は真冬で、ステインフォーファギルの周囲を通ったとき、頭上の雪が凸凹《でこぼこ》に盛り上がっていると誰かが言った。石が落ちてきたように見えると。上の山岳地帯で雪が動きだしたのかもしれないという話になった。それで一同は足を止めた。その瞬間、雪崩《なだれ》が発生し、彼らを飲み込んで海に落ちた。生き残ったのは一人、それもかなりの重傷だった。他の者たちは影も形もなくなった。リュックが一つと道を照らしていたランプ一個が残っていた。

電話が鳴り始め、エーレンデュルは本から目を上げた。受話器を取るかどうか、迷った。だが、ヴァルゲルデュルかもしれないし、エヴァ＝リンドかもしれないと思った。後者のほうはあり得ないとは思いながら。

「もう寝てたんですか?」だいぶ待たされたシグルデュル=オーリが不満げに言った。

「用事はなんだ?」とエーレンデュル。

「明日のバーベキューパーティーにあの女性を連れてきますか? ベルクソラが全部で何人になるか知りたいというので」

「あの女性とは?」

「去年のクリスマスのころに、あなたが知り合った女性ですよ。いまでも付き合ってるんですよね?」

「お前と関係ないことだ。なんだ、そのバーベキューというのは? おれはそのバーベキューパーティーに行くと言ったか?」

ドアにノックの音がして、エーレンデュルは玄関のほうに目を向けた。シグルデュル=オーリはエーレンデュルが自分のところで開くバーベキューパーティーに来ると言ったといい、パーティーの説明を始めた。肉を焼くのは我らが料理名人エリンボルク。エーレンデュルは話の途中で電話を切り、玄関へ向かった。ヴァルゲルデュルだった。にっこりと笑ってあいさつすると中に入っていいかと訊いた。一瞬迷ったがどうぞと言うと、彼女は中に入り、くたびれたソファに腰を下ろした。コーヒーをいれようかと訊くと、いらないと断った。

「家を出てきたの」ヴァルゲルデュルが言った。

向かいの椅子に座って、彼は彼女の夫からの電話を思い出していた。妻に近づくな。ヴァルゲルデュルは彼の心配そうな顔を見て言った。

「ずっと前にそうするべきだった。あなたの言うとおりよ。わたしはずっと前にあの人と別れるべきだった」

「なぜ、いま？」

「彼、あなたに電話をしたと言っていたわ。わたしと彼の問題にあなたを巻き込むのは間違ってる。あなたに電話するなんて。あの人とわたしの問題ですもの、あなたは関係ないわ」

エーレンデュルは微笑んだ。棚の中にシャルトリューズが一瓶あることを思い出した。立ち上がって、シャルトリューズとグラスを二つ持ってきた。リキュールを注ぐと、グラスを一つ彼女に渡した。

「とにかく、わたしにはそんなつもりはなかった。だって、わかるでしょう」と言って、彼女はリキュールを一口飲んだ。「わたしたちはただ、話をしているだけ。何もしていない。彼につべこべ言われる筋合いはないわ」

「しかしきみはいままで彼と別れるつもりはなかった」エーレンデュルが言った。

「長い結婚生活だったから。長い間一緒に過ごしてきたから。それに子どももたちもいるし……。とにかく難しかったの……」

エーレンデュルは何も言わなかった。

「今晩はっきりわかったの。あの人との間は冷え切っていると」ヴァルゲルデュルは話し続けた。「そして急にもういいと思ったの。息子たちに電話したわ。あの子たちにははっきり話すつもり。何があったのか、なぜわたしが彼と別れるのか。明日会うことにしたのよ、息子たちに。いままでわたしはあの子たちを傷つけたくなかったの。父親を尊敬しているあの子たちを」

「こっちは電話を叩きつけてやった」エーレンデュルが言った。

「知ってます。あの人、そう言ってたから。わたし、突然すべてがはっきり見えたの。あの人にわたしのことを決めさせはしない。絶対に。自分のことをどれだけ偉いと思っているのか」

ヴァルゲルデュルはそれまで夫のことをほとんど話さなかった。病院の看護師と二年間不倫関係を続けたということ、それ以前にもときどき浮気をしていたということを除けば。彼は国立病院の医者で、ヴァルゲルデュルもその病院で働いている。エーレンデュルは、夫が女の尻を追いかけているということを自分以外のみんなが知っているような環境で働くのは、彼女にとってどんなものだったのだろうと思うことがあった。

「仕事はどうするの？」

「それは大丈夫」

「ここに泊まりたい？」

「いいえ。姉と話をしたの。とにかく家を出たらまず彼女のところに住まわせてもらうわ。姉にはこの間本当に助けられたのよ」

「きみはこのことはぼくと関係ないと言うが……？」

「それは、あなたのために彼と別れるのではないということ。わたし自身のためなの。わたしが何をするか、何を考えるか、何を望むかを決めるのは彼ではないということをわからせるのよ。あなたも姉も正しかった。わたしはあの人とずっと前に別れるべきだったのよ。彼が不誠実であるということを知ったときにすぐに」

ヴァルゲルデュルは黙り、エーレンデュルを見た。

「前に彼に言われたことがあるの。不倫をしたのはわたしのせいだと。わたしが十分に……、十分に……、セックスに興味がないからって」

「男はみんなそう言うんだ」エーレンデュルが言った。「まず最初にそんなことを言う。そんなこと、気にしなくていいんだ」

「あの人、悪いのはわたしだと決めつけるのが得意なのよ」

「他に何が言える？　自分を正当化したいだけだろう」

二人は黙ってリキュールを飲んだ。

「あなたは……」と言いかけて、彼女は口をつぐんだ。「あなたがどんな人か、わたしは知らないわ。まったく、全然」

「ぼくもそうだ」エーレンデュルが言った。

ヴァルゲルデュルは微笑んだ。

「明日バーベキューパーティーに一緒に行きたい？」エーレンデュルが突然訊いた。「職場の友人に招《よ》ばれてるんだ。エリンボルクが最近料理本を出したばかりで。もしかすると耳にしたことがあるかもしれないが。彼女が肉を焼いてくれることになっている。とても料理上手なんだ」とエーレンデュルは言い足した。それからテーブルの上の電子レンジ用冷凍ミートボールの空き箱に目を移した。

「あまり知らない人たちには会いたくない」ヴァルゲルデュルが言った。

「ああ、わかるよ」とエーレンデュルがうなずいた。


エーレンデュルはかつて農業を営んでいた老人を高齢者施設に訪ねた。老人の部屋へ向かう廊下を歩いていると食堂から食器を重ねる音が聞こえてきた。朝食が終わって、片付けているようだ。ただし、個室のドアはどれも廊下に向かって開いていて、部屋には午前の陽の光が差し込んでいる。ただし、訪問先の部屋だけはドアが閉まっていた。エーレンデュルはドアをノックした。

「入るな！」部屋の中からしゃがれた大声が聞こえた。「いい加減にそっとしておいてくれ。こんなにしょっちゅうおれのドアを叩きやがって！」

エーレンデュルはドアの取っ手を握って、中を覗き込んだ。この老人のことは、名前がハーラルデュルということと、二十年前に田舎の農家を引き払ってここに移ってきたことぐらいしか知らない。酪農をやめてこの高齢者施設に入る前はフリドにあるアパートに住んだことがあった。職員たちはハーラルデュルは短気で、しょっちゅう問題を起こすと言っていた。最近も他の老人を杖で殴ったばかり、職員に対しても横柄で、手がかかり、厄介者だと。

「てめえ、誰だ？」部屋に入ったエーレンデュルを見て、ハーラルデュルは声を荒立てた。八十四歳。白髪で、重労働をしてきた人間特有のがっちりした大きな手をしている。ベッドに横向きに腰掛けている。靴は履いていない。背中が丸く、頭は肩の間に沈んでいる。無精髭が顔を半分隠している。部屋全体が不快な臭いだった。老人の嚙みタバコのせいかもしれない。

エーレンデュルは名前を告げ、警察の者だと言った。ハーラルデュルは少し頭を上げてエーレンデュルを見上げた。注意を引いたらしい。

「警察がなんの用だ？　理由は？」こないだおれが食堂でソルデュールを殴ったことか？」

「なぜ殴った？」エーレンデュルは興味が湧いた。

「ソルデュールの野郎はロバだ。それを証明する必要などねえ。お前、出て行け。ドアを閉めろ。ここはひっきりなしに人がバタバタ走り回って人の部屋を覗き込む。関係ねえことにまで口を突っ込みやがる」

「ソルデュールのことで来たんじゃない」と言って、エーレンデュルは部屋に入り、ドアを閉めた。

「おい、出て行けと言っただろ！　部屋に入ってほしくねえんだよ。何やってんだ。出て行け。おれにかまうな、一人にしてくれ！」

老人は背中を伸ばして頭を上げ、エーレンデュルを睨みつけた。エーレンデュルは何も聞こえなかったかのように中に入り、老人のベッドと並行しておいてあるもう一つのベッドに腰を下ろした。こちらのベッドは使われていないようで、エーレンデュルはこの気難しいハーラルデュルと同室になるのをみな嫌がるのだろうと推測した。部屋には個人の持ち物はほとんどなかった。ベッドサイドテーブルにエイナル・ベネディクトソンの詩集が二冊置かれていた。よく読まれているようだ。

「ここの居心地はよくないのか？」エーレンデュルが訊いた。

「おれのことか？　関係ねえ。なんの用だ？　おめえ、誰だ？　さっきから出て行けと言ってるのが、聞こえねえのか？」

「あんたは昔、失踪者のことで警察の記録に名前が残っている」そう言ってエーレンデュルは、昔農業機械や作業機械などを売っていたセールスマンで、黒いフォード・ファルコンを乗り回していた男の話をした。ハーラルデュルは黙って話を聞いていた。昔のことを憶えているようには見えなかった。エーレンデュルは当時警察がハーラルデュルの家まで行って、農業機械のセールスマンが来たかどうか聞いたが、ハーラルデュルはその男は来なかったとはっきり答えたと記録にあると付け加えた。

「この話、憶えているか？」エーレンデュルが訊いた。

ハーラルデュルは答えなかった。

「ああ」という音がハーラルデュルの口から漏れた。エーレンデュルは問いを繰り返した。「あの野郎、来なかった。だがな、この話、三十年も前の話だぞ。もう憶えちゃいねえよ」

「だが、男が現れなかったということは憶えているんだな？」

「ああ。だけんど、なんでそんなにしつこく訊くんだ？　おれはもう、何度も答えてるのに。出てってくれ。部屋に人を入れたくねえんだ」

「羊はいたかね？」エーレンデュルが訊いた。

「羊？　田舎で農業をやってたときのことか？　ああ、いたよ。馬も何頭か。それと牛が十頭ほど。これで満足したか？　帰ってくれ」

「あんたは土地をいい値段で売ったね？　町にも近いところだったし」

「おい、てめえ、税務署の人間か？」老人は怒鳴った。それから頭を垂れて床を見た。長年のきつい肉体労働の疲れと老齢のため背中が丸くなり、頭を上げていられないのだ。

「いや、警察の者だ」エーレンデュルが答えた。

「いまならもっと高く売れただろうよ。泥棒らめ。町があそこまで広がったからな。そうだ、ほとんど、あそこまで広がった、と言っていい。調子のいい奴らに騙されて土地を取り上げられたんだ。むかっ腹が立つ。てめえももう帰れ」と彼は声をあげた。「あの詐欺師らと話せばいいんだ！」

「詐欺師とは、どいつだ？」

「おれの土地を鳥の糞ほどの値段で騙し取った奴らだ」

「あんたは黒いファルコンに乗った男から何を買おうとしたんだ？」

「あの男から？　何を買うつもりだったかだと？　トラクターだよ。いいトラクターがほしかった。おれはレイキャヴィクまでわざわざ行って、あの会社のトラクターを見て、いいと思った。そこであの男に会ったんだ。電話番号を教えたら、しつこく電話をかけてきやがった。セールスマンなど、みんな同じさ。しつこいんだ。こっちに買う気があると見て、食いついてきやがった。そこでおれは言ってやったんだ。おれのところまで来るんなら話を聞いてやろうとな。あいつはパンフレットを持って行くと言いやがった。それでおれはあいつを待っていたんだが、いつまで経っても現れねえのさ。少し経って、おめえのような警察のもんが電話してきて、そいつに会ったか、そいつがおれのところまで来たか、現れたかと訊きやがった。おれは今おめえに言ったのと同じことをそいつにも言ってやった。これで話は終わりだ。さあ、とっとと出て行ってくれ」

「男は新車のフォード・ファルコンを乗り回していたはずなんだ。あんたにトラクターを売ろうとしていたその男は」エーレンデュルが言った。

「なんの話だ、おれは知らん」

「驚いたことにその車はまだあるんだよ。潰されもせずに。それどころか、売りに出されている。誰か買いたいという奴がいればの話だが。当時その車が見つかったとき、ホイールキャップが一つなくなっていた。そのことについて何か知っているか？　どうなんだ？」

「てめえはなに言ってるんだ？　これはそもそもなんの話だ？」と言ってハーラルデュルは頭を上げてエーレンデュルと目を合わせた。「いいか、おれはその男のことはまったく何も知らねえ。その車がどうしたと？　おれと関係あるとでもいうのか？」

「いや、何か役に立つ話が聞ければと思っただけだ。古い車には長い時間が経ってからも証拠が残っていることがあるものだ。例えば、もしその男があんたのところまで来ていたとする。あんたの畑を歩き回ったり、家に入ったりしたら、靴に土が付着する。それが車の中にずっと残っていることがあり得るんだ。こんなに長い年月が経ってからでさえ、それが見つけられる。目立つほどでなくても、ほんの少しの土で足りるんだ。それがあんたの土地の土だとわかるんだ。この話、わかるかね?」

年寄りは床に目を落としたままだ。

「家はまだ取り壊されずにあるのかね?」エーレンデュルが訊いた。

「うるせえな」ハーラルデュルが言った。

エーレンデュルは部屋の中を見渡した。いま目の前のベッドに腰を下ろしているこの老人について、自分は何も知らないと思った。知っているのは、不愉快な奴で、口が悪く、部屋の中が臭いということぐらいだ。エイナル・ベネディクトソンの詩を読んでいるらしい。だが、この部屋は、一度でも窓を開けて空気を入れ替えたことがあるのだろうか。

「あんたはあの農家に一人で住んでいたのか?」

「出て行けと言ってるだろうが!」

「家政婦がいたのか?」

「きょうだいが一人いた。だが、ヨイはもう死んでる。さあ、本当に出て行ってくれ」

「ヨイ?」報告書にはハーラルデュルの名前以外にはなかった。「誰だね?」

「弟だ」とハーラルデュル。「二十年前に死んだ。さあ、帰ってくれ。出て行ってくれ」

17

男は手紙の入っている引き出しを開け、一つずつ取り出した。封筒の宛名と差出人名だけを見てすぐにしまったものもあったが、手紙を出してゆっくりと読んだものもあった。これらの手紙は長い間しまったままになっていた。ライプツィヒに住んでいたときに、両親やきょうだい、党の青年部の友人たちからもらった手紙である。自分が書いた返事も憶えている。ライプツィヒの町も戦後の復興も人々の様子もすべて希望に満ちたもので、人々が団結し、社会主義の連帯感をもっていると書いた。すべて絵に描いたような決まり文句ばかりだった。胸の中に生まれていた迷いや疑いについては一言も書かなかった。ハンネスのことは決して書かなかった。

引き出しの一番下に、イローナの両親からの手紙があった。

イローナと付き合い始めて最初の数週間、いや数カ月は、彼女のことしか考えられなかった。金はあまりなかったのでつねに倹約していたが、それでもなんとか彼女を喜ばせたくて、いつも何か小さなプレゼントをした。トーマス自身の誕生日が近づいたある日、家族から小包が届いた。その中に大好きなヨーナス・ハットルグリムソンの小さな詩集が入っていた。その詩集をイローナにプレゼントし、それはアイスランド語で一番美しい詩を書く詩人の詩集だと言った。彼女はトーマスからアイスランド語を習って、いつかその詩を自分で読みたいと言った。でも、わたしはお返しするものが何もないとも言った。トーマスは微笑んで首を振った。自分の誕生日なのだとは言わなかった。

「きみをもらえれば十分だよ」と言った。

「本当？」と彼女。

「え、何？」

「しょうがない子ね」

　イローナは本を置いて、彼をベッドの中でくすぐり、しまいに馬乗りになってゆっくりと熱いキスをした。その日は彼の生涯で一番素晴らしい誕生日になった。

　その冬、トーマスとエミールの付き合いは親密さを増した。二人はよく一緒に時間を過ごした。トーマスは、ライプツィヒでの滞在が長くなるにつれますます確信的な社会主義者になっていくエミールに好感を抱き、二人は社会のシステムについてもよく話すようになっていた。エミールは、アイスランド人学生の中で、密告や監視、食糧不足、自由ドイツ青年同盟《FDJ》の集会への参加の義務などについて批判的な意見が出たときも、まったく迷いを見せなかった。ただばかにしたような態度を見せるだけだった。彼には長期的な目標があり、その考えからみると学生たちの批判的な意見など取るに足りないことだと言った。エミールとトーマスは意見が一致し、互いを支え合った。

「だけどさ、なぜ彼らは市民が必要とするものを生産しないんだろう?」と、ある日カールが訊いた。新しい学生食堂でウルブリヒト政権の話をしていたときのことだった。「人々は西ドイツと比較してしまうじゃないか。だって、西ドイツにはものがあふれていて、ほしいものはなんでも手に入るんだからね。食料品が足りないってときに、なぜ東ドイツは工場ばかり建てているんだろう? ここで手に入るものと言ったら褐炭ばかり。それも決していい質じゃないんだから」

「計画経済は必ず結果を出す」エミールが言った。「社会建設はまだ始まったばかりだ。彼らには西ドイツと違ってアメリカからのドルは入ってこないから、すべてに時間がかかるんだ。重要なのは、社会主義的単一政党は正しい道だということだ」

ライプツィヒで恋愛関係になったのは彼とイローナばかりではなかった。カールもフラフンヒルデュルもそれぞれドイツ人女子学生と恋に落ちた。仲間たちともうまく付き合える快活な若い娘たちだった。カールはたいてい、ウルリーカという名前のライプツィヒ出身の小柄な茶色い瞳の女子学生と一緒だった。母親が気難しく、娘のボーイフレンドに容赦がなかったので、カールはその母親の目を盗んでウルリーカと付き合うのがどんなに難しいかを面白おかしくみんなに話し、みんなは腹を抱えて笑った。カールは彼女と一緒に暮らすつもり、そして結婚するつもりだと言った。二人とも明るく呑気な性格で、気が合い、彼女はアイスランドへ行ってみたい、できたらそこに住みたいとまで言っていた。フラフンヒルデュルはライプツィヒの郊外出身のおとなしく内気そうな物理学科の女子学生と付き合い始めていて、二人はときどき自家製蒸留酒を飲んだりしていた。

二月になった。イローナとは毎日会うほどになっていた。政治についてはあまり話さなくなっていたが、それ以外のことはなんでも話せた。話題に困ることはまったくなかった。彼はオーブンで焼いた羊の頭を食う自国の話をし、彼女は家族の話をした。年上の兄二人にいつもからかわれていたこと。両親は二人とも医者だった。イローナは文学とドイツ語専攻で、好きな詩人の一人にフリードリヒ・ヘルダーリンがいた。読書をよくし、アイスランド文学についていつも彼に質問した。読書は彼らの共通の関心事の一つだった。

ロータルはますますアイスランド人学生たちと親しく付き合うようになっていた。学生たちは彼をちょっと面白い奴と思っていた。教科書どおりのフォーマルなアイスランド語を話すことも、アイスランドに関することならなんでも熱心に質問してくることも。トーマスはロータルともよく付き合うようになっていた。ともに確信的な共産主義者で、喧嘩せずに政治の話をすることができたからだ。ロータルはアイスランド語の練習をし、トーマスはドイツ語の練習をすることができた。ロータルはベルリンの出身者で、ベルリンは素晴らしい町だと話した。父親を戦争で亡くしたが、母親はまだベルリンに一人で住んでいると言った。いつか一緒にベルリンへ行かないか、ここから列車で行けばそれほど遠くないからとトーマスを誘った。ロータルは出身地以外にはあまり自分のことは話さなかった。きっと子ども時代は戦争中で、いい思い出がないせいに違いないとトーマスは勝手に想像していた。だがアイスランドのこととなると、ロータルは熱心になり、いろいろ質問をした。学生生活はどうか、政争は、主要な政治家や経営者は、市民の生活状況は、ケフラヴィクにある軍事基地は、と質問攻めにした。トーマスはロータルに、アイスランドは戦争で豊かになった、レイキャヴィクは拡大し、アイスランドは貧乏な農業社会から近代的なブルジョア社会へと変貌した、まるで一夜にして手のひらを返したように、と説明した。

ときどきハンネスと大学で話をした。たいていは図書館で、あるいは学生食堂で、あるいは教室で。いろいろなことがあっても、二人は良い友人になっていた。ハンネスの悲観主義《ペシミズム》にもかかわらず。トーマスはハンネスを説得しようとしたが、まったく話が通じなかった。ハンネスの政治的関心は薄れてしまっていて、ただ自分のことばかり考えるようになっていた。ここで勉強を終わらせて国に帰ることしか考えていないようだった。

ある日トーマスは学生食堂でハンネスの隣に腰を下ろした。外は雪だった。トーマスは家族からクリスマスプレゼントに暖かいオーバーコートをもらっていた。一度手紙でライプツィヒがいかに寒いかを書いて知らせたことがあったのだ。ハンネスは彼のオーバーコートについて何か言ったが、その言葉には少なからず棘《とげ》があった。

トーマスはまだ知らなかったが、それがライプツィヒでハンネスと会う最後のときになった。

「イローナは元気か？」ハンネスが訊いた。

「どうして彼女のことを知ってるんだ？」

「いいや、べつに知らないよ」ハンネスが答え、学生食堂の中をぐるりと見渡した。まるで話を人に聞かれていないか確かめるように。「彼女がハンガリーから来ていることぐらいしか知らない。そしてきみたちは恋人どうしだってことと。そうなんだろう？　彼女と付き合ってるんだろう？」

トーマスは黙って薄いコーヒーを一口飲んだ。答えなかった。ハンネスの口調にはどこか含みがあった。冷たさ、意地悪さが感じられた。

「彼女、ハンガリーで何が起きているのか、お前と話すことがあるのか？」ハンネスが訊いた。

「ときどき。でも、ぼくらは政治の話は……」

「お前はあの国で何が起きているか、わかってるのか？」ハンネスが突然トーマスの言葉を遮って言った。「ソヴィエトはあの国に軍隊を送り込むに決まってる。まだそうしていないのが不思議なくらいだ。そしてもはやそれは避けられない。いま彼らがハンガリーで起きつつあることに目をつぶったら、他の東ヨーロッパの国々が続くことになるからな。それはソヴィエト支配に対する大規模な反乱になるだろう。彼女、この話をしないのか？」

「ハンガリーについては話をするよ。だが、彼女とは意見が違うんだ」

「そうだろうな。お前はハンガリー人である彼女よりもっとよくあの国で何が起きているかを知ってるってわけだ」

「いや、そうは言っていない」

「そうか、それじゃお前の意見はどうなんだ？　お前、本当に真剣に考えたことがあるのか？　ここの生活に落ち着いたいま？」

「ハンネス、いったいなんなんだ？　なぜそんなに怒ってるんだ？　この国に来てからいったい何が起きたんだ？　故国《くに》では希望の星とみなされたお前なのに？」

「希望の星、か」と言って、ハンネスは鼻の先で笑った。「いまじゃ、あとかたもない」

二人とも沈黙した。

「ただ、すべてが見えただけさ」ハンネスが声を落として言った。「いまいましい嘘が。おれたちはプロレタリアートの天国《パラダイス》だの、平等と兄弟愛だのとさんざん聞かされてきた。しまいには〈インターナショナル〉を壊れた蓄音機のように繰り返し歌うほどに。唯一無二の偉大な、なんの批判も受けないハレルヤコーラスだ。故国では集会は闘争を促すためだった。ここではどうだ？　体制を賞賛するためだ。どこに討論がある？　党よ輝け、ばかりだ。他にはなんの意見もないじゃないか！　お前はこの町の人たちと直接話をしたことがあるか？　彼らが何を考えているか知ってるのか？　この町に住んでいる人の正直な意見を一度でも聞いたことがあるか？　彼らはヴァルター・ウルブリヒトと共産党を望んでいるか？　彼らは一党政治と計画経済を望んでいるか？　彼らは思想の自由と出版の自由と結社の自由の禁止を望んでいるか？　一九五三年の暴動のとき、彼らは市街で撃ち殺されたかったと思うか？　故国《くに》ではそれでもおれたちは意見の違う人たちと討論できるし、新聞に記事も書ける。ここではどうだ？　禁じられているんだぞ。ここには一つの道しかないんだ。それだけなんだ。そして選挙だ。この国で許されている唯一の政党に投票せよと人々は選挙に行かされる。市民は知ってるさ、これが全部茶番だということを。彼らは知ってるんだ、これは民主主義などではないということを！」

ここでハンネスは黙った。彼の中で怒りが煮えくり返っているようだ。

「人々は考えを話すことができない。なぜならみんな監視されているからだ。このいまいましい社会全体がそうなんだ。言うこと、することのすべてがお前自身に突きつけられ、お前は捕まえられる。問い詰められ、学校や大学から放り出されてしまう。出かけていって、ここの人たちと直接話してみろ。電話は盗聴されているからな。すべての市民は監視されているんだ！」

二人は黙り込んだ。

トーマスはいまハンネスの言っていること、イローナから聞いたことには、真実があるとわかっていた。もし党が手の内を明かして、いまはまだ自由な選挙と自由な討論を行なう余地はないが、もう少し経って、目的が達成され、社会主義のシステムが機能するようになったときにそれは可能になると説明してくれたらいいのにと思った。ときどきアイスランド人学生たちはドイツ人のことを、集会で提案されたことにはすべて賛成するのに、プライベートで話をすると、集会で決まったこととはまったく違う意見を言うことがあると揶揄《やゆ》することがあった。ドイツ人たちはみな、心の内を話さない、自分の意見は一つとして言わない、それは党に反するものと判断され、刑罰の対象となるのを恐れるからだとトーマスは思っていた。

「いいか、トーマス。おれたちの相手はすごく危険な奴らなんだ」長い沈黙のあと、ようやくハンネスは言った。「遊びじゃないんだ」

「なぜ思想の自由のことをしつこく言うんだ、あんたもイローナも。それじゃ、アメリカの共産主義者弾圧はどうなんだ？　人々は仕事を奪われ、国外追放されたんだぞ。アメリカには監視システムはなかったとでも言うのか？　アメリカ的でない行動をしたと言って友だちを密告した臆病者たちのこと、あんただって読んだことがあるだろう？　アメリカでは共産党は禁止されているんだぞ。あの国でも一つの思想しか認められていないんだ。それは財閥の、帝国主義者たちの、好戦家たちの思想だ！　それ以外のものはすべて取り除かれる。すべてだ」

そう言ってトーマスは立ち上がった。

「あんたはいま、この国の人々からの招待でここで勉強しているんじゃないか」と怒りをむき出しにして言った。「この国の人々があんたの教育費を払っているんだ。よくもそんなことが言えるな。恥ずかしくないのか。恥を知れ、恥を！　あんたはすぐにでも荷物をまとめて国に帰るべきだ！」

そう言うとトーマスは学生食堂から走り出た。

「トーマス！」と後ろからハンネスの声が聞こえたが、彼は無視した。

勢いよく学生食堂の外の廊下に出ると、ロータルとほとんどぶつかりそうになった。なぜそんなに急いでると訊かれて、彼は振り返って、学生食堂のほうを見た。なんでもない、と言った。二人はそのまま一緒に建物を出た。ロータルはビールを飲もうと誘い、彼は断らなかった。聖トーマス教会のそばのバウムというビヤホールに入ると、トーマスはハンネスと喧嘩したことをロータルに話した。そして、ハンネスは社会主義に背を向け、いまや反対意見を言っていると言った。彼はロータルに、ハンネスはひどい偽善者だと言った。社会主義の制度に反対しながら、それを利用して勉強しているのだから、と。

「おれにはわからない」とトーマスは続けた。「なぜハンネスが自分の立場をそのように利用できるのか、おれにはわからない。おれならそんなこと、絶対にできない。絶対に」

夜、イローナに会い、トーマスは喧嘩のことを話した。そして、ときどきハンネスはまるでイローナのことを知っているかのような話し方をすると言うと、イローナは首を振った。一度もハンネスという名前を聞いたことはないし、本人と話をしたこともないと言った。

「イローナ。きみは彼の意見に賛成なのか？」ためらいながらも訊かずにはいられなかった。

長い沈黙のあと、彼女はようやく返事をした。「ええ、同意するわ。わたしだけじゃないと思う。たくさんの、本当にたくさんの人がそう思っているわ。わたしと同年代の人たちがブダペストで。そしてここライプツィヒの若者たちもハンネスと同じように考えている」

「それならなぜ、訴えないんだろう？」

「ブダペストでは訴えているのよ、わたしたち」とイローナは言った。「でもそれに対する締め付けがすごいのよ。恐ろしいものなの。恐怖よ。みんな何が起きるか、恐ろしいと思っているの」

「軍隊？」

「ハンガリーはソ連の捕虜なのよ。彼らはそう簡単にはわたしたちを手放さないわ。わたしたちが彼らの制圧から逃れることに成功したら、他の東ヨーロッパの国々で何が起きるかわからないからよ。それが最大の問題なのよ。連鎖反応が」

二日後、ハンネスは大学から除籍され、国外追放された。

ハンネスの部屋の前には警官が立ち、ハンネスは空港まで二人の秘密警察官《シュタージ》に付き添われて送られたという。大学で勉強した事実はすべて抹消され、ハンネスの在籍そのものが取り消されたという。彼がこの大学で勉強したということ自体が消されてしまったのだ。エミールからこのニュースを聞いたとき、トーマスは我と我が耳を疑った。エミールはくわしくは知らなかった。カールとフラフンヒルデュルから警察が彼の部屋を見張っていることと、空港まで護送されたということを聞いたらしい。トーマスはエミールに三回話を繰り返させた。ずいぶんひどい扱いだ、まるで犯罪者のような扱いだと思った。夜、学生寮はこの話で持ちきりだった。

翌日、つまり学生食堂での喧嘩から三日後、トーマスはハンネスから手紙を受け取った。ハンネスの同室の学生がそれを届けてきた。封筒は閉じられていて、彼の名前だけが表に書かれていた。〈トーマスへ〉。封筒を開け、手紙を取り出し、ベッドに腰掛けて読んだ。短い手紙だった。

お前はここライプツィヒで何があったのかと訊いた。おれに何かあったのかと。簡単な話だ。奴らは何度もおれに友だちを監視せよと言ってきた。お前たちが社会主義について、東ドイツについて、ウルブリヒトについて、どう思っているか、お前たちがどんなラジオ放送を聞いているか、みな報告しろと。お前たちについてだけじゃない。おれが話をする人間すべてについてだ。おれは奴らの手先になるのは嫌だと断った。友だちをスパイするのは嫌だと言った。奴らはおれを説得することはたやすいと見たようだ。協力しなければ、大学から追放すると言っ

た。おれは断った。そしたら、奴らは手を引いた。なぜお前はおれをそっとしておいてくれなかったんだ？　ハンネス

トーマスはその手紙を何度も読み返した。信じられなかった。背中に冷たいものが走り、一瞬めまいがした。

なぜお前はおれをそっとしておいてくれなかったんだ？

ハンネスは退学させられたのはおれのせいだと言っているのだ。ハンネスはおれが大学当局へ行って彼の考えを伝え、共産主義に批判的だと告げ口したと思っているのだ。そして、もしおれが彼をそっとしておいたなら、こんなことは起きなかったと言っているのだ。ひどい誤解だ。ハンネスは何が言いたいのだ？　おれは大学に告げ口したりしていない。イローナとロータルに話しただけだし、あの夜エミールとカールとフラフンヒルデュルを相手に寮の食堂でハンネスに対する怒りを爆発させただけだ。しかしそれは何も新しいことではない。彼ら三人はいつものようにうなずいて、ハンネスの態度が変わったのはよく言えば間違った方向に進んでしまっているということ、悪く言えば唾棄すべきことと語り合ったのだ。

ハンネスが退学させられたのが自分との言い争いのあとだったというのは単なる偶然に違いない。その二つを結びつけたのはハンネスの誤解に決まっている。トーマスはどう考えてもハンネスが勉学を完了できなかったのが自分のせいだとは思えなかった。自分は何もしていないではないか。言い争いのことだって友人たち以外の誰にもしゃべっていない。あいつの被害妄

想だ。あいつは本気でおれのせいだと思っているのだろうか？

エミールが部屋に来たので、彼はハンネスの手紙を見せた。ハンネスに対する憤慨を隠すつもりは毛頭なかった。

「あいつは頭がおかしいのさ。気にかけるな」とエミールが言った。

「いやしかし、あいつはなぜこんな手紙を書いたんだろう？」

「トーマス、忘れろ。あいつは自分の失敗を他の人間のせいにしたいだけなんだ。本当はずっと前に国に帰るべきだったんだ」

トーマスはガバッとベッドから起き上がると、コートをひっつかみ、廊下を走りながら袖を通し、そのまま走り続けてイローナの下宿先まで行ってドアを叩いた。アパートの女主人が出てきてドアを開けてくれた。イローナはちょうど帽子をかぶるところだった。コートを着てすでに靴も履いていた。出かけるところだったのだ。彼を見てひどく驚いた様子だった。何かとんでもないことが起きたに違いないという顔で大きく目を瞠《みは》った。

「どうしたの？」と言って、彼女は足を一歩前に踏み出した。

トーマスはドアを閉めて部屋の中に入った。

「ハンネスは、ぼくのせいで退学させられて強制送還されたと思っているようなんだ。ぼくが通報したと決めつけているんだ」

「いったいなんの話？」

「あいつ、追放されたのはぼくのせいだと思い込んでいるんだよ！」

「ハンネスと会ったあと、誰と話をしたの？　憶えてる？」イローナが訊く。

「え、それはきみと、あとは友だちだけだよ。イローナ、教えてほしいことがある。この間きみは〝ここライプツィヒの若者たちもハンネスと同じように考えている〟と言っただろう？　実際そんな人たちがいるの？　きみはどうしてそんなことを知っているんだ？」

「その前に、よく聞いて。ハンネスのこと、誰か他の人に言わなかった？　よく考えて！」

「いいや、ロータル以外には誰にも。それより、ライプツィヒの若者とは、なんなんだ？　誰のこと？　きみがどうして知っているんだ、イローナ？」

「待って。あなたはハンネスのことをロータルに話したの？」

「ああ、そうだよ。でも、それがどうしたっていうんだ？　ロータルはハンネスのことをすべて知っているし」

イローナは何も言わずにトーマスを見つめていた。

「お願いだ。いったい何が起きているのか、教えてくれ」トーマスは懇願した。

「わたしたち、ロータルが何者なのか、はっきりわからないの」イローナがやっと口を開いて言った。「あなた、あとを尾《っ》けられなかった？」

「あとを尾けられたかって？　どういう意味？　わたしたちって、誰のこと？」

イローナは真剣にトーマスを見つめた。彼はいままでそのようなイローナの表情を見たことがなかった。ほとんど恐怖にひきつった顔だった。いったい何が起きかけているのか、トーマスにはまったく見当もつかなかった。はっきりわかるのはハンネスのために心が痛むというこ

ない。何にも！　追放されたのはおれのせいだとハンネスは思っているのだ。おれは何もしていない。何にも！

「あなた、この国のシステムがどのように機能するか、よく知っているでしょう？　しゃべりすぎは危険なのよ」

「しゃべりすぎだって！　ぼくは子どもじゃない。監視システムのことは知ってるよ」

「ええ、もちろん、あなたがそれを知っていることはわかってるわ、わたしも」

「ぼくは誰にも何も言っていない。友だち以外には誰も。それは禁じられていない。彼らはぼくの大事な友だちなんだ。いったい何が起きているんだ？　教えてくれ、イローナ」

「誰にも尾けられていない？　本当に大丈夫？」

「誰にも尾けられてなんかいない。いったいなんなのだ？　なぜ、誰かに尾けられたかどうか、心配するんだ？　ぼくは後ろを見たりしなかったけど、なぜ、誰がぼくを尾けたりするんだ？」

「わからないわ」イローナが言った。「さあ、行きましょう。裏口からそっとね」

「行くって、どこへ？」

「黙って」

　イローナは彼の手を取ると台所へ行った。家主の女性が編み物をしていた。彼らを見ると、微笑んであいさつをした。二人も小声であいさつして裏口から暗い外に出た。塀を登って向こう側に下りると、そこは狭い路地だった。トーマスは何がどうなっているのか、まったくわからなかった。そもそもなぜ自分は暗い闇の中をイローナの後ろから走らなければならないのか？　しかも後ろから尾けてくる者に警戒しながら。

イローナは大きな通りを避けて走った。ときどきピタッと立ち止まり、尾行者がいないかどうか、耳を澄ました。息急《いきせ》き切って彼らがたどり着いたのは、町の中心からかなり離れたうらさびれたところで、新しく住宅が建てられ始めた地域だった。まだドアも窓も入っていない家もあったが、中にはすでに完成して人々が移り住んでいる家もあった。二人は人の住んでいる家の地下室に駆け込んだ。イローナがドアをノックすると、中の人声がピタリと止んだ。ドアが開けられた。およそ十人ほどの男女がその狭い部屋に立っていて、戸口に現われた二人にいっせいに目を向けた。トーマスを調べるような目つきで見ている。イローナは中に入って、彼を紹介した。

「この人はハンネスの友だちよ」とイローナが言うと、彼らは彼を見てうなずいた。

ハンネスの友だち？　トーマスは驚いてイローナの言葉を聞いた。この人たちはハンネスを知っているのか？　いったいどういうことなのだろう？　女性が一人、前に出て、手を差し出してあいさつした。

「何が起きたの？　あなたは彼がなぜ国外追放されたのか理由を知ってるの？」と女性は訊いた。

彼は首を振った。

「いや、ぼくは何も知らない」そう言って、部屋の人々を見渡した。「あなたたちは誰なんです？　ハンネスを知っているんですか？」

「あとを尾けられなかった?」女性がイローナに訊いた。

「大丈夫、尾けられていないわ」とイローナは言った。「トーマスは何が起きたのか、まったく知らないの。それでわたしはみんなから直接話してもらうのがいいと思ったのよ」

「ハンネスは監視されていたの」女性が言った。「協力しろという彼らの誘いを断ったために。彼らは機会を待っていたのよ。国外追放にふさわしい理由が見つかるまで」

「協力の誘い? ハンネスは何に誘われたんですか?」トーマスが訊いた。

「共産党と人民のための仕事、と彼らが呼んでいることに」女性が答えた。

男が一人、前に出てきた。

「ハンネスはつねに非常に用心深かった。罠に引っかからないように言動に細心の注意を払っていたのだ」

「ロータルのことを話して」緊張した部屋の空気が少しゆるんだ頃合いを見はからって、イローナが言った。立ち上がっていた者たちの中には、ふたたび椅子に戻る者もいた。

「尾けられなかったというのは確かか?」男が一人、心配そうにイローナに訊いた。

「大丈夫。さっきも言ったとおりよ。十分に気をつけたから」

「ロータルのこととは?」とトーマスが訊いた。いま自分が見ていること、聞いていることが信じられない気持ちだった。彼は部屋にいる人々を見渡した。どの顔にも恐怖と好奇心が浮かんでいた。これは細胞《セル》の集会なのだとわかったが、これはいつものセル集会とは真反対の側の集会に違いない。これは故国で青年社会主義者たちが催すような集会ではない。社会主義を進めるための闘争集会ではない。社会主義に反対する者たちの集会だ。おれの理解が正しければ、これは反社会的言動を罰せられるのを恐れる人々の秘密裏の集まりだ。

彼らはロータルについて話し始めた。ロータルはベルリン出身などではない。ボン出身で、モスクワで教育を受けた。そこで彼が勉強した科目の一つにアイスランド語があった。彼の任務は学生を共産党員にすること。とくに彼が目指していたのはライプツィヒのような町に留学する外国人学生と仲良くなること。外国人学生たちはここで勉強したのち故国に帰る。彼らは共産主義を広める手先になれる。ハンネスに協力を働きかけたのは、ロータルだった。そしてハンネスを国外追放したのも、ロータルであったことは間違いない。

「でも、きみはなぜハンネスを知っているとぼくに言わなかったんだ？」トーマスはイローナに詰め寄った。

「わたしたちはこの集まりのことを外では話さないからよ。決して、誰とも。ハンネスはこのことをあなたに話さなかったでしょう？　話したら、すぐにロータルに漏れると知っていたからよ」

「ロータル？」

「あなたはハンネスが話したことをすぐにロータルに告げた、そうじゃなかった？」

「でも、ぼくは、知らなかった……」

「何を、誰に話すかには、細心の注意が必要なの。あなたがロータルに話したということ、それは決してハンネスの助けにはならなかったということだけは言えるわ」

「ぼくはロータルのことは何も知らなかったんだ、イローナ！」

「あのね、ロータルにかぎらず、誰でもなのよ！　誰にでも気をつけなければならないの。誰がどこに通じているのか、本当にわからないんだから。システムがそう作られているのよ。そのやり方で成功しているのだから」

トーマスは呆然としてイローナを見た。そして彼女は正しいと思った。ロータルに利用されたのだ。おれの怒りをあいつは利用したのだ。つまりハンネスが手紙に書いたことはやはり正しかったのだ。自分は話してはならない相手に話してはならないことを話してしまったのだ。確かに誰にも忠告されなかった。誰も注意してくれなかった。だが、本当は、おれは知っていたではないか。誰にも忠告を受けたりする必要はなかったのだ。そう思うと、彼は気分が悪くなった。良心の呵責《かしやく》に耐えられなくなった。システムがどう機能するか、自分は十分に知っていたではないか。相互監視制度のことは嫌というほど知っていたではないか。あまりにも無防備に怒りをそのままロータルに吐き出してしまった。自分の愚かさがハンネスを陥れてしまったのだ。

「ハンネスはぼくらアイスランド人とは付き合わなくなっていた」と彼は言った。

「ええ、知ってる」とイローナ。

「なぜなら彼は……」彼は最後まで言えなかった。

イローナはうなずいた。

「きみたちはここで何しているんだ？　いったい何が起きているんだ、イローナ。教えてくれ」

イローナは部屋の中の者たちを見回した。他の人の反応を待っているかのように。さっき話をした男性がうなずいた。するとイローナは話し始めた。グループがある日彼女に近づいてきたと。ドイツ語を専攻している人よ、と言ってイローナはさっきトーマスと握手した女性を指差した、ハンガリーで起きていることを話してほしいと彼女は言った。共産党に対する反対運動のこと、ソ連に対して抱く恐怖のことを。最初女性はイローナの政治的意見がわからなかったので慎重だったが、イローナが母国の暴動に共感していることがわかると同士の友人たちのもとに案内した。一同は秘密裏に会い始めた。監視は日ごとに厳しくなってきていて、市民に対し、反社会的行動や意見をもつと思われる人物がいれば、すぐにシュタージに報告せよとの命令が発せられていた。それは一九五三年の東ベルリン暴動後の警戒でもあるし、不穏なハンガリーの状況に対する反応でもあった。イローナはライプツィヒで初めてこの青年グループと会ったときにハンネスに会った。一同はハンガリーで何が起きているのか知りたがった。東ドイツでも似たような抵抗運動を立ち上げることができないものかと模索していた。

「なぜハンネスがこのグループにいたんだろう？　どうやって彼はここに加わったの？」トーマスは知りたかった。

「最初ハンネスは完全に洗脳されていたわ。ちょうどいまのあなたのように」イローナが言った。「アイスランドにはよっぽど強力な指導者がいるんでしょうね」そう言うと、イローナはさっき話した男のほうを見て言った。「マルティンとハンネスは二人ともエンジニア専攻で、クラスメートだったの。彼がわたしたちの意見をハンネスにわからせるのに、とても時間がかかったのよ。でもわたしたちはマルティンを信じていたし、ぜひとも成功してほしいと思っていた」

「だが、ロータルが体制の手先だとわかっているのなら、きみたちはなぜ何にもしないんだ？」

「それはとても難しいことなんだ。おれたちには彼を避ける以外に何もできない。なにしろ彼はみんなの友だちになるための特別な訓練を受けているのだから」男の中の一人が言った。

「あまりにも近づきすぎると感じられるときに唯一できるのは、でたらめな情報を与えてわけがわからないようにしてしまうこと。みんな、あいつが危険だということに気がつかないんだ。あいつは人が聞きたいようなことしか言わないし、おれたちの意見にすぐ賛成する。だが、それは表の顔だ。じつに危険な男だ」

「ちょっと待ってくれ」と言って、トーマスはイローナに向かって言った。「あんたたちがロータルの正体を知っていたんなら、ハンネスは知っていたわ」イローナが言った。

「ええ、もちろん、ハンネスは知っていたわ」イローナが言った。

「それじゃなぜ彼はぼくに何も言わなかったのだろう？　なぜ彼はロータルのことをぼくに注意してくれなかったんだ？　なぜなんだ？」

イローナが近づいて言った。

「あなたを信じていなかったから。あなたの立ち位置がわからなかったからよ」

「一人でいたいとハンネスは言っていた」とトーマス。

「ええ、彼は一人でいたかった。それはわたしたちをスパイしたくなかったから。同胞のアイスランド人たちをスパイしたくなかったからよ」

「最後に会ったとき、彼は学生食堂から出ようとしていたぼくの名前を呼んだ。きっともっと何か言おうとしたんだ。でもぼくは……。ぼくは腹を立てていたのでわざと無視してそこを出た。そしてそこにいたロータルの腕の中にまっすぐに飛び込んでしまったんだ」

トーマスはイローナを見つめた。

「偶然ではなかったんだね？」

「そうね。偶然とは思えない。でも、そのときすぐか、あとでかは、もう時間の問題だったと思うわ。彼らはハンネスに特別監視員をつけていたから」

「大学にはロータルみたいな役割の人間が他にも潜り込んでいるの？」

「ええ。でも誰がそうなのか、全部はわからない。数人はわかっているけど」

「ロータルはきみの連絡係だろう？」すぐ近くで黙って話を聞いていた男が言った。

「そうだ」

「それがどうしたの？」イローナが男に訊いた。

「連絡係は外国人を特別に監視するんだ」と言って、彼は立ち上がった。「彼らは外国人についてすべてを報告する。外国人に協力を要請するのも彼らの仕事だということはわかっている」

「回りくどく言わないではっきり言ってよ」とイローナは男に詰め寄った。

「この男を信用していいとどうしてわかる？」

「わたしが信じているから」イローナが言った。「それで十分でしょう」

「ロータルが危険だとどうしてわかる?」トーマスが訊いた。「誰が言ったんだ?」

「それはきみとは関係ないことだ」と男は答えた。

「それは確かにそのとおりだ」と言ってトーマスは、この男を信用できるかと言った男に向かって言った。「ぼくを信頼するとすればその根拠は?」

「我々はイローナを信用するからだ」答えは即座にきた。

イローナの顔に笑いが浮かんだ。

「ハンネスはきっとあなたにはわかるだろうと言ってたわ」

男は黄色に変色しかけているハンネスからの手紙に目を落とした。まもなく夕暮れになる。あの老夫婦が窓の前を通る時間だ。男はライプツィヒであの晩に行った地下室のことを思い、あの瞬間から自分の人生は変わったのだと思った。イローナとハンネスとロータルのことを思った。あの地下室で会った恐怖に打ち震えた若者たちのことを思った。

あのときから数十年後に不満がついに爆発した。聖ニコライ教会を占拠して、ライプツィヒの町へデモを繰り広げたのは、あのとき地下室にいたあの若者たちの娘や息子たちに違いない。

18

ヴァルゲルデュルはシグルデュル＝オーリの家でのパーティーには来なかったし、誰も彼女のことは訊かなかった。エリンボルクはいろいろな香辛料とレモンに浸けて用意しておいた羊のフィレ肉を焼いてくれた。前菜はベルクソラの用意したエビ料理で、これはエリンボルクが絶賛した。デザートはエリンボルクの持参したムースだった。エーレンデュルには何が入っているのかまったくわからなかったが、とにかく旨かったことは確かだった。彼は来るつもりはなかったのだが、シグルデュル＝オーリとベルクソラの懇願に負けた形で、結局やってきたのだった。パーティーは少なくともエリンボルクの出版記念パーティーよりはよかった。ベルクソラはエーレンデュルを歓迎するあまり、リビングで彼がタバコを吸うのを特別に許したほどだった。エーレンデュルに灰皿を持って行くベルクソラの姿を、シグルデュル＝オーリはあっけにとられて見ていた。エーレンデュルはシグルデュル＝オーリに当然だよという顔つきで合図を送った。

一度だけ彼らは仕事の話をした。シグルデュル＝オーリはロシアの機器のことがわからないと言った。男の体にくくりつけられて湖に投げ捨てられる前に壊れていたというのが引っかかると言う。エーレンデュルが鑑識課の報告を二人に話したときのことだった。三人は外の小さなバルコニーに立ち、エリンボルクはバーベキューの用意をしていた。

「このことから何かわかるかしら？」エリンボルクが訊いた。

「どうだろう」エーレンデュルがボソッと言った。「機器が使用可能かどうかに何か意味があっただろうか？　違いはないんじゃないか。盗聴器は盗聴器だ。そしてロシア製もまた然り」

「まあ、そういうことかな」とシグルデュル＝オーリ。「床に落ちたとかいう理由で壊れたとも考えられるし」

「それはあり得る」エーレンデュルが言った。そう言いながら太陽を見上げた。このバルコニーで自分は何をしているのだろうと思った。長いこと一緒に働いているが、一度もシグルデュル＝オーリとベルクソラの家に来たことがなかった。彼らの家が住宅雑誌に載っているような美しい家具や美術品を備えていて、床もまた立派なのを見てもまったく意外ではなかった。塵《ちり》一つ落ちていなかったし、ついでに言えば本も一冊もなかった。

エリンボルクの夫のテディがかつて白のフォード・ファルコンを所有していたことがあると聞いてエーレンデュルは急に興味が湧いた。テディはやや太り気味の車輛整備士で、妻のエリンボルクを愛していることはその体格が証明していた。それは彼女と付き合いのある友人たち全体に言える傾向だった。テディの父親が昔白のフォード・ファルコンに乗っていて、テディはそれを愛情を込めて整備していたという。テディが言うには、フォード・ファルコンはメンテが簡単で、前席は三つあり、ギアはオートマチックで、大きなハンドルのアイボリー色の車だった。アメリカの標準からいえば、小型乗用車ということだった。一九六〇年代のアメ車はとんでもなく大きかったからなあ、とテディはコメントした。

「だが、あれは昔のアイスランドの悪道にずいぶん痛めつけられたはずだ」と言ってテディはエーレンデュルからタバコを一本もらった。「アイスランドの気候や道路事情にはフォード・ファルコンは少しヤワだったのかもしれないな。親父と一緒に田舎道を走っていたとき、シャフトが外れて苦労したのを憶えているよ。父がなんとか頼み込んで車をレイキャヴィクまでトラックに積んで送ってもらったっけ。頑丈な車ではなかったが、少人数の家族にはちょうどよかったな」

「フォード・ファルコンのホイールキャップは何か特別だったのかな?」と言いながら、エーレンデュルはテディのタバコに火をつけた。

「アメ車のホイールキャップはどれもじつにエレガントだったよ。それはファルコンも同じだった。だが、ファルコンが特別にエレガントだったかというと、そんなことはなかったな。だが、シボレーは……」

少人数の家族か……とエーレンデュルは思い、テディの声が遠のいた。消えた農業機械セールスマンは牛乳屋の女性と小さな家庭を作るのにぴったりな車を買ったわけだ。それが彼の未来像だったのだろう。彼がいなくなったとき、残された車からホイールキャップが一個消えていた。エーレンデュルはそのことをシグルデュル＝オーリとエリンボルクと何度も話し合った。急ハンドルを切ったために路肩に当たって、ホイールキャップが外れたのか。あるいはバスターミナルに置き去りにされたあと、ホイールキャップだけが一個盗まれたのか。

「……その後、ほら、石油危機があっただろう、七〇年代に。それで燃費のことが大きく取り上げられるようになったわけだ」とテディは熱心に話し続け、ビールをぐっと一杯飲んだ。

エーレンデュルはぼんやりとうなずき、タバコをもみ消した。シグルデュル＝オーリが窓を開けて空気を入れ替えているのが目に入った。エーレンデュルはタバコの本数を減らそうと努力はしているのだが、いつも吸いすぎてしまう。タバコのことで心配するのはもうやめようと思っていた。いままで一度も成功したことがない。エヴァ＝リンドのことを思った。治療が終わってから一度も連絡してこない。あの子は健康のことなどまったく心配してないだろう。小さなバルコニーに目を向けると、そこでエリンボルクが一人で肉を焼いていた。口元が動いていて、歌っているように見える。キッチンへ目を移すと、ちょうどシグルデュル＝オーリが通りがかりにベルクソラのうなじにキスしている姿が見えた。テディのほうを見ると、心地よさそうにビールを飲んでいる。これが幸福というものなのだろうか。心地よい夏の日、太陽が輝いているいまこの瞬間、単純にこれが幸福というものなのかもしれない。

その晩パーティーのあとまっすぐ家に帰らずに、エーレンデュルは車を走らせてグラファルホルトを通り抜け、モスフェッットルスバイルまで行った。そこから小さな枝道に入り、きちんと手入れされている農家のそばを通って海の方角へ向かい、ようやくハーラルデュルとそのきょうだいのヨハン（通称ヨイ）が所有していた土地に着いた。ハーラルデュルが描いた道案内の地図はいい加減なもので、いかにも協力したくないという彼の態度の表れだった。まだ建物がそこにあるかという問いにも答えるのを拒み、知るもんか、の一点張りだった。ヨハンは心臓麻《ま》痺《ひ》で即死したと言い、羨ましい、みんなが彼のようにラッキーにも即死というわけにはいかないからな、と苦々しく言った。

建物はまだあった。彼らの所有していた農家の周辺にはサマーハウスがポツポツ建っていた。家々の周辺の木の高さから、これらの家が建てられてからけっこう時間が経っているとわかる。なかにはごく最近建てられたと見える家々もあった。遠くにゴルフ場のグリーンが見えた。こんなに遅い時間にもかかわらず、まだゴルフをしている人影がちらほら見えた。

ハーラルデュルの住んでいた家は倒壊寸前だった。小さな母屋と少し下がったところに簡単な小屋があった。母屋のほうは外壁がトタンの波板で覆われていた。外壁は昔は黄色だったのだろうが、いまではすっかり色あせている。ささくれ立った板があちこちにぶら下がっていた。雨風に打たれて床に落ちているものもあった。屋根板はほぼ全部風で海のほうに飛んでしまっている。窓はどれもガラスが割れ、玄関ドアはない。少し離れたところに小屋があり、納屋と家畜小屋と思われるものが同じ屋根の下にあった。

エーレンデュルは廃墟となった農家の前に立ち尽くした。子どものころに住んでいた自分の家《ホーム》を思い出した。

玄関のドア枠をくぐって中に入った。小さな玄関から狭い廊下が続いていた。右手に台所と洗濯場、左手に小さな物置があった。台所にはいまではアンティークになっているラーファ社製のかまどがあり、三つのかまどの口と小さなこれまたボロボロのオーブンが見える。廊下の先に二部屋と居間があった。床板がギーギーと鳴って夜の静寂を際立たせた。何を探しているのかわからなかった。そもそもなぜここにやってきたのか、わからなかった。

外の小屋に行ってみた。家畜小屋の仕切り柵がまだ残っていた。納屋の床は土だった。小屋の周りを歩いて裏側に出ると、そこにはまだ古い堆肥の山がそのままあった。作業場のドアはまだ付いていたが、手を触れると蝶番《ちょうつがい》が外れて大きな音を立てて下に落ち、壊れた。作業場の中には工具のための棚や釘が打たれていたが、工具は一つも残っていなかった。ハーラルデュルたちがここを出たとき使えるものはみな持って行ったのだろう。なんの部分かもわからない金属の破片の山の上に、トラクターを牽引《けんいん》する装置があった。トラクターの後輪部分のリムが土の床の片隅にあった。

エーレンデュルは作業場に入った。ファルコンに乗ったセールスマンはここに来たのだろうか？　と胸の内でつぶやいた。それともバスターミナルに車を置いて町からバスで出かけたのだろうか？　もしここに来たのなら、彼はどう考えたのだろう？　レイキャヴィクから出かけたのはすでに午後だったはず。あまり時間がないことは知っていたはずだ。彼女が牛乳屋の前で待っていると彼は知っていたから時間がなかったのだ。だが、もしここに来たとすれば、あまり急いでいるそぶりは見せなかったに違いない。なにしろ相手はトラクターを買おうという客なのだから。商談が成立するのは目に見えていたが、それでもやはり、急いでいると相手に悟られてはまずかったはず。早く売りたがっていると悟られたら、相手は断るかもしれないと思ったはずだ。相手に悟られないよう、早く終わらせたい、というのが本音だったに違いない。

セールスマンがもしここに来ていたとしたら、なぜハーラルデュル兄弟はそう認めなかったのだろう？　なぜ彼らは嘘をついたのだろう？　用心深く振る舞う必要はなかったはずだ。彼らはこのセールスマンを知らなかったのだから。それとも一つ。なぜホイールキャップが一つなくなっていたのか？　セールスマンの仕事場の駐車場で盗まれたのか？　バスターミナルの近くで盗まれたのか？　自然に落ちてしまったのか？　あるいはここで盗まれたのか？

もしそのセールスマンが湖で発見された頭に穴の空いている男なら、どんな経緯で彼はあそこに捨てられるに至ったのか？　彼が縛り付けられていたあの機器はどこから来たものか？　彼が販売していたトラクターや農業機械や作業機械が旧東ヨーロッパの国々の製品だったことは関係があるのか？　そこになんらかの意味があるのか？

コートのポケットで携帯が鳴った。

「なんだ？」と彼は短く応えた。

「あたしにかまわないで」すぐに誰かわかった。このような声を出すとき、どんな状態にいるかも彼はよく知っていた。

「ああ、そうするつもりだ」と応えた。

「うん、そうして。これからはあたしに一切かまわないで。あたしのやることに口出ししないで……」

エーレンデュルは電話を切った。だが、頭の中に残った声を締め出すのは難しかった。頭の中でこだましていた。クスリに酔って、怒りまくって、ひどい状態なのだろう。どこかに、どうでもいい男と一緒にいる。いや、相手はエッディかもしれない。自分の倍も年上の男と。彼女がどんな暮らしをしているか、想像したくもなかった。何度も助けようと手を伸ばした。これ以上何ができるだろう。麻薬中毒の娘に、彼はまったく無力だった。以前はそれでも彼女を連れ戻そうと力を尽くした。かつては彼女が「かまわないで！」と言うのは「あたしを連れに来て、助けて」の意味だと思ったこともあった。だが、いまは違う。もう十分だ。彼女に言ってやりたい。もう終わりだ。自分で始末しろ、と。

去年、彼女は父親のアパートに引っ越してきた。流産してしばらく入院したあとのことだった。だが、まもなく彼女はまたクスリをやり始めた。年が開けると、イライラし、落ち着かなくなったとエーレンデュルは感じた。そして、ときどきいなくなった。最初は二、三日、そしてもっと長く。彼は探しに出かけ、連れ戻したが、またすぐにいなくなった。しばらくそれを繰り返したあと、彼は追いかけるのをやめた。彼女にはもうかまわないことに決めた。彼女の人生だ。彼女がこんなふうに生きるのを選ぶのなら、それは彼女の人生だと。彼にはもうそれ以上なにもできなかった。シグルデュル＝オーリの肩にハンマーを振り下ろしたということを聞くまで、二カ月もの間、彼女とは音信不通だった。

外に出て、庭からこの廃屋を眺めた。フォード・ファルコンに乗った男のことを思った。そしてその男をいまでも待っている女のことも。息子と娘のことを思った。午後の太陽を見上げながら、死んだ弟のことを思った。あの子は吹雪の中で何を思ったのだろう？

寒くてたまらない、と？

暖かい家の中に入ったらどんなに気持ちがいいか、と？

翌朝、エーレンデュルはファルコンに乗ったセールスマンの恋人だった女性に会いに行った。土曜日で、彼女は休みだった。あらかじめ電話し、飲み物など何も用意しないでくれと言ったのだが、彼女はコーヒーを用意して待っていた。前回と同じく、二人は居間に腰を下ろした。女性の名前はアスタと言った。

「そうですか。警察は週末も働くんですね」とアスタは言った。今はフォスヴォーグルの国立病院の厨房で働いているという。

「そう。仕事が多いもので」とエーレンデュルは言葉少なに言った。この週末は休むこともできた。だがファルコンに乗っていた男のことが脳裏から離れず、どうしても調べずにはいられなかった。自分でもなぜこれほどこだわるのか、わからなかった。もしかするといま目の前に座っている女性のためかもしれない。一生涯わずかな賃金で働き、いまでも独身で、その疲れた顔は人生が始まる前に終わってしまったことを示す何よりの証拠であると言ってもいい。かつて愛した男がもうじき帰ってきて、キスをして、今日の仕事のことを話し、きみの一日はどうだったと訊く、そんな生活が戻ってくると彼女がいまでも信じているとしてもおかしくなかった。

彼は慎重に話し始めた。

「前回、あなたは他に女の人がいるなんていうことは考えられないと言いましたね」ここに来るべきではなかったのかもしれないという気持ちがあった。消えた男について彼女の抱いている思い出を汚したくなかった。そういうことをいままで何度も見てきた。犯罪を犯した者の家庭に行くと、何も知らない男の妻に睨みつけられる。その背中から子どもたちが睨みつける。彼らの周りで要塞が音を立てて崩れる瞬間だ。わたしの夫が！　わたしの夫が麻薬の売人だって言うの！　頭がおかしいんじゃないの！

「なぜそんなことを訊くんです？」アスタは向かいの席から言った。「何か、あたしの知らないことを知ってるんですか？　何か見つけたの？　何か新しいことがわかったんですか？」

「いや、そうではない」とエーレンデュルは答え、彼女の勢い込んだ様子に顔をゆがめた。そして男が訪ねていくはずだったハーラルデュルという老人を高齢者施設に会いに行ったこと、またレオポルドが乗っていた車ファルコンがまだスクラップされずにコーパヴォーグルのガレージにあることを話した。また彼はモスフェットルスバイル近くの、かつてハーラルデュルが住んでいた農家を見に行ったことも話した。そして彼女の夫の失踪は依然として大きな謎であると言った。

「彼の写真、あなたと一緒に写っているものでもいいのだが、確か、ないと言ってましたね？」

「ええ、そのとおりです。そんなに長い付き合いじゃなかったので」

「それじゃ、彼がいなくなったあと、失踪者の告知には新聞にもテレビにも彼の写真は発表されなかったわけだ？」

「ええ。でも特徴の説明はぴったりでした。最初は運転免許証に使われた写真を載せるつもりだったらしいんです。運転免許に使われる写真はいつも二枚撮って一枚は保管されているということで。でも、見つからなかったとか。彼が一枚余分の写真を提出し忘れたのか、それとも免許証を発行する事務所が紛失してしまったのかわからないけど」

「彼の免許証、あなたは見たことがある？」

「彼の免許証ですか？　いいえ、見たことないと思います。それより、さっき、他の女の人とか言いましたよね？　なぜそんなことを訊くんです？」

アスタの口調が鋭くなった。エーレンデュルは迷った。このまま進めば彼女は地獄への扉に向かうことになるかもしれない。早急だったか。話す前にいくつか確かめなければならないことがあったはずだ。もしかするともう少し待つべきだったのかもしれない。

「男が一緒に暮らしていた女のもとからいなくなり、どこか別のところで新しい暮らしを始めるという話は、ないことではないのですよ」

「新しい暮らし？」とアスタはそんなことは初めて聞いたというように繰り返した。

「そう。こんな小さな国アイスランドでさえも、そういうことはある。この国ではみんながみんなを知っているからそんなことはあり得ないと思うかもしれない。だが、じつはそうではないんです。全国にはまったく人の行き来のない村や、村よりも小さな集落がけっこう多くあって、そういうところは夏でもめったに人の動きがない。昔はそんなところはいまよりもっと孤立していて、ほとんど世間から隔絶していたと言える。交通の便も悪かった。環状線がまだなかったころの話ですから」

「話の意味がわからないわ。何が言いたいんですか？」

「私はただ、そんな可能性を考えたことがあるかどうか知りたいだけです」

「可能性？　どんな可能性？」

「彼がバスに乗って、家に帰ったという」

彼はアスタが一生懸命話を理解しようとしているのを見つめた。

「何を言ってるの？　何その、家に帰るって？　家って？　家って、誰の？」

話しすぎたと思った。男が彼女の前からいなくなってからこんなに長い時間が経っているにもかかわらず、その傷は癒《い》えることがないばかりか、まだじくじくと血が滲み出ているのだ。自分はその傷をまた開いてしまった。こんなに早くふたたび彼女に会いに来てはいけなかったのだ。自分の思いつきだけで、なんの確証もなかったのに。

「いや、それはいろいろな可能性のうちの一つにすぎない」と彼は少しでも前言を和らげるように言った。「アイスランドはそんなことをするにはやっぱり小さすぎる。確証のない思いつきにすぎません」

エーレンデュルは男が自殺したのでなかったら、どんな理由でいなくなったのかをいままでいろいろ推測してきた。他に女がいたのではないかという可能性を考え、眠れない夜を過ごしてきた。外から見れば、この仮説は成り立ち得る。男はアイスランドの全国を旅するセールスマンだった。旅をする中で彼は様々な人間に出会った。農村で、ホテルで、様々な社会で、漁村で、そしてそのどこにでも女性たちがいたはず。旅行中、どこかの女に出会い、次第にレイキャヴィクの女よりも新しい女に気持ちが移ったが、それを告げる勇気がないまま姿を消したということは、十分に考えられる。

だが、エーレンデュルは考えれば考えるほど、男は何かもっと大きな理由で姿を消したのではないかという気がしてきた。そしてモスフェットルスバイルのあの廃屋を訪ねたときに胸に浮かんだことを思い出した。

自分の家。ホーム。

署でもこのことを話し合った。これが反対だったら？　つまりいま目の前に座っているアスタのほうが愛人で、彼にはどこか地方に妻と子どものいる家庭があるとしたら？　面倒な関係はやめて、家に帰ることに決めたのだとしたら？

彼はこんな考えを曖昧な言葉で表現したのだ。彼女の顔色が変わるのがわかった。

「面倒な関係なんて、何もなかったわ。いまの話は単にいい加減な憶測じゃありませんか。よくもそんなこと思いつくものね。あの人のことをそんなふうに言うなんて」

「レオポルドというのはめったにないめずらしい名前ですよ。全国でもほんの数人しかいない。あなたは彼の個人番号、以前は保険番号と呼ばれていたものだが、それさえも知らないでしょう。彼の個人的な所持品もほとんど持っていなかったではないですか」

ここでエーレンデュルは黙った。以前、この件を担当したニエルスが彼女にレオポルドというのは偽名だったと話さなかったことを思い出した。ニエルスは、男が偽名を使って彼女を騙していたということを知らせなかった。彼女をかわいそうに思って話さなかったと言っていた。

エーレンデュルはいま、それがどういうことかわかった。

「彼は本当の名前を言わなかったのかもしれない。そう考えたことはありませんか？　レオポルドという名前では、該当する人物がどこにもいないんですよ。住民登録にも、運転免許などの公の文書にも」

「ずっと時間が経ってから、警察から電話があったわ」とアスタはきつい口調で言った。「ブリームとかいう人だった。そして、レオポルドという名前は偽名かもしれないと言った。本当はすぐにもそれを知らせるべきだったけれども、時間が経ってしまったと言っていたわ。だから、警察がそういう見方をしているのは知ってましたよ。でも、とんでもない、でたらめよ。レオポルドは偽名を使うような人じゃない。絶対に。決して！」

エーレンデュルは黙っていた。

「あなたは、あの人にはどこか別のところに家族がいて、そこに帰っていったと言いたいのね？　あたしは単に町に住む愛人にすぎなかったと？　そんなこと、よくも言えますね！」

「それじゃ、教えてください。あなたはこの男について何を知っているのですか？　基本的なこと、彼が彼である証拠を言ってみてください、本当は何も知らないのでは？」

「そんなふうに話すのはやめて！　そんなばかばかしい話をするためにわざわざ出かけてくるなんて、どうかしてるわ。勝手に想像してればいい。わざわざそれをあたしに言いに来るなんて。もうたくさん。帰って」

アスタは口をきつく結んで、エーレンデュルを睨みつけた。

「いや、私は……」とエーレンデュルは言いかけたが、アスタはそれを遮って言った。

「それじゃあなたは、彼は生きていると言うのね？　それを言いに来たのね、あなたは。どこか他のところで暮らしていると？」

「いや、そうは言っていない。ただ、その可能性を考えてみただけです。私がいま話していることは推量にすぎない。真実ではないかもしれないし、きっとそうではないでしょう。ただ、彼の行動で何か、あなたの記憶に残っていることはないか、こんな推測が成り立つようなことを彼が言わなかったか、それを知りたいだけです。言葉どおりにとってください。確実にそうだと言っているわけじゃない。なんの証拠もないことですし」

「ということは、あなたの話はばかばかしい、どうでもいいことよね。あの人はただわたしと遊んだだけだったなどと、よくもぬけぬけと人の家までやってきて言えること！」

アスタと話をしている間に、妙なことに気がついた。いま言ってしまったこと、取り消しがきかないことを言ってしまったあと、いまや、男が生きていると知らされるよりも、彼女にとっては死んでいると言われるほうが慰めになるのではないかということだ。生きているとすれば、この間彼からなんの連絡もなかったことはどうしようもないほどつらいことになる。エーレンデュルは女性を見た。彼女もまた同じように考えているらしかった。

「レオポルドは死んでいるのよ。そうじゃないなんて言わないで。もうそれは決定的なことなのだから。あたしにとって、あの人はもう死んでいるの。それもずっと前に。人の一生分ほど遠い昔に」

二人とも何も言わなかった。

「しかし、あなたはこの男について何を知っているんです？」しばらくしてエーレンデュルがさっきの言葉を繰り返した。「基本的なこと、彼が彼である証拠がある？　あなたは本当は何も知らないのでは？」

アスタはエーレンデュルをジロリと見た。その目はしつこいことを言わずに、もういい加減帰ってくれと言っていた。

「あなたは、あの人は本当は別人で、あたしに嘘をついていたと言うんですか？」

「私の言っていることは、どれも本当ではなかったかもしれない。ただ考えられるのは、残念ながら、彼は自殺したと思われるということだけです」

「人ってそもそも何もわからないのよね」とアスタは突然話し始めた。「あの人は無口で自分の話をほとんどしなかった。自分のことしか話さない人もいるけどね。どっちがいいか、あたしにはわからないけど。あの人はあたしに、いままで誰も言ってくれなかったようなことをたくさん言ってくれた。あたしはお互いにほめ合ったりするような家庭では育たなかったので」

「あなたは人生をやり直そうとは思わなかったのですか？　他の男と付き合うとか、結婚するとか、子どもを作るとか？」

「あの人と出会ったとき、あたしは三十歳だった。あたしは一生結婚なんかしないだろうと思っていたわ。もうそんな時期は過ぎたと。結婚したくなかったわけじゃないけど、気がついたらそうなっていた。そんなとき、ちょうどいい男の人が現れた。独身で、住むところがあって、という人が。あの人はあたしの人生をすっかり変えてくれたんです。あまり話もしないし、しょっちゅう仕事で旅に出たけど、あたしにはいい人だった」

　アスタはエーレンデュルをまっすぐに見た。

「そしてあたしたちは一緒になったんです。あの人がいなくなってから数年間、いえ、本当はいまでも、あたしはあの人を待っている。人はいつ待つのをやめるのかしら？　待つのは何年間なんていう決まりがあるのかしら？」

「いいや、そんな決まりはない」

「そうよね、決まりはないわ」とアスタが言った。

　その目から大粒の涙が溢れ出るのを見て、エーレンデュルは胸が痛んだ。

19

レイキャヴィクのアメリカ大使館からシグルデュル＝オーリに使者がやってきて、クレイヴァルヴァトゥン湖で見つかった骸骨《がいこつ》のことで捜査に役立ちそうな情報があると知らせてきた。まるで銀の盆の上に知らせが載せられてきたような大仰なやり方だった。大使館付の運転手が手袋をはめた手でシグルデュル＝オーリの机の上に封緘された手紙を置き、お返事を頂いて参ります、と言った。シグルデュル＝オーリは元外務省事務次官のオーマルの協力を得て、ワシントンにいるかつてアメリカ大使館で安全保障問題担当官として働いたロバート・クリスティーと連絡をとることができた。ロバートは詳しい状況を教えてくれたら協力してもいいと約束してくれたのだが、そのロバート、通称ボブがようやくこの件に関し大使館経由で連絡をくれたのである。

シグルデュル＝オーリは黒い革手袋をはめた運転手を見た。黒いスーツに金縁の帽子をかぶったその式服姿は、奇妙に浮き上がった道化師のように見えた。シグルデュル＝オーリは手紙を読んでうなずき、運転手に午後の二時にエリンボルクという女性捜査官とともに大使館に参上すると伝えた。運転手は満足そうに微笑みうなずいた。シグルデュル＝オーリは運転手が帽子の縁に手を当てて敬礼するかと思ったが、そうはしなかった。

エリンボルクがたまたまシグルデュル＝オーリの部屋に来て、ドアのところで運転手ともう少しでぶつかるところだった。運転手は失礼しましたと言い、エリンボルクはその姿が見えなくなるまで呆然と見送った。

「何、あれは？」

「アメリカ大使館さ」とシグルデュル＝オーリ。

彼らはちょうど午後二時にアメリカ大使館に到着した。アイスランド人の警備員が二人大使館前に立っていて、彼らを疑い深げな目で睨みつけ、近づいてきた。用件を言うと、中に通された。別の二人の警備員が、今回はアメリカ人だったが、彼らを待ち受けていた。エリンボルクはここで身体検査があるのだろうと思ったのだが、それはなく、代わりに別の人間が入り口に出てきてあいさつをした。握手してクリストファー・メルヴィルと名乗り、中に案内した。二人が「時間ぴったり」に来たことをほめた。会話は英語で進められた。

シグルデュル＝オーリとエリンボルクは二階に通された。廊下を歩いて一つの部屋の前まで来ると、メルヴィルはドアを開けた。ドアには〈安全保障問題担当官〉とあった。部屋の中には六十歳前後とみられる男が彼らを待っていた。完全な丸刈りだが軍服ではなく普通のスーツ姿で、ドアに掲げられている肩書きを言ってからパトリック・クィンと名乗った。ここでメルヴィルは退室し、担当官は二人を広い部屋の片隅にあるソファセットに案内した。担当官は防衛担当課から連絡があり、アイスランド警察がお望みなら、可能なかぎり協力しましょうと言った。彼らはここで改めてあいさつを交わし、この夏のレイキャヴィクの天気はどうなるだろうかなどとまず差し障りのない話をした。

クィンは一九七三年にリチャード・ニクソンがアメリカの大統領としてアイスランドを訪問し、フランス大統領ジョルジュ・ポンピドゥーとキャバルヴァルスタディルでトップ会談をしたとき以来ずっとここの大使館で働いてきたと言った。冬の暗さと寒さにもかかわらずアイスランドが大好きだと話した。いや、じつはそういうときは休暇をとってフロリダに行っているのだが、と笑顔で言った。「本当の話、私自身ノース・ダコタ出身なので、厳しい冬には慣れているのですよ。しかし暑い夏が恋しくなるのもまた本当で」

シグルデュル＝オーリは笑顔を返した。内容のない社交辞令はもうこのへんにしたいと思っていた。もちろん彼自身アメリカで犯罪学を三年間勉強したことや、アメリカという国もアメリカ人も大好きだということをクィンに話したいのは山々だったが……。

「きみはアメリカで勉強したんじゃなかったかな」と言ってクィンはシグルデュル＝オーリを見、にっこり笑った。「犯罪学を三年間。違ったかな？」

シグルデュル＝オーリの顔がこわばった。

「きみはアメリカが大好きだと聞いている。このような時代、友人がいるということはありがたいものだよ」

「こちらには……、私に関する調査書があるのですか？」シグルデュル＝オーリがためらいがちに言った。

「調査書？」クィンが笑いながら言った。「わたしはフルブライト事務所のバラに電話しただけだよ」

「ああ、バラですか。なるほど」とシグルデュル＝オーリは言った。バラはフルブライト事務所の主任で、彼は親しくしていたのだ。

「きみはフルブライトから奨学金をもらっただろう？」

「はい」とシグルデュル＝オーリは気まずそうに返事をした。「私は一瞬……」と言って、自分の思い違いに首を振った。

「だが、ここにきみに関するＣＩＡの調査書類がある」と言ってクィンは机の上のファイルに手を伸ばした。

ふたたびシグルデュル＝オーリの笑いが凍りついた。クィンは何も入っていないファイルを振って笑いだした。

「この男、簡単に騙されるな」とクィンは、シグルデュル＝オーリの隣に座って笑っているエリンボルクに目配せした。

「あの、ボブというのは誰ですか？」彼女が訊いた。

「ロバート・クリスティーという男だ。この大使館でかつて働いていた私の前任者だ。しかし、肩書きは同じでも、職務の内容は大きく違う。ボブが安全保障問題担当官として働いていたのは冷戦時代だ。私はまったく違う時代の安全保障問題を担当している。テロリストがアメリカ合衆国にとっての最大の脅威となった時代、いや、いまでは世界にとっての最大の脅威と言ってもよかろう。そう、私はまさに現代の安全保障問題を担当しているのだ」

そう言ってクィンはまだ冗談のショックから半分立ち直れないでいるシグルデュル＝オーリを見た。

「すまない。きみをそんなに動揺させるつもりはなかったのだが」

「いえ、まったくかまいません。ただの小さな冗談ですから」

「ボブと私は友人でね」クィンは話を続けた。「きみたちが見つけた骸骨のことで手伝うように彼から頼まれた。湖の名前はなんと言ったかね？　クルーヴェルヴァトゥン？」

「クレイヴァルヴァトゥンです」とエリンボルクが答えた。

「そう。とにかくそちらの記録にはその骸骨と合致する人間はいないのだね？」

「はい。クレイヴァルヴァトゥンの男と合致するものは何も」

「この五十年間で失踪した人間のうち、犯罪として調査されたのは二件しかないのです」シグルデュル＝オーリが言った。「そしてそのうちの一件がこれで、詳しい調査が必要となったのです」

「なるほど」クィンが言った。「また、その骸骨はロシア製の盗聴器にくりつけられていたと聞いている。その盗聴器を詳しく調べることには喜んで協力しよう。どこ製か、製造年、使用範囲などだ。言うまでもないことだろうが」

「鑑識課が電話局と協力して現在調査中です。彼らのほうから連絡があるかもしれません」シグルデュル＝オーリが言い、笑顔になった。

「失踪者ねえ。アイスランド人とはかぎらないね」と言って、クィンはメガネをかけた。机の上の黒いホルダーを手に取って、開いた。「ご存じかもしれないが、昔は大使館の人間は徹底的に監視されたものだ。共産主義者たちは我々を監視し、我々は彼らを監視した。それは事実で、それがおかしいとか不自然だとかは誰も思わなかったのだよ」

「もしかすると、いまでもそうなんじゃないですか？」シグルデュル＝オーリが言った。

「そうだとしても、あなた方には関係ない」とクィンはぴしゃりと言った。その顔から笑いが消えていた。「資料倉庫《アーカイブ》を調べてみた。ボブが一つ思い出したことがあったからだ。当時はみんな、そのことがミステリアスだと思ったのだが、結局よくわからなかった。記録によれば、そして私はそのことをボブと詳細に渡って話し合ったのだが、当時アイスランドにやってきたある東ドイツの外交官の帰国記録がないのだ」

シグルデュル＝オーリとエリンボルクは黙ってクィンの話を聞いた。

「いま私が言ったことを繰り返してほしいかね？　東ドイツ大使館の外交官がアイスランドに赴任したのだが、帰国した記録がないのだよ。我々の記録によれば、そしてこれは高度に信頼するに足るものなのだが、彼はいまでもまだこの国にいて大使館とは関係のない仕事をしているか、あるいは殺され、その死体は隠されたか、国外に送られたかしたのではないかということだ」

「ということは、あなた方アメリカ大使館はその男を見失ってしまったということですね？」

エリンボルクが言った。

「この種のことでは、唯一この件だけだ」クィンが言った。「ここ、アイスランドでということとだが」と付け加えた。「その男は東ドイツの工作員だった。我々は、男がその任務に就いていたと理解している。その男がアイスランドから出国したという事実を確認しているアメリカ大使館は、世界中どこにもない。彼については特別の探索命令が出されたのだが、どこでも、どの国でも、彼の痕跡は見つからなかった。我々は特別な探索捜査をして彼が東ドイツに戻っているかどうか調べたのだが、まるで土に飲み込まれたようにどこにもいなかった。アイスランドの土に、ということだが」

　エリンボルクとシグルデュル＝オーリはいま聞いた話を考えた。

「その男、敵側に寝返ったということは考えられませんか？　つまり、あなた方の側に。イギリスとかフランスに」とシグルデュル＝オーリは言って、これがスパイ映画や小説だったらどんな展開になるのだろうか、と考えた。

「その可能性はゼロだね」クィンが言った。「もし彼が寝返っていたら、我々は必ず知ったはずだから」

「あるいは、出国するときに偽名を使ったとか？」とエリンボルクが言った。彼女もシグルデュル＝オーリ同様、こんなことは見当もつかなかった。

「我々はこの分野の関係者はほとんど全部掌握《しょうあく》していた。関連する大使館の監視についてはほとんど完璧に行なっていたと言ってよかった。我々はこの男がアイスランドを出国していないと確信している」

「でも、あなた方の考えの及ばない方法があったのかもしれない？」シグルデュル＝オーリが食い下がった。「例えば、船で、とか？」

「その可能性は我々も考えた。そして、当時、あるいは現在も、我々がどんな方法を駆使してチェックしたかなど詳細に話すわけにはいかないが、この男が彼の故国であるところの東ドイツであれ、ソ連であれ、東、あるいは西ヨーロッパのどの国にも現れなかったということは断言できる。男は煙のように消えたのだよ」

「それであなた方の出した結論は？　いや、当時、あなた方はどう推測したのですか」シグルデュル＝オーリが訊いた。

「東ドイツの連中が殺したのだろうと。殺して大使館の敷地内に埋めたのだろうと推測した」表情も変えずにクィンは言った。「連中は自分たちの抱える工作員を殺した。いや、いまの状況から見て、殺してからクレイヴァルヴァトゥン湖に沈めた。盗聴器をくくり付けて。理由はわからない。彼が我々アメリカ側に寝返ったということはまったくない。NATO諸国のどの大使館にも、それはなかった。彼は二重スパイではなかった。もしそうだったとしたら、それはごくごく伏せられていたことで、彼自身さえも知らなかったに違いない」

クィンはここで書類をめくって、男が初めてアイスランドに来たのは一九六〇年の初めころで、東ドイツ大使館で働いたと言った。一九六二年の秋にいったん出国したが、また二年後に戻ってきた。その後はノルウェー、東ドイツに滞在し、モスクワに一冬、そして最後にアルゼンチンの東ドイツ大使館に商務官として勤務した。当時はほとんどの大使館勤めの連中がそういう肩書きを使ったものだが、と言ってクィンは含みのある笑い方をした。「我々のほうも同じような肩書きを使ったものだ。男は一九六七年にレイキャヴィクの大使館に短期間滞在したが、その後いったん東ドイツに帰国し、それからモスクワに滞在。そして一九六八年の春にレイキャヴィクに戻り、同年の秋に姿を消した」

「一九六八年の秋、ですか？」エリンボルクが言った。

「そのとき我々は彼が東ドイツ大使館にいないことに気づいたのだ。様々なチャンネルを使って追跡してみたのだが、見つけられなかった。当時東ドイツはレイキャヴィクに大使館をもうけていなかったが、呼び名はともかく、東ドイツ通商事務所はあった。ま、それはここではどうでもいい細部のことだが」

「あなた方はこの男についてどんなことを知っていたのでしょうか？　この国に友人はいたか？　故国ではどうだったか？　敵は？　何か特別にあなた方の目につくようなことをしたか？　など、何か個人的なことを知っていたのですか？」

「いや、残念ながら、我々は何も掌握していなかった。我々は一九六八年にアイスランドでこの男の身に何かが起きたのだと想像したが、それがなんだったのかわからなかった。きっと任務を終えて、姿を隠したのだろう。そういうことが得意な男だった。大衆の中に身を隠すのがうまかった。この情報をどう解釈するかはそちらの自由だ。我々の知っていることはこれで全部だ」

クィンは少しためらってから話を続けた。

「もしかすると彼は我々の指の間をうまくすり抜けたのかもしれない。もしかすると、理にかなう説明があるのかもしれない。だが、これが我々の知っているすべてだ。ここで一つだけ、こちらにも訊きたいことがある。ボブから特別に頼まれたことだ。その男はどのように殺されたのだ？　湖の底から見つかったその男は？」

エリンボルクとシグルデュル＝オーリは顔を見合わせた。

「頭を何かで強く打たれて、こめかみのすぐ上に穴が空いたためです」シグルデュル＝オーリが答えた。

「頭を打たれた？」

「もしかしたら落ちたのかもしれませんが、もしそうならとんでもなく高いところから落ちたということでしょう」エリンボルクが続けた。

「ということは、処刑されたわけではなかったのだね？　首の後ろに銃弾を撃ち込まれて」

「処刑？　ここはアイスランドですよ。アイスランドでの最後の処刑は斧で首を切り落とされた昔の話です」

「ああ、もちろんそうだ。いや、この男がアイスランド人に殺されたと言っているのではない」

「ということは、彼は自国の連中に処刑されたのかもしれないということですか？　我々がクレイヴァルヴァトゥン湖で見つけたこの男が工作員だったとしたら？」シグルデュル＝オーリが訊いた。

「いやいや、そうは言っていない」クィンが言った。「男は工作員だった。その職業はある種の危険が伴うということだよ」

そう言ってクィンは立ち上がった。捜査官たちは訪問時間が終わりに近づいたのだとわかった。クィンはホルダーを机の上に置くと、何も言わずに彼らを見た。シグルデュル＝オーリはエリンボルクに目配せして言った。

「それではこれで失礼します。とんでもなくご迷惑をおかけしたのでなければいいのですが。ありがとうございました」何かこれ以上の儀礼的な感謝の言葉はなかったかと頭を巡らせたが、思いつかなかった。

「こちらにはもしかして、わたしのことも何か記録がありますか？」エリンボルクが期待を込めて訊いた。

「いや、残念ながら。こちら同様、ほとんどありませんよ」とクィンはおどけた視線をシグルデュル＝オーリのほうに送りながら言った。

二人はもう一度礼を言って、ドアを開け、廊下に一歩足を踏み出した。クリストファー・メルヴィルがちょうど階段を上がってきて、彼らの前まで来た。玄関まで見送る役目を果たすためだ。

「あ、忘れたことが一つあった」クィンが後ろから声をかけた。

「は？」シグルデュル＝オーリが聞き返した。

「ディテールが忘れられてしまうことはよくあるものだ」

「ディテールが決定的に重要なことはよくある」と、アメリカで教育を受けたシグルデュル＝オーリが得意げに言った。

「いや、きみたちはその男の名前を知りたいのではないかと思っただけだが」クィンが言った。

「煙のように消えた工作員のことだよ」

「名前？」シグルデュル＝オーリが鸚鵡《おうむ》返しに訊いた。「あなたはすでに言ったんじゃありませんか？」

「いや、言っていないと思う」クィンの顔にかすかな微笑が浮かんだ。

「そうですか？　それじゃ、彼の名前はなんというんです？」

「ロータル」とクィンは言った。

「ロータル？」エリンボルクが繰り返した。

「そうだ」と言って、クィンは手元の紙に目を落とした。「彼の名前はロータル・ヴァイセル。ボン生まれだ。だが、アイスランド語が非常にうまく、まるで母国語のように話す、とある」

20

　同じ日、アメリカ大使館のあと、彼らはドイツ大使館に連絡し、ロータル・ヴァイセルに関する情報提供を依頼し、週内の面会を取り付けた。エーレンデュルにはパトリック・クィンから得た情報を伝え、湖で見つかった男が東ドイツの工作員だったという可能性を話し合った。とくにロシア製の機器と男が発見された場所を合わせて考えると、可能性は少なからずあるということになった。この殺人に関しては、外国が絡んでいることには三人とも意見が一致していた。このようなケースはめったに、いやいままで一度も扱ったことがなかった。残酷な殺しではあったが、そもそも殺しはどれも残酷なもの。しかし決定的なのは、この殺しは周到に計画されたと思われることだった。巧妙に実行されたあと、こんなにも長い間隠し通せたのが尋常ではなかった。これはアイスランドの典型的な殺人事件ではない。アイスランドの典型的殺人事件は偶発的で、不器用で、無計画で、犯人はほとんど例外なく足がかり手がかりを現場に残していく。

「この男、単に頭から落っこちたというんじゃないわね?」とエリンボルク。

「わざわざ自分の体を盗聴器に縛り付けて、クレイヴァルヴァトゥン湖に頭から落っこちる人間なんているか?」エーレンデュルが言った。

「そういえば、ファルコンに乗ってた男のほうはどうなりました？」

「そっちはまったく進んでいない」エーレンデュルが言った。「その男と暮らしていた女性、アスタにおれがまずいことを言って傷つけた以外は」エーレンデュルは、レオポルドが訪ねた可能性のある、モスフェットルスバイルに住んでいた農家の二人兄弟のことを話し、また、ファルコンに乗っていた男はもしかするとまだ生きていて、いまもどこか田舎で暮らしているかもしれないという、自分でも半分しか納得していない仮説を二人に話した。彼らとは以前にもこの話をしたことがあったが、シグルデュル＝オーリもエリンボルクもこの件に関してはアスタと同意見だった。この仮説を立証できるものがほとんどない、アイスランドではそんなことはあり得ないというのがシグルデュル＝オーリの意見だった。エリンボルクもうなずいた。

「人口百万人の大都市ならともかく、ね」

「とにかく、その男が公の書類にまったく記載がないというのはおかしいよな。国のシステムのどこにもないというのは」とシグルデュル＝オーリが言った。

「そうなんだ」エーレンデュルが言った。「レオポルド。彼がそう名乗っていたことはわかっているんだが、この男は正真正銘のミスターXなのだ。このファルコン男の失踪のケースを扱った捜査官ニエルスによれば、男は役所のどこにも登録されていない。だが、ニエルスは男の失踪は犯罪とは関係ないものとみなし、それ以上調べなかったのだ」

「まあ、我が国の失踪事件はほとんどがそういう扱いですものね」エリンボルクが言った。

「このレオポルドという名前はめずらしい。我が国には当時もいまもほんの数人しかいない。

全員を調べ上げることができる。おれは少し調べてみたからわかる。アスタによれば、レオポルドはしょっちゅう外国に出ていたという。そこで思ったんだが、この男、外国生まれじゃないだろうか？」

「この男、なぜレオポルドと名乗ったんだろう？　アイスランド人にはめったにない名前なのに」

「さあ、わからない。とにかく彼はそう名乗っていたわけだ」エーレンデュルが言った。「他の場面では他の名前を名乗っていたということは十分に考えられる。実際そうだったに違いない。我々が知っているのは、彼が農耕機械のセールスマンとして突然現れたこと、そしてアスタという女性の恋人になったということだけだ。彼女はこの男の失踪の具体的な犠牲者と言えるわけだが。会って訊いてみると彼女は彼についてほとんど何も知らない。だがいまでもまだ彼の失踪を悲しんでいる。この男には出生届がない。義務教育の通学記録もない。わかっているのは、彼がしょっちゅう旅行していたこと、外国に住んでいたことがある、あるいは外国生まれかもしれないということぐらいだ。外国暮らしが長かったため、彼のアイスランド語は少し発音にくせがあるということになっている」

「もし自殺していなかったとしても」とエリンボルクが言った。「このレオポルドという男がどこか他のところで暮らしているのではないかというあなたの仮説には賛成できないわ。根拠がないもの。憶測にすぎないんじゃないですか？」

「ああ、わかっている。この男は自殺した可能性が高い、謎めいたところはないとする説のほうが有力だということもわかっている」

「あなたがアスタに彼は他の土地へ移っただけだったのではないかという想定を話したということ、すごく無責任だったと思う」エリンボルクが言った。「彼女はいま、ひょっとしたら男は生きているかもしれないと思い始めたんじゃないですか？」

「いや、それこそ彼女自身がずっと心の中に秘めてきた疑いだった。彼がじつはどこか別のところで生きているのではないかと」

三人とも黙り込んだ。すでに帰宅時間になっていた。エリンボルクは時計にちらりと目を走らせた。今日はチキン料理のための新しいマリネを試す予定だった。シグルデュル＝オーリはベルクソラと一緒にシンクベットリルへ遊びに行き、そこで夏の一夜を過ごすつもりだった。六月とは思えないほど毎日良い天気が続いていた。空は晴れ、空気は土のいい香りに満ちていた。

「今晩、何か予定ありますか？」シグルデュル＝オーリがエーレンデュルに訊いた。

「べつに」

「よかったらぼくたちと一緒にシンクベットリルへ行きませんか？」と言ったが、どんな答えを期待しているかは一目瞭然だった。エーレンデュルは苦笑いした。彼らが自分に気を使ってくれるのは、ときどき気に障る。ときには、いまのように、社交辞令として誘われているとはっきりわかるからだ。

「いや、人が訪ねてくるからいい」エーレンデュルが答えた。

「エヴァ＝リンドはどんな具合ですか？」と言って、シグルデュル＝オーリは肩に手を当てた。

「ほとんど連絡がない。治療は受けたらしいが、そのあとのことはわからない」

「レオポルドについて、さっきなんと言いました？」エリンボルクが訊いた。「発音にくせがある？　そう言いましたよね？」

「ああ」エーレンデュルが答えた。「アスタは彼が外国人のようなアクセントで話すことがあると言っていた。それが？」

「ロータルという男、きっと発音にくせがあったに違いない」シグルデュル＝オーリが言った。

「どういうことだ？」エーレンデュルが訊く。

「いや、アメリカ大使館で聞いたロータルという東ドイツの工作員、アイスランド語がうまかったそうだが、きっと発音にくせがあったに違いないと思って」

「憶えておこう」エーレンデュルがうなずいた。

「同じ人物だったら？　このレオポルドとロータル」エリンボルクが思いついたように言った。

「そうだ。そういう想定は成り立つと思う。二人とも一九六八年に姿を消している」

「ということは、ロータルという男がレオポルドを名乗っていたということ？　なぜですかね？」

「わからない。どういうことなのか、まったく見当もつかない」エーレンデュルが首を振った。

ふたたび沈黙。

「それに、あのロシア製の盗聴器のこともある」エーレンデュルが言った。

「ええ、でも、それが？」エリンボルクが言った。

「レオポルドの最後の仕事はハーラルデュルを訪ねることだった。ハーラルデュルがどこかから盗聴器を手に入れてレオポルドの首にくりつけたということがあり得るだろうか？　もしレオポルドがロータルと同一人物ならあり得る。もし彼が工作員だったら、ハーラルデュルのところで何かが起きて、湖に投げ捨てられたと考えることができるからだ。だが、レオポルドとロータルが別人だったら、このシナリオは成り立たない」

「いやしかし、ハーラルデュルはセールスマンは絶対に来なかったと何度も言ってますよ」シグルデュル＝オーリが言った。「それがレオポルドにせよロータルにせよ」

「そこなんだ」エーレンデュルが言った。

「そことは？」エリンボルクが訊いた。

「おれはハーラルデュルが嘘を言っていると思う」

マリオン・ブリームの家に行く前に、エーレンデュルはビデオ屋を三軒もまわって、その西部劇をようやく見つけた。それはマリオンが特別に気に入っているもので、社会から締め出され友だちからも背を向けられた男が、一人で壮絶な戦いをする映画だった。

ドアをノックしたが、応答はなかった。あらかじめ電話しておいたので、マリオンは彼が来ることを知っているはずだった。ドアノブに触ってみると、ロックされていなかったので、中に入った。長くいるつもりはなかった。ビデオを渡したら帰ろうと思っていた。夜、ヴァルゲルデュルが来ることになっていた。彼女はすでに家を出て姉のところにいた。

「ああ、来たか」ソファからマリオンが声をかけた。「ノックの音が聞こえた。なんだかひどく疲れている。今日は一日中寝ていた。チューブをこっちにくれないか？」

エーレンデュルは酸素吸入チューブをソファのそばに持ってきた。マリオンが手を伸ばしたとき、突然昔の記憶が頭に浮かんだ。たった一人、ひたすら死を待っていた老人の姿。

あのときエーレンデュルは通報を受けてシンクホルトの一軒家に向かった。マリオンと一緒だった。まだ警察で働き始めて数カ月のころのこと。自宅事故と分類された件だった。

巨大に肥えた老女がテレビの前のソファに座っていた。そのままの形で二週間前からそこにいたという。悪臭がひどく、ほとんど部屋の中に入れないほどだった。臭いで隣人が気がつき、通報してきたのだった。老女の姿をしばらく見かけていなかったこと、昼夜を違わず低く聞こえてくるテレビの音でおかしいと思ったとのことだった。老女の喉に食べ物がつかえていた。すぐ側のテーブルに塩漬けの羊肉と茹《ゆ》でたカブが皿の上にあった。椅子のそばにフォークが落ちていた。喉に大きな肉の塊が詰まっていた。深い肘掛け椅子に腰掛けたままだった。その顔は青黒く変色していた。家族も友人もいないらしく、訪問者はまったくなかったという。彼女の不在を怪しむ者はいなかった。

あのときマリオンが言った言葉。「人は誰でも死ぬのだが、こんなふうには死にたくない」

「気の毒に」とエーレンデュルは言って、鼻を押さえたのを憶えている。

「ああ、本当に気の毒だ。お前はこういうものを見るために警察に入ったのじゃないだろう？」

「はい」とあのときエーレンデュルは答えた。

「それならなぜ、お前はこんなことをしてるんだ?」とマリオンは訊いたのだった。

「座ってくれ」と記憶の向こうからマリオンの声がした。「そんなところに立っていないで」

エーレンデュルは我に返り、マリオンの向かいの椅子に腰を下ろした。

「見舞いになど来なくていいのだ」

「ええ、わかってます。このビデオを持ってきただけですよ。ゲーリー・クーパーの」

「これを観たか?」マリオンが訊いた。

「ええ、だいぶ前に」

「なぜそんなに気落ちしている? そこに立っていたとき何を考えていた?」

「『人は誰でも死ぬのだが、こんなふうには死にたくない』」エーレンデュルが答えた。

「ああ」少し間を置いてからマリオンが言った。「あのときのこと、憶えている。肘掛け椅子に深く座っていた老女だった。そしていまお前は私を見て、同じことを考えたわけだ」

エーレンデュルは肩をすぼめた。

「あのときお前は私の問いに返事をくれなかった」マリオンが言った。「いまでも返事はもらっていない」マリオンが言った。

「なぜ警察に入ったのかは、いまでもわからない」エーレンデュルが言った。「仕事がほしかった。苦労のない、事務系の仕事が」

「いや、そればかりではなかったはずだ。苦労のない、事務系の仕事以外に何か、考えがあっただろう？」

「あなたには誰か親戚とか友人、近しい人はいないんですか？」エーレンデュルは話題を変えるために訊いた。どういう言葉を使えば、不快感を与えないで済むか、わからなかった。「すべてが終わったときに……、あなたのあとを片付ける人は……」

「いない」

「どうしてほしいんです？」エーレンデュルが訊いた。「いつかこのことを話しておくべきではないですか？ 実際的なことを。あなたのことですからきっとすべてきちんと手配済みなのでしょうが」

「まるで、私が死ぬのを楽しみにしているように聞こえるな」

「私には楽しみにしているものなど、一つもない」エーレンデュルがつぶやいた。

「法律家と話をした。若い弁護士だ。時が来たら必要なことをやってくれることになっている。でも、礼を言うよ。もしかするとお前には実際的な手配を頼むかもしれない。火葬の手配とか」

「火葬？」

「そうだ。私は棺の中で少しずつ腐っていくのは嫌だ。焼いてもらいたい。なんの儀式もいらない。葬式もなしにしてくれ」

「それで、灰は？」

「この映画が何を扱っているか、知っているだろう？」とマリオンは質問に別の質問で応じ、答えを避けた。「ゲーリー・クーパーの映画だ。これは一九五〇年代にアメリカで吹き荒れた赤狩りを扱ったものだ。クーパーが演じた男を捕まえに、男たちがやってくるのだが、クーパーの友人らは全員背を向けて助けてくれない。最後に彼は一人で戦うんだ。『真昼の決闘』というタイトルだ。最高の西部劇は西部劇の範疇を超えているものだよ」

「ええ、前にも聞きました」

夕方になったが、まだあたりは明るかった。エーレンデュルは窓から外を見た。この時期は決して暗くならないのだ。毎年彼はそう思う。暗い夕暮れが恋しい。寒くて暗い夜と深い闇の冬が恋しかった。

「なぜ西部劇が好きなんですか？」とエーレンデュルは訊いた。訊かずにはいられなかった。マリオンが西部劇が好きだということはごく最近まで知らなかった。いや、マリオン個人についてほとんど何も知らないと言っていい。かつて同じ職場で働いた人間の家に来て、よく考えてみると、個人的な話はほとんどしたことがないと言っていいことに気がついた。

「景色だね」マリオンが言った。「馬もいい。そして広い荒野も」

カタリとも音がしない。静かだ。マリオンが話せというようにうなずいている。

「前回ここに来たとき、レオポルドという男のことを話しました。フォード・ファルコンに乗っていた男、バスターミナルから姿を消した男です。あなたはそのとき、レオポルドと名乗っていた男の恋人に電話をしたこと、その名前ではアイスランドではどこにも記録がないことを彼女に話したことを私に言わなかった」

「話しても話さなくても同じだったろう？　確かあのときの捜査責任者の怠け者ニエルスが彼

女に話すのを避けたのだ。前代未聞の馬鹿げたことだ」

「恋人がアイスランドの記録には存在しないと知って、彼女はなんと言いました?」

「もちろん、驚いただろうよ。喜びはしなかった。この件の担当者はニエルスで、私は深入りしたくなかった」

「もしかすると男は生きているかもしれないというようなことを匂わせましたか?」

「いや、それはしなかった。そんなことをしたら、何もかもおしまいだろう。とんでもないことだ。お前もそんなことはおくびにも出さなかっただろうな?」

「いや、そんなことはしていない」エーレンデュルが言った。

「万に一つも彼女にそんなことを伝えてはいないだろうな?」

「もちろん。それは絶対にありません」


家に帰ると、エヴァ=リンドが電話してきた。マリオンの家からの帰り、署に寄り、それからスーパーで買い物をしてきた。調理済みの食事を電子レンジに入れ、温め終わったのを知らせる音が鳴りだしたときに電話が鳴った。エヴァだった。今回は静かだった。どこにいるかは言わないまま、治療施設で会った男が親切にしてくれて、いまもその男の家にいる、心配しないでくれという。町でシンドリ=スナイルに会った、仕事を探していた、とエヴァは言った。

「レイキャヴィクに落ち着くつもりかな」エーレンデュルが言った。

「そうなんじゃない?　なに、反対?」

「彼がレイキャヴィクに越してくることにか？」

「いままでより頻繁にあの子と会うことに」

「いや、べつに反対じゃない。町に移ってくればいいと思うよ。おれについていつも最悪のことを思うのはやめてくれ、エヴァ。いまお前が一緒にいる男は、誰だ？」

「べつに、誰だっていいじゃない。それにあたし、いつもあんたについて最悪のことを考えているわけじゃないよ」

「一緒にクスリやってるのか？」

「クスリ？」

「エヴァ、おれには聞こえるんだ。クスリをやっているときのお前の話し方が。責めているわけじゃない。もうそれには疲れた。お前の好きなようにやってくれ。ただ嘘をつかないでくれ。嘘だけはだめだ」

「あたしが嘘ついてるっていうの？　あたしがどんなふうに聞こえるっていうのよ？　あんたはいつも……」

受話器が叩きつけられた。

ヴァルゲルデュルは約束した時間には来られなくなった。エヴァからの電話が途中で切れたとき、すぐに電話が鳴って、仕事で遅くなったため姉の家にいま帰ってきたばかりだとヴァルゲルデュルが言った。

「何かあったのか？」エーレンデュルが訊いた。

「大丈夫。あとでね」

エーレンデュルはキッチンへ行って、電子レンジから温めたものを取り出した。ミートボールのブラウンソースかけにマッシュポテト。頭の中にエヴァとヴァルゲルデュル、そしてエリンボルクが浮かんだ。そして温めた食事をそのままゴミ入れに捨て、タバコに火をつけた。

また電話が鳴りだした。今晩三度目の電話だった。鳴り続ける電話を睨みつけて、鳴り止むのを待った。もう邪魔されたくなかったのだが、いつまでも鳴り止まない。とうとう受話器を取って応えた。鑑識課の人間だった。

「ファルコンのことだが」係官が言った。

「ああ。何かあったか？　何か見つけたのか？」

「道路の塵《ちり》、小石、そして土も少しあった。すべて精査した。そしておそらく糞の構成物と思われるものを発見した。牛小屋とか羊小屋から来たものだろう。血痕は見つからなかった」

「糞？」

「そうだ。普通にどの車にもついているいろんな種類の砂利やゴミ、埃だったが、そう、動物の糞もあったよ。この男、レイキャヴィクに住んでいるんじゃなかったのか？」

「ああ、そうだ。だが、ずいぶん田舎もまわっていたらしい」

「とにかく、この検査は何かを証明するものにはならないな。もちろんあんたもそれはわかっていただろうが。ずいぶん時間が経っているし、この間何人も所有者が変わっているのだから」

「とにかく、礼を言うよ」エーレンデュルが言った。

電話を切ったとき、エーレンデュルの頭にある考えが浮かんだ。時計を見る。十時を過ぎていた。まだ眠る時間じゃないな、と思った。それに夏だし。いや、やっぱり遅いか。迷いながら、しまいに彼は電話をかけた。

「はい」と女性の声が応えた。レオポルドの婚約者アスタだ。エーレンデュルは顔をしかめた。その声から彼女はこんなに遅い時間に誰が電話をかけてきたのかと不安を感じているのがわかった。夏ということも言い訳にはならないか。名前を言うと、彼女はこんな時間になんの用事か、明日まで待てないのかと言った。

「もちろん、待てます。ただ、たったいま、鑑識からレオポルドの車に動物の糞があったという知らせがあったもので。あなたとレオポルドは、実際にあの車をどのぐらいの期間、使っていたのですか?」

「長くはなかったわ。ほんの数週間だけ。でも、そのことはもう話しましたよね?」

「彼はあの車を田舎に行くときにも使ったでしょうかね?」

「田舎へ?」

アスタは考え込んだようだった。

「いいえ」という答えだった。「まず、あの車は新車だった。あの人が、田舎は道が悪いから、この車では行きたくないと言っていたのを憶えているわ。まだ新車のうちは街でだけ使うつもりだったと思います」

「もう一つ。夜遅く電話をかけて申し訳ないのだが、この件はどうも合点がいかないことが多く……。訊いてもいいですか？　あの車は確かあなたの名前で登録されていましたよね？　どのように支払ったか、憶えていますか？　金があったのでしょうか？　何か憶えていますか？」

ふたたび彼女は考え込んだ。昔のことを思い出そうと、たいていの人はきっと憶えてもいないようなことを思い出そうとしているのだ。

「車を買ったとき、わたしは一緒じゃなかったのです」とやっと彼女は話し始めた。「思い出しました。彼現金を持っていたんです。車を全額現金で買えるほどの額を。船員をしていたときに貯めたんだと言ってました。それがどうかしたんですか？　なぜそんなことを知りたがるのです？　こんなに夜遅くに電話してまで。何か起きたのですか？」

「なぜ、あなたの名前で車を登録したのか、その理由を知っていますか？」

「いいえ」

「おかしいとは思いませんでしたか？」

「おかしい？」

「彼が全額払ったのに、自分の名前で登録しなかったことを。とくに当時なら、男が車を買ったら、自分の名前で登録するのが普通でしたから。そうしなかった男はほとんどいなかったのではないかと思いますが？」

「そんなこと、知りません」アスタが言った。

「もしかして、自分の存在を隠すためにそうしたのかもしれない。もし彼の名前で登録したら、なんらかの身分証明書が必要だったはず。だが、彼はそういうものをもっていなかった」

無言が続いた。

「彼は隠れてなんかいませんでした」しばらくしてアスタが答えた。

「そうかもしれない」とエーレンデュルが言った。「しかし、彼が偽名を使っていたということは考えられます。本名はレオポルドではなかった。あなたは彼の正体を知りたくはないんですか？　彼は実際にどういう人だったかを？」

「わたし、彼がどういう人だったか、よく知っています」という声が聞こえた。いまにも泣きだしそうな声だった。

「もちろんそうです。すみません、こんな時間に邪魔をして。こんなに遅いとは思わなかった。何かわかったときに、お知らせします」

「彼のことは、わたし、よく知っているんです」アスタが繰り返した。

「もちろんです。もちろん、あなたは彼をよく知っている」

21

動物の糞の構成物を調べてもなんの助けにもならなかった。最後の持ち主以前にファルコンを所有した人間は数人いて、その誰もが靴の底につけた牛の糞を車の中に持ち込んだ可能性があった。三十年ほど前は、レイキャヴィクにはまだ農家も多くあり、わざわざ郊外まで出なくとも、車の持ち主の靴底に牛糞が付着することはあり得た。エーレンデュルは実際、羊の群れが柵を越えてハアレイティスブロイトまで入り込んだことがあるのを記憶している。当時彼は交通巡査になったばかりで、羊の群れを集めるのに苦労したのを憶えていた。

しかし、いつも機嫌の悪いハーラルデュルがうっかりボロを出すということもあり得る。前回エーレンデュルが高齢者施設の彼の部屋を訪ねたとき同様、今回もハーラルデュルの機嫌は最悪だった。エーレンデュルの目の前でいま彼はランチのオートミールがゆを口に運ぼうとしていた。入れ歯はまだ使わずサイドテーブルの上に置いている。エーレンデュルは入れ歯のほうは見ないようにしていた。かゆをすする音を聞き、口の端からかゆが垂れるのを見るだけでも不愉快だった。ハーラルデュルはかゆもレバーソーセージも口を鳴らして食べた。

「ファルコンに乗った男があんたのところを訪ねたことは、もうわかっているんだ」とエーレンデュルはようやくすすり音を止めて口の周りを拭いているハーラルデュルに言った。エーレンデュルの姿を見ると、彼は前回とまったく同じく、帰れ、と叫んだが、エーレンデュルはかまわず部屋に入り、腰を下ろしたのだった。

「出て行け」とハーラルデュルは食べ物に目を落としながら言った。エーレンデュルがそばにいるときに食べたくなかったのだ。

「かゆを食べたらいい。食べ終わるまで待つよ」とエーレンデュルは言った。

ハーラルデュルはいまいましそうな目で彼を睨みつけたが、まもなくあきらめたようで黙って食べ続けた。柔らかいレバーソーセージを食べ始めるときに入れた入れ歯を口から取り出すとき、エーレンデュルは視線を背けた。

「証拠があるのか?」ハーラルデュルが言った。「証拠などあるわけがねえ。奴は来なかったんだ。こんなふうに人の邪魔をするのを禁じる法律はねえのか? 人の暮らしにずかずかと入ってきていいと思ってんのか?」

「その男があんたらの家に来たということはわかっているんだ」エーレンデュルが言った。

「何言ってやがる。口から出まかせ言うな。証拠を出してみろ」

「彼の車を調べた」本当は何も確証はなかったのだが、エーレンデュルは年寄りに揺さぶりをかけてボロを出させたかった。「当時は車を徹底的には調べなかったのだが、いまでは、鑑識技術は革命的に発達しているもんでね」

大げさな言葉遣いをして反応を見た。ハーラルデュルは前回と同じようにうなだれたまま床を見ている。

「それで新しい手がかりが見つかった。当時、あの男の失踪は犯罪事件としては扱われなかった。アイスランドではたいていの失踪は事件とはみなされないからな。人がいなくなることはそれほどめずらしいことではないのだ。気候のせいか、それともこの国の自殺率がとんでもなく高いことと関係があるのか」

「いい加減にしてくれ」ハーラルデュルが言った。

「男の名前はレオポルド。憶えているか？　農業機機のセールスマンだ。あんたはその男にトラクターがほしいと言った。その日彼のやり残していた仕事は一つだけ。あんたのところへ行くことだけだった。そして、実際にそうしたとおれは思う」

「人には人権というものがあるんだ。勝手に人の部屋に入り込んで勝手なことを並べ立てるなんてことが許されるはずがねえ」

「おれはレオポルドはあんたたちの家に行ったと確信している」エーレンデュルはハーラルデュルの言葉を無視して言った。

「ばかばかしい」

「レオポルドはあんたたちきょうだいに会いに行った。そのあと、何かが起きた。何が起きたのかはわからないがね。見てはいけないものを見たか。あまりにも強引だったのか。その日は何としても商談を成立させたかったはずだ」

「なんのことか、おれにはさっぱりわからん。そいつは来なかった。来ると言ったのに来なかった」

「あんたはあと何年生きると思ってるんだ？」エーレンデュルが訊いた。

「知るか。お前が本当に証拠をもっていると言うのなら、出して見せろ。ねえんだろう。持ってるはずがねえんだ。あいつは来なかったんだからな」

「何が起きたのか、本当のことを話してくれればいい。あんたはもう、長くはない。話せば楽になるぞ。その男があんたらのところに来たとしても、あんたらが殺したとはかぎらないんだから。そうだろう。おれはあんたらが殺したとは言っていない。あんたらのところを出てから、どこかに行ったとも考えられる」

ハーラルデュルは首をもたげて、もじゃもじゃの眉の下からエーレンデュルを睨みつけた。

「出て行け。二度と来るな」

「あんたらは牛を飼っていたか？」

「出て行け！」

「おれはあんたらのもとの家に行ってみた。あたりをぐるりとまわってみたら、家畜小屋と肥え溜めが裏庭にあった。あんたは前に、牛を十頭飼ってたと言ってたな？」

「何が言いたい？　おれたちは百姓だった。百姓だからという理由でおれを監獄にぶち込むつもりか？」

エーレンデュルは立ち上がった。自分がハーラルデュルに対して苛立ち、腹を立てているのがわかる。こんなところにいずに、他で捜査を続けるべきなのだ、この男に腹を立てて苛立っているのはばかばかしいことなのだと自分に言い聞かせた。ハーラルデュルは愚かで悪意のある年寄りにすぎないのだから。だが、そう自分に言い聞かせても言わずにはいられなかった。「車の中に牛の糞があった。それであんたのところに牛がいたことを思い出した。シャルダだかフッパだか、あんたがなんという名前で呼んでいたかわからないがね。おれは車の中の牛糞はレオポルドの靴底についたものとは思っていない。もちろん彼が牛糞を踏んで、そのあとまた車を運転して町に帰ったとも考えられるが、おれはそうは思っていない。だが、誰か他の人間の靴底について車の中に落ちたのではないかと推測している。セールスマンがやってきたその家の人間だ。彼に腹を立てた人間だ。彼を殴り殺すかなにかして、そのあと家畜小屋用の長靴を履いたまま車に乗って、バスターミナルまで車を動かした人間だ」

「帰れ。おれは牛糞の話など知らん」

「確かか？」

「ああそうだ。いい加減にしてくれ」

エーレンデュルはハーラルデュルを上から見下ろした。

「いまの仮説には一つだけ問題がある」と言った。

「ムムム」

「バスターミナルに車を動かしたことだ」

「それがどうした？」

「二つどうしてもおかしいことがある」

「おめえの言うことなど、どうでもいい。帰れ！」

「一つは、じつにスマートな思いつきだということ」

「ふん」

「もう一つは、あんたはそれほどスマートじゃないってことだよ」

失踪した当時にレオポルドが働いていた会社は、大きな車輛運搬会社の三つのセクションの一つに吸収されていた。当時の社長はだいぶ前に引退していて、その息子はエーレンデュルに、父親はずいぶん頑張ったがとうとう事業が立ち行かなくなり、他の会社に身売りしたのだと説明した。息子はその買収によって、いまではその大きな企業の農業及び作業機械部門で働いていた。この買収はおよそ十年ほど前に行なわれ、旧会社から三人の社員も一緒についてきたが、いまでは彼らもすでに引退していた。エーレンデュルは旧会社の社長と、一番長く勤め、レオポルドが勤務していた当時働いていた社員の名前を聞いた。

署の自室に戻ると、電話帳でその旧社員の名前を調べ、電話をかけた。応答なし。旧会社の社長にも電話をかけたが、これまた応答がなかった。

エーレンデュルはまた受話器に手を伸ばした。窓を通してレイキャヴィクのいかにも夏らしい街路を見渡した。いったい自分はこのフォード・ファルコンを運転していた男をどうしようというのだろう、と思った。この男はきっと自殺したのだろう。そうに違いないのに、自分はいまあの兄弟の昔の家を徹底捜査する許可を得ようとして電話をかけるところなのだ。五十人規模の警察と消防を動かすために。それだけじゃない。きっとマスメディアが大騒ぎするだろう。

もしかすると、本当にそのセールスマンは失踪したという東ドイツの工作員ロータルで、あの湖の底に沈んでいた男なのかもしれない。同一人物ということがあり得るだろうか？

エーレンデュルはゆっくり受話器をもとの位置に戻した。自分は姿を消した男を追うのに夢中で、判断力をなくしてしまっているのではないか？　心の中ではわかっていた。自分が本当にやるべきなのは、レオポルドの一件を他の同様の未解決の失踪事件と一緒に机の一番下の引き出しにしまい込むことなのだと。

沈み込んで考えているときに机の上の電話が鳴った。アメリカ大使館の安全保障問題担当官パトリック・クィンだった。簡単なあいさつを交わすと、クィンはさっそく本題に入った。

「あなたの部下の男たちが来たので、我々は可能なかぎりの協力をしたのだが」とクィンは話を切り出した。「もう少し情報を出してもいいという許可を得たので直接にあなたと話すほうがいいかと」

「男たち？　いや、一人は女性のはずですが？」エーレンデュルが言った。

「イエス、だが、それはどうでもいいことです。クレイヴァルヴァトゥン湖の捜査責任者はあなただと聞いたもので。二人は私が話したロータルという失踪した男の話を半信半疑で聞いていたようだった。我々はこの男はアイスランドに入国したが、出国はしなかったと確信している。まあ、そのように二人には伝えたのだが、すべてをはっきり言ったわけではなかった。ワシントンの関係する部門に問い合わせたところ、もう少し情報を出してもいいという許可を得た。ヴァイセルの失踪に関してもしかすると話してくれるかもしれない人物が一人いる。チェコ人で名前をミロスラヴという。この人物に接触できるかどうか、調べてみようと思う」

「一つ訊きたいことがあります。ロータル・ヴァイセルという男の写真、ありますか?」

「どうだろう。調べてみる。少し時間がかかるかもしれない」クィンが言った。

「よろしく頼みます」

「あまり期待しないでくれ」と言って、クィンはあいさつし、電話を切った。

エーレンデュルはさっき電話をかけた旧会社のセールスマンにもう一度電話をかけてみた。何度も呼び出し音がなったあと、あきらめて電話を切ろうとしたとき、応答があった。彼は難聴らしく、初めホームヘルパーのセンターからの電話と思い、エーレンデュルに小言を言い始めた。毎日配達されるランチが冷たい、もっと温かいものが届けられないのか、と。

「それだけではないぞ」と男は続けた。

老人がレイキャヴィクにおける老人の生活状況をこの際思いっきり訴えるつもりだとわかり、エーレンデュルは話に割り込んだ。

「こちらは警察です」大きくはっきりした声で言った。「以前、作業機械株式会社という会社であなたと同じ時期に働いていたと思われる男について聞きたいことがある。ある日突然いなくなった男のことです」

「レオポルドのことか?」男が言った。「なぜいまになってあの男のことを訊くんだ? 見つかったのか?」

「いや、見つかったわけではない」エーレンデュルが応えた。「その男のこと、憶えていますか？」

「ああ、少し。もしかすると他の者たちのことよりもよく憶えているかもしれない。突然いなくなったもんで。あいつ、買ったばかりの車をどっかに置いていったんじゃなかったかな？」

「ええ、バスターミナルのすぐ近くに。どういう男でした、そのレオポルドって男は？」

「いまなんと言った？」

エーレンデュルは立ち上がり、大きな声で繰り返した。

「どういうって、訊かれてもなあ、説明するのが難しいわ。秘密主義で、自分の話はほとんどしなかったな。船員だったらしいが、どうだろう、もしかすると外国生まれじゃなかったかな。とにかくちょっと発音が外国人っぽかった。そして肌の色が浅黒かったな。いや、黒人じゃないよ。だが、おれたちアイスランド人のように死人まがいの青ざめた顔色じゃなかった。なかなか面白い男だったな。残念なことだったよ、あれは」

「全国にセールスに出かけていたのかな？」

「ああ、そうだ。おれたちはみんな、そうしてた。農業機械のパンフレットを持って全国の農家を訪ねて歩いたもんさ。あいつはもしかするとおれたちの中で一番熱心なセールスマンだったかもしれんな。農家の連中と親しくなるために、強い酒をいつでも持って歩いてたからな。いや、おれたちもやったよ。みんなそうやって売り込んでいたんだ、当時は」

「特定の地方を割り当てるってことはなかったのか？　例えば地方によって、ここは誰の担当とか？」

「いや、それは決まってはいなかった。金のある農家は北部と南部にいたから、公平に分け合うようにはしていたな。あとはみんなあのいまいましい組合がおいしいとこ取りしていたよ」

「そのレオポルドという男、とくに決まった区域を訪ねるということはなかったかな？　特別によく行った地方とか？」

相手が静かになった。エーレンデュルは年取った元セールスマンが、すっかり忘れてしまっていたレオポルドのことを思い出そうとしているのがわかった。

「いや、あんたに言われて思い出したんだが、あいつはしょっちゅう南部のウストフィヨルダルナのほうに行ってたな。そこがあいつの特別に気に入っていたところと言ってよかったかもしれんな。西部にもそういうところがあったな。ヴェスツルランド全体と山岳地一帯だ。あいつはレイキャヴィクにもよく来てたよ。いや、あいつは全国をくまなくよくまわってたよ」

「それじゃ、きっと売り上げも良かったのだろう？」

「いや、そうとは言えんな。数週間、いや、一カ月近く出かけていても、一つも注文がとれないということがよくあったな。あんた、前のオーナーのベネディクトと話したらいいよ。もっと知っているに違いないから。レオポルドはそんなに長くうちの会社に働いていなかった。確か、彼が仕事を始める前に何かもめごとがあったような気がする」

「もめごと？」

「もしかすると、誰か一人クビにしたんじゃなかったかな。ベネディクトはかなり熱心にレオポルドを雇うために動いたようだったが、雇ってからはあまり満足してなかったようだ。いや、わしはよくわからん。ベネディクトと話すことだ」

シグルデュル＝オーリはテレビを消した。夜遅く放映されるアイスランドのサッカーのまとめニュースを見たところだった。ベルクソラは女友達に会いに出かけていて、電話が鳴ったときシグルデュル＝オーリは彼女かと思ったのだが、違った。

「悪いな、いつも電話してしまって」と電話の声。

一瞬迷ったが、やはり切ってしまった。すぐにまた呼び出し音が鳴り始めた。シグルデュル＝オーリは電話を睨みつけた。

「ああ、腹が立つ！」と言いながら、彼は受話器を取り上げた。

「切らないでくれ」という男の声がした。「ほんの少し、あんたと話がしたいだけなんだ。あんたとはよく話ができるんだ。うちに知らせをもってきてくれた最初のときから」

「おれは……、おれはあんたの救世主じゃない。ちょっと、やりすぎだよ、これ。やめてくれと言ってるんだ。あんたを助けることはできない。恐ろしい偶然の重なりだった。それがすべてだ。あんたはそれを受け止めなくちゃならないんだ。納得しなくちゃなんないんだよ。じゃあ！」

「ちょっと待て。あれは偶然だったということは理解している」男は言った。「だが、おれがその偶然を作り出したんだ」

「あのさ、偶然は誰かが作り出すもんじゃないんだよ。だから偶然というんじゃないか。すべて、人が偶然この世に生まれる瞬間に始まるんだよ」

「おれが彼女についでの買い物を頼まなかったら、二人は家に着いていたんだ」

「ばかばかしい。あんた、それ、わかって言ってるんだろう？　そんなふうに自分を責めてどうするんだ？　もういい加減にやめろよな。この種のことでは何も自分を責める必要などないんだから」

「なぜ？　偶然だって、何もないところから発生するわけじゃないだろう？　偶然は我々の作り出す状況から生まれるんだ。あの日のように」

「ばかばかしくて、おれはこの話する気にもならないね」

「なぜ？」

「なぜって、もしそういうふうに考えるのなら、どうやって判断を下すことができるんだ？　どうやって結論を出すんだ？　あんたの奥さんはちょうどそのときその店にいたんだ。その行動を決めたのは奥さんで、あんたは関係ない。それじゃなにか？　奥さんは自殺だったとでも言いたいのか？　違うさ。あれは酔っ払いの馬鹿野郎が起こした事故だったんだ。それ以外のなにものでもない」

「おれが電話したから、その偶然が起きたんだ」

「あのさ、あんた、この話、永遠に続けるつもりか？　何か起きるかもしれないと思うのなら、田舎へ行こうとか、映画に行こうとか、喫茶店でお茶しようかなどと、誰が誘えるというんだ？　あんたの言うことは聞いちゃいられない。どうしろってんだ？」

「それこそが問題なんだよ」

「何が？」

「どうしろというのか、わからないということ」

玄関が開く音が聞こえた。ベルクソラが帰ってきた。

「こんな話続けられない。ばかばかしい」とシグルデュル＝オーリが言った。

「おれだってそうだ。こんなこと、続けられない」

そう言って、男は電話を切った。

22

男はラジオ、テレビ、新聞に目を配って骸骨《がいこつ》の発見についてのニュースを追っていたが、時とともに報道がまばらになり、しまいにはまったく報道されなくなった。たまに、シグルデュル＝オーリという担当捜査官の名前でこの件は進展がないと新聞に載ることがあった。骸骨発見についてあまり報道がないということは警察が捜査を止めたという意味ではなく、おそらく背後で大掛かりに進められているのだろう。そして、すべてがうまくいったら、必ず自分のドアをノックする人間が現れるはずだ。それがいつになるか、また誰になるのかはわからない。もしかするとまもなく。もしかするとこのシグルデュル＝オーリという捜査官が。いや、もしかすると、何が起きたのか最後までわからないかもしれない。男は苦笑いした。そうはなってほしくなかった。この件はあまりにも長い間男の心に重苦しくのしかかっていた。ときには、自分は過去のことをつねに恐れながら生きるという生き方しか知らない、そういうもののない本当の暮らしなど知らない、と思うことさえあった。

これまでの長い人生で、男は何があったのか話したいという欲求を、ほとんど抑えつけることができないほど強い突き上げを感じることがあった。人前に出て本当のことを話したいという強い気持ちがあった。だが、それはつねに自分で抑制した。そうしているうちに、時ととももにそのような欲求もなくなり、起きたことに対する激しい気持ちもなくなった。男は何も後悔していなかった。このようになってよかったと思っていたし、これ以外のことは望んでいなかった。

過去を振り返るときは必ずイローナの顔が目に浮かんだ。まるで最初に出会ったときのように鮮明に。イローナの下宿先のキッチンで彼がヨーナス・ハットルグリムソンの詩〈旅の終わり〉を詠みあげたとき、彼女が優しくキスをしてきたときのことがいつも思い出された。そんな思い出に浸っていると、イローナの柔らかい唇が感じられるような気さえした。

男は窓辺の椅子に座り、世界が崩壊したあの日のことを考えた。

トーマスはその夏アイスランドには帰らず、褐炭採掘場で働き、そのあとイローナと一緒に東ドイツ国内を旅行した。ハンガリーへ一緒に行くつもりだったのだが、彼のビザが下りなかった。自国へ帰るためのビザ以外には、ますますビザの取得が難しくなってきていた。西ドイツに行く許可を得ることもますます難しくなっているようだった。汽車とバス、そしてかなりの距離を歩いたが、二人で旅行するというだけで楽しく、満足だった。ときには野外で眠ることもあった。小さなペンションとか、学校の校舎とか、鉄道の駅やバスのターミナル構内で寝ることもあった。ときには通りがかりの農家で数日間働くこともあった。一番長く滞在したのは羊を飼っている農家で、その農夫は突然アイスランド人がやってきたことに驚いた。彼はアイスランドについて、とくにスナイフェルズヨークットルについていろいろと尋ねた。ジュール・ヴェルヌの『地底旅行』を読んだことがあったからだった。二人はその農家に二週間滞在し、畑でもよく働いた。動物についても多くを学んだ。二人が旅立つとき、その家族は食べ物をリュックサックにいっぱい詰めてくれて、良い旅を祈ってくれた。

旅の間、イローナはブダペストにいる家族の話をよくした。両親はともに医者で、彼女はトーマスのことを手紙で知らせていた。母親はこれからどうするの？　と訊いてきた。娘はイローナ一人だけだった。イローナは母親に心配しないようにと伝えたが、もちろんそんなことは無駄だった。結婚するつもり？　勉強はどうするの？　将来は？

これらはもちろん彼ら自身が考えていることでもあった。二人で一緒に考えることもあったが、それぞれが考えてもいた。だが、すぐに答えを出さなければならない問題のようには見えなかった。大切なのは今日のこと、今日二人が一緒にいることだった。未来はまだ未知の神秘的な世界で、唯一確かなのは、二人がそこへ手を繋いで向かっていることだけだった。

夜、イローナは故国の友人たちのことを話し、みんなあなたを両手を広げて歓迎するに違いないわ、と言った。みんなビヤホールやカフェでこれから起きる変化について話し合う仲間だった。トーマスはこれからの自由なハンガリーのことを情熱的に話すイローナを見た。それはアイスランドで彼自身が生きてきた自由であり、いままでずっとその恩恵にあずかっていたものだった。しかし、彼女にとっては絵に描いた夢のようなもの、摑まえることのできない遠くにあるものだった。イローナと友人たちが望んでいることは、トーマス自身がいつもいままでその中にいて、特別に考えたりしないほど当然のことだった。彼女は友人たちが捕まえられて短期間、あるいは長い間監獄に入れられたことや、行方がわからなくなった人々の話をした。その声にはもちろん恐怖もあったが、同時に、百パーセント確信している人の力強さ、その目標を達成するためなら命も賭ける人の固い決心を感じて彼は身震いした。イローナには何か大きなものが始まるときに人がもつ激しい情熱と願望があった。

その夏二人で一緒に旅行した数週間、トーマスは深く考えた。そしてライプツィヒで見た社会主義システムは嘘の塗り重ねだと確信した。ハンネスの気持ちがわかり始めた。彼は、ちょうどハンネスと同じように、真実は明白でも単純でも社会主義的でもなく、そもそも単純な真実などというものは存在しないということを学んだ。それは彼がいままでもっていた世界観を大きく変化させるものであり、そのことによってトーマスは新たな、そして難しい問題に立ち向かわなければならなくなった。まず何より、そしてすぐにも取りかからなければならない問題は、自分はこれからどうするかということだった。ハンネスが抱えたのとまったく同じ問題だった。ライプツィヒで勉強を続けるべきか？　批判されたときに故国に帰るべきか？　勉学のためにこの国に来たことの基本条件が変わったのだ。家族にどう話そう？　彼は家族からの手紙で、かつて青年部の希望の星だったハンネスが、新聞に、あるいは集会で東ドイツでの経験を語り、共産主義を批判していると知った。それはアイスランドの社会主義指導部に衝撃を与え、ハンガリーで起きていることにも関連して、アイスランドにおける闘争を弱めてしまっているという。

トーマスは自分がいまでも社会主義者であるとはっきりと自覚していた。そしてそれは揺るぎないことも。だが、ライプツィヒで出会った社会主義は彼の望むものではなかった。

そして、イローナは？　トーマスは何事もイローナとともにしたかった。実際その後、二人はすべて一緒に行動した。

旅行の最後の日々、二人はこれらのことをすべて話し合い、共通の結論に達した。イローナはライプツィヒで勉学も仕事も続ける、秘密の会合にも参加し、情報を広げ、故国ハンガリーで起きていることをみんなに伝える。トーマスは勉学を続け、何事もなかったように振る舞う。ドイツ社会主義統一党の招待を利用しているだけではないかとハンネスを激しく責めたことを思い出した。これから彼はまさしく同じことをしようとしていた。彼は自分を正当化できず、良心の痛みを感じた。

気分が良くなかった。トーマスはそれまで一度もそのような状態に陥ったことがなかった。それまでの彼の生活はもっと単純で安全だった。故国アイスランドの友人たちのことを思った。彼らになんと言おう？　自分は人生の足場を失った。確信していたすべてのことが、いまでは新しい知らないものになった。自分は生涯共産主義の理想に向かって生きると確信していた。共産主義の理想はより大きな平等と資源の平等な分配を目指すもの。だが東ドイツで実践されていた社会主義は、もはやトーマスには信じられないだけでなく、闘うに値しないものだった。このような意識の変化はまだ彼においては始まったばかりで、完全に理解するにはまだまだ時間がかかるし、またいま彼がいる社会を改めて分析するにも時間がかかる。その間は決定的な結論は出さないことにした。

夏休みの旅行が終わって、ライプツィヒに戻ったとき、トーマスはイローナの部屋に引っ越した。小さなベッドで一緒に眠った。家主の年取った婦人は最初ためらった。世間的に認められることではないと思ったのだ。彼女はカトリック信者だった。が、しまいに認めてくれた。彼女はスターリングラードの戦いで夫と二人の息子を失っていた。写真を見せてくれて、トーマスを友人として受け入れてくれた。トーマスはアパートの中で壊れたものを修理し、買い物などを手伝ったり、ときには料理もした。学生寮の友人たちはときどき遊びに来たが、彼自身は彼らから離れたように感じていた。友人たちもトーマスが以前ほどなんでも彼らと話さなくなったと感じていた。

一番親しかったエミールが、ある日図書館で近づいてきて、ズバリ言った。

「どうなんだ、すべて順調なのか?」と訊いて、洟《はな》をすすった。風邪をひいていた。秋になり天気が毎日悪く、底冷えがして、学生寮はとんでもなく寒かったのだ。

「すべて順調かって? ああ、もちろん順調だよ」とトーマスは答えた。

「なんだか……」とエミールはためらった。「あのさ、なんだかお前がおれたちを避けているような気がして……。そんなことないよな?」

トーマスはエミールを直視した。

「もちろん、そんなことはないさ。ただ、いまはいろいろ新しいことがあって忙しいんだ。イローナと一緒に暮らすようになったからね」

「ああ、知ってるよ」とエミールは言ったが、その声は心配そうだった。「もちろんだよ、イローナやいろいろなことでだろう？　あのさ、お前、イローナのこと本当にどこまで知ってるんだ？」

「すべて、なんでも知っているよ」と言って、トーマスは笑った。「何もかもすべて大丈夫だよ、エミール。心配するな」

「ロータルが彼女のことをなんとか言っていたよ。なんかのついでに」

「ロータル？　彼、戻ってきたのか？」

トーマスはイローナの友人たちがロータルについて言っていたこと、ロータルがハンネス追放において果たした役割のことをアイスランドの学友たちに話していなかった。秋の学期が始まったとき、ロータルはいなかった。いままでロータルの姿を見かけなかったし、噂も聞いていなかった。彼はロータルのことは避ける決心をしていた。避けるだけでなく、関わりをもたないようにするつもりだった。直接に話をすることも、彼の噂をすることも。

「ロータルはおとといの晩、寮の食堂にやってきたんだ」エミールが言った。「大きな豚肉の塊を持って。あいつはいつも食べ物がたくさん手に入るらしいからね」

「イローナのこと、なんと言ってたんだ、あいつ？　なぜイローナの話になったんだ？」

落ち着いて話すつもりだったが、うまくいかなかった。興奮を隠しきれず、きつくエミールを見た。

「いやあ、ただ彼女はハンガリー人だから、なにをするかわからない、というようなことだったよ。ハンガリーで起きていることをみんなが話しているからな。でも誰も本当の話何が起きているのか、知らないんだ。お前はイローナ経由で何か聞いてるんじゃないか？　ハンガリーで何が起きているかを」

「おれはあまり知らない。ただ、ハンガリーの人たちは変化のことを話しているらしい。だけど、ロータルはイローナについて、正確にはなんと言っていたんだ？　なぜイローナの話になったんだ？　なぜ話題に上ったんだろう？」

エミールはトーマスの心配を理解し、ロータルが何を言ったか、正確に思い出そうと努めた。

「イローナの立ち位置がわからない、と言っていた」としまいにためらいながらエミールが言った。「真の社会主義者かどうか疑わしいと。彼女が周りにいるものたちに悪影響を与えると。そしてきみを知っているおれたちにも。ロータルは、イローナがおれたちの悪口を言っているとも言っている。そういう話を実際に聞いたと」

「なぜそんなことを言うんだろう？　ロータルはイローナのことなど知っているはずないのに。二人は知り合いでさえない。イローナは彼と話をしたこともないのに」

「さあ、おれは知らない。単に意味のない噂話じゃないか？」エミールが言った。

トーマスは考え込んだ。沈黙が続いた。

「トーマス？」エミールが声をかけた。「単に意味のない噂話だと思うよ」

「もちろんそうだろう。ロータルはイローナを知らないんだから。彼女はロータルのこと、一度だって悪口を言ったことがない。あいつはどうしてそんなことを言うんだろう。ひどい嘘だ。ロータルは……」

話しだそうとして、トーマスはそうしてはいけないことに気がついた。エミールが信用できなかった。友だちなのに。エミールを信用しない理由など一つもなかったのだが、いまではトーマスの世界は誰が信頼できるか、誰を信用してはだめかに分かれていた。心の中にある考えを共有できるのは誰か、共有できないのは誰か。相手が悪意のある卑怯者で、陰で策を練っているからというのではない。ただ、何かの機会に不注意な言葉を誰かに漏らすかもしれないからだった。まさにトーマス自身がハンネスについて無防備にそうしたように。学生寮にいる友人たち、エミールにしてもフラフンヒルデュルにしても、カールにしてもそうだった。トーマスは一度だけ、イローナの友だちの家の地下室での経験を、なぜイローナとハンネスが互いを知っていたのかを大雑把《おおざっぱ》に彼らに話したことがあった。が、いまはもうそんなことはできなかった。

とくにロータルに関しては気をつけなければならなかった。だが、トーマスはどうしても、なぜロータルがイローナについて友人たちの前でそんなふうに話すのか、その理由が知りたかった。確か、以前ロータルはハンネスについても似たようなことを言っていたが、トーマスははっきり思い出せなかった。ロータルは自分とイローナに警告を発しているのだろうか？　自分たちはロータルのことはほとんど何も知らない。彼が誰のために、どの組織のために働いているのかも知らない。イローナの友人たちは、ロータルは秘密警察《シュタージ》の手先だと言い、彼女もそれに賛成していた。シュタージはこのような手を使っているのかもしれない。小さい集まりで特定の人物の悪口を言い、仲間割れをさせるということ。

「トーマス？」

エミールが彼の名前を呼んで、注意を引いた。

「ロータルがどうしたというんだ？」

「ごめん。なんだか他のことを考えてしまって」

「ロータルがどうとか言いかけてたよ」エミールが言った。

「なんでもない」

「それで、お前とイローナはどうなんだ？」

「どうなんだって？」

「付き合いを続けるつもりなのか？」少し迷った様子でエミールが訊いた。

「何が言いたいんだ？　もちろんだよ。なぜそんなことを訊くんだ？」

「気をつけろと言いたいだけだ」

「え？　なぜ？」

「いや、ただ、ハンネスにあんなことがあったあとだから、何が起きるかわからないということさ」

トーマスはこの話をイローナに伝えた。できるだけ抑えた、何気ない言い方で。イローナはすぐに緊張し、エミールが言った一言一句を彼から訊き出した。二人はロータルの狙いはなんだろうと話し合った。ロータルが他の学生たちに、とくにトーマスの友人たちに彼女の悪口を言っているのは明らかだったが、これは何かの始まりだろうか？　ひょっとしてロータルはイローナを特別にマークしているのだろうか？　もしかして、彼は秘密の会合を知っているのだろうか？　イローナとトーマスはこれからの数週間は動かないことにしようと決めた。

「いざとなったら、彼らはわたしたちを国に送り返せばいいだけよ。他に何ができる？　ハンネスと同じように国外追放されるってわけ。それくらいが関の山よ？　それより悪くはならないわ」

「そうだね」とトーマスはうなずいた。「確かに、それより悪くはならない」と元気づけるように言った。

「彼らは地下で煽動活動をしたという罪でわたしを捕らえることができるわ。反共産主義的プロパガンダをしたと言って。社会主義の単一政党に対する陰謀を企てたと。向こうにはいろんな用語があるわよ」

「やめてくれ、イローナ。ちょっと待って、どんなことが起きるか見ようじゃないか？」

イローナはまっすぐにトーマスを見た。

「なぜ？　わたしはロータルのような愚か者に自分の運命を決められたくないわ」

「イローナ！」

「わたしはただ思っていることを言っているだけよ」と彼女は言った。「いつもそうしてきたわ。わたしはハンガリーで何が起きているのかを知りたいという人に話したいの。わたしたちがどのような変化を望んでいるかを。わたしはいつも自分の意見を口に出してきた。それはあなたも知っているでしょう。ここでそれをやめるつもりはないわ」

不安な沈黙が続いた。

「最悪の事態はなんだと思う?」

「きみが国に送還されること」

「わたしが国に送還されること」

二人は見つめ合った。

「ぼくたちは二人とも気をつけなければならない」とトーマスは言った。「きみは本当に気をつけるんだ。約束してくれ」

数週間、そして数カ月が経った。イローナはふだんどおりの生活を続けていたが、それまでより数倍言動に気をつけているようだった。トーマスは授業に出てはいたが、いつもイローナのことが心配でならなかった。そして、何度も繰り返し、気をつけろ、と注意した。そうしたある日、ロータルと校内で出会った。彼はそれまでしばらくロータルを見かけていなかった。あとで振り返ってみて、このときロータルが彼の前に現れたのは偶然であるはずがなかったと気づいた。教室から出てきたときのことだった。イローナと聖トーマス教会の前で会う約束をしていたので、そっちに向かおうとしたとき、ロータルが突然目の前に現れた。ロータルは笑いを浮かべていつものようにあいさつをした。トーマスは答えずにそのまま通り過ぎようとしたが、ロータルの手が彼の腕を摑まえた。

「なんだ? あいさつもしないのか?」

トーマスはその手を振り払って階段を駆け下りたが、後ろから追いかけてきたロータルにまた腕を摑まえられた。

「少し話をしなくちゃな」とロータルは振り返ったトーマスに言った。

「あんたとは何も話すことはない」とトーマスは答えた。

ロータルはふたたび笑いを見せた。だが、その目は笑っていなかった。

「いや、それどころか、こっちには話さなければならないことがたくさんある」

「かまわないでくれ」と言ってトーマスは階段を下りきって学生食堂のある階まできた。後ろは見ていなかったが、ロータルが追いかけてこないことを祈った。だが、気がつくと、ロータルはまた横にぴったりとついて、あたりを見回していた。人の目を引きたくなかったのだ。

「いったいなんなんだ?」とトーマスはロータルに苛立ちを見せた。「話すことなんて何もない。わかってくれ。おれにかまわないでくれ」

そのまま行こうとしたが、ロータルが立ちはだかった。

「いったいどうしたというんだ?」ロータルが言った。

トーマスは黙ったまま睨みつけた。

「なんだ?」とロータル。

「なんでもない。おれにかまわないでくれ」

「いや、なぜおれと話したくないのか、言ってくれ。おれたちは友だちだと思っていたが?」

「いや、あんたとは友だちじゃない。ハンネスは友だちだった」

「ハンネス?」

「ああ、ハンネスだ」

「ハンネスと関係あるのか？」ロータルが訊いた。「お前がおかしな態度をとるのはハンネスのためなのか？」

「一人にしてくれ」

「おれがハンネスとどう関係があるというんだ？」

「お前は……」

トーマスは突然ここで口をつぐんだ。ロータルがどうハンネスと関係があるのか？　ロータルとはハンネスが追放されて以来会っていなかった。ロータルが急に姿を消したからだ。あれからトーマスはイローナとその仲間たちからロータルはシュタージの手先だ、人から友だちの言動について聞き出すのが巧みな、裏切り者で密告者だと聞いていた。トーマスは思った。いまロータルはおれに疑われていることを知らない。前のおれなら、彼にすべて話すところだ。イローナがなんと言っているかまでも。突然、トーマスは絶対に何も言ってはならないのだと悟った。この男に対して何かを説明するとか、自分が何かを知っていると思わせてはならないのだ。自分が加わったこのゲームのルールをマスターするのには、まだまだ時間がかかる、ロータルに対してだけでなく、同胞に対して、いや、イローナ以外、自分が接触するすべての人間に対して、警戒しなければならないのだということに気がついた。

「おい、どうした？」ロータルが訊いた。

「いや、なんでもない」

「ハンネスはもう関係ない」ロータルが言った。「あいつには滞在理由がなかったんだ。それはお前自身が言ったことじゃないか。そうおれに言っただろう。お前はおれのところにやってきて、そのことを話したんだ。そうだ、お前だよ。一緒にビールを飲んで、お前はハンネスが馬鹿だと言った。お前はハンネスとは友だちじゃないとも言ったじゃないか」

「そのとおりだ」とトーマスは言った。後味が悪かった。「おれたちは友だちじゃなかった」

いまはどうしてもそう言わなければならないと思った。いまとなっては誰をかばっているのか、自分でもわからなかった。自分がどの位置に立っているのかもわからなかった。以前のように、なんの気遣いもなく言いたいことをまっすぐ言うことができないのはなぜだろう？　まるでなんの遊びかわからないまま目隠しをされ、手探りで前に進んでいるような感じだった。自分はそれ以上の勇気がないのかもしれない。自分は臆病者なのかもしれない。イローナのことを思った。彼女ならロータルに言うべきことは何かを知っているに違いない。

「でもおれはハンネスが追放させられるべきだとは絶対に言わなかった」とトーマスは勇気を奮い起こして言った。

「いや、おれが思い出せるかぎり、お前はそのようなことを言ってたよ」ロータルが言った。

「いや、そんなことはない」と言ってから、彼は声を大きくして言った。「それは嘘だ」

ロータルはまたニヤリと笑った。

「落ち着けよ」

「おれにかまわないでくれ」

トーマスはそのまま行こうとしたが、ロータルは腕を摑んで放さなかった。さらに脅かすように、腕を摑んだ手に力を入れ、ぐいと自分のほうに引き寄せ、耳元でささやくように言った。

「話をしようじゃないか」

「話すことなんか何もない」と言って、トーマスはロータルから離れようとしたが、ロータルの手は緩まなかった。

「いいや、お前の可愛いイローナについて、話そうじゃないか」

トーマスは顔が真っ赤になるのがわかった。筋肉が弛緩した。それはロータルにすぐに感づかれた。一瞬にして腕が柔らかくなったからだ。

「なんのことだ?」とトーマスは言った。

「彼女はあんたにいい影響を与えないと思ってさ。これはお前の連絡係として、そして友だちとして言ってるんだ。おれが口出しするのは許してくれるよな?」

「なんのことだ?」とトーマスは繰り返した。「いい影響を与えないって? そんなこと、お前にはまったく関係ない……」

「いや、あの女がつきあっているのは、おれやあんたのような人間ではないと思うよ」とロータルはトーマスの言葉に割り込んで言った。「彼女はあんたを泥沼に引き込むと思うよ」

トーマスはどう言い返したらいいかわからなくなって、ただロータルを見返した。

「なんのことだ?」とトーマスは三度目にまた同じ言葉を言った。それ以外になんと言っていいかまったくわからなかった。ただイローナのことばかりが頭に浮かび、それ以外のことは何も考えられなかった。

「我々はイローナが組織している集会のことを知っているんだ」とロータルは言った。「誰がその集会に出ているかも知っている。お前がその集会に行っていることも知っている。彼女が配布しているビラのことも知っている」

トーマスは自分の耳が信じられなかった。

「お前を助けてやると言ってるんだよ、我々は」

彼はロータルを睨みつけた。ロータルの顔にはもはや笑いは浮かんでいなかった。見せかけの笑いは消えていた。その目には硬い、冷たい光があった。

「我々は？　我々とは誰だ？　これはいったいなんの話なんだ？」

「一緒に来い。見せたいものがある」ロータルが言った。

「いや、行かない。お前についていかなければならない義務はない」

「後悔しないと思うよ」とロータルは押し殺した声で言った。「おれはただ、お前を助けたいと思っているんだ。わかってくれよ。一緒に来て、見てくれ。そうすればお前にもわかるから」

「何を見せようっていうんだ？」

「来い！」と言うとロータルは彼の背中を押した。「お前を助けようとしているんだ。信じてくれよ」

トーマスは抵抗しようとしたが、恐怖と何があるのか知りたいという気持ちが入り混じり、目を伏せて足を前に進めた。ロータルが何か見せたいものがあると言うのなら、拒むよりも見てやろうと思った。

二人は大学の構内を出て、カール・マルクス広場を横切り、バルフスゲッシェンに沿って歩き、まもなくディットリッヒリンク二十四番地の角の建物が目に入った。そこにはシュタージの本部がある。トーマスは次第に歩調を緩め、行き先がまさにその建物だとわかると、足を止めた。

「あそこで何をすると言うんだ?」とトーマスは訊いた。

「来い」ロータルが言った。「我々はお前と話さなければならない。悪あがきはやめることだ」

「悪あがき? 冗談じゃない。おれはあそこには絶対に行かないぞ」

「いいか、お前はこれからおれと一緒に来るんだ」ロータルが言った。「さもなければ、強制的に引っ張ることになる。おとなしく一緒に来るほうがいい」

トーマスはその場を動かなかった。今すぐこの場から走り去りたかった。シュタージがなんの用事があるのだろう? 自分は何もしていない。あたりを見回した。もし自分があの建物に入っていったら、誰か目撃者はいるだろうか?

「いまのは、どういう意味だ?」トーマスは本気で怖くなった。

「さあ、来るんだ」と言ってロータルはドアを開けた。

トーマスは重い足取りでロータルのあとから建物に入った。小さな入り口ホールがあって、そこから灰色の石の階段が続いていた。壁は褐色の大理石だった。その階段を上がると左側にドアがあり、そこが受付になっていた。トーマスはすぐに、汚れたリノリウム床、汚れた壁、タバコの煙、そして汗と恐怖がそこにあるのを感じた。ロータルは受付にいた男にうなずくと、ドアを押し開けた。長い廊下がその先に見えた。緑色のドアがいくつも続いていた。廊下の真ん中あたりに空間があり、その先に小さな事務室があって、その脇に鋼鉄製のドアが見えた。ロータルは事務室のドアを開け中に入った。疲れた顔をした中年の男が机に向かって座っていた。ロータルを見てうなずいた。

「ずいぶん時間がかかったじゃないか」一緒に入ってきたトーマスには一瞥もくれずに男は言った。

男は嫌な臭いのする太いタバコを吸っていた。指が黄色に染まっていて、灰皿は先端まで吸った短い吸殻で山盛りになっていた。厚い大きな口髭を蓄えている。唇のすぐ上の髭はタバコで茶色に焦げていた。濁った肌色で、こめかみあたりの髪の毛が白くなりかけている。男は机の引き出しを開けてホルダーを取り出して開いた。中にタイプ文字で書かれた紙が入っていて、モノクロの写真が数枚見えた。男は写真を取り出して、しばらく見つめ、それからトーマスに向かって机の上に放り投げた。

「これは、お前じゃないか？」

トーマスはそれを手に取った。一瞬、写真に写っているのがなんなのか、わからなかった。写真は薄暗い中、遠くから撮られたもので、一軒の家から出てくる人々を捉えたものだった。玄関ドアの上に明かりが一つあって、人々を照らしていた。その人々に焦点を当てると、イローナが、そして地下室の集会にいた男の一人、そしてやはりそこにいた女の一人、そしてトーマス自身が写っていた。中に顔を大写しにしたものがあった。それはイローナと彼の顔だった。大きな口髭の男は椅子に背を当ててふんぞり返り、ロータルは隅の椅子に腰を下ろしている。壁にライプツィヒ全体の写真があった。そばにウルブリヒト第一書記の写真もある。壁沿いに鋼鉄製の大きな書類キャビネットが三つ並んでいた。

トーマスはロータルに向かって声をかけた。手が震えるのを抑えながら。

「これはいったいどういうことなんだ?」

「いやあ、説明するのはあんたの番じゃないのか?」ロータルが返事をした。

「誰がこの写真を撮ったんだ?」

「それを訊いてどうする?」とロータルが鼻の先で笑った。

「おれのことを監視しているのか?」

大きな口髭の男とロータルは目を合わせた。ロータルが笑いだした。

「おれをどうしようというんだ?」とトーマスはロータルに言った。「あんたたちはなぜこんな写真を撮るんだ?」

「お前はこの連中がどんな奴らか、知ってるのか?」ロータルが訊いた。

「おれはこの人たちを知らない」とトーマスは言った。それは嘘ではなかった。イローナを除けば。「なぜこんな写真を撮ったんだ?」

「ああそうだな。確かにお前はこいつらを知らない。べっぴんさんのイローナを除けば、な。彼女のことは知ってるよな。彼女のことは他の誰よりも知ってる。彼女のことはあのハンネスよりも知っているだろうからな」

なんの話かわからなかった。トーマスは大きな口髭の男を見た。それから廊下に目を移した。鋼鉄のドアが目に入った。ドアに小さなのぞき窓がついている。中に人間がいるのだろうか。誰か捕まえられた人間が入れられているのだろうか？　すぐにここから出たかった。出口を探す捕獲された動物のような気分だった。

「この人たちの集会に行くのをやめろと言うのか？」ためらいながら言った。「そんなの、簡単なことだ。何回も行っているわけでもないし」

大きく目を開いて鋼鉄のドアを見た。恐怖が襲ってくる。自分が何か間違ったことをしたのか、どうやったら彼らの怒りを和らげることができるのかもわからなかった。耳目を閉じて、なんでもいい、なんでもします、言うことに従いますという気分だった。この部屋から出られるのならなんでもするという思いだった。

「行くのをやめる？」大きな口髭の男が聞き返した。「とんでもない。誰もそんなことをお前に頼んではいない。その反対だ。お前にはもっとこのような集会にどんどん出てほしいのだ。じつに面白そうだからな。何をしているのか、どんな目的なのか？」

「べつに何も」とトーマスは言ったが、大きな声は出なかった。彼らにはそれがわかったに違いない。「べつになんの目的もないと思う。勉強について、音楽、書物について、そんなおしゃべりをしているだけだから」

口髭の男はにんまり笑った。恐怖というものをよく知っているに違いなかった。トーマスの感じている恐怖は、はっきり目に見えるものだったに違いない。手に取るように。トーマスはそれまで一度も上手に嘘がつけたためしがなかった。

「ロータル、ハンネスについてさっきなんと言った？」とトーマスはためらいながらロータルに訊いた。「おれがハンネスよりもよくイローナのことを知っていると言ったのか？　それはどういう意味だ？」

「おっと、お前、知らなかったのか？」ロータルは驚いたふりをした。「あの二人、付き合っていたんだぜ。ちょうどいまお前と彼女が付き合っているようにさ。お前が現れる前にだ。彼女からその話聞いてなかったのか？」

トーマスは何も言わずにロータルを睨みつけた。

「なぜお前に話さなかったのかなあ、イローナは」とロータルはまだ驚いているふりをして話を続けた。「彼女、アイスランド人が特別にお気に入りらしい。おれの考えを知りたいか？　おれが思うにハンネスはイローナを手伝いたくなかったんじゃないかな」

「彼女を手伝う？」

「あの女はアイスランド人と結婚して、アイスランドに移住したがっているんだ。ハンネスはその手に乗らなかった。もしかして、お前なら手伝ってくれると思っているんじゃないか、あの女。あいつは長い間ハンガリーから離れたがっていたからな。彼女から何も聞いてないのか？　本気でハンガリーから移住したがっているんだよ、あの女は」

「座れ」と口髭の男が言い、タバコに火をつけた。

「いや、時間がないんだ」とトーマスは思い切って言った。「もう行かなくちゃならない。話してくれてありがとう。ロータル、別の機会にゆっくり話を聞くよ」

そう言うとトーマスはドアに向かい始めた。口髭の男はロータルを見た。ロータルは肩をすくめた。

「座れ！　この馬鹿やろうが！」男が叫んで椅子から立ち上がった。

トーマスはドアの前で立ち止まった。頭をガーンと殴られたような気がした。「我々は地下活動を許さないのだ！」と口髭の男はすぐそばで叫んだ。「とくに、お前のように、我々を騙してこの国に勉強に来ているふりなどをしているウジ虫どもの活動は決して許さん。そのドアを閉めてここに座るんだ！」

トーマスはドアを閉め、部屋に戻って男の前の椅子に腰を下ろした。

「あああ、怒らせちまったな」ロータルが舌打ちをし、首を振りながら言った。


アイスランドに帰って何もかも忘れてしまいたい。こんな目に遭わずに帰国できたハンネスが羨ましい。ようやく解放されたときに胸に浮かんだのはその思いだった。トーマスは国外に出るのを禁じられた。今日帰ったらすぐにパスポートを預けに来いと命じられた。イローナのことを思った。自分はイローナを見捨てることはできないと知っていた。実際、彼らにイローナの身に何があってもいいのかと脅迫されたときも、その点だけは譲らなかった。彼女を彼らに売り渡すことだけはできない。彼らはイローナを脅しの材料として使った。言うとおりにしなかったら彼女の身に何があっても知らんぞ。何をするかをはっきり言いはしなかった。今日ここであったことをもしイローナに話したら、彼女の身に何かが起きることになると言われた。脅迫の言葉を取っ替え引っ替えチラつかせ、最悪の事態を想像させるやり方だった。

彼らは長いことトーマスを探っていたようだった。彼らの考えははっきりしていて、彼に何をさせたいかもはっきりしていた。彼らの出した結論はいきなりの思いつきなどではなかった。大学で彼らのために情報収集すること。トーマスの役割は情報を報告し、反社会的活動に目を光らせ、友人たちの日常を観察する。今後はつねに彼らに監視されることになると彼は知らされた。彼らはそうはっきり言い渡した。彼らがもっとも関心をもっているのは、ライプツィヒとその他東ドイツ国内でのイローナとその友人たちの動きだった。集会の内容を知りたがった。首謀者は誰か、目標は何か、ハンガリー及び他の東ヨーロッパの国々に連絡先はあるか。反対勢力の規模、ウルブリヒトと共産党に関しどのような意見をもっているか。他にもいくつか言われたが、トーマスはほとんど聞いていなかった。耳鳴りがした。

「もし拒絶したら？」とトーマスはアイスランド語で言った。

「ドイツ語で話せ！」口髭の男が叫んだ。

「いや、お前は拒絶しないさ」ロータルが言った。

トーマスが拒絶したらどうなるかは口髭の男が答えた。お前は東ドイツから追放されはしない。ハンネスの場合のように簡単にはいかない。お前はなんの価値もない、道端のクソのようなものだ。言われたとおりにしなければ、イローナを失うだけのことだ。

「だが、もしおれがすべてをあんたたちに報告したら、おれはイローナを失うことになる」とトーマスは言った。

「いや、こっちが準備しているとおりにすれば、そうはならない」と口髭の男は言い、またタバコをねじり消した。

こっちが準備しているとおりにすれば。

本部から出て家に帰るまで、この言葉がずっと頭の中で響いていた。

こっちが準備しているとおりにすれば。

あのとき彼はロータルを睨みつけながら思った。彼らはイローナに何かを仕掛けるつもりなんだ。いや、もう準備はできているんだ。あとは実行するだけなんだ。もし自分が彼らの言うとおりにしなければ。

「お前はいったい誰なんだ？」と言ってトーマスは立ち上がろうとした。

「座れ！」と口髭の男は叫んで立ち上がった。

ロータルはトーマスを見た。その顔にせせら笑いが浮かんでいた。

「どうしてこんなことできるんだ？」トーマスの言葉が響いた。

ロータルは答えなかった。

「これをイローナにおれがしゃべったら？」

「それはやめたほうがいいな」ロータルが言った。「あのさ、教えてくれないか。あの女、どうやってお前を落としたんだ？　我々のつかんでいる情報によれば、お前ほど共産主義を確信的に信奉している者はいなかったはずだ。何が起きたんだ？　どんな手を使ってあの女はお前を転向させたんだ？」

トーマスはロータルの前に進んだ。言いたいことを言うために勇気を奮い起こした。口髭の男は立ち上がり、机の周りをぐるりとまわって彼の後ろに立った。

「おれを変えたのは彼女じゃない」とトーマスはアイスランド語で言った。「お前だ。お前がやっていることがおれに考え直させたんだ。人に対する軽蔑。憎しみ。権力欲。お前のあり方そのものがおれを変えたんだ」

「すべては簡単なことだ」ロータルが言った。「社会主義者か、そうでないか、それだけだ」

「いや、違う。お前にはわからない、ロータル。これは人間か、人間でないかの問題なんだ」

トーマスは足早に歩きながら、イローナのことを思った。とにかく一刻も早く彼女に話さなければならなかった。何があったかを。彼らには話すなと言われたが、彼らが彼女に対して何を準備しているにしても、とにかく少しでも早く彼女に話さなければ。すぐにも彼女はライプツィヒを離れなければならない。アイスランドへ一緒に行けるだろうか。いま、アイスランドは途方もないほど遠く感じられた。いや、もしかするとイローナはハンガリーに帰ることができればいいのかもしれない。いや、西ドイツでもいい。西ベルリンへ。西ベルリンなら警備はそれほど固くない。彼女に危害が及ばぬよう自分はイローナのことをなんでも彼らに話そう。その間に彼女は逃亡の準備ができる。とにかく、ここを離れなければだめだ。

ロータルはハンネスのことを何か言っていた。ハンネスとイローナのことを。あの二人は付き合っていた？　イローナからは一度も聞いたことがない。友人だと、集会で会っていたとだけ言っていた。ロータルはこんなことを言えばおれが動揺すると思ったのだろうか？　それともイローナは本当にロータルの言うように、国外に出るためにおれを利用しているのだろうか？

トーマスは走りだした。次々に人を追い越して、通りを駆け抜けた。頭の中はイローナと自分のこと、ロータルとシュタージ、鋼鉄製のドアと大きな口髭の男のことでいっぱいだった。あの男には絶対に厳しく対抗しなければならない。それはわかっている。おれがアイスランド人であることなど、彼らにとってはどうでもいいのだ。それともアイスランド人は他の外国人とは違って、どうにでもなると思っているのだろうか？　彼らは自分に工作員になれと要求しているのだ。イローナが参加する集会について報告しろと。大学構内で耳にすること、学生寮でアイスランド人学生や他の国からの留学生たちがしゃべっていることを通報しろと言っているのだ。拒絶したら、ハンネスのように簡単に国に返しはしないと。

彼らはイローナを人質にしているのだ。

家に着き、イローナをしっかり抱きしめたとき、トーマスは泣きだしそうだった。何も言えなかった。彼女は心配していた。聖トーマス教会のそばで長いこと待ったが、いつまで経っても彼が現れないので、家に帰ってきたのだった。トーマスはすべてを話した。彼らには話すなと言われたが、かまわなかった。イローナは何も言わずに話を最後まで聞き、それから細部にわたって問いただした。トーマスはできるかぎり正確に答えた。まず最初に彼女が訊いたのは、集会に出ていた友人たちのことだった。誰かわかるほど写真ははっきりしていたか？　トーマスは、警察は一人ひとりを正確に把握していると思うと答えた。

「なんということ！」イローナは深いため息をついた。「みんなに知らせなければ。向こうはどうやって調べたのかしら？　わたしたちのあとを尾《つ》けたのに違いないわ。集会のことを知っている誰かを。誰かしら？　誰が集会のことをしゃべったのかしら？　あんなに気をつけていたのに。誰もわたしたちの集まりを知るはずがないのに」

「ぼくは知らない」

「みんなに知らせなくちゃ」と言って、イローナは小さな部屋の中を行ったり来たりして歩き回った。窓のところで足を止めるとそっと外を見た。

「いまも見張られているのかしら？」

「わからない」

「ああ、なんということ！」と彼女は大きく息を吐き出した。

「きみがハンネスと付き合っていたと奴らは言っていたよ。きみとハンネスが。ロータルがそう言っていた」

「嘘よ」イローナはぴしゃりと言った。「あの人たちが言うことはすべて嘘。あなたにもわかるでしょう？　あなたをもてあそんでいるのよ。わたしたちをもてあそんで楽しんでいるの。いまわたしたちはこれからどうするか、決めなければならないわ。みんなに警告を出さなければならない」

「奴らは、きみがぼくやハンネスと一緒になりたがるのは、アイスランドに行きたいためだと言っていた」

「そんなこと、嘘に決まってるじゃないの、口からでまかせよ。あの人たちは平気で嘘だってなんだって言うんだから、トーマス！　馬鹿なことを言うのはやめて！」

「ぼくは今日のことをきみに話すのをあいつらに禁じられた。だから、気をつけなくちゃならない」とトーマスは言った。イローナの言うことが真実だと思った。すべて嘘なのだ。すべて。

「きみは狙われている。それだけは嘘じゃない。ぼくらはいま慎重に行動しなければならない」

二人はすっかり動揺してしまった。

「ああ、どうすればいいのか、わからない」トーマスはため息をついた。

「わたしもわからないわ」と言って彼女はトーマスを抱きしめ、二人はちょっとの間静かにそうしていた。「奴らはハンガリーで起きているようなことがここでも起きるのを恐れているのよ。わたしたちはその混乱に巻き込まれたの」

三日後、イローナがいなくなった。

イローナが捕まえられたとき、カールが偶然そこにいた。大学にいたトーマスのもとにカールは息を切らして走ってきて知らせた。カールはたまたまイローナから本を借りることになっていて、彼女の家に行っていたのだ。突然玄関に警官たちが現れ、彼は壁際に追いやられた。部屋は徹底的に調べられ、そのままイローナは連れて行かれた。

カールがまだしゃべっている間に、トーマスは走りだした。ぼくらはあんなに気をつけていたのに。イローナはなんとか友人たちに危険を知らせることができ、彼らはライプツィヒから逃げる計画を立てていた。彼女はハンガリーの家族のもとに帰って、トーマスはアイスランドに戻り、少し経ってからブダペストで落ち合うことに決めた。勉強はもはや重要ではなかった。彼にとって大切なのは、もはやイローナだけだった。

彼女と一緒に住んでいた建物に着いたときには、肺が張り裂けそうだった。ドアが開いていた。アパートの中に飛び込み、彼女の部屋に行った。すべてが床に投げ出されていた。本、新聞、寝具、衣類。机は倒され、ベッドもひっくり返されていた。徹底的に調べられたのだ。壊れているものもあった。トーマスは床に叩きつけられているタイプライターを踏んでしまった。

表に飛び出し、そのままシュタージの本部がある建物まで走った。だが、受付まで来て、トーマスは口髭の男の名前を知らないことに気がついた。説明しても受付の人間はわからなかった。彼は中に入れてくれれば、自分でその男を見つけると言ったが、受付係はただ首を振るばかりだった。トーマスは廊下に続くドアに体当たりしたが、鍵がかかっていて、ビクともしなかった。ロータルの名前を大声で呼ぶと、受付係が中から出てきて、応援部隊を呼んだ。男が三人出てきて、彼をドアから引き離した。その瞬間ドアが開いて、口髭の男が現れた。

「イローナをどうしたんだ?」トーマスが叫んだ。「彼女に会わせてくれ!」それから中の廊下に向かって大声で叫んだ。「イローナ!　イローナ!」

口髭の男は三人の男たちを激しく叱責し、音を立ててドアを閉めた。男たちはトーマスを両脇から抱えて外に放り出した。彼は建物の入り口ドアの外に立ってイローナの名前を叫んだが、無駄だった。

トーマスは完全に我を失った。彼らはイローナを捕まえてあの建物のどこかに閉じ込めたに違いない。彼女に会わなければ、彼女を助け出さなければ！　そのためならなんでもする。絶望的な焦りに身を焼かれる思いだった。

午前中大学構内でロータルを見かけたことを思い出した。トーマスは走りだした。大学のそばを通る市街電車が来たのでそれに飛び乗り、大学の近くで飛び降りると構内に走り入り、学生食堂に一人で座っているロータルを見つけた。あたりに人はまばらだった。ロータルの真向かいに腰を下ろした。走ったことと心配の両方から息を切らし、顔を真っ赤にして。

「どうした？　何か用か？」ロータルが言った。

「なんだってする、あんたに、いや、あんたたちのために。もし彼女を釈放してくれたら」

ロータルはじっと彼を見つめた。彼の苦しみを見るその顔に、ほとんど哲学的と言ってもいいような表情が浮かんだ。

「彼女？　どの彼女だ？」

「イローナ。イローナの話とわかっているはずだ。彼女を釈放してくれさえしたら、おれはなんだってする」

「なんの話か、おれにはわからない」とロータルは応じた。

「今日の昼ごろ、彼女を捕まえたじゃないか、あんたたちは」

「あんたたち？　誰のことかな？」

「シュタージだ。昼前にイローナは捕まえられた。奴らが来たとき、カールがちょうど居合わせたんだ。奴らと話してくれ。彼女を釈放してくれたら、おれはなんでも言われたことをすると」

「あのさ、お前はもう用なしなんだ」ロータルが言った。

「助けてくれ。奴らと話をしてくれ」

「もし彼女が捕まったのなら、もう何もできないさ。手遅れだ。残念ながら」

「おれに何かできることはないか？」とほとんど泣きそうになってトーマスは言った。「教えてくれ、おれにできることを」

ロータルは彼をしばらく見てから言った。

「家に帰ることだ。ポエチェシュトラーセに。せいぜいうまくいくように祈るんだな」

「お前という奴は何様のつもりだ？」怒りがトーマスを突き上げた。「お前は人の面をかぶった悪魔か？　何がお前にそんな……バケモノのような態度をとらせるんだ？　いったいなんなんだ？　なんなんだ、その絶対的な支配者の態度は、その侮蔑的な態度は、その悪意は？」

ロータルは学生食堂内にまばらにいる人影のほうをちらりと見て言った。

「あのさ、火をもてあそぶと火傷するんだよな。だが、火傷するたびに人は驚くんだ。それでさ、いつもまるで初めてのように驚き、わめきたてるんだ。自分のせいじゃない、知らなかったとな」

ロータルは立ち上がり、トーマスの上にのしかかるように体を前に倒して言った。

「うちに帰れ。彼らには伝えてやろう。だが、期待するな」

そう言ってロータルは歩きだした。ゆっくりと、制御の効いた足取りだった。まるでいまの会話など、なかったかのように。トーマスはそのままそこを動かず、両手で顔を覆った。イローナのことを思い、きっと彼らは尋問のために彼女を捕まえただけで、まもなく釈放してくれるだろうと思おうとした。彼らはイローナを脅しているかもしれない。この間、彼らが自分に対してそうしたように。奴らは人の恐怖感を利用するのが得意だ。それこそ彼らの得意芸だ。もしかすると彼女はもう家に帰っているかもしれない。トーマスは立ち上がって学生食堂を出た。

大学構内を出てあたりを見回したとき、不思議だと思った。まるで何事もなかったかのような日常が続いている。まるで何事もなかったかのように、人が歩道を歩いているし、立ち止まって話をしている。トーマスの世界は音を立てて崩れたが、世界はまるで何事もなかったみたいだ。すべてがばら色で幸福であるかのように。一緒に暮らしていた彼女のアパートに戻り、彼女の帰りを待つことにしよう。いや、もう帰っているかもしれない。絶対に帰ってきてほしい。彼女を閉じ込め、残しておく理由などあるはずがない。他の人々に会って話をしたからって、なんだというんだ?

胸が潰れるような思いで、ようやく家までたどり着いた。どうしていいかわからなかった。この部屋のこのベッドで彼女に腕をまわして寝ていたのはつい数時間前のことだ。そして彼女はそっと彼の耳に唇を当てて、このところ心配していたことが確認できたとささやいたのだった。夏の終わりごろのあのときだったかもしれない、と。

それを聞いて、トーマスはまるで石になったように動けなくなった。一瞬、このニュースをどう受け止めたらいいのかわからなかった。それから彼女をしっかり抱きしめて、一生きみと一緒に生きていきたいと言った。

「わたしたち二人と、でしょう?」と彼女はささやき返した。

「そう、きみたち二人と」と言って、トーマスは頭を彼女の腹部に当てたのだった。

腕が痛みだして、男は我に返った。東ドイツでの昔の出来事を思うときに、強く拳《こぶし》を握るため、腕が痛くなることがよくあった。筋肉を緩めて椅子に腰を下ろし、あのころ起きたことを変えられる力が自分にあっただろうかと思いを巡らせた。ちがう行動ができただろうか? 物事があのような軌跡をたどらないようにすることが自分にできただろうか? そのことを何度も考えたが、答えは出なかった。

固まった体のまま椅子から立ち上がり、地下室へ通じるドアのほうへ行った。ドアを開けて明かりをつけ、ゆっくりと気をつけながら階段を下りた。何年も使用してきたために階段は擦りへり、滑りやすくなっていた。広い地下室まで下りると、電気をつけた。そこには長い間に溜まったあらゆるガラクタがあった。彼は物を捨てるのが嫌いな人間だった。だが地下室はゴミのたまり場にはなっていなかった。すべてがきちんと整理されて収められていた。しかも彼は手元に残したものはすべて大切にしていた。

一つの壁に面して大工仕事の作業台があった。男は気が向けば木工の仕事をした。小さなものを削り、色を塗った。それが唯一の趣味だった。真四角の木材の切れ端を削っては生き生きとした美しいものを創り出す。そうして創った作品のいくつかは上の住まいに置いてある。作品の出来に自分が満足した物なら上に持って行った。そういうものはめったになく、だからこそ出来上がったものは貴重だった。中でも、指貫《ゆびぬき》ほどの大きさもない、巻き尾とピンと立った耳のアイスランド・シープドッグが気に入っていた。

作業台の下に手を伸ばして、その下にある箱を開けた。銃床を摑んで、ケースからピストルを取り出した。金属製の銃はいつも手に冷たく感じられる。ときどき思い出すと、彼は地下室へ行ってこの武器を手に取ってみる。ただそこにあるということを確認する。

男は昔の自分の行為を後悔していなかった。それは東ドイツから帰った後、ずいぶん経ってからのことだった。

イローナがいなくなって長い時間を経た後。

男はそのことを決して、一度も、後悔したことがなかった。

23

レイキャヴィクのドイツ大使、ミセス・エルサ・ミュラー博士は昼食時に捜査官を大使の自室で迎えた。堂々たる体格をした六十歳ほどの女性で、会うなりシグルデュル＝オーリに温かい目を向けた。上着の下から手編みのヴェストの端が見える中年男のエーレンデュルにはほとんど目もくれず、自分は歴史学の博士号をもっているので大使の肩書きと同時に博士も名乗っていると説明した。コーヒーとドイツのクッキーが用意されていた。ソファに案内されると、シグルデュル＝オーリはコーヒーの勧めに、喜んでと答えた。無作法だと思われたくなかったのだ。エーレンデュルは断った。できればタバコを吸いたいところだったが、とてもそれを訊く勇気はなかった。

両者はまず決まり切ったあいさつから始めた。警察官たちは大使館を煩わせてしまって申し訳ないと言い、大使はアイスランド政府に協力するのは当然の職務だと応えた。

レイキャヴィク警察の犯罪捜査官から依頼されたロータル・ヴァイセルについての問い合わせは正式に受理した、と大使は彼らに言った。いや、本当はシグルデュル＝オーリ一人に、と言うほうが正しい。というのも、大使は会見中ほとんどエーレンデュルのほうを見向きもしなかったからだ。会話は英語で行なわれた。大使は、ロータル・ヴァイセルという名前のドイツ人は一九六〇年代に東ドイツ通商事務所で商務官として働いていたことが確認できたと言った。この人物に関して情報を得ることは非常に難しかったと大使は続けた。というのも、この人物は当時東ドイツの情報機関で働いていたからだ。それだけでなく、彼はソ連でも、モスクワで工作活動をしていたということがわかった。ベルリンの壁の崩壊後、秘密警察《シュタージ》の書類のほとんどが焼かれたり処分されたりしてほとんど残っていない。今回わずかに入手した情報は当時の西ドイツの諜報活動から得たものだという。

「この男は一九六八年に煙のように消えたのです」とミュラー大使は言った。「どこへ行ったのか、誰も知らなかった。当時この男は何かヘマをしでかしたため……」

ミュラー大使は口をつぐみ、肩をすくめた。

「始末された、ということですか」エーレンデュルが引き取って言った。

「それは一つの可能性でしょうが、現在でもわかっていません。自殺したのかもしれません。それで遺骨は外交封印袋で国元に送られたとか」

彼女はシグルデュル＝オーリに微笑みかけた。わたし、こんな冗談も言えるのですよ、と言うように。

「きっとあなた方はそんなことはあり得ない、馬鹿げていると思われるかもしれませんが、外交官の尺度で見れば、アイスランドは本当に文明の最果ての地なのですよ。気候は最悪だし。決して止むことのない吹雪、それに何より暗いし寒い。正直言って、この地に送られるほど外交官にとって最悪なことはないのです」

「ということは、その男が我が国に送られたのは、なんらかの罰だったということですか?」シグルデュル＝オーリが言った。

「こちらが入手した情報によりますと、彼はライプツィヒのシュタージで働いていたようです。若いころに」と言って、大使は手元の資料をめくった。「一九五三年から一九五七年か五八年まで、この男は外国からの留学生を抱きこむ仕事をしていたようです。その多くは、全部ではありませんが、共産主義者で、東ドイツの国費でライプツィヒで勉強していた学生です。その目的は、情報提供させることだった。工作員としてというより、学生たちの行動を密告させるためだったのでしょう」

「情報提供者?」シグルデュル＝オーリが訊いた。

「ええ。どう言ったらいいかわかりませんけど、周囲の人間のことを報告、密告する人間ですよ。ロータル・ヴァイセルは学生たちを自分のために働かせるのがじつに上手だったようです。学生たちには報奨を与えた、ときには学科のテストの成績がよくなることさえあったようです。この時期はハンガリー情勢のせいで、非常に政情が不安定だった。学生たちはハンガリーで何が起きているか、情報を入手し共有していた。それでシュタージは学生たちを監視していたわけです。ヴァイセルは若者たちの中に潜り込んだ。彼だけではなかったと思いますよ。東ドイツだけでなく東欧のどの大学にも彼のような人間が潜り込んでいた。人々を監視し、その考えを知りたかったからです。留学生からの影響は危険とみなされていたのです。実際には外国人学生のほとんどは学業優秀で、熱烈な社会主義思想の信奉者だったらしいのですが」

エーレンデュルは、ロータルはアイスランド語が堪能だったという話を思い出した。

「その男がライプツィヒにいたころ、アイスランドからも留学生がいましたかね？」

「それは知りませんが」大使が答えた。「そちらでお調べになれるのじゃありませんか？」

「それで、そのロータルという男、ライプツィヒのあとは何をしていたのでしょうか？」

「この話は全体的に奇妙に聞こえるでしょうね、あなた方には」ミュラー大使が言った。「諜報活動とか工作員とか。この北の国で、あなた方はこんなことは話にしか聞いたことがないんじゃありませんか？」

「ええ、おそらくそうでしょう」と言って、エーレンデュルは微笑んだ。「我々は本物のスパイ、工作員ですか、には会ったことがないと思います」

「ヴァイセルは東ドイツの諜報機関の工作員になったのです。それはシュタージで働いたあとのことです。彼は様々なところに出かけてゆき、様々な国にある東ドイツ大使館で仕事をした。その中にここアイスランドもあったというわけです。アイスランドには特別の関心があったようです。それは若いときにアイスランド語を学んだためではないかと言われています。とにかく語学の天才だったのではないかと。ここでも彼は他の国でやっていたのと同様の仕事をしていました。この国で生まれた情報提供者を獲得することです。そう、ライプツィヒでの仕事と同じですね。共産主義の信奉者でなくても、金銭で雇う人もいたようです」

「実際に彼のために働いたアイスランド人が何人かいたのでしょうか？」シグルデュル＝オーリが訊いた。

「いや、この地では難しかったようです」ミュラー大使は言った。

「その当時、東ドイツ大使館で彼と一緒に働いた人たちの中にはまだ話が聞ける人がいるのでしょうか?」エーレンデュルが問いかけた。

「当時の大使館員のリストがあるのですが、まだ話ができる人が生存しているかどうか、確かめていません。ヴァイセルについて、彼の身に何が起きたかを知っている人がいるかもしれません。はっきりわかっているのは、彼のキャリアはここで終わっているということです。ここアイスランドで。どう終わったのかについてはわかりません。まるで煙のように消えてしまったのです。当時の諜報活動の記録も残ってはいますが、あまり信頼できません。情報が欠けているためです。それは昔のシュタージの記録も同じです。東西ドイツ統一のあと、記録の多くが消滅してしまったのです。東ドイツの諜報活動の記録ももちろんなくなりました。わたしたちはこのロータル・ヴァイセルという男の情報については一部しか知らないのです。もちろんこれからも情報を集めますが」

三人はここで黙り、シグルデュル＝オーリはクッキーに手を伸ばした。エーレンデュルは相変わらずタバコが吸いたかったが、灰皿がどこにも見当たらなかった。到底タバコが吸えるかなどと訊ける雰囲気ではなかった。

「そういえば、ライプツィヒに関しては、ちょっと面白い話があるのですよ。あの町の住民は、ホーネッカーの退陣とベルリンの壁の崩壊の火付け役は自分たちだったと非常に誇りに思っているらしい。ライプツィヒでは共産党支配に対して非常に強い反対勢力があった。反対運動の砦は町の中央にある聖ニコライ教会でした。この教会に人々は集まり、祈りを捧げた。そしてある晩住民たちはシュタージの本部に押しかけたのです。ライプツィヒではこの事件がベルリンの壁崩壊の始まりだったと語り継がれているのです」

「そうですか」とエーレンデュル。

「ドイツの工作員がここアイスランドで消えたとは、おかしな話ですね」シグルデュル＝オーリが言った。「どうもそれは……」

「おかしい、ですか?」ミュラー大使はそう言ってにっこりと笑った。「彼が殺されたのだとしたらの話ですが、ある意味で殺した人々にとって、ヴァイセルが諜報機関で働いていたのは都合が良かったのですよ。それはいまアイスランドにある通商事務所の反応を見ればわかります。彼らはこの男の失踪について、まったく手をこまねいているだけで何もしませんでした。外交上のスキャンダルが起きたときに関係者のとる典型的な態度です。誰も何も言わないのです。まるでヴァイセルという人間が存在しなかったかのように。この男の失踪について、彼らが調査をした形跡は一切ありません」

彼女はシグルデュル＝オーリとエーレンデュルの顔を見比べた。

「彼の失踪はこの国の警察にも報告されなかったのです」と続けた。「それはチェックしてわかりました」

「それはもしかして、内部の取り決めだったんじゃないですか?」シグルデュル＝オーリが訊いた。「彼の同僚が殺したのだとしたら」

「そうかもしれません」ミュラー大使が言った。「わたしたちはまだこのヴァイセルという男と彼の人生のことをほとんど知らないのです」

「おそらく彼を殺した者ももう死んでいるでしょう」シグルデュル＝オーリが言った。「ずいぶん前のことですからね、これは。もしこのロータル・ヴァイセルという男が殺されていたとしたらの話ですが」

「そちらは、湖で見つかったのはこのヴァイセルという男だと思っているのですか？」ミュラー大使が訊いた。

「それはわかりません」シグルデュル＝オーリが答えた。彼らは大使館には骨の発見のことを詳しく伝えていなかった。エーレンデュルを見る。エーレンデュルはうなずいた。

「骸骨《がいこつ》は、六〇年代に使われたロシア製の盗聴器にくくりつけられていたのです」シグルデュル＝オーリが言った。

「なるほど」とミュラー大使はうなずいた。「ロシア製の機器ですか？　それで？　そちらはそれをどのように解釈なさっているのですか？」

「いくつか考えられます」シグルデュル＝オーリが言った。

「機器は東ドイツ大使館、いや代表団ですか、なんと呼んでいるのか知らないが、そこから来たものではないかということです」エーレンデュルが言った。

「もちろんそれは一つの可能性ですね」とミュラー大使は言った。「ワルシャワ条約を結んでいる国々は緊密に協力し合っていましたから。スパイに関することも同様でしたが」

「ドイツが統一されて、レイキャヴィクにある東西ドイツ大使館が一つになったとき、そのような機器が東ドイツの所有物の中にありましたか？」エーレンデュルが訊いた。

「東西の大使館が一つになったということではありませんでした。東ドイツの派遣団は我々の知らないうちに空中分解してなくなってしまったのです。とにかく、ロシアの機器については調べてみます」

「骸骨と一緒にロシア製の盗聴器が見つかったということを、大使はどう考えられますか？」シグルデュル＝オーリが訊いた。

「それについてはなんとも言えませんね。わたしの任務では推量を話すということはあり得ないのです」

「そうかもしれません」シグルデュル＝オーリがうなずいた。「しかしいま我々にできるのは推量だけなのです……」

エーレンデュルもミュラー大使も彼の言葉を聞き流したので、沈黙が続いた。エーレンデュルはポケットの中に手を入れて、タバコの箱を握った。それを取り出す勇気はなかった。が、その代わりにこう言った。

「それで、あなたはどんなミスを犯したのですか？」

「わたしが何かミスを犯した？」ミュラー大使が訊き返した。

「あなたはなぜこのひどい国に送り込まれたのでしょうね？　この最果ての荒れ地に？」

エルサ・ミュラー大使はにっこり笑った。その笑いには棘《とげ》があるとエーレンデュルは感じた。

「その質問はこの場にふさわしいものと思いますか?」と彼女は言った。「わたしはこの国のドイツ大使ですよ」

エーレンデュルは肩をすくめた。

「失礼しました。この国に送り込まれることは、ある種の罰のようなものとさっき聞いたと思いましたので。もちろん私には関係ないことでした」

気まずい空気が部屋に流れた。シグルデュル＝オーリが咳払いして、礼を言って立ち上がった。ミュラー大使は、もし何か役に立ちそうな情報が見つかったら連絡すると言ったが、その声はそんなことはきっとしないだろうと思わせる調子だった。

大使館を出てから、二人はライプツィヒでロータル・ヴァイセルと付き合いのあったアイスランド人留学生がいたのだろうかと話し合った。シグルデュル＝オーリが調べてみると言った。

「さっきはちょっと言い過ぎだったんじゃありませんか?」

「ああ、ここは最果ての地だのなんだのという言葉に腹が立ったんだ」と言ってエーレンデュルはタバコに火をつけた。

24

その日の夕方帰宅すると、シンドリ＝スナイルがいた。ソファで寝ていたらしかったが、エーレンデュルの姿を見て起き上がった。

「いままでどこにいた？」

「べつにどこっていうようなところじゃない」とシンドリ＝スナイル。

「食事は？」

「食ってないけど、べつにいいよ」

エーレンデュルはライ麦パンとレバーペースト、それにバターを取り出し、コーヒーの用意をした。シンドリは腹は減っていないと言ったが、パンにレバーペーストをつけてむさぼり食うのをエーレンデュルは目の端で見た。チーズを出すと、それもあっという間にシンドリ＝スナイルの腹におさまった。

「エヴァ＝リンドのこと、何か知ってるか？」空腹が落ち着いたころにエーレンデュルが訊いた。

「うん、話をしたよ」

「どうなんだ？　具合はいいのか？」

「さあ、どうかな」と言ってシンドリはタバコを取り出した。エーレンデュルも同じことをした。シンドリは安っぽいライターを取り出してエーレンデュルのタバコに火をつけた。「エヴァの具合がよかったのって、もうずいぶん前のことじゃないかな」

二人は黙ってコーヒーを飲んだ。

「向こうの部屋、どうしてあんなに暗くしてるの？」と言って、シンドリは厚いカーテンで夕日を遮っている居間のほうを振り返って言った。

「明るすぎるんだ」とエーレンデュル。そして少し経ってから「夕方とか夜が」と付け足した。それ以上は説明しなかった。自分は明るい太陽の光が一日中輝いているよりも、日照時間の短い冬の暗い日々のほうが好きなのだとは言わなかった。自分でもなぜそうなのかわからなかった。なぜ暗い冬のほうが明るい夏よりも好きなのか。

「どうやってお前はエヴァを見つけたんだ？」と彼は訊いた。「エヴァはどこにいた？」

「携帯にショートメッセージが来たんだ。それで電話した。エヴァとはいままでいつも連絡を取り合ってきた。田舎にいたときもそうしてた。おれたち仲がよかったから」

シンドリはここで黙り、父親を見た。

「エヴァはとてもいい子だよ」

「ああ」とエーレンデュル。

「ほんと、マジで。子どものときのエヴァを知ってたら……」

「その話、しなくていい。あの子のことはよく知ってるから」自分の声が荒立っていることに気がつかなかった。

シンドリは何も言わず、父親をじっと見、タバコをもみ消した。エーレンデュルもそうした。

シンドリは立ち上がった。

「コーヒー、ごちそうさま」

「もう行くのか？」と言ってエーレンデュルも立ち上がり、シンドリ＝スナイルのあとからキッチンを出た。「どこへ行くんだ？」

シンドリは無視した。椅子の背にかけておいたヨレヨレのデニムジャケットをはおった。エーレンデュルは黙って立って息子を見ていた。シンドリが不機嫌なままここから出て行くのが嫌だった。

「いやあ、本当は……」と彼は話しだした。「ただ、なんと言っても……エヴァは……、いや、お前たちの仲がいいということは知っているが……」

「何を知っているっていうんだ？」シンドリが言った。「あんた、エヴァの何を知っていると思ってるんだ？」

「あの子を美化するのはよせ」エーレンデュルが言った。「あの子はそれに値しない。あの子だってお前に崇められるのは嫌だろうよ」

「おれはそんなことしていない。それにあんた、エヴァのことを知ってるなんて思うな。冗談じゃない。それになんだ、その『あの子はそれに値しない』って？　あんたに何がわかる？」

「おれはあの子が最低のヤク中だってことを知っている」エーレンデュルは怒鳴った。「それで十分だ。あの子はそこから立ち直ろうとしない。あの子の赤ん坊が死んだのは知っているだろう？　医者は、それは救いだったと言っているんだぞ。彼女は妊娠中もクスリをやっていたからな。お前はあんな姉をかばう必要などない。あの子はどうしようもないところまで堕ちてしまった。おれはもうあの子を糞溜めから拾い上げる気はないんだ」

シンドリは玄関ドアを開けて、廊下に出るところだった。立ち止まり、振り向いて父親をまっすぐに見た。それから体の向きを変えてドアを閉めた。父親の前までつかつかと進んだ。

「あんた、あんな姉をかばう必要などない、と言ったか？」

「現実を見るんだ」エーレンデュルが言った。「おれはそれを言いたいだけだ。あの子自身がなんとかしなければ、他の者ができることなど限られている」

「おれはドラッグを始める前のエヴァを知っている」シンドリが言った。「あんたはどうだ？　あんたは昔のエヴァを知ってるか？」

シンドリはエーレンデュルの顔すれすれに立った。その動き、その顔、その目には怒りがたぎっていた。

「どうなんだ？　あんた、ドラッグを始める前のエヴァを知ってるのか？」シンドリが繰り返した。

「いや、知らない。そんなこと、お前はとっくに知っているはずだ」

「ああ、そうだ。とっくに知ってるさ」

「おれに向かってばかばかしいことを言うのは無駄だ」エーレンデュルが言った。「それはもうさんざんエヴァから聞かされた」

「ばかばかしいこと？　そうか、おれたちが言うことはあんたにとってばかばかしいことか？」

「ああ、まったく！」とエーレンデュルはうなった。「いい加減にしてくれ。お前と喧嘩するつもりはない。エヴァと喧嘩するつもりもない。何より、エヴァのことで喧嘩などしたくない」

「あんた、何も知らないじゃないか？　そうだろう？　おれはエヴァに会った。おとといのことだ。エッディという男と一緒だった。エヴァよりも十も十五も年上の男だ。奴は完全にイカレてた。ナイフを持っておれに向かってきた。おれが集金屋だと思ったらしい。エヴァとその男はクスリの売人をしてるんだが、二人とも売り物のクスリをやってもいる。だから元締めに金を払わなくちゃなんない。それで金の取り立て屋が何人も来るんだ。もしかするとあんた、エッディという男を知ってるんじゃないか、サツなんだから。エヴァは居場所を教えてくれなかった。取り立て屋に嗅ぎつけられるのを恐れて、街なかのどこかに隠れている。エッディはエヴァにクスリをくれる。エヴァは彼を愛しているんだ。おれ、あんな本当の愛、見たことないよ。わかるか？　それで、いいか、よく聞くんだ、エヴァが知りたがっているのはなんだと思う？」

エーレンデュルは首を振った。

「おれがあんたに会ったかってこと。わかるか？　おかしいと思わないか？　エヴァが知りたがっていることはたった一つだけ。おれがあんたに会ったかどうかなんだよ。なぜだと思う？　なぜエヴァはそのことを気にかけるんだと思う？　自分自身クソにまみれて、みじめなときにだぞ。なぜエヴァはそれを訊くんだと思う？」

「わからん。おれはエヴァのことはわからないんだ」エーレンデュルが言った。

　エヴァとは雨の日も晴れの日も一緒に頑張ったと言うこともできた。二人の関係は難しく、壊れやすく、衝突ばかりだったが、それでも二人の間には繋がりがあった。ときには、本当によかったこともある。去年のことを思った。赤ん坊を失って本当に落ち込み、彼女自身が死ぬのではないかとエーレンデュルが心配した時期のことだ。エヴァはクリスマスと新年を彼のところで過ごし、二人は赤ん坊のこと、結果このようになったために彼女が苦しんでいることを話し合った。だが、年が明けて二、三日経ったころ、彼女は姿を消したのだった。

シンドリは父親を睨みつけた。

「エヴァはあんたがどうしているかを心配しているんだ。あんたが、だぞ！」

エーレンデュルは何も言わなかった。

「あんたが昔のエヴァを知っていたら」シンドリが言った。「ドラッグをやる前の彼女を知ってたら、おれと同じようにエヴァのことを知っていたら、あんた、いまごろ、胸が張り裂けてるはずだ。おれはエヴァに長いこと会っていなかった。そして今度会って、彼女がどんな暮らしをしているかを見たとき、おれは、おれは……」

「おれはあの子を助けるためにできることはなんでもやった」エーレンデュルが言った。「だが、人のできることには限界があるんだ。そして、本気で立ち直ろうという気が相手にないことがわかったら……」言葉が切れた。

「エヴァは赤毛だった」シンドリが言った。「おれたちが子どものとき。赤毛で、髪の毛が多くて、ママはあんたの家系から来たものだと言ってた」

「赤毛のことは憶えている」エーレンデュルが言った。

「十二歳のとき、エヴァは髪の毛を短く切って真っ黒に染めた。それからはずっと真っ黒く染めてきた」

「なぜそんなことをしたんだろう?」

「ママとエヴァの関係はたいていとんでもなく悪かった。ママのおれに対する態度とエヴァに対する態度は違った。エヴァが最初の子で、あまりにもあんたに似ていたからかもしれない。エヴァがいつも学校でケンカしてたからかもしれない。エヴァはいまで言う多動性の子どもだった。赤毛で、多動傾向の子ども。先生たちともうまくいかなかった。ママはエヴァを転校させたが、よくなるどころか、もっと悪くなった。転校生だということでいじめられ、エヴァは目立つためにありとあらゆるワルさをした。仲間に入れてもらうために、他の子どもをいじめたりもした。ママは学校に呼び出されて、それこそ何万回も話し合いに出かけた」

シンドリはタバコに火をつけた。

「エヴァはママがあんたについて言ったことをそのまま信じることは絶対になかった。あの二人はいつもまるで犬と猫のようにケンカしていた。エヴァはあんたを使ってママを苛立たせることにかけては天才だったよ。あんたが出て行ったのはおかしくない、ママと同じ屋根の下に住める人などいないと言ってたよ。あんたをかばってたんだ」

シンドリはタバコを持った手を上げて、部屋の中を見渡した。エーレンデュルはソファテーブルの上の灰皿を指差した。シンドリは落ち着き、二人の間にあった緊張は少し緩んだ。シンドリは姉について話し始めた。少し大きくなってからは、父親についていろいろな話を作り出したことも。

子どもたち二人は母親のエーレンデュルに対する怒りを知っていたが、エヴァは聞いたことを鵜呑みにすることは決してなく、自分で勝手に別の物語を作っていた。それは母親が作り上げたエーレンデュルの像とはまったく違うものだった。エヴァは九歳と十二歳のときに家出している。父親を探すためだった。学校の友だちには、父親は母親の付き合う男たちとは全然違うタイプだと言っていた。しょっちゅう外国へ行っていて、家にいないんだと言っていた。そして帰ってくると、立派なお土産をくれる。みんなには見せられない、なぜなら自慢するなと言われているからと。また、他の友だちには、父親はすごく大きな家に住んでいて、ときどき泊まりに行くとなんでもプレゼントしてくれる。すごい金持ちなんだと自慢していた。

少し大きくなって、世の中が少しわかるようになると、父親に関する話も落ち着いてきた。母親はあるとき、エーレンデュルはまだ警察で働いているらしいと子どもたちに言った。エヴァはタバコを吸う、マリファナを吸ってみる、十三、四歳でビールを飲むなど、学校でも家でもありとあらゆる問題を起こし始めた。その間ずっとエヴァは町のどこかにいる警察官の父親を意識していた。だが、時が経つにつれて、本当に父親に会いたいのか自分でもわからなくなっていった。

あるときエヴァは「もしかすると、父さんのことは頭の中で思っているだけでいいのかもしれない」と言った。他のことと同じように、実際に会えばきっと自分はがっかりすると思ったのかもしれない。

「そしておれはその通り、がっかりさせてしまった」とエーレンデュルが言った。

彼は椅子に腰を下ろし、シンドリはまたタバコの箱を取り出した。

「顔中に画鋲《がびょう》のようなものを打ち込んでいるあの子に近づくのは、おれにはそんなに簡単じゃなかった」エーレンデュルが話し始めた。「また彼女は彼女で、何度も、いや、繰り返し同じわだちにはまってしまう。いつだって金がないからクスリをくれる男たちにしがみつき、食わせてもらう。どんな目に遭わされても、結局あの子はそんな男たちのもとに走るんだ」

「おれはエヴァと話してみるつもりだ」シンドリが言った。「だけど、エヴァはやっぱりあんたが助けに来てくれるのを待っているんだ。きっとこれが彼女の最後のチャンスだろう。いままでも堕ちるところまで堕ちたことはある。でも、こんなにひどい状態は、おれは初めて見た」

「なぜエヴァは髪の毛を切ったんだ？　十二歳のときに」エーレンデュルが訊いた。

「エヴァを捕まえて髪の毛に触り、酷いことをした男がいたから」

とシンドリはさらりと言ってのけた。まるで同じような出来事がたくさんある中から一つ取り上げたかのような口ぶりだった。

それから部屋の中をぐるりと見渡した。本、本、本。本だけしかない部屋だった。

エーレンデュルはまったく表情を変えなかった。その目はまるで大理石のように硬かった。

「エヴァはあんたがたくさんの失踪者を探していると言ってた」

「ああ」とエーレンデュル。

「それ、あんたの弟のため?」

「ああ、もしかすると。たぶんそうだろう」

「あんた、エヴァに言っただろ。自分はお前にとっての失踪者なんだと」

「ああ、言ったことがある。いなくなっても、人は死んだとはかぎらない」

そう言ったとたん、エーレンデュルの脳裏に黒いフォード・ファルコンが浮かんだ。レイキャヴィクのバスターミナルに置き去られた、ホイールキャップが一個欠けていた車だ。シンドリは泊まらなかった。エーレンデュルはソファで寝ればいい、泊まっていけと勧めたが、シンドリは断り、出て行った。

息子が帰ったあと、エーレンデュルは長いことソファにそのまま座り続け、自分の弟と娘のエヴァのことを考えた。自分が家を出たころの小さいエヴァのことを。まだ二歳だった。シンドリが語った彼女の子ども時代の話は彼の心を動かした。娘とのそれまでの関係を、他の光を当てて、もっとはっきり違うものとして認識し始めた。

真夜中過ぎにベッドに入ったが、頭の中にはまだ弟、エヴァ、自分、そしてシンドリのことがあった。そして不思議な夢を見た。子どもたちと一緒にドライブに出かけた。子どもたちは後ろの席に座っていて、彼が運転していたのだが、どこに向かっているのかわからなかった。というのも、車は眩しい光の中にいて、外が見えなかったからだった。それでも車は前に進んでいるようで、彼は周りが見えないためにゆっくりと運転しなければならなかった。後ろの座席の子どもたちを見ようとしたが、顔が見えなかった。シンドリとエヴァだと思うのだが、顔がはっきり見えない、いや、霞《かすみ》がかかっているようだった。他の子どもであるはずがないと思った。エヴァはせいぜい四歳ぐらいだろう。後ろの二人の子どもは手をつないでいた。

ラジオがついていて、甘い歌声が聞こえた。

「きみは今晩きっと来る……」

突然巨大な輸送トラックが向かってきた。警笛を鳴らし、ブレーキをかけたが、音も出ないしブレーキも効かない。バックミラーを見ると、子どもたちはいなかった。安心し、また前方を見た。猛スピードでトラックに突っ込むところだ。もう避けられない。

あと一瞬、というとき彼は誰かがそばにいるような気がした。助手席に目をやると、エヴァが座っていて、こっちを見て微笑んでいた。小さい子どもではなく大人の姿、ひどい格好だ。ボロボロのブルーのジャケット、汚れた髪、目の下の黒い隈《くま》、頰はげっそりとこけている。大きく笑ったその口には、歯が一本もなかった。

何か言おうとしたが、声が出なかった。車から飛び出せと叫びたかったが、何かがそうさせなかった。エヴァ＝リンドが発している穏やかさだった。まったく恐怖がない。落ち着いている。エヴァは彼から目を移して輸送トラックを見、声をあげて笑いだした。

トラックと衝突する直前に目を覚まし、彼は娘の名前を叫んだ。夢だとわかるのに少し時間がかかったが、そのあとまた頭を枕に置いて眠ろうとした。そのとき、不思議な、悲しげな歌声が聞こえてきて、夢のない眠りの中に彼を誘った。
きみは今晩きっと来る……

25

定年間近の捜査官ニエルスはハーラルデュルの兄弟のヨハンのことをあまり憶えていなかった。また、失踪記録にヨハンについての記載がないことにエーレンデュルがなぜそれほどこだわるのか到底理解できなかった。エーレンデュルが部屋にやってきたとき、ニエルスは電話で話をしていた。話し終わると、娘はアメリカで医学を勉強している、正確に言えば小児科の医者になる勉強をしているのだとエーレンデュルに説明した。あたかもそれを言うのが初めてであるかのように。実際の話が、口を開けばその娘の自慢話ばかりしているのだが。エーレンデュルは素知らぬ顔をした。ニエルスはもうじき引退する。いまでは車の盗難、空き巣狙いなど、さほど重要でない件を片付けるのが彼の仕事と言っていい。そして被害者にはいつも決まってこう言うのだ。全部忘れるのが一番だ。訴えるのは時間の無駄だ。犯人を捕まえたらもちろん警察は書類を作成するが、それだって本当は無駄なことなのだ。取り調べのあと犯人はすぐに釈放されるのだから。決して有罪になったりなどしない。万が一、小さな犯罪がいくつもあって、有罪になり、刑が言い渡されたとしても、それはとんでもなく軽い刑で、被害者がそれまでにかけた時間や心労のことを思ったら、まったく割りに合わないのだから、と言うのだ。

「このヨハンという男について、憶えていることは？」エーレンデュルが訊いた。「そもそもこの男に会ったのか？　モスフェットルスバイルにあったあの農家に、あんた、一度でも行ったのか？」

「お前はあのロシア製の機器のことを調べてるんじゃなかったのか？」と言って、ニエルスは爪やすりをヴェストのポケットから取り出し、爪をこすりだした。時計を見た。たっぷり時間をかけての快適なランチタイムが近づいている。

「ああ、そうだ」エーレンデュルが答えた。「十分に仕事はある」

ニエルスは爪をこするのをやめた。エーレンデュルの口調が気に喰わなかった。

「そのヨハンという男、ハーラルデュルがヨイとニックネームで呼ぶ弟のことだが、ちょっとおかしなところがあった」ニエルスが言った。「知的障害者、前ならちょっと遅れている奴と人が呼ぶような男だった。いまでは表現の取り締まりが厳しくなって、何もかも行儀のいい表現に変わってしまったが」

「ちょっと遅れてるとは？」エーレンデュルが言った。彼は言葉の言い換えに関してはニエルスと同意見だった。あらゆるグループに配慮するがあまり、何がなんだかわからなくなってしまった表現が多すぎる。

「いや、要するにちょっと遅れてるんだ」と言ってニエルスは爪の手入れに戻った。「おれは行ったよ、あの農家に、二、三度。そしてあの兄弟と話した。話をしたのは兄のほうだけだったが。二人はまったく似てなかった。片方はガリガリに痩せていて、顔も細かった。もう一人は太っちょで、子どもっぽくて、独特の表情をしてたな」

「そのヨハンという男のことがよくわからないのだが、その男が遅れてるというのはどういう意味かね?」

「あのさ、エーレンデュル。おれもよく憶えてないんだ。そいつは兄貴の言うとおりに答えてばかりいたってことと、ずっとおれたちのことを、こいつら、誰なんだと兄貴にしつこく訊いていたことぐらいしか憶えてないよ。言葉はたどたどしかったし、つっかえていたな。ほら、田舎の山奥の、おかしな帽子をかぶって大きな手袋をはめた農夫の絵があるだろう? あれそっくりだったよ」

「そしてハーラルデュルは、レオポルドは一度も来なかったとあんたに言ったのか?」

「お前、しつこいな。車はバスターミナルにあったんだ。その男が兄弟に会いに家まで行ったということを示す証拠はどこにもなかった。おれたちはそれ以上知りようがなかった。いまのあんたと同じだよ」

「あの兄弟が車をバスターミナルに置いたとは思わないか?」

「その根拠はなんだ?」ニエルスが言った。「お前だってよく知ってるじゃないか。人は姿を消したかったら、なんだってやるってことを。あのときお前が一緒だったら、きっとおれたちと同じ結論を出したと思うよ」

「おれはその男が乗っていたフォード・ファルコンを見つけ出した」エーレンデュルが言った。「あれから何十年も経っているし、あの車はそれこそいろんなところに行ったことがあるに違いないが、今回車の床に家畜の糞を見つけたんだ。あのとき車を徹底的に調べていたら、男を見つけることができたかもしれない。また、いまでも男を待っているあの女性に真実を伝えることもできたかもしれない」

「ふん、おれに説教する気か？」鼻を鳴らしてニエルスは爪やすりから顔を上げた。「いまごろ何言ってんだ？　三十年も経ってから、車の中に牛の糞を見つけたって？　お前ばかか？」

「当時すぐに車を徹底的に調べたら、何か見つかったに違いないんだ」

「ふん、お前は行方不明者捜索専門だからな。ついでに聞くが、お前、なんでそれほど失踪者にこだわるんだ？　誰がこの件を事件扱いにしてるんだ？　そもそもこれは事件なのか？　誰がそう言ってる？　事件でもない三十年も前の出来事を、それも誰もはっきり憶えていないようなものを、事件だと大騒ぎしてるのは誰なんだ？　あの婚約者の女に、お前、希望があるようなことを言ったのか？　男を見つけてやるとでも言ったのか？」

「いや」エーレンデュルが答えた。

「お前は狂ってる。おれは前からそう言ってきた。お前がここで始めたころからだ。マリオンがなぜお前を買ってたのか、おれにはまったくわからん」

「おれはレオポルドというその男を付近一帯徹底的に捜査して見つけるつもりだ」

「付近一帯の捜査？」ニエルスが声を大きくして言った。「お前頭がおかしくなったのか？　どこを？　どこを捜そうってんだ？」

「あの農家の一帯だ」エーレンデュルは落ち着いて言った。「あの辺には大きな川があって小川や浅瀬に流れが分かれ、そのどれも海に向かっている。あの辺を捜せば何か見つかるかもしれないと思っている」

「どんな裏付けがあって、そんな御託を並べてるんだ？　何か証拠でもあるのか？　新しく何か出てきたのか？　何もないに決まってる。ポンコツ車から家畜の糞が出てきただと、それがどうした？」

エーレンデュルは立ち上がった。

「言いたいことは一つだけだ。あんたがこのことで騒ぎ立てたら、おれをストップさせようとしたら、もともとの捜査がどんなにいい加減だったかを指摘するつもりだ。あの捜査はなんとも……」

「好きなようにすればいい」とニエルスは憎しみを込めた目でエーレンデュルを睨みつけた。「やりたかったら、やればいい。お前が恥をかくだけだ。そんな一斉捜査などに許可が下りるはずがない」

エーレンデュルはドアを開けて一歩廊下に足を踏み出した。

「気をつけろ。指まで削らないようにな」と言って、ドアを閉めた。

エーレンデュルはクレイヴァルヴァトゥン湖の件でシグルデュル＝オーリとエリンボルクと短時間の会議を開いた。ロータル・ヴァイセルについての情報収集は手間取った。問い合わせはすべてドイツ大使館経由で行なわれたわけだが、エーレンデュルが大使に気まずい思いをさせた関係上速やかなやりとりにはならなかったからである。一応形式的に国際刑事警察機構《インターポール》にもロータル・ヴァイセルについて問い合わせをしたのだが、ロータル・ヴァイセルは彼らの情報網にはまったく引っかかっていなかったという返事があった。アメリカ大使館のクィン安全保障問題担当官は、うまくいくかどうかはわからないがと言いながらも、問題の時期にチェコの大使館で働いた人物に連絡して、アイスランド警察への協力を促すと言ってくれた。ロータルはアイスランド滞在期間、アイスランド人との付き合いはあまりなかったらしい。昔の東ドイツ通商事務所で働いていた人々のリストの追求はなんの成果ももたらさなかったし、アイスランドの東ドイツ通商事務所で働いていた人々のリストなどはとうの昔に消滅していた。そもそも首都レイキャヴィクに就任した外国大使館員のリストなどというものは存在しなかった。このロータル・ヴァイセルという男がアイスランドで誰と付き合い、どんな暮らしをしていたかを調べる手がかりは一切なかった。この男のことを記憶しているアイスランド人もいないようだった。

シグルデュル＝オーリはドイツ大使館とアイスランド教育省に連絡をとり、東ドイツに留学した学生たちのリストの提供を依頼した。時期を特定することができなかったので、一応第二次世界大戦の終わりから一九七〇年までとした。

この回答が来るまでの間、エーレンデュルは本来の関心に専念することができた。ファルコン男の追及である。失踪した男の手がかりを求めて、例の兄弟の住んでいた農家の近辺を徹底捜索する許可を得るには、あまりにも根拠が薄弱だということは十分に承知していた。

少し元気になったらしいマリオンを訪ねることにした。酸素吸入チューブは相変わらずすぐそばにあったが、マリオンは調子が少し良くなったように見えた。新しい薬が効いているのだと言い、いままで効きもしない薬を飲ませていた医者をヤブ医者と口汚く罵《ののし》った。エーレンデュルは、かつての上司が昔の調子を取り戻したように感じた。

「どうしてこうしょっちゅう見舞いに来るんだ？」と言って、マリオンはソファに腰を下ろした。「他にすることがないのか？」

「いや、もちろん、ある」とエーレンデュルは言った。「気分はどうです？」

「ふん。人間なかなか簡単には死なないものだな。昨夜は本当に死ぬかと思った。ところがそうはならなかった。人は何もすることがなくなって、すっかり用意が整っているときに死ぬんだと思ったのだが。昨夜は本当にこのまま逝くと思ったのだがな」と言ってマリオンは、一口水を飲んで乾いた唇を湿らせた。

「何があったんです？」エーレンデュルが訊いた。

「ふん。これはいわゆる心霊体験という奴だろう。いや、お前も知ってるように、私はそんなものを信じてはいない。あれは夢のような、半分夢の中、半分現実というような感じだった。あの新しい薬の影響だと思う。とにかく私はうとうとしていた」と言うと、マリオンは天井に目を向けた。「そして哀れな自分を天井から見下ろしていた。自分は死にかけているのだと思い、すっかり穏やかな気分でその瞬間を待っていた。だが、結局私は死ぬ予定ではなかったらしい。変な夢にすぎなかったんだ。そして今朝、診察を受けた。医者は良くなっていると言った。血液検査の結果がいままでよりずっと良かったんだ。ま、どっちにしても医者はそれほど楽観的なことを言ったわけではないが」

「医者はすべてを知っているとはかぎらない」エーレンデュルが言った。

「お前は私から何を訊き出そうとしてるんだ？」マリオンが訊いた。「ファルコン男のことか？　なぜこの件にそんなにこだわるんだ？」

「モスフェットルスバイルに住んでいた農家の男に弟がいたこと、憶えてますか？」ひょっとしたら何か情報が得られるかもしれないと思ってエーレンデュルはかつての上司に訊いた。疲れさせたくはなかったが、マリオンが超自然的なことや不思議な出来事に関心があり、歳がいっていて、しかも病気にかかっているにもかかわらず、信じられないほど記憶力がよく細かいことまで思い出せるのを知っていたからだ。

「怠け者のニエルスは、その弟は少し変なんだと言ってたな」マリオンが言った。

「そう、あいつはちょっと遅れているからと言っていたが、それがどういうことなのか、わからない」エーレンデュルが言った。

「私の記憶が正しければ、確かその男は知的障害者だったと思う。体が大きく、太っていて力持ちだったが、頭のほうは子どものままで、確か、ほとんど話せなかったと思う。意味のわからない音を吐き出すばかりだったとか」

「当時、なぜこの件を徹底的に調べなかったんですか、マリオン？　なぜ途中で打ち切りに？　もっと調べるべき事件だったのに」

「なぜそれを言う？」

「あの兄弟の土地を調べるべきだった。ファルコン男が訪ねてこなかったという言葉は信じられない。兄の言葉を警察が疑った形跡がまったくない。この件は最初から何も問題がないように処理された。ファルコン男は自殺したか、どこかに出かけたのだからそのうちに帰ってくるに決まっている、問題はない、と。だが男は戻ってこなかった。それに、自分にはどうしてもその男が自殺したとは思えないんです」

「あの兄弟が殺したとでも？」

「それを調べたい。知的障害者だったという弟のほうは死んでいるが、兄は生きていて、ここレイキャヴィクの高齢者施設で暮らしている。彼の態度を見ていると、若いころ少しでも気に喰わないことがあったら殴り殺すようなことは平気でやったに違いない。そんなふうに思えて仕方がないんです」

「そうか。それで、どんな理由で殺したと思うんだ？　いまさらそれを証明することはできないとわかっているだろう」マリオンが言った。「セールスマンは彼らにトラクターを売りたかっただけだ。あの兄弟には彼を殺す理由がなかったはずだ」

「ええ」エーレンデュルが言った。「しかし、万一彼らが男を殺したとしたら、それは男が彼らの家に来たときに何かが起きたせいに違いない。何かが起きて歯車が回りだしたんです。何かささいなことが起きて、男は殺される羽目になったのではないか」

「エーレンデュル」マリオンが首を振った。「お前はわかっているはずだ。それはお前の想像にすぎない。馬鹿なことを考えるのはやめるんだ」

「ええ、もちろん彼らがそうした動機も見つからないし、何より死体が見つかっていない。それにこんなに時間が経ってしまっている。でも、この件は何かがおかしいんです。自分はそれがなんなのか知りたい」

「どの事件にも説明のつかない部分があるものだ。すべてがはっきりわかるなんてことはないんだ。人生はもっと複雑なもの。お前はとっくにそんなことは知っているはずだ。もし男を殺したのがその農家の男なら、死体をくくりつけてクレイヴァルヴァトゥン湖に沈めたあのロシア製の盗聴器をどこで手に入れたと思うのだ?」

「ええ、わかってます。しかし、それは別問題として考えたい」

マリオンはエーレンデュルをじっと見た。警察官が捜査中の事件に夢中になり、完全に他のことが考えられなくなるということはよくあることだ。マリオン自身そんな経験があったし、エーレンデュルは解決困難な事件に深く関わるタイプの捜査官であることも十分に知っていた。彼には何か知識を超えた直感のようなものがある。それはいいことでもあり悪いことでもあった。

「この間、ジョン・ウェインのこと、話してましたね」エーレンデュルが言った。「西部劇のDVDを一緒に見たときに」

「ああ、何かわかったのか?」マリオンが訊いた。

エーレンデュルはうなずいた。シグルデュル＝オーリに訊いたのだ。アメリカのことならなんでも知っている、とくに有名人やスターのことなら詳しいシグルデュル＝オーリに。

「ジョン・ウェインにはもう一つ名前があった。マリオン。そうですよね？　あなたとジョン・ウェインは共通の名前をもっているんだ」

「おかしいだろう？」とマリオン。「私はこのとおりなのに」

26

農業機械の販売会社を経営していたベネディクト・ヨンソンはドアを開け、エーレンデュルを中に通した。この男に会うのにだいぶ時間がかかった。ベネディクトはコペンハーゲン郊外に住んでいる娘家族を訪問していて留守だったのだ。帰ってきたばかりで、その口調からまだ帰りたくなかった、もっとコペンハーゲンにいたかったことがはっきりわかった。自分はデンマークと肌が合うのだとエーレンデュルに言った。

ベネディクトがデンマークを褒めちぎっている間、エーレンデュルは適当にうなずいていた。妻を亡くして独り身だったが、快適な暮らしをしているらしい。背は低く、手の指が太くて短い、丸い赤ら顔で、人の良さそうな男だった。小さいが立派な一軒家に一人で住んでいた。家に入る前にエーレンデュルは小型のメルセデスベンツがガレージの前に停めてあるのに目を留めた。この元経営者は引退前に十分な金を貯め込んだに違いないとエーレンデュルは思った。

「いつの日かあの男のことを訊かれるに違いないと思っていたよ」と元経営者は一通りのあいさつが終わるとエーレンデュルに言った。

「そう、これは例のレオポルドについての捜査です」エーレンデュルが答えた。

「何もかも、謎めいていたからな。いつか誰かに、いったいこれはどういうことなのかと訊かれるだろうと思っていた。いままでも本当のことを言うべきだったのだが……」

「ん？　本当のこと、とは？」

「ああ、そうだ」とベネディクトはうなずいた。「一つ訊いていいか？　なぜあんたたちはいまになってあの男のことを訊いてまわっているんだ？　息子から聞いたんだが、あんたは息子にもいろいろ訊いたそうじゃないか。電話してきたとき、あんたは用件を詳しく言わなかった。それでこっちから訊くんだが、警察はなぜいまごろあの男のことを知りたがるんだ？　昔調べて、一巻の終わりじゃなかったのか？　わしはそうとばかり思っていた」

エーレンデュルはクレイヴァルヴァトゥン湖で見つかった男の骸骨《がいこつ》のことを話し、失踪者であるレオポルドは警察が現在調べているいくつかの可能性の一つであると説明した。

「レオポルドという男のことは個人的に知っていたんですか？」

「個人的に？　いや、そうとは言えないな。うちにいた短い期間、レオポルドの営業成績は悪かった。ほとんど何も売った実績がなかった。私の記憶が正しければ、あの男はいつも全国を飛びまわっていた。うちの営業係はみんな地方を飛びまわっていたが、あの男ほどしょっちゅう地方に出かけ、あの男ほど営業成績の悪かった人間はいなかったな」

「つまり、レオポルドはおたくにまったく収入をもたらさなかった？」

「わしは初めからあの男を雇いたくなどなかったのだ」

「え？」

「ああ、そうなのだ。正直なところ。奴らに強いられたのだと言っていい。あの男を雇い入れるために、腕のいい営業マンを一人クビにしたのだからな。我が社は決して大きな会社ではなかったのに」

「ちょっと待って。もう一度お願いします。誰に強いられたんです？　その男を雇用したときのことを」

「このことは絶対に口外するなと言われたことなのだが……、いまならもう言ってもいいかもしれない。わしはあの当時も、何もかも秘密にしなければならないのが嫌だった。秘密主義など大嫌いなんだ」

「もう何十年も前のことです。話してもなんの差し障りもないでしょう」エーレンデュルが言った。

「うん、きっとそうだろうな。奴らは言うとおりにしなければ、他の会社と代理店契約を結ぶと言って脅迫してきた。この男を雇わなければそうすると、面と向かって脅かしたんだ。その手口はまるでマフィアのようだった」

「レオポルドを雇えと脅してきた〝奴ら〟とは？」

「ドイツの機械製造会社だよ。いや、正確にはまだ東ドイツだったがね。奴らの機械はアメリカ製のトラクターよりもずっと安くて、しかも性能が良かった。掘削機も採掘機も。ファーガソンとかキャタピラのように有名ではなかったが、性能が良かったから当時我が社はずいぶんドイツ製のものを売っていた」

「それで、その東ドイツの機械製造会社がおたくの採用者にまで口を挟んできたんですか？」

「そういうことだ」ベネディクトは言った。「わしに何ができた？　何もできなかったよ。だからその男を雇ったんだ」

「何か説明はありましたか？　なぜこの男を雇えと言うのか」

「いや、なんの説明もなかった。男を雇うには雇ったのだが、わしはその男のことはまったく知らなかった。最後まで付き合いがないままだった。あいつらは短期間の雇用でいいと言い、奴はアイスランド中を縦横に飛びまわっていて、めったに会社には顔を見せなかった」

「短期間の雇用？」

「そうだ。それほど長くなくていいと。そしていろいろと条件を言われたな。給料支払い表に名前を載せるなとか、出来高払いで払え、それもあくまで会計を通さずにとか。そんなことは難しかった。会計責任者には厳しく追及されたものだ。まあ、支払った金額は大した額ではなかったがね。生活費にもならないほど少額だった。奴は他からの収入で生活していたんだろうよ」

「その東ドイツの会社は何が狙いだったのだろう？」

「わからない、まったく。その男はその後、姿を消してしまったわけだが。それ以来、まったく音沙汰なしだ。警察からの問い合わせ以外は」

「この男が姿を消したとき、いま私に話したことを他にも話しましたか？」

「いや、誰にも。奴らに脅かされていたし、わしは従業員に対して責任があった。わしの経済基盤はこの会社がすべてだった。大きな規模ではなかったし特別な会社でもなかったが、なんとか経営はうまくいっていたし、シーグアルダとブールフェットルに大きな発電所が建設されるころだった。まさに掘削機なんかが必要となるときだった。会社は発電所建設に機具や機械を販売して大儲けした。そんな時代だったのだ。会社は急成長し、わしはそんな男のことなどどうでも良かった」

「すべて忘れてしまったということにしよう、と？」

「そのとおり。もともとあの男のことなど、どうでも良かったのだから。向こうがこの男を雇えと言ったからそうしたまでで。わしにとってはあの男はなんの意味もなかった」

「彼に何が起きたと思いますか？」

「わからない。モスフェットルスバイルに客を訪ねるはずだったのだが、話によるとどうも行かなかったらしい。気が変わって、翌日にでも行くことにしたのかもしれない。他に何かもっと急ぎの用事ができたということも十分に考えられる」

「会う予定だった農家の男が嘘をついたとは考えられない？」

「それはわからない」

「レオポルドの雇用について連絡してきたのは誰です？　本人とか？」

「いや、違う。アーイギシンダにある東ドイツ大使館からわしを訪ねてきた男だ。当時は東ドイツの通商事務所のオフィスで、本物の大使館ではなかったのだが。そのあと規模が大きくなったはずだ。実際、その男にはアイスランドではなく、当時の東ドイツのライプツィヒで会ったのだよ」

「ライプツィヒで？」

「そうだ。我々は当時一年に一回ライプツィヒで開かれる見本市《メッセ》に行っていた。様々な機械を展示する大きな見本市が東ドイツの政府によって用意されていて、我々はアイスランドから大きな団体を組んでよく見本市の見学に行ったものだよ」

「その男はどんな人間でした？」

「彼は最後まで名前を言わなかったな」

「ロータルという名前に覚えがありますか？　ロータル・ヴァイセル。東ドイツ人です」

「いや、そんな名前は聞いたことがない、一度も。ロータル？　いや、知らないな」

「その外交官の外見を話してくれますか？」

「ずいぶん前のことで、はっきりは憶えていないが、がっしりした大きな体だったな。快活ないい感じの男だったよ。レオポルドを雇えと押し付けさえしなかったら、な」

「あの当時、この情報を警察に言うべきだとは思わなかったのですか？　それがレオポルドの発見に役に立つとは？」

ベネディクトは考え込んだ。それから肩をすくめて言った。

「当時わしは、わし自身だけでなく会社も、あの男にはできるだけ関わりないということにしたかった。そう、わしにはまったく関係なかったんだ。実際、あの男は会社にとっても、いないも同然だった。それに向こうからは脅されていたし。どうしようもなかった」

「彼の許婚者を憶えていますか？　そう、レオポルドの恋人の」

「いいや」とベネディクトはゆっくりと言った。「いや、憶えていないな。その女性は……」

言葉が切れた。恋人を失い、その後もはっきりしたことがわからないままでいる女性について、なんと言っていいかわからないらしく、ベネディクトは、押し黙った。

「ええ」エーレンデュルが答えた。「彼女は非常に悲しんだ。そしていまでもまだ悲しんでいます」

チェコ人のミロスラヴは南フランスに住んでいた。年取ってはいたが記憶ははっきりしていた。フランス語を話し、英語も堪能だった。彼はレイキャヴィクのアメリカ大使館で働くクィン安全保障問題担当官から連絡を受け、シグルデュル＝オーリからの電話を待っていた。ミロスラヴは一度本国でスパイ容疑で逮捕され数年間服役したことがあった。海外赴任期間のほとんどをアイスランドで過ごしていたことからみると、特別に有能な、いや重要なスパイと判定されたわけではなかった。彼自身、自分をスパイと認識していなかった。彼の言葉によれば、アイスランドにあるチェコの、あるいは東ヨーロッパの大使館で何か異変があったらアメリカ大使館の人間に連絡すれば、金がもらえるという誘惑に勝てなかったとのことだった。だが、結局連絡したことは一度もなかった。異変などというものはアイスランドでは起きなかったからだ。

夏になった。クレイヴァルヴァトゥン湖での人骨発見は、夏休み期間はすっかり忘れられた。メディアはそれについての報道をとうの昔にやめていた。夏であるという理由で、エーレンデュルが要請したファルコン男に関する例の農家の兄弟の土地の徹底調査も棚上げにされていた。シグルデュル＝オーリはベルクソラと一緒に二週間スペインへ出かけ、日焼けして元気になって戻ってきた。エリンボルクは夫のテディとアイスランドの北部を車で一周し、姉のサマーハウスで二週間過ごしてきた。彼女の料理本に対する世間の関心は相変わらず高く、エリンボルクはあるタブロイド紙の〈メディアの人々〉という欄で、次の本の準備をしていると語っていた。

そして、七月のある日、エリンボルクはシグルデュル＝オーリとベルクソラはついに成功したとエーレンデュルの耳にささやいた。

「なぜ小声で言うんだ?」エーレンデュルが眉をひそめた。

「だって、ついにですからね」とエリンボルクは嬉しそうにため息をついた。「ベルクソラが話してくれたの。まだ秘密ですよ」

「何が?」エーレンデュルが訊き返した。

「妊娠したんですよ、ベルクソラが!」とエリンボルク。「あの二人、大変だったんですよ。人工授精までやって。そしていま、ようやく成功したんですから」

「シグルデュル＝オーリに子どもができるのか?」エーレンデュルが言った。

「そういうこと。でも他の人には言わないで。まだ秘密ですから」

「かわいそうな子だ」と声を低めもせずにエーレンデュルが言った。エリンボルクはムッとした表情になり、捨て台詞を吐いてその場を離れた。

ミロスラヴは喜んで協力すると言い、エーレンデュルとエリンボルクが同席してシグルデュル＝オーリの部屋で電話インタビューをすることになった。電話機にテープレコーダーが連結された。あらかじめ決めておいた日時にシグルデュル＝オーリが電話をかけた。

数回ベルが鳴ったあと、女性の声が応答した。シグルデュル＝オーリが名乗って、ミロスラヴと話したいと言うと、ちょっと待ってくれと相手は応えた。シグルデュル＝オーリはエーレンデュルとエリンボルクを見て肩をすくめた。どうなるかわからないとでも言うように。少し経って男の声がして、ミロスラヴと名乗った。シグルデュル＝オーリはもう一度自分の名前を言い、レイキャヴィク警察の者だと付け加え、電話をかけた理由を説明した。ミロスラヴはすぐにそれは承知していると応えた。少しアイスランド語を交えて話したが、インタビューそのものは英語で頼むと言った。

「そのほうが自分にとってはやりやすいので」とアイスランド語で言い足した。

「わかりました、それでは」と言って、シグルデュル＝オーリは咳払いした。「一九六〇年代にここレイキャヴィクにあった東ドイツ通商事務所で働いていた男についてですが」と英語で言った。「ロータル・ヴァイセルという男です」

「湖で見つかった人骨が、彼ではないかと思われているということを聞いている」ミロスラヴが言った。

「それはまだわかりません。いくつかの可能性のうちの一つです」と、一瞬、間を置いてからシグルデュル＝オーリは言った。

「ロシア製の盗聴器にくくりつけられた死体をそんなにしょっちゅう見つけることがあるのかね?」声に笑いをにじませてミロスラヴが言った。明らかにクィンから詳細を聞いているらしい。「いや、わかる。そちらが慎重に進めたいと思っていることはわかりますよ。あまり多くは話したくないことも。そのうえ、これは電話ですからね。私が話す情報に対して、報酬はありますか?」

「いや、残念ながら」とシグルデュル＝オーリは答えた。「我々はそのようなことは許可されていません。あなたは協力的であると聞いているのですが」

「協力的。まさにそうですよ」とミロスラヴは言った。「そうですか、支払いはないんですか?」と今度はアイスランド語で言った。

「ええ」とシグルデュル＝オーリもまたアイスランド語で言った。「金は払いません」

電話の向こうが静かになった。電話に頭を寄せていた三人は顔を見合わせた。ミロスラヴは少し離れたところにいる人間にチェコ語で何か言い、女が応える声がかすかに聞こえた。二人の声は、ミロスラヴが受話器を押さえているのか、くぐもって聞こえた。さらに二人のやりとりが続いた。喧嘩でもしているような高ぶった調子だった。

「ロータル・ヴァイセルは東ドイツの工作員だった」と突然こちらに話しかけるミロスラヴの声がした。女と何か行き違いがあったのだろうか。彼は興奮した調子で話しだした。「ロータルはアイスランド語が非常にうまかった。モスクワで勉強したそうだ。知ってましたか?」

「はい。それで、彼はここで何をしていたのかですが?」

「商務官という肩書きでしたよ。もっとも彼らはみんなその肩書きを名乗っていたが」

「だが、実際には何か、別のことをしていた？」シグルデュル＝オーリが訊いた。

「ロータルは通商事務所のオフィスで働いてはいなかった。彼は東ドイツの秘密警察《シュタージ》の人間だった」ミロスラヴが言った。「彼の専門分野は人をリクルートすること、つまり、自分のために働く人間を探し出し、雇うことだった。そのことにかけて彼は非常に優秀だった。あらゆる手段を使い、とくに人の弱みにつけこむのが得意だった。人に協力を強いたわけだ。罠を仕掛けるのがうまかった。女を使って人を陥《おとしい》れた。みんなやっていたことだがね。写真を撮って脅した。この話、わかるかね？　あの男はじつにそういう手を使うのがうまかった」

「ロータルは、なんと言ったらいいのかな、その、協力者とでも言いますか、協力者を見つけたのですか？」

「私は知らないな。だが、だからと言って、彼に協力者がいなかったとは言えない」

エーレンデュルはペンを見つけ、頭に浮かんだ質問を書いた。

「親しく付き合っていたアイスランド人がいたかどうか、覚えていますか？」

「彼の交友関係のことはまったく知らない。それほど親しくなかったから」

「ロータルのことで知っていることを話してくれますか？」

「ふん。ロータルという人間は自分にしか関心がなかったね」ミロスラヴが言った。「人を裏切ることなどなんとも思わない。それが自分の利益になることならなんでもやった。敵が多かったね。死んでしまえばいいと思っている奴も少なからずいた。そういう噂を耳にしたことがある」

「実際に彼が死ねばいいと言っていた人間を直接知ってましたか？」

「いや」

「ロシア製の機器のことですが、どこからそんなものが来たか、知っていますか？」

「それは、東ヨーロッパの国なら当時どの国も持っていたものだ。そう、我々はみんなロシア製のものを使っていたな。ロシアが生産して、どの大使館もそれを使っていたというわけだ。送信機、録音機、盗聴器、ラジオ、それにひどい品質のテレビなど。彼らはそれを東ヨーロッパ諸国に売りつけ、我々は買わざるを得なかった」

「我々が見つけたものは盗聴器で、当時それはケフラヴィクにあったアメリカの軍事基地を監視するために使われたものと思われますが、どうでしょう？」

「そうだ。そもそも我々の仕事といえばそれしかなかった。あ、他の大使館のことも監視したな。とにかくアイスランド全土に配置されていたアメリカ軍基地の盗聴、それが我々の仕事だった。だが、それについてはこれ以上話すつもりはない。クィンの言うところによれば、アイスランド警察はレイキャヴィクでいなくなったロータルのことだけを知りたいということだったから」

エーレンデュルは書き付けたメモをシグルデュル＝オーリに見せた。

「ロータルがアイスランドに送り込まれた理由を知ってますか？」とシグルデュル＝オーリはメモを読み上げた。

「え？　なぜそんなことを訊くのか？」ミロスラヴが言った。

「アイスランドは最果ての地で、ここに送り込まれるのは外交官にとってあまり嬉しいことではないと聞いているので」シグルデュル＝オーリが答えた。

「いや、チェコスロヴァキアの人間にとっては、べつにそんなことはなかった。だが、ロータルが何か失敗をやらかしたためにアイスランドに送り込まれたというのなら、もしあなたの言っていることがそういう意味なら、私は知らないな。彼が以前ノルウェーから追放されたことは知っている。ノルウェー外務省の高官を抱き込もうとして、それがバレて〝ペルソナ・ノン・グラータ（歓迎されざる人物）〟になったらしい」

「ロータルの失踪については、何かご存じですか？」

「最後に彼を見かけたのはソ連大使館でのパーティーだった。彼がいなくなったということを耳にしたのはそのあとすぐだったと思う。一九六八年のことだった。プラハの春の直後だったため、非常に落ち着かない時期だった。そのパーティーで、ロータルが一九五六年のハンガリー動乱の話をしているのが耳に入った。少ししか聞こえなかったが、それでも彼という人間がどういう奴か、十分にわかった」

「どんな話でしたか？」シグルデュル＝オーリが促した。

「ライプツィヒで知っていたハンガリー人の話をしていた。とくにライプツィヒの大学でアイスランド人学生たちと親しくしていた女子学生の話だったと記憶している」

「女子学生の話？　どんなことか、憶えていますか？」シグルデュル＝オーリが訊いた。

「ロータルは面倒なことを言って反対する奴らを始末する方法を知っていると言って笑っていた。チェコスロヴァキアの反対者たちなど、一人残らず捕まえて強制収容所に送り込めばいいと。彼は酔っ払っていたし、なんの話をしているのかよくわからなかったが、とにかくそうわめいていた」

「その後すぐ、あなたは彼が行方不明になったという噂を聞いたのですね？」

「おそらくロータルは何か決定的なミスを犯したのだろう。よくわからないが、当時はそういう噂が立ったものだ。彼を消したのは同国人、つまり、東ドイツの人間だと。外交官だけが使用できる外交封印袋に詰めてどこかに送ったとか。本当にそうしたかもしれないと思ったものだ。大使館から託される外交封印袋の中身は決してチェックされることはない。送り出すものも受け取るものも。考えられないようなものまでやりとりされるのだ」

「あるいは、湖に捨てられたか」シグルデュル＝オーリが言った。

「唯一確かなのは、彼がいなくなったということ、そして二度と現れなかったということだ」

「決定的なミスを犯したとしたら、何でしょうね？　わかりますか？」

「二重スパイだったんじゃないかという噂を聞いたことがある」

「二重スパイ？」

「向こう側にも通じていたということだよ。私がいい例だ。だが、ドイツ人はチェコ人ほど寛容じゃないってことだな」

「向こう側に情報を売ったということですか？」

「この話、本当に支払いに値しないのかね？　確かかね」ミロスラヴは話題を変えた。背後から女の声が前よりも高く聞こえた。

「ええ、残念ながら」シグルデュル＝オーリが言った。

ミロスラヴは何か言った。おそらく母国語だったろう。それから英語で言い直した。

「もう十分に話した。これでおしまいだ。今後の電話は断る」

受話器が置かれた。三人は顔を見合わせた。エーレンデュルが手を伸ばしてテープレコーダーを止めた。

「お前は本当に不器用だな」とエーレンデュルが言った。「何か適当な嘘がつけなかったのか？　一万クローネ払うとか。なんでもいいから、もう少し話を長引かせることができただろうに」

「いいや、あれで良かったんです。彼はあれ以上何も話したくなかった。我々と話したくなかったんですよ。それは聞こえたじゃありませんか」

「ところでどうなんでしょう、湖の男が誰なのか、我々は少しはわかったんでしょうかね」エリンボルクが口を挟んだ。

「どうだろう。東ドイツの商務官、そしてロシア製の盗聴器。つながったようにも思えるが」エーレンデュルが言った。

「わたしにははっきりしていると見えますけど」エリンボルクが言った。「ロータルとレオポルドは絶対同じ人物ですよ。クレイヴァルヴァトゥン湖に捨てられたのは彼です。何か失敗をやらかしたために、始末されたんですよ、絶対に！」

「牛乳屋の女とはどう繋がるんだ？」とシグルデュル＝オーリ。

「彼女はまったく蚊帳の外なのよ」エリンボルクが言った。「この男のことは何も知らない。知っているのは、自分に対して優しかったということだけ」

「彼女もまた、男の正体をごまかす道具に使われていたということもあるかもしれない」エーレンデュルが言った。

「ええ、それはあり得ますね」とエリンボルク。

「ロシア製の機器が、死体と一緒に湖に捨てられたときはすでに壊れていたということに何か意味はないだろうか」シグルデュル＝オーリが言った。「その機器はもう使われていない、あるいは壊れたものであることを示すため？」

「わたしはあの機器がどこかの大使館から出されたものとはかぎらないという気がする」とエリンボルク。「他のルートでアイスランドに運び込まれたものかもしれないじゃない？」

「そう？　それじゃ、誰がわざわざそんなことをするんだい？」シグルデュル＝オーリがすぐに訊き返した。

三人は黙り、それぞれがこの事件は自分たちの手を離れたところにあるものなのかもしれないと思い始めていた。もっと普通の事件、つまり、怪しげな機器など登場しない、商務官でない商務官や外国の大使館など登場しない、冷戦などにまったく関係ない事件、単純なアイスランドの日常に起こる、変わった出来事もなく、小規模でありふれた、世界の戦場などとはまったく関係ない、ごくごくアイスランド的な事件が彼らの仕事なのだ。

「この湖の男の事件になんとかアイスランド的な要素が見つけられないものかな」と、何か言わなければ、という気持ちからエーレンデュルが言った。

「学生たちは？　当時の学生たちを調べてみましょうか？」エリンボルクが言った。「彼らの跡を追ってみる？　このロータルという男のことを憶えている人間がいるかもしれない。それはまだやってないことよ」

翌日、シグルデュル＝オーリは、第二次世界大戦の終わりから一九七〇年まで東ドイツの大学に留学した者たちのリストを手に入れた。この情報は教育省とドイツ大使館の協力で入手できたものだった。シグルデュル＝オーリたちは一九六〇年代にライプツィヒで勉強していたアイスランド人留学生を手始めに、時代をさかのぼっていった。急ぐ必要はなく、彼らはこのリストを空き巣や盗難事件の取り調べと並行してゆっくり時間をかけて調べていった。ロータルが一九五〇年代にライプツィヒの大学に学生登録していることを発見したが、まもなく彼はその前にもあとにも登録していることがわかり、その全過程を徹底的に調査することになった。彼が東ドイツ大使館から姿を消したところから時間をさかのぼって調べることにした。

関係者を電話でインタビューするのはやめようということになった。事前通告なしに突然会いに行くのがいい。何も言わずに訪問をしたときに相手がどんな表情をするか、そこに表れるものを読み取るのが警察の仕事だというのがエーレンデュルの意見だった。戦争において、奇襲が成功を収めるのと同じだと。警察が用件を言ったときに相手の顔に表れる表情を見逃すな。最初の言葉を聞き逃すな。

九月のある日、アイスランド人学生の東ドイツ留学経験者のチェックが一九五〇年代の中ごろまできたとき、シグルデュル＝オーリとエリンボルクはルート・ベンハルズという女性の家のドアを叩いた。彼らの入手した情報によれば、ルートは一年半の留学で帰国したということになっていた。

ドアを開けたのはルート本人で、訪問者が警察官であることを知ると、彼女の顔に恐怖が浮かんだ。

27

ルート・ベンハルズはシグルデュル＝オーリとエリンボルクの顔を見比べた。警察が自分に会いに来たとは何事かという表情だった。シグルデュル＝オーリが三度説明し、ようやくそれで、警察は何を訊きたいのかと言った。エリンボルクが説明した。時刻は午前十時ごろで、彼らは彼女の住んでいる集合住宅の廊下に立っていた。建物の造りはよくあるタイプだったが、かなり老朽化していて、敷物は擦り切れ、じめじめしていた。

エリンボルクの説明が終わると、ルートはさらに驚きを顔に浮かべた。

「ライプツィヒ時代の学生たちのこと？　何を知りたいの、そもそも警察はなぜそんなことを知りたがるのですか？」

「中に入れてくれませんか？　手短に済ませますから」エリンボルクが言った。

ルートはためらった末、ドアを開けて彼らを中に通した。小さな玄関に入ると、すぐに居間があり、右手に二つ寝室があって、台所が居間に続いていた。ルートは二人に座るように勧め、紅茶でもいかがと訊いた。自分はいままで警察とはまったく縁がなかったため、驚いて申し訳ないと何度も詫びた。台所の前に立って、どうしていいかわからない様子だった。エリンボルクは茶の用意でもすれば、ルートは日常を取り戻し、落ち着くかもしれないと思い、うなずいて紅茶を、と言った。シグルデュル＝オーリは驚いて同僚を見た。彼自身はまったくそんなことは考えず、ぶっきらぼうに断り、ルートはそんな彼に黙って微笑んだ。

じつはシグルデュル＝オーリは前日、例の交通事故で妻と子どもを亡くした男からの電話を受けていた。その日彼はベルクソラと医者の診察を受けに行き、すべて順調だと聞いてきたところだった。胎児は順調に育っていて、何も心配はないと言われた。だが、医者の言葉を聞いても二人は安心できなかった。前のときも大丈夫と言われたのだ。帰宅して二人がキッチンに腰を下ろし、これからどうなるだろうと不安に感じていたときに電話が鳴ったのだった。

「いま話せない」とシグルデュル＝オーリは相手が誰かわかるとすぐに言った。

「邪魔をするつもりはない」と男はいつものように弁解した。男はいつも同じようなゆっくりした調子で話し、決して声を荒らげることはなかった。おそらく精神安定剤を飲んでいるのだろうとシグルデュル＝オーリは思っていた。

「そう、邪魔しないでほしい」

「ただ、礼を言いたかっただけなんだ」と男が言った。

「そんな必要はない。おれは何もしていないのだから、礼など言われる筋合いはない」

「ようやく自分を取り戻しつつあるという気がする」

「それはよかった」

それで会話は終わるはずだった。

「妻と子どもが恋しくてならない」と男の声がした。

「それはわかるが」と言って、シグルデュル＝オーリはベルクソラに目配せした。

「妻と子どもたちのためにも頑張らないといけないと思うんだ。これからも」

「いいね」

「電話して悪かった。なぜあんたに電話するのか、自分でもわからない。でもこれが最後だから」

「わかった」

「頑張るよ」

シグルデュル＝オーリがそれじゃ、と言おうとしたとき、電話が突然切れた。

「彼、大丈夫なの？」ベルクソラが訊いた。

「わからない。そうだといいが」シグルデュル＝オーリが答えた。


シグルデュル＝オーリとエリンボルクは台所で紅茶をいれる気配を感じていたが、まもなくルートはティーカップとシュガーポットを持って現れ、ミルクもいるかと訊いた。ようやく落ち着いた彼女に、エリンボルクは玄関先で言ったことを繰り返し、さらにこの戸別訪問調査は一九七〇年以前の、ある失踪者の捜索と関係するものだと付け加えた。

ルートは何も言わずにエリンボルクの言葉に耳を傾けた。台所から湯が沸く音が聞こえると、立ち上がって出て行き、まもなく紅茶とクッキーを盆に載せて戻ってきた。エリンボルクはルートの年齢が七十歳前後であると知っていたが、歳のわりに若いと思った。痩身で、背丈はエリンボルクとほぼ同じくらい、髪の毛を茶色に染めていて、顔は少し面長で、シワがあるせいか深刻な表情に見える。ときどき見せる笑顔がきれいだった。

「そうですか。それであなた方はその失踪者が昔、ライプツィヒの大学で学んでいたと想定しているのですね？」

「いや、それはまだわかりません」シグルデュル＝オーリが即座に打ち消した。

「あなた方の言う失踪者とはどういう人物でしょう？」ルートが訊いた。「それ、ニュースで聞いたりした覚えがないけど……」と言ってから、彼女は急に真顔になった。「それ、この春にクレイヴァルヴァトゥン湖で見つかったという骸骨《がいこつ》のこと？　失踪者というのはそれですか？」

「ええ、そうです」と言ってエリンボルクは微笑んだ。

「それがライプツィヒと関係あるんですか？」

「それはまだわかりません」シグルデュル＝オーリがまた打ち消した。

「でも、何かは知っているのでしょう？　わざわざ、昔ライプツィヒで勉強していた人間に会いに来るわけですから」とルートはピシッと言った。

「いくつかのヒントを手に入れているのです」エリンボルクが言った。「まだ報告できるほど確実なものではないのですが、あなたのお話でもう少し確かなものになればいいと思っているのです」

「なぜライプツィヒと関係あると思うのですか？」

「いや、湖の男がライプツィヒと関係あるかどうかはまったく確かではないんです」とシグルルデュル＝オーリが前よりも少し強く言った。「あなたは一年半でライプツィヒから帰国していますね」と話題を変えた。「学位をとるところまで残らなかったわけですよね？」

ルートはその問いには答えず、紅茶を彼らのカップに注ぎ、自分のカップにはミルクと砂糖を入れて紅茶を注いで、小さなスプーンでゆっくりとかき回し考えを巡らしているようだった。

「クレイヴァルヴァトゥン湖で見つかった骸骨は、男性の骨だったのですか？　いまあなたは湖の男と言いましたね？」

「ええ、そうです」シグルデュル＝オーリが答えた。

「あなたは学校の教師ですね？」エリンボルクが訊いた。

「帰国して、わたしは教育者になる教育を受けました。夫も教師で、二人とも義務教育課程の教師でした。わたしたち、つい最近、離婚したのです。わたしはもう引退しました。年金生活者です。もう必要とされない人間です。仕事をやめると、まるで生きるのをやめたように感じられて仕方がないわ」

そう言うと、ルートは紅茶を一口飲んだ。エリンボルクとシグルデュル＝オーリもそうした。

「財産を分けて、わたしがこのアパートをもらいました」

「それはどうも……」と言いかけたエリンボルクをルートが合図して止めた。仕事で来た、知らない人間に同情の言葉をかけられる筋合いはない、というように。

「わたしたちみんな、社会主義者でした」と言って、彼女はシグルデュル＝オーリを見た。

「ライプツィヒで勉強したわたしたちアイスランド人学生はみんな」

と言って彼女は黙った。頭の中を、これから人生が始まるという若き日の自分たちの姿が駆け巡っているようだった。

「わたしたちには理想があった」と言って今度はエリンボルクのほうを見た。「どうなんでしょう。いまの人たちには理想なんてあるのかしら。いまの若い人たちに、という意味だけど。より良い、より公平な世界の実現よ。いま、そんなふうに考える人なんていないでしょう？いまはみんな人より、少しでも多くお金を稼ぐことしか考えていないように見える。あのころは、お金をたくさん稼ぐとか物を所有するなんてことを考える人はいなかった。あのころはいまのような、際限のない商業主義なんてなかった。みんな物を所有していなかった。美しい理想だけはあったけど」

「嘘に塗り固められた理想、じゃないですか」シグルデュル＝オーリが言った。「たいていはそうだったでしょう？」

「さあ、どうでしょう。嘘に塗り固められた？　嘘って何？」ルートが訊いた。

「ふん」シグルデュル＝オーリが妙にしゃがれた声で言った。「共産主義体制は世界中で廃止された。かろうじて残っているのが、人権が無視されている中国とキューバだ。いまでは自分は共産主義者だと名乗る人間はほとんどいなくなった。共産主義という言葉はいまでは糾弾《きゅうだん》用の言葉になってしまったが、昔はこうではなかったと言いたいんじゃないですか、あなたは？」

エリンボルクはショックを受けてシグルデュル＝オーリを見た。同僚が人の家に来て、偉そうにレクチャーをしているなどと思いたくなかった。だが、このようなことが起きても意外ではないとどこかで思っている自分がいるのも確かだった。シグルデュル＝オーリが保守系の政党に投票することは知っていたし、彼がアイスランドの左翼政党について、まず党は失敗した社会制度を推奨してきたこと、彼らが推し進めた共産主義を実際に施行した国においては抑圧と独裁政治が蔓延したことの責任をとり、徹底的に反省するべきだと言うのを聞いたことがあったからだ。共産主義者たちは歴史と向き合わない、いまでは様々な虚偽がはっきりわかっているのに責任をとらない、この事実を正視せよという主張なのだ。もしかすると彼は、ルートは他の者たちと比べて攻めやすいと思ったのだろうか。もはや言わずにはいられないという我慢の限界まできたのか。

「あなたは勉強を中断せざるを得なくなったわけですね」とエリンボルクは話を別の方向に変えるために急いで口を挟んだ。

「わたしたちの目から見ると、社会主義よりも崇高なものはなかった」と言って、ルートはシグルデュル＝オーリを睨みつけた。「そして、それはいままでずっと変わっていない。わたしたちが当時信じた社会主義は、わたしたちがいま信じている社会主義と同じものよ。それは労働組合の誕生に決定的な役割を果たしたし、なんとか生きていける賃金体系の基礎を作った。あなたや家族が病気になったら無料で診療を受けられる医療制度を作ったし、あなたが警察官になったのも教育のおかげでしょう。一般社会保険があるのも社会主義のおかげだし、とにかくわたしたちの国が社会福祉の国になったのはみんな社会主義のおかげなのよ。これらすべては、わたしたちみんなが、あなたもわたしも彼女も、人生において大なり小なり日々、恩恵にあずかっている社会主義の具現化した形なのよ。社会主義こそわたしたちが人間らしく生きられる土台なんだから。若造のくせに、偉そうな口をきくんじゃないわ！」

「いま言ったことすべての軌道を敷いたのは、確かに共産主義だと言うんですね？　間違いないですね？」シグルデュル＝オーリはまだ食い下がって言った。「ぼくの知るかぎり一般社会保険制度を築いたのは保守系政党だったと思いますがね？」

「でたらめよ」ルートが言った。

「それじゃソ連は？　ソ連は嘘の上に嘘を築いたじゃないですか」

ルートは黙った。

「なぜあなたはいままで一度も会ったこともないわたしに反感をもっているのかしら？」と、ルートは矛先をシグルデュル＝オーリ個人に向けて聞いた。

「ぼくはべつにあなたに反感などもっていません」とシグルデュル＝オーリ。

「もしかして、当時は少しばかり強硬な態度をとる必要があると考えられたのかもしれない」ルートが言った。「もしかすると、当時はそれが必要だったのかも。それはいまとなっては本当にわからないわ。時代が変わればものの見方も人間も変わる。不変なものなど何もない。わたしにはあなたの怒りが理解できないわ。どこからくるの、その怒りは？」

そう言ってルートはシグルデュル＝オーリを見た。

「その怒りはどこからくるの？」と繰り返した。

「喧嘩を始めるつもりはなかった。我々はそのために来たわけではないのです」シグルデュル＝オーリが言った。

「ライプツィヒの時代、ロータルという男性を知っていましたか？」エリンボルクがようやく口を挟んだ。シグルデュル＝オーリが何か理由をつけて車に引き上げてくれればいいのにと思ったが、その気配はまったくなく、隣に体を硬くして座り、ルートを睨んでいた。「ロータル・ヴァイセルという名前です」

「ロータル？　ええ、ぼんやり憶えてますけど。ドイツ人で確かアイスランド語が話せたわ」

「ええ、そうらしいです。その男を憶えていますか？」

「ええ。でも、はっきりとは思い出せないわ。確かときどきわたしたちの学生寮に来て、一緒に食事をしてたと思う。でもわたしはその人をほとんど知る機会がなかった。ホームシックで、とにかく家に帰りたくて仕方がなかったし、当時の東ドイツの状況は……、本当に酷いものだった。住居も何もかも……。わたしにはとても耐えられなかった」

「戦後の東ドイツの状況は本当に酷いものだったでしょうね」エリンボルクがうなずいた。

「一言で言えば、惨憺《さんたん》たるものでした。戦後の復興に関して言えば、西ドイツは十倍の速さで進んでいたし、西側諸国からの援助もあった。東ドイツの復興はそれよりずっと遅かった。いえ、ほとんど始まってさえいなかった」

「このロータルという男は、協力者を募っていたらしい。彼の手先となってくれる協力者を」シグルデュル＝オーリが言った。「彼は学生たちの監視のようなこともしていたかもしれない。そのようなことに気づきましたか？」

「確かに監視されてました。わたしたち、それを知っていたわ。みんな知っていたと思う。確か相互監視と呼ばれていた。それは密告という言葉のもう一つの言い方だった。社会主義に反するような言動があったら、自発的に報告することが推奨されていた。もちろんわたしたちはそんなこと決してしなかった。わたしたちのうちの誰も。ロータルがわたしたちをそのために取り込もうとしていた？　わたしは気づかなかったわ。留学生には連絡係があてがわれたの。何か問題があったらその人に連絡するように言われた。連絡係はある種、監督者でもあったの。ロータルはそんな人の一人だったわ」

「ライプツィヒ時代の人たちといまでも連絡を取り合っていますか？」エリンボルクが訊いた。

「いいえ、あの時代の人たちに会ったのはもうだいぶ前のこと。わたしたちまったく付き合いがないの。少なくともわたしはないわ。帰国したとき、わたしは党員をやめたの。いえ、党員をやめたという言い方は正しくない。でも次第に関心がなくなったのよ。引退したというほうがいいかもしれない」

「ここに当時の留学生の名前があります。あなたとライプツィヒで同じ時期に勉強していたアイスランド人学生の。カール、フラフンヒルデュル、エミール、トーマス、ハンネス……」

「ハンネスはライプツィヒから追放されたわ」ルートが口を挟んだ。「彼は授業にも出なくなったし、国家記念日の行進にも参加しなかったという話を聞いた。様々な規則にも従わなかったとか。当時、わたしたちはいろいろな行事に参加することが義務付けられていたの。夏になると社会主義の実現のために働くことも期待された。農家とか褐炭採掘場での作業とか。ハンネスはあの国で見たこと、聞いたことに疑問をもったのだとわたしは思う。でも勉強だけは最後までしたかったのだと思うけど、それは拒絶された。あなた方はハンネスと話すべきだと思うわ。もし彼が生きていればのことだけど」

そう言うと、ルートは二人の捜査官の顔を見比べた。

「もしかすると、湖で見つかったのは、彼かしら？」

「いいえ」とエリンボルクは首を振った。「彼ではないと思います。ハンネスという人はいまセルフォスに住んでいて、小さなホテルを営んでいるらしいですから」

「わたしが憶えているのは、帰国すると彼はライプツィヒでの経験を書いて発表したこと。そしてそれは党の重鎮たちからこっぴどく批判されたこと。裏切り者とか嘘つき呼ばわりされた。保守系の人々は諸手を挙げて彼を歓迎したわ。まるで放蕩息子が帰ってきたみたいに。でも、彼はそんなことべつに嬉しくもなかったと思う。彼は単に自分の目に映った、自分が経験したことを正直に言いたかったのだと思う。もちろん、その代償は大きかった。それから何年か経ってから偶然に町で彼に会ったけど、とても落胆していて、言葉も少なかった。もしかすると彼はわたしがまだ党で活発に活動していると思ったのかもしれない。そうではなかったのだけど。あなたたちは、ハンネスと話すべきよ。ロータルのことも何か知っているかもしれない。わたし自身はライプツィヒにいたのは短かったから」

ルートの家を出て車に戻ると、エリンボルクは警察捜査の仕事に個人的な政治的意見を混ぜるなとシグルデュル＝オーリに意見した。自己を抑えるべきだ、どのような理由があるにせよ、政治的意見で市民に食ってかかるなんてことは、とくに高齢の一人暮らしの女性にそんなことをするのはよくないと諌《いさ》めた。

「いったいどうしたというの?」とエリンボルクは車をスタートさせながらなおも訊いた。「こんな馬鹿なこと、いままで聞いたこともないわ。わたしもルートと同じことを訊きたいぐらいよ。いったいその怒りはどこからくるの?」

「ふん、知るか」シグルデュル＝オーリがつぶやいた。「父は共産主義者だった。物事の明るいほうを決して見ないタイプの」

エリンボルクはシグルデュル＝オーリからいままで一度も父親に関する話を聞いたことがなかったことに気がついた。

28

イローナが連れ去られてから、トーマスにとって毎日が理解不能な悪夢のようだった。どこに行っても、彼は社会の拒絶と徹底した無関心に突き当たった。イローナの身に何が起きたのかを教えてくれる人間は一人もいなかった。彼女がどこに連行されたのか、どこに閉じ込められているのか、逮捕の理由はなんなのか、警察の担当課はどこなのか、何もわからなかった。大学で二人の教授に助けを求めたが、彼らは何もできないと繰り返すばかりだった。大学総長にも陳情したが拒絶された。自由ドイツ青年同盟《FDJ》の議長にも捜査の依頼を頼んだが、完全に無視された。

しまいにトーマスはアイスランド政府の外務省に電話をかけて、イローナの捜索を嘆願した。彼らは検討するとは答えたが、成果は何もなかった。イローナはアイスランド市民ではないこと、二人が結婚していないことからこの問題を継続して調査することはできない、東ドイツとは正式な外交ルートはないなどの理由だった。友人たち、つまりアイスランドからの留学生たちは励ましてくれたが、彼らにもなんの手立てもなかった。彼らもまたいったい何が起きたのかまったくわからなかった。もしかして何か誤解が生じたのではないか。その誤解が解ければすぐにも帰ってくるのではないか。イローナの友人たち、同じくハンガリーから来ている留学生たちも彼女を探してくれたが、同じようなことを言い、とにかく待つより他ないと言った。誰もが彼を励まし、勇気づけ、落ち着いて待つように、きっとしまいにすべてが良い結果になるに決まっているからと言った。

イローナが連行されたのと同じ日に、連行された者たちが他にもいたこともわかった。秘密警察《シュターシ》は大学の学生たちを対象に一斉手入れを行なったのだ。連行された中には例の秘密の会合に参加していた者もいた。トーマスの話から、警察が監視している、彼らの顔写真を持っているとわかると、イローナはすぐに彼らに知らせた。中には逮捕されたその日に釈放された者もいた。しばらく経ってから釈放された者もいた。中にはトーマスが東ドイツから追放されたときもまだ牢屋に入れられたままの者もいた。だがイローナの行方を知る者は一人もいなかった。

トーマスはイローナの両親と連絡をとった。彼らはイローナが連行された知らせを受けていた。すぐに返事が来て、娘の行方について何か知っているかという問いが返ってきた。両親の知るかぎり、イローナはハンガリーには戻ってきていないとのことだった。最後に両親が受け取った手紙は連行される一週間前のものだった。それには身の危険が迫っているというようなことは一切書かれていなかった。両親はハンガリー政府に働きかけて娘の行方を捜査してほしいと嘆願したが、なんの答えも得ていないし、政府は彼女が連れ去られたことにほとんど関心をもっていない、ハンガリーのいまの状況から、国に反対の意見をもつ人間が捕まえられたことなどにかまっていられないという態度だと両親は手紙に書いてきた。彼らは東ドイツへ行って自分たちの手で娘の行方を探したいが、出国のためのビザが下りないと嘆いていた。まったく希望がもてない状況であると。

トーマスは返事を送り、自分の手でイローナを探していると書いた。自分の知っていることをすべて彼らに知らせたいと思った。彼女がドイツ社会主義統一党に反対する秘密の会合を開いていたこと、ドイツ社会主義統一党の一部であるＦＤＪに反発していたこと、参加を強いられた活動のこと、表現の自由、集会の自由、出版の自由の制限に反対していたこと。その意見に賛成するドイツの若者たちと共に秘密の会合を開いていたこと。そして何より、彼女は連行されることをまったく予測していなかったこと。それはトーマス自身も同様だったこと。だが、このような内容の手紙を書くことはできなかった。彼の手紙はすべて検閲されていたから、慎重でなければならなかった。

代わりにトーマスは、イローナの身に何が起きたのかを知るまでは、そして彼女が釈放されるまでは落ち着かないと書いた。

もはや授業には出なかった。代わりに、昼間は政府機関をまわって助けてくれと懇願し、役人に面会を頼んで歩いた。時間が経つにつれ、今度は返答がほしいと言って政府機関をまわった。夜は心配で眠れないまま自分たち二人の小さな部屋の中をぐるぐると歩きまわった。もはやほとんど眠れなかった。二、三時間服を着たまま眠っては目を覚まし、また部屋の中を歩きまわっては、早く帰ってくるように、この悪夢が終わるように、釈放されて帰ってきてこの腕の中に飛び込んでくるようにと祈った。外の通りから音が聞こえるたびに彼女ではないかと緊張した。車が近づけば、窓に駆け寄った。アパートの建物のどこかでドアを叩く音がすれば、聞き耳を立て、もしかして彼女ではないかと胸を高鳴らせた。そうやって毎日が過ぎ、彼はこの世でたった一人、救いようもなく孤独であると思い知らされていった。

そしてある日、トーマスは勇気を振り絞ってイローナの両親に手紙を書き、彼女は自分との子どもを身籠っていたと告白した。彼女の古いタイプライターに一つ一つのアルファベットを打ち込むたびに、彼女の両親の悲痛なうめき声が聞こえるように思った。

いま、長い時間が経過したのち、トーマスはイローナの両親からの手紙を手に持ち、手紙に書かれた怒りを、絶望を、そして無力さをひしひしと感じていた。彼らは二度と娘に会えなかった。トーマスは二度と愛する人を抱きしめることはなかった。

イローナは完全に消息を絶った。

もっとも苦しかったときのことを思い出すときにいつもするように、トーマスは深いため息をついた。年月が経ったことなどなんの意味もなかった。彼女を失ったことはいまでも深い傷となって痛み、喪失は未だに埋めることのできない深い悲しみだった。いまでは彼女があれからどうなったかは考えないようにしていた。以前はひっきりなしに彼女が捕まったあとどうなったか、どんな目に遭ったかを思い、苦しんだ。尋問されたに違いない。シュタージ本部のあの小さな隣の部屋に入れられたに違いない。あの部屋に閉じ込められたのだろうか？　どのくらいの間？　さぞかし怖かっただろう。抵抗しただろうか？　抗議したか？　泣いたか？　殴られたか？　捕まった当時に入れられたところには長く拘留されていたのだろうか？　そしてもっとも恐ろしい問いが来るのだ。最後に何が起きたか？　彼女の最後はどうだったか？

その後トーマスの人生にはいろいろなことが起きたが、時が経っても、これらの問いは彼を苦しめ続けた。彼は一生独身だった。子どもも作らなかった。ライプツィヒに残りたかったが、大学の授業には参加せず、警察とＦＤＪの不興を買い、奨学金が下りなくなった。イローナの写真と不法逮捕をＦＤＪの新聞と地方新聞に載せるように送り込んだが、どこからも拒絶され、ついには国外追放の知らせを受けた。

のちに、あの時代の東ヨーロッパで抵抗運動を行なった者やグループの状況について読んだとき、イローナの最後がどうなったか、いくつか考えられることがわかった。イローナはライプツィヒか東ベルリンにあるシュタージ本部の拘束施設で死んだか、あるいは、どこか他の収容所、例えばホーヘネックに移されたあと死んだと考えられる。ホーヘネックは東ドイツ最大の女性政治犯を収容する施設だった。もう一つ悪名高い政治犯収容所はバウツェンIIで、世間では〈黄色い地獄〉と呼ばれていたところだ。黄色い石壁でできている建物で、そこに送り込まれた囚人はいわゆる〈国家反逆罪〉を犯した人々だった。なかには、すぐに釈放された政治犯も大勢いた。警告としてそこに送り込まれた人々だ。一定期間そこに入れられてから裁判も判決もなく釈放された人々もいた。他に、そこに送り込まれてから、長い時間収容されたあと、ようやく釈放された人々もいた。そして、送られたが最後、まったく出てこない人々もいた。

イローナの両親は娘の死を知らされなかった。親たちはそれから生涯娘を待って暮らしたが、二度と娘には会えなかった。ハンガリーと東ドイツの政府にどんなに懇願しても、結局何も変わらなかった。娘の連行に関する情報はどこにもなく、彼女に関することは一切、生きているのか死んでいるのかさえわからなかった。まるでもともと彼女は存在しなかった人のように扱われた。

外国人であるトーマスが、そもそもほとんど知らない社会でできることは限られていたし、何もかもがまったく理解不可能だった。権力に対していかに自分が無力であるかを痛いほど思い知らされた。様々な政府機関に訴えても、何人の警察官に訴えても、何人の行政官に訴えてもそれは同じだった。それでもトーマスはあきらめなかった。イローナのような人間を、権力側の意見に合わないからというだけの理由で逮捕するなどということを受け入れることはどうしてもできなかった。

トーマスはイローナが捕まえられたときのことを何度もカールに訊いた。彼は警察がイローナの住処《すみか》に押しかけたときの唯一の目撃者だった。カールはたまたまイローナが翻訳した若いハンガリーの反骨の詩人の詩集を借りに彼女のアパートに行っていたのだった。

「それで、きみが彼女の部屋を訪ねたそのときの話をしてくれ」とトーマスは大学の学生食堂ですでに何十回も訊いたことをまた訊いた。エミールも一緒だった。それはイローナが連行されてから三日目のことだった。そのときはまだトーマスは彼女がすぐにも釈放されるという希望をもっていて、実際彼女が学生食堂に駆け込んでくる姿さえ想像していた。何度も入り口のほうに目を走らせていた。心配で気が狂いそうだった。

「イローナはお茶でもいかがと訊き、ぼくはいいねと言ったんだ。それで彼女は湯を沸かした」

「きみたちはそのとき何を話した？」

「べつになんということもなくしゃべっていた。ぼくの読んだ本のことなどを話して」

「イローナはなんと言った？」

「べつに何も。よくあるなんでもないおしゃべりだったから、特別に何かを話したということじゃなかった。まさか次の瞬間警察がやってきて彼女が逮捕されるなんて夢にも思わなかったからな」

トーマスの顔がゆがんだ。

「ぼくたちはみんなイローナの友だちだよ」カールが言った。「どういうことなのか、ぼくには本当にわからない。いったい何が起きているのか」

「それから？　それからどうなった？」

「ドアをノックする音が聞こえた」

「それで？」

「アパートのドアだ。ぼくたちはイローナの部屋にいた。いや、ごめん、きみたち二人の部屋だったね。激しく叩く音がして、聞き取れない怒鳴り声もした。イローナが部屋から出て玄関ドアを開けると、その瞬間に大勢の警官がどっと中に入ってきた」

「大勢って何人？」トーマスが訊いた。

「五人。いや、六人かもしれない。きみたちの部屋が警官でいっぱいになったほどだ。警官の制服を着ている者もいた。町で見かける制服だ。でも他の男たちは私服だった。中の一人が命令を発していた。全員がその男の言葉に従っていた。まず、彼らは名前を訊いた。お前はイローナかという形で訊いた。写真を持っていた。学生登録の書類からの写真だと思う。そのあと彼女を連れて行った」

「部屋の中がめちゃくちゃに荒らされてた！」トーマスが言った。

「手紙か書類のようなものと、本を何冊か持って行った。ぼくからはそれらが何か、見えなかったが」

「それで、イローナはその間どうしてた？」

「彼女は用件はなんなのかと何度も訊いた。それはぼくも訊いたよ。奴らは彼女にもぼくにもまったく答えなかった。ぼくはあんたらは誰なんだ、なんの用事なんだと何度も訊いた。奴らは答えなかった。ぼくを見さえしなかった。イローナは一本だけ電話をかけさせてくれと頼んだが、彼らは許さなかった。彼らは彼女を捕まえて連行するためだけに来たのだ」

「彼女をどこに連れて行くつもりかと訊くことはできなかったのか？」エミールが言った。

「きみは何かすることができなかったのか？」

「ああ、ぼくには何もできなかった」と言ってカールは悔しがった。「どうかきみたちにわかってほしい。ぼくらはまったく抵抗できなかった。ぼくにはどうすることもできなかったんだよ！　奴らはイローナを捕まえるためにやってきて、まさに目的を果たしたんだ」

「怖がっていたか、イローナは？」トーマスは訊いた。

カールとエミールは同情の目をトーマスに向けた。

「いや、イローナは怖がってはいなかった」とカールは言った。「彼女は立派に対応していた。なんの用事か、何を探しているのかと訊き、一緒に探そうとさえした。奴らは何も言わずただ彼女を捕まえて連行した。彼女はぼくにきみによろしく伝えてくれと言うのが精一杯だった」

「正確にはなんと言ったんだ？」トーマスが訊いた。

「きっとすべて大丈夫ときみに伝えてくれと。トーマスに伝えて、きっとすべて大丈夫だから、と」

「その言葉どおり？」トーマスが訊いた。

「ああ、その言葉どおり。それから奴らは彼女を車に押し込んだ。車は二台だった。ぼくは車の後ろから追いかけたがどうしようもなかった。すぐに車は走り去った。それがぼくが最後に見たイローナの姿だった」

「奴らは何をしようとしているんだろう？」トーマスはうなった。「奴らはイローナを捕まえて何をしようというんだ？　どうして誰もぼくに説明してくれないのか？　こんなに訊いてまわっているのに、誰も答えてくれない。奴らは彼女をどうしようというのか？　彼女に対して何をしようとしているのか？」

トーマスは両ひじをテーブルの上に立てて、頭を沈めた。

「ああ、なんということだ。いったい何が起きたんだ？」とうなった。

「いや、きっとなんとかなるよ」とエミールが言い、慰めの言葉をかけた。「もしかすると彼女はもう家に帰っているかもしれない。もしかすると明日帰ってくるかもしれないよ」

トーマスは悲嘆にくれた目でエミールを見た。カールは何も言わなかった。

「きみたち……知っていたのか？　いや、そんなはずはないな」

「何を？　何を知っていたかと訊いてるんだ？」エミールが訊き返した。

「イローナが妊娠していたことを。ぼくはそれを知ったばかりだったんだ。子どもが生まれるんだよ、彼女とぼくの子どもが。わかるか？　わかるか、どんなにひどいことか。わかるか、この腹立たしい、いまいましい相互監視、卑怯者たちがやっていることがどんなに恐ろしいことか。人間のやることか？　奴らの頭はどうなってるんだ？　なんのためにこんなことをするんだ？　互いを監視し密告することでより良い世界が築けるというのか？　恐怖と命の軽視を手段にしてこれからも支配を続けるつもりか？　いったいいつまで？」

「彼女、妊娠していたのか？」エミールがうなった。

「おれが彼女のそばにいるべきだったんだ。きみじゃなく。おれなら絶対に彼女を連行させなかった。絶対に！」

「ぼくを責めるのか？　あの場にいたら、どうすることもできなかったとわかるのに。本当にどうすることもできなかったんだ」とカールが言った。

「ああ」と言って、トーマスは両手で目を隠した。涙がとめどなく流れた。「もちろんそうだ。ぼくだってきっとどうすることもできなかっただろう」

少し経って、ライプツィヒから、東ドイツからの退去命令が出たとき、トーマスは帰国の荷物を用意してからこれが最後というつもりでロータルを訪ねた。ロータルは大学のＦＤＪの事務局にいた。イローナの行方はまったくわからなかった。最初の数日、そして数週間トーマスを追い立て攻め立てた心配と恐怖は戸惑いと悲しみに変わっていた。もはやそれは我慢できないところまできていた。

ロータルは事務局の若い女性二人とふざけ合っていた。女性たちはロータルの言葉に笑いころげていた。トーマスが事務局の入り口に現れると、笑い声がピタリと止んだ。ロータルと話したい、と彼は言った。

「今度はなんだというんだ?」とロータルは言い、中から出てくる様子はまったくなかった。二人の女性は真顔になりトーマスを睨んだ。顔からは笑いが消えていた。イローナが逮捕された噂は大学に広まっていた。彼女は裏切り者と烙印が押され、本国に送還されたということになっていた。もちろんそれは嘘だとトーマスは知っていた。

「あんたと少し話がしたい。いいかな?」とトーマスは言った。

「おれには何もできないということ、知っているだろう?」ロータルがうるさそうに言った。

「いままで言ったとおりだよ。おれを責めるなよな」

ロータルは彼に背を向けて、また女性たちとふざけようとした。

「あんたは、イローナの逮捕に一役買っていたんじゃないのか?」とトーマスはアイスランド語で言った。

ロータルはわざと彼に背を向け、答えなかった。女性たちはただロータルとトーマスを見比べていた。

「イローナが捕まるように仕向けたのは、あんたか?」とトーマスは声を荒立てて言った。

「彼女は危険だと告げ口したのはお前か? 彼女は取り除かれなければならないと言ったのか? 彼女は反社会主義的プロパガンダを撒き散らしていると? 彼女は抗議集会を開いていると? お前か? お前のやったことか、ロータル?」

ロータルは聞こえないふりをし、代わりに女性たちに何か小声で言った。女性たちはクスクス笑いだした。トーマスはロータルに近づき、肩を摑んだ。

「お前はいったい誰なんだ?」とトーマスは静かに言った。「誰なのか、話せ」

ロータルは振り向き、トーマスの手を払うと、正面に向き直って突進してきた。トーマスのコートの襟元を摑んで書類キャビネットにぐいと押し付けた。書類キャビネットの列がきしみ音を立てた。

「おれに近づくな」と腹の底からの低い声が響いた。

「お前はイローナをどうしたんだ?」とトーマスも同じく低い声で応えた。ロータルの手を振り払おうともせずに。「彼女はどこにいる? 言え」

「おれは何もしていない」とロータルは吐き出すように言った。「もっと近くを見ることだな、間抜けなアイスランド人よ」

そう言うとロータルはトーマスを床に叩きつけ、意気揚々と引き上げていった。

アイスランドへの帰国の途中、トーマスはハンガリーで起きた動乱を鎮圧するためにソ連軍が向かっているというニュースを聞いた。

気がつくと古時計が真夜中の十二時を知らせ、男は手紙の束を元の位置に戻した。

ベルリンの壁が崩壊してドイツがふたたび一つの国になったとき、彼はそのニュースを家のテレビで見た。人々が壁に這いあがりハンマーで壁を打ち砕くのを見た。それはまるでかつて立てられた壁を砕くことですべての悪事を壁から叩き出すかのようだった。

東西ドイツが統一されたあと、覚悟を決めて彼はかつて学生時代を過ごしたライプツィヒを訪ねた。アイスランドからライプツィヒまでわずか半日しかかからなかった。フランクフルトまで飛行機で行き、そこで乗り換えてライプツィヒに到着した。空港からはタクシーでホテルまで行った。その日の夕食はホテルのレストランで一人で食べたが、ホテルは町の中心街にあり、大学からも近かった。レストランは客がまばらで、老夫婦が二組と中年の男が一人だけだった。セールスマンだろうか、と男は推測した。客の一人は彼と視線が合うとうなずいてあいさつした。

夜、長い散歩に出かけた。昔ここライプツィヒに学生として到着した最初の晩にこの町を歩いたこと、そしていかにあれから町が大きく変わったかを思った。大学の周りも歩いた。古い館をそのまま使っていた昔の学生寮はすっかり修復されて立派な姿を取り戻し、いまでは外国の大企業の本社になっていた。彼が授業を受けていた古い大学の校舎は夜の暗闇のせいか、すっかり老朽化して見えた。そのまま歩き続け、町の中央部まで行き、聖ニコライ教会に入った。

男はカトリック信者ではなかったが、それでも死者を偲んでロウソク一本に火を灯した。聖ニコライ教会を出るとカール・マルクス広場に出て、そこから聖トーマス教会まで歩き、昔イローナと何度となく一緒に眺めたバッハの像を見上げた。

年老いた女性が一人近づいてきて、花を買ってくれないかと言った。男は微笑み、花束を一つ買った。

そのあとすぐ、男はある方向に向けて歩きだした。それは目覚めているときも夢の中でも、彼がいつも思い浮かべる場所だった。その建物はまだそこにあった。外観は新しく塗り替えられていたが、その部屋には明かりが灯っていた。中をのぞいてみたいという誘惑に駆られたが、そうはしなかった。住んでいるのは家族のようだった。もちろんあのアパートの中はすっかり変わっているに違いない。もしかすると二人の借りていた部屋は大きな子どもの部屋になっているのかもしれない。

男は花束にキスをして建物の入り口に置いた。そしてその上から十字を切った。

その数年前に、男はハンガリーのブダペストまで行き、すっかり年老いたイローナの母親と二人の兄弟に会った。父親は娘の消息がわからないまますでに他界していた。

男は数日の間、母親に会いに彼らの家に通った。母親はイローナの子ども時代から高校卒業までの写真を見せてくれた。彼同様にすっかり歳をとった兄弟は、すでにイローナから聞いていたことを話してくれた。イローナの身に何が起きたのかという家族からの問いにいままで一切答えが得られていないと言う彼らの声には絶望があり、もうとっくにあきらめているのだとわかった。

ライプツィヒに来た翌日、昔のシュタージ本部の建物へ行ってみた。男が学生だった時代、ディットリッヒリンク二十四番地にあった建物だ。受付にはもはや警察官はいなかった。代わりに若い女性がこの建物を説明するパンフレットを差し出した。トーマスはまだドイツ語を流暢に話したので、女性にあいさつし、自分はたまたまこの町に来た旅行者だが、この建物の内部を見せてほしいと言った。建物内部の観覧を望む者は多いらしく、何人もの人が男が受付にいる間にも開いている正面ドアから自由に建物に出入りしていた。受付の女性は彼の発音から外国人だとわかったらしく、どこから来たのかと訊いた。男はアイスランドと答えた。女性は昔のシュタージ本部はいま記念館となって公開されていると言い、もしご希望ならいまちょうど始まるレクチャーが傍聴できるし、そのあと館内をまわって見ることもできると言った。女性は彼を案内して中に入ったが、すでにホールは満席で、壁際に立っている人の姿もあった。レクチャーは一九七〇年代に起きた作家への弾圧に関するものだった。

レクチャーのあと、男はロータルと口髭の男が自分を問い詰めた部屋に行ってみた。その部屋の隣の独房に足を踏み入れた。そのとたん、もしかしてこの部屋にイローナが閉じ込められていたかもしれないという思いが胸を突き上げた。

男はベルリンの壁崩壊後に設立されたシュタージの書類を管理する機関に、記録閲覧の正式な申請書を提出していた。その機関には行方不明になった親族に関する情報や、近隣の者、職場の同僚、友人、親族によって相互監視の名の下に報告された自分に関する記録を検索し、見ることができるシステムが出来上がっていた。ジャーナリスト、学者、その他の、自分に関して報告されていたかもしれないと思う者は記録を閲覧する許可を申請することができる。男は電話と郵便でそれを申請していた。申請者は申請する内容に関し、どのようなことについて、何を探しているのかを詳細に記載することが求められていた。男は東ドイツ崩壊の直前、膨大な量の記録書類がシュレッダーにかけられたことは承知していた。そして現在大勢の人々がそれらの書類の復元に携わっていることも知っていた。その量は気が遠くなるほど大量であることも。

ドイツへの旅行からはなんの成果も得られなかった。どんなに探しても、イローナに関する記載は一行も見つけられなかった。おそらく彼女に関する書類は一つ残らず処分されたのだろうと係官たちは言った。残る可能性としては、彼女はモスクワにあった労働収容所、あるいは捕虜収容所に送り込まれたのではないか、もしそうなら彼女に関する書類はモスクワにあるかもしれないというものだった。さらにもう一つの可能性として言われたのは、彼女はライプツィヒかベルリンでの警察の尋問中に死んだのではないかということだった。

男は古い記録の中に、愛する人をシュタージに売った人間に関する記録も探したが、それも見つけることができなかった。

いま男は警察が訪ねてくるのを待っていた。夏の間、そして秋になってからも待っていたのだが、まだ彼らは来ていない。早晩、警察は家のドアを叩くだろうと思っていた。そのとき、自分はどのような態度をとるべきか、まだ決めていなかった。なんのことかわからないふりをし、すべて否定し、関係ないと言うべきか？　それは彼らがどのような証拠をもっているかにもよる。どんな証拠かは見当もつかないが、もし彼らが自分の家まで訪ねてきたのなら、すでに十分な証拠が揃っていると考えていいだろう。

男は正面に目を向けたまま、ライプツィヒで過ごした数年を思い出し、深くその思いに沈んだ。

最後に会ったときにロータルの言った言葉。それがいまでも胸の中で熱く燃えていた。それは彼が命果てるまでそこにあるに違いなかった。それはすべてを語っていた。

もっと近くを見ることだな。

29

エーレンデュルとエリンボルクは予告をせずに訪問した。これから会おうとしている男については、ハンネスという名前であることと、昔ライプツィヒに留学していたということ以外は何も知らなかった。男はセルフォスで小さな民宿と、小規模なトマト農園を営んでいた。男の住所を調べ、まっすぐに目的地までやってくると、二人は平屋建ての一軒家の前に車を停めた。その家は土地の他の家屋と大きな違いはなかった。しいて言えば、板張りの外壁が塗り替えられていないことと、家の前には駐車場はなく地面がアスファルト敷きであること、家の周りの庭はよく手入れされていて草花が見事に咲いているのが目についた。小鳥のための巣箱も木の枝にかけられていた。

七十歳を少し出たぐらいの年配の男が庭にいて、草刈機の上にかがみこんでいた。草刈機のエンジンがかからないらしく、スターターロープを何度も引っ張ったせいで、男はすっかり息が上がっていた。ロープはまるで長い蛇のようにぐいと引っ張られるたびに草刈機本体の穴の中にさっと引き込まれる。エーレンデュルとエリンボルクがすぐそばに来るまで男は気がつかなかった。

「ひどい草刈機ですね」とエーレンデュルはタバコを吸いながら言った。車を降りるが早いか彼はタバコに火をつけていた。エリンボルクから車中喫煙禁止と厳しく言われていたのだ。タバコの煙が追加されなくても、彼の車は十分に汚いとエリンボルクは文句を言った。

男は草刈機から目を上げて、来訪者を代わる代わる見た。自分の家の前庭にまったく知らない人間が二人立っていることに驚いている。男の顎鬚は白髪交じりで、頭髪も同じだったが、てっぺんが薄くなりかけていた。広い、知的な額、濃い眉、生き生きとした目をしている。鼻には大きなメガネをかけている。おそらく四半世紀前に流行ったものだろう。

「あなたたちは？」と彼は訊いた。

「ハンネスというのはあなたですか？」エリンボルクが言った。

男はそうだと答えた。まったく予期していない訪問だったので、探るような目つきになっている。

「トマトの買い付けに来たのかね？」

「一九五〇年代、ライプツィヒに留学していませんでしたか？」

男はその問いには答えず、エリンボルクをじっと見た。問いの意味がわからない、そもそもなぜそんな問いが発せられたのか、わからないという顔だった。エリンボルクが問いを繰り返した。

「なんのことだ？」男が訊いた。「誰なんだ、あんたたちは？　なぜ私にライプツィヒのことなどを訊く？」

「初めてライプツィヒへ行ったのは一九五二年のことでしたね？」エリンボルクが問いを続け

た。

「ああ、そのとおり」と男は驚いて答え、もう一度訊いた。「なぜそんなことを訊く？」

エリンボルクは、自分たちは警察の者で、この春クレイヴァルヴァトゥン湖で骸骨《がいこつ》が見つかったことに関し、第二次世界大戦後に東ドイツに留学したアイスランド人留学生に関係があるかもしれないという線が浮かび上がったのだと説明した。しかしそれはいくつかある手がかりの一つなのだと言い、その骸骨がくくりつけられていたロシア製の機器に関しては何も言わなかった。

「それは……、いや、その骸骨発見と、ドイツに留学していた我々とは、どのように関係しているのかね？」

「いや、ドイツ全体のことじゃないです。ライプツィヒと言いましょう。はっきりさせるほうがいい」エーレンデュルが言った。「我々が関心をもっているのはロータルという男なんです。この名前に覚えがありますか？　ドイツ人で、ロータル・ヴァイセルという」

ハンネスの目が大きく見開かれた。まるで草むらの中から幽霊が現れたかのように。そしてエリンボルクを見、それからエーレンデュルを見て言った。

「協力できない」

「時間はかかりません。すぐに終わります」エーレンデュルが言った。

「残念ながら」とハンネスが言った。「あの時代のことはもうすっかり忘れましたよ。遠い昔のことだ」

「できれば……」エリンボルクが言いかけた。

「もう一度言う。どうか、帰ってくれ」と男はエリンボルクの言葉を遮って言った「話せることは何もない。手伝えることは何もない。ライプツィヒのことは長いこと話したことがない。いまも話すつもりはない。あの時代のことは忘れた。あんたたちの尋問を受けるつもりもない。私からは何も提供できない」

そう言うと、彼は草刈機に向かい、モーターの調子を見るために手を伸ばした。エーレンデュルとエリンボルクは顔を見合わせた。

「なぜそう言うんです？　我々が何を求めているか、知らないではないですか？」エーレンデュルが言った。

「ああ、そのとおり。また、知りたくもないんだ。私にかまわないでくれ」

「これは尋問じゃないんです」エリンボルクが言った。「お望みなら、正式なルートで、あなたを尋問に呼び出すこともできます。そのほうがいいと言われるのなら」

「これは、脅迫か？」とハンネスは草刈機から目を上げて言った。

「なぜ我々の問いに答えたくないんです？　話すことがそんなに危険なんですか？」エーレンデュルが訊いた。

「私は自分がしたくないことはしないという主義なんだ。さあ、帰ってくれ」

エリンボルクはすぐに反応して何か言おうとしていた。実際、ハンネスをなだめて時間を稼いでゆっくりこちらの質問に応じるようにしようとしていたのだが、その彼女をエーレンデュルが遮り、車まで背中を押して連れて行った。

「あんなふうに簡単に私たちを追い返すことができると思っているのなら……」と車の中に座らせられたエリンボルクは興奮して言いかけたが、その言葉をエーレンデュルが遮った。

「おれがなんとか彼の気持ちを和らげる。それでもうまくいかなかったら、仕方がない、呼び出すよりほかない」

エーレンデュルは車を降りて、ハンネスのところまで戻った。エリンボルクは車の中からその背中を見ていた。ハンネスはようやく草刈機のエンジンがかかって、草を刈り始めたところだった。その進む方向に立ちふさがっているエーレンデュルをどかそうとしたが、頑として動かないので、ついに機械を止めた。

「この機械を動かすのに二時間もかかったのだぞ!」ハンネスが怒鳴った。「どういうつもりなんだ、こんなことをするとは」

「どうしてもあなたの話を聞かなければならないんです」とエーレンデュルは落ち着いて言った。「あなただけでなく、我々もこんなことは嫌なんですよ。残念ながら、いまここでやってしまって片付けるか、署からあなたに正式な出頭命令を出して迎えの車を出すかなんです。そしてもしあなたが何も言わなかったら、翌日もまた車を迎えに出すまでの話です。そしてあなたが話すまでそれを繰り返すことになる」

「それを私に強いることはできない!」

「わたしだってそんなことをするのは嫌です」エーレンデュルが言った。

二人は草刈機を真ん中にして睨み合った。どちらも譲らなかった。エリンボルクは車の中から二人の睨み合いを見ていた。首を振って、まったく男という動物は……とつぶやいた。

「そうですか。仕方がない。それじゃ、レイキャヴィクで会いましょう」とエーレンデュルが言った。

ハンネスに背を向けて、車に戻りかけた。ハンネスは苦い顔でその背中を睨みつけた。

「記録に残るのか？」ハンネスが声をかけた。「私の話は」

「記録されるのが嫌なのですか？」エーレンデュルが振り向いた。

「記録に残るのが嫌なのだ。私について、また私の話すことが記録に残るのが嫌なのだ。私についていろいろ調べられるのが嫌なのだ」

「わかった」とエーレンデュル。「それは私も嫌いだから」

「あのころのことはこの間まったく考えたこともない。すべて忘れたかった」

「何を？　何を忘れようと？」

「あれは本当におかしな時代だった。ロータル？　その名前はあれ以来一度も聞いたことがない。ロータルがクレイヴァルヴァトゥン湖の骸骨とどう関係あるのだ？」

エーレンデュルはその問いには答えず、ハンネスをじっと見つめた。しばらくしてハンネスが咳払いして、家の中へと誘い、エーレンデュルはうなずき、エリンボルクに合図した。

「妻は四年前に亡くなった」ドアを開けながらハンネスが言った。息子や娘が日曜日になると子どもたちを連れてやってくるけれども、ふだんは一人で、気持ちよく暮らしていると言った。

仕事について、またこの土地に移ったのはいつかと訊かれると、二十年ほど前と答えた。それまでは大きな企業の技師としてエネルギー部門で働いていたが、技術的な仕事に飽きが来て、レイキャヴィクから出てこの地方に移って落ち着き、快適に暮らしていると答えた。

居間で用意されたコーヒーを飲みながら、エーレンデュルはライプツィヒについて訊いた。ハンネスは一九五〇年代の半ばまで留学生として過ごしたライプツィヒの様子をおもむろに話し始めたが、まもなくそれは物資不足や、自主的参加についての話になった。戦争で壊された家々の片付け、国家記念日のパレード参加、ウルブリヒト第一書記、社会主義についての授業は必須科目、さらに、ライプツィヒで出会った社会主義についてアイスランド人留学生の間で行なわれた議論、党に敵対する活動の禁止、自由ドイツ青年同盟《FDJ》という学生会、ソ連の政治的介入、計画経済、コレクティヴ（共同体）、相互監視、反対は許されない絶対的体制についても言及した。さらにアイスランド人留学生の間に生まれた友情についても話した。資本主義に取って代わる社会体制としての社会主義について、理想を目指して討論したことも話した。

「社会主義は死んでいないと思う」とハンネスはまるで結論に至ったように言った。「いまでも着実に活動していると思う。ただ我々が想像していたのとは違う形で生き残っているのだ。社会主義があるから我々は資本主義の社会でなんとか生き延びていられるのだ」

「あなたはいまでも社会主義者なのですか？」エーレンデュルが訊いた。

「そのとおり。いままでも私はずっとそうだった。社会主義はスターリンが制度化した唾棄すべき悪とか、東ヨーロッパに蔓延した恐ろしい独裁制とは本来まったく関係ないのだ」

「しかし、みんな、独裁制の約束した社会を讃える歌を歌わなかったでしょうか？　その幻想を正当化しなかったでしょうか？」エーレンデュルが言った。

「わからない」ハンネスが言った。「私自身は、社会主義が東ヨーロッパでどのように制度化されているかがわかってからはその流れに加わらなかった。そのため反抗的とみなされて、大学を追い出され、東ドイツから追放された。彼らの組織した監視システム、彼らが〝相互〟という言葉をつけて美しい理念のように見せかけていた密告システムに加わらなかったという理由で。彼らは子どもが親をスパイして密告すること、親が党の指導に従わなかったことを告げ口するのを良しとしたのだよ。そんなことは社会主義とはなんの関係もない。それは権力を失うことへの恐れだろう。しまいには当然の報いを受けたわけだが」

「密告システムに加わらなかったとは？」エーレンデュルが訊いた。

「彼らは私に友人たちを、大学で一緒に学んでいるアイスランド人留学生たちをスパイせよと要求してきた。私は拒絶した。私はすでにその時点で私自身が見聞きした様々なことに疑問と反感を抱き始めていた。必ず出なければならないとされていた授業にも出なかった。制度そのものを批判した。もちろん公にではなかったが。というのも批判的な意見を表立って言うことはできなかったからだ。だから小さな、信頼できる人間たちの集まるグループで制度の欠陥を話し合った。ライプツィヒの町には体制に反対する人々や若者たちもいて秘密裏に会合を開いていて、私はそんな人たちと付き合うようになっていた。それで？　クレイヴァルヴァトゥン湖で見つかったのはロータルなのか？」

ですが」

「いや」とエーレンデュルは答えた。「というより、誰なのかわからないと言うほうが正しい

「彼らとは誰ですか?」エリンボルクが訊いた。「友だちをスパイせよと言ってきたのは、誰でしたか?」

「例えばロータル・ヴァイセル」とハンネスは即座に答えた。

「なぜすぐに彼の名前が言えるのですか? 確かなのですか?」エリンボルクが続けて訊いた。

「彼は学生ということになっていたが、大学で勉強しているようではなかった。大学の中を気ままに闊歩していたという印象があった。アイスランド語が流暢に話せた。彼が大学にいたのは党の仕事か、FDJの仕事だったのだと思う。FDJと党は同じものだったと言える。学生たちを監視すること、学生たちの中に協力者を見つけることが彼の仕事なのは明らかだった」

「協力者? なんの協力者ですか?」エリンボルクが食い下がった。

「協力はいろんな形があり得たと思う」ハンネスが続けた。「誰かが西側のラジオを聞いていたら、学生会代表に知らせる。戦禍の後片付けを、あるいは他の自由参加とされていた作業に参加したくないという人間がいたらそれも報告する。もう少し深刻なものとしては反社会主義的な意見を表立って言い、国家記念日の行進に参加しなかったらそれは社会主義に反する行動の一つとみなされる。FDJが開催する社会主義に関する講義を不要とみなして出席しない者がいたら報告する。これらの行事において学生たちをよく観察する。ロータルはまさにそのような監視者の一人だった。我々は友人を、友人の行為を報告するように求められた。他の人に

ついて密告しなければ、怪しいとみなされたのだ」

「ロータルはあなた以外のアイスランド人にもそのようなことを勧めていただろうか？」エーレンデュルが訊いた。「他の者たちにも友人をスパイするように言っていたのだろうか？」

「そうしていたと思う。確信をもってそう言える」とハンネスは言った。「彼は一人ひとりに近づいて懐柔し、そのように持ちかけていたと私は思う」

「それで？」

「言えるのはそこまでだ」

「ロータルという人に協力すると、何かメリットがあったのでしょうか？　それともそれはあくまでシステムへの理念的な協力だったのでしょうか？　その、友人を監視し密告するということは」

「ロータルのような人間たちに協力する者たちには具体的な褒美が用意されていた。党の方針に忠実で政治的信用は厚いが学業のほうは怠け者の学生が、優秀だが政治的に活発でない学生よりも多額の奨学金がもらえることがあった。体制はそのように機能していた。体制にとって望ましくない学生が、例えば私自身がしまいにはそうだったが、退学させられたりすると、学生たちは党に従順であることが期待され、党への忠誠が改めて求められた。掟を破った者と距離を置くことで忠誠を誓い、党の方針に異存はないことを示すために。ＦＤＪはこの原則が守られるよう目を光らせた。ＦＤＪの活動はこれしかなかったし、強大な力をもっていた。学生でこの団体に入らないことはあり得ないほどだった。彼らの集会の時間に参加しないなどということはほとんど不可能だった」

「さっき、対立するグループもあったと言っていたのでは？」エーレンデュルが訊いた。

「いや、対立グループとまで言えるかどうか」ハンネスが言った。「たいていは集まって、西側のラジオを聴いたり、エルヴィス・プレスリーや西ベルリンのことを話したりしていた若者たちだった。それと、社会主義体制の中ではあまり高く評価されていなかった宗教のことも。そう、それから確かにいたね、他の社会体制のために立ち上がった若者たちも。本当の民主主義と、言論と表現の自由を実現しようと。一番叩かれたのは彼らだった」

「さっき、ロータル・ヴァイセルがあなたにスパイになれと誘いかけたというようなことを言いましたね？　ロータルのような男は他にもいたんですか？」エーレンデュルが訊いた。

「もちろん。相互監視は広く実行されていた。大学でも一般市民の間でも。そしてみんなが告げ口されるのを恐れていた。大いに意気込んでそれを実行した人々もいたし、できるだけ避けて関わらないようにしていた人々もいた。だが、私と同様、このようなシステムは社会主義の真髄に反すると思っていた人間はきっと多かっただろうと思う」

「もしかしてロータルに協力していた人間がアイスランド人の中にもいたと思いますか？」エーレンデュルが訊いた。

「なぜそれを訊く？」ハンネスが問い返した。

「ロータルは六〇年代にレイキャヴィクに商務官として外交官パスポートで滞在しているんです。そのときに協力者がいたかどうかを知りたい」エーレンデュルが言った。「これは単なるルーティンの質問です。我が国はスパイ活動をしていない。例の湖の男が誰かを知るために情報を集めているだけです」

ハンネスは二人を交互に見た。

「当時の東ドイツの社会制度に貢献していたアイスランド人を私は知らない。例外はもしかするとエミールだ。彼は表と裏の顔をもっていたと思う。トーマスがライプツィヒから帰ってきてからずっとあとに私を訪ねてきて同じ質問をしたときにも私はそう答えた。彼はそのときまさに同じ質問をした」

「トーマス？」エーレンデュルが聞きとがめて言った。東ドイツで勉強した留学生たちの中にあった名前だった。「ライプツィヒで学生時代を過ごした人たちとはいまでも連絡があるんですか？」

「いや、そうではない。ほとんど彼らと付き合いはないのだが、トーマスと私には共通点があるのだ。二人とも大学から追放されたということで。彼も大学卒業の資格をとる前に追い出されたのだ。私とまったく同じように。彼の場合はライプツィヒを出ろと命じられた。帰国してから、彼は私に会いに来て、恋人のことを話した。イローナというハンガリー女性だった。私も彼女のことは知っていた。彼女は共産党の規律にあまり敬意を払わなかった。いや、これは穏やかな言い方をすれば、の話だが。彼女は当時の東ドイツとは違う環境から来ていた。ハンガリーはもっと自由だったのだ。ハンガリーの若者たちは共産圏諸国の上に覆いかぶさっていたソ連に対してはっきりものを言い始めていた」

「なぜ彼はあなたに恋人の話をしたのでしょう?」エリンボルクが訊いた。

「私を訪ねてきたとき、彼は別人のように落ち込んでいた。以前の私そっくりだった。かつて彼は非常に自信があり、確信に満ちていた。社会主義的な理想に燃えていた。その思想のために闘っていた。家族も組合運動の生え抜きだった」

「なぜ彼は落ち込んでいたんです?」

「恋人がいなくなったからだ」とハンネスは言った。「イローナはライプツィヒで逮捕され、そのまま二度と戻らなかった。彼はこのために完全に人格が壊れてしまったようだった。連行されたとき彼女は妊娠していたらしい。泣きながら彼はそう打ち明けてくれた」

「トーマスはその後もあなたを訪ねてきたのですね?」エーレンデュルが訊いた。

「それはじつを言うと少し奇妙だった。それから何年も経ってから彼は再びやってきて、またこの話をした。もうすでに忘れてもいいほどの時間が経っていたのだが、トーマスが忘れていないことは明らかだった。彼はすべて憶えていた。一つ一つ、まるで昨日のことのようにはっきり憶えていた」

「なぜ彼はふたたびあなたを訪ねてきたのでしょう?」エリンボルクが訊いた。

「エミールのことを訊くためだった。エミールがロータルに協力していたかどうか。あの二人は特別に親しい関係だったかと。なぜそれを訊いたのか、その理由はわからない。私はエミールがロータルによく思われようとしていたことは確かだと答えた」

「あなたはどうしてそれを知っていたのですか?」

「エミールは大学の授業についていけなかった。そもそも彼は大学には向いていなかったのだ。熱心な社会主義信奉者ではあったが。彼は我々の話をすべてロータルに伝え、ロータルはエミールが十分な奨学金と良い成績が与えられるように手配していた。エミールはトーマスと特に親しかったので、なんでもロータルに筒抜けだったのだ」

「あなたはこんな事情をどうして知ったのですか？」エーレンデュルが訊いた。

「工科の教授から直接に聞いたからだ。別れのあいさつをしに行ったときに。大学から追放されてからのことだ。教授は私が大学卒業資格を得ないで帰国させられることをことのほか怒っていた。教授陣全員が同じ意見だと言った。エミールのような学生はほしくないのだが、どうすることもできないと嘆いた。ロータルのような人物も歓迎しないが、教授たちにはどうしようもないと。教授は、エミールはよっぽどロータルにとって大事な存在なのだろうと言った。エミールの成績はさんざんだったのだが、ロータルは大学側に掛け合って落第しないように手を打っていた。表向きはＦＤＪが働きかけたように見えたが、じつはロータルが後ろで糸を引いていたのだ」

ハンネスはしばらく沈黙したあと、静かに言った。

「エミールは我々の中で一番強固な共産主義者で、スターリン信奉者でもあった」

「なぜ……」とエーレンデュルが言いかけたとき、ハンネスがまるで独り言のように言葉を続けた。まるでライプツィヒにいる若い学生に戻ったようだった。

「私たちは本当に驚いたものだ」と言って、彼は宙をにらんだ。「東ドイツの社会制度に。私たちは一党支配と恐怖と抑圧の目撃者になった。帰国してからそれを報告したのだが、なんの反応もなかった。私は東ドイツで見た社会主義はナチズムの継続だと思った。確かにソ連の影が東ドイツ全体を覆ってはいたが、私は行ってまもなくあの国の社会主義はナチズムの新しい形にすぎないと思った」

30

ハンネスは話し終わると咳払いして、相手二人の顔を見比べた。エーレンデュルもエリンボルクも、ハンネスにとってライプツィヒで過ごした留学時代のことを話すのは容易なことではないのだと感じた。その時代の記憶を呼び起こすことはめったになかったに違いない。エーレンデュルが、腰を下ろして話を聞こうと途中で提案するまで、三人は立ったままだった。

「何か他にも知りたいことがあるか?」ハンネスが訊いた。

「このトーマスという男ですが、彼は帰国後長い年月が経ってから、エミールとロータルのことをあなたに訊きに来たのですね? そしてあなたは間違いなくあの二人は通じていたと彼に言った。エミールは周りの学生を監視しロータルに知らせていたと」

「そうだ」ハンネスが答えた。

「なぜトーマスはエミールのことを訊いたのでしょう? それと、このエミールという男のことをもう少し話してくれませんか?」

「なぜエミールのことを訊きに来たのか、トーマスは言わなかった。じつは私はエミール本人のことはあまり知らない。最後に聞いたのは、彼は外国に住んでいるという話だった。学生時代からずっとそうだったに違いない。おそらくアイスランドには一度も戻っていないのではないか。数年前、やはりライプツィヒで一緒だったカールという男に偶然出会った。スカフタフエットルに観光に来ていた。私も別のルートでそこに行ったので、偶然の出会いに二人でライプツィヒの時代の話をした。そのとき彼は、エミールはずっと外国に住むことにしたらしいと言った。大学卒業後、エミールとは会ったこともないし、手紙のやりとりもないと」

「それじゃ、その後のトーマスはどうです？　彼のことは何か知っていますか？」

「いや、あまり知らない。彼は確か工科の学生で技術者を目指していた。が、その後はどうしたのだろう。技術方面で仕事をしたのかどうか、私は知らない。さっきも言ったように彼はライプツィヒから追放された。いま話したように彼とは二度しか会っていない。帰国してすぐと、エミールのことを訊きに来たときと」

「彼が訪ねてきたときのことを詳しく話してくれますか？」エリンボルクが言った。

「あまり話すことはない。ライプツィヒの時代のことを話しただけだった」

「なぜトーマスがエミールのことを知りたかったのか、わかりますか？」エーレンデュルが訊いた。

ハンネスは二人をじっくりと見て、言った。

「もう少しコーヒーをいれることにしよう」

ハンネスがヴォーガルの新興住宅地にできたばかりのテラスハウスに住んでいた当時のこと。ある晩、ドアベルが鳴り、開けてみるとそこにトーマスが立っていた。秋で、灰色のグズついた天気、庭の木々を風が吹き抜ける音がし、小雨も降っていた。外に立っている人物が誰なのか、すぐにはわからなかった。そしてそれがトーマスだとわかって、彼は驚いた。あまりに驚いたので、外は雨だったにもかかわらず、すぐには中に入るように声をかけることができなかったほどだった。

「ごめん。邪魔をしてしまって」と、まずトーマスは謝った。

「いや、そんなことはない。ひどい天気だな。どうぞ中へ、入って、入って。よく来たな」

トーマスはレインコートを脱いで、ハンネスの妻にあいさつした。子どもたちも出てきて、物陰からめずらしそうにのぞいていた。トーマスは子どもたちに笑いかけてあいさつした。コーヒーを飲み、天気の話をしてから、ハンネスは地下にある書斎で話をしようかと言い、二人は地下室へ行った。よほど重要な用件で来たのだろうと思ったからだった。トーマスの様子はどこか焦っているように見えた。動作がぎこちなく、よく知らない人間の家を訪ねてきたことに居心地の悪さを感じているように見えた。トーマスとはライプツィヒでもとくに付き合いはなかった。ハンネスの妻はトーマスという名前も聞いたことがなかった。

地下室に移ってから、二人はしばらくライプツィヒの思い出話をした。何人かのその後のことは知っていたが、全部を知っていたわけではなかった。ハンネスはゆっくりと訪問の目的である話題へと進むトーマスを見て、この男のことは決して嫌いではなかったことを思い出した。初めて大学の図書館で会ったときのことも憶えていた。行儀のいい口のきき方、恥ずかしそうな態度に好感をもったことも。彼はいわば、理想を椅子の下に隠したりしない、情熱的な若い社会主義者だった。

ハンネスはイローナが連行された話はよく憶えていた。最初に訪ねてきたときに聞いていたのだ。

そのとき、トーマスはまだ東ドイツから戻ったばかりだったが、ハンネスがライプツィヒで知っていたトーマスとはすっかり変わっていた。彼はイローナの話、何が起きたかを事細かに話した。ハンネスは心からの同情を禁じ得なかった。もう一つ、手紙のことがあった。大学から追放されたとき、ハンネスは怒りのあまりお前のせいだと責める手紙をトーマスに送っていた。だが、怒りが静まり、故国に帰ってみると、それはトーマスのせいではなく自分のせい、自分が体制の中枢を批判したからだとわかった。トーマスが手紙のことを切り出し、自分が悪かった、とても悪いことをしたと思っていると言ったとき、ハンネスは忘れてくれと言った。あの手紙を書いたときは動転していた、真実ではなかったと言った。それで二人は和解した。トーマスは、イローナのことでアイスランドの社会党首脳部に訴えたと話した。首脳部はその件で東ドイツに連絡すると約束した。しかし同時に彼はライプツィヒから追放されたことで厳しく批判され、立場を悪用した、信頼を裏切ったと糾弾《きゅうだん》された。彼は責任を感じ深く後悔していると言い、党の幹部の問いにはすべて答えた。彼の望みはただ一つ、イローナを救い出すことだけだった。だが、何もかも無駄だった、とトーマスは言った。

この最初の訪問のときにトーマスが話したことで、もう一つ記憶に残っていることがあるとハンネスは言った。トーマスはハンネスがイローナと付き合っていたという噂を聞いたと言い、イローナは故国から出るためにアイスランド人と結婚したがっているとも聞いたと言った。ハンネスはそんなことは聞いたこともないと言い、イローナとは数回集まりで会った程度で、政治に興味をなくしてからは、一度も会わなかったと言った。

それから十二年の月日が経ち、トーマスがふたたび現れたのだった。そして、ロータルの話をしたあと、ようやく来訪の目的に近づいたようだった。

「エミールのことを訊きたいんだ。彼とぼくがライプツィヒで親しかったことは知ってるよね?」トーマスが訊いた。

「ああ、知っている」

「エミールは……、なんと言ったらいいか……、ロータルと特別に近い関係だったのだろうか?」

ハンネスはうなずいた。人の悪口は言いたくなかったが、エミールとはまったくと言っていいほど付き合いがなかったし、彼に関しては自分なりの考えをもっていた。教授たちがエミールとロータルについて言っていたことをトーマスに伝えた。教授たちの言葉は彼がエミールに関しすでに持っていた印象を裏付けるものだったと。エミールは相互監視に深く関わり、そのために党と自由ドイツ青年同盟《FDJ》から優遇されていたと。

「きみが大学から追放されたことにエミールが関係していたと思ったことがあるか?」トーマスが訊いた。

「それはなんとも言えない。FDJに密告したのはエミールとはかぎらないし、複数だったとも考えられるからだ。ぼくはきみを責めた。きみのせいだと思ったから、手紙を書いた。憶えているだろう？　でも、話しても大丈夫なことと、話してはいけないことの区別がわからないときに、誰のせいだなどと言うこと自体、無理なことなんだ。それでぼくはこのことについては一切話していない。もう過去の話だ。忘れたし、とっくに土の中に埋めてしまったことだ」

「ロータルがいまアイスランドにいるのを、知ってるかい？」とトーマスが突然訊いた。

「ロータルが？　アイスランドに？　いや、知らない」

「東ドイツ通商事務所と何か関係のある仕事で来ているらしい。まったく偶然に会った。いや、見かけたと言うほうが正しい。彼は通商事務所へ行く途中だった。ぼくはアーイギシンダ通りを歩いていた。そのあたりに住んでいるので。向こうはぼくに気づかなかった。少し距離があったが、間違いなくそれはロータルだった。一度、イローナが連行されたとき、ぼくは彼を責めたことがある。すると彼は〝もっと近くを見ることだな〟と言った。そのときはなんのことかわからなかったが、いまはその意味がわかると思う」

　二人ともそこで黙った。

　ハンネスはトーマスを見た。そして、この昔の学友がどれほど孤独か、誰からも助けを得られずにいかに一人で闘ってきたかがわかった。彼のために手を貸してやりたいと思った。

「何かぼくにできることがあったら、手伝えることがあれば……」

「教授はエミールはロータルの協力者で、その恩恵を受けていると言ったのか？」

「ああ、そうだ」

「エミールがその後どうなったか、知っているか？」トーマスが訊いた。

「外国に住んでいるんじゃないかな？　大学のあと、国に帰ってきていないらしい」

二人は長いこと黙って座っていた。

「イローナとぼくが付き合っていたという噂、誰から聞いた？」ハンネスが訊いた。

「ロータルから」トーマスが答えた。

ハンネスはためらったのち、口を開いた。

「これ、言っていいのかどうかわからないのだが」としまいに言った。「国に帰る直前、ぼくはまったく別のことを聞いた。きみはドイツから帰ったときとても動揺していたから、ぼくは噂話など伝えたくなかった。たくさんの人からいろんなことを聞いていただろうから。ただ、一つだけ言うと、きみたちが付き合い始める前に、エミールがイローナを追いかけ回していたという噂があった」

トーマスは愕然とした。

「そういう噂を聞いたんだ」とハンネスは言い、目の前のトーマスの顔が真っ白になるのを見た。「単なる噂で、本当ではなかったかもしれないが」

「つまり、ぼくとイローナが付き合う前は、エミールが彼女と付き合っていたということ？」

「いや、そうじゃない。彼はイローナに関心があったということだ。いつも彼女のあとを追いかけていた。自由意志で参加する作業も彼女と同じものに……」

「エミールとイローナ？」トーマスは信じられないと言うようになった。

「エミールは一方的に彼女に熱を上げていたんだろう。とにかくぼくはそういう噂を聞いた」と、噂であることを強調したが、言うべきではなかったと後悔した。この話は決して言ってはいけないことだった。それはトーマスの顔を見ればわかることだった。

「この話、誰から聞いたんだ？」トーマスが言った。

「憶えていない。それにこれはきっとなんの根拠もない噂にすぎないだろうよ」

「エミールとイローナ？　イローナは関心がなかった？」トーマスがつぶやいた。

「そう。全然。ぼくはそう聞いた。彼女はまったく関心がなかったと。エミールはがっかりしただろうな」

ふたたび沈黙。

「イローナからこの話聞かなかった？」

「ああ。まったく聞いていない」トーマスが答えた。

「そのあと、彼は帰っていった」と言って、ハンネスはエーレンデュルとエリンボルクを見た。

「その後彼とは一度も会っていないし、正直なところ生きているかどうかも知らない」

「ライプツィヒでの経験は楽しいものではありませんでしたね」エーレンデュルが言った。

「一番嫌だったのは個人的な密告だった。それといつも疑っていなければならなかったこと。とても我慢がならなかった。それでも、私たち学生たちはなんとか過ごしていた。もしかすると私たちは社会主義の偽りの装った顔にそれほど関心がなかったのかもしれない。みんな欠陥のある制度の中でなんとか暮らしていた。うまくなんとか生き延びる者もいた。大学は予測どおりだったと言うしかない。学生の大部分は農家や労働者の子どもたちだった。それ以前にもそれ以降にも、そんなことがあっただろうか、どこかの国で？」

「なぜトーマスはそんなに時間が経ってからあなたを訪ねて、エミールのことを訊いたのでしょう？」エリンボルクが言った。「エミールとどこかで出会ったのでしょうか？」

「それは知らない。彼は何も言わなかった」

「そのイローナという女性」エーレンデュルが言った。「その後どうなったか、誰か知っているのでしょうかね？」

「いや、誰も知らないと思う。あれは特別な時代だった。ハンガリーで動乱が起きたあと、すべて鎮圧されたわけだが。あんなことを他の共産圏の国で繰り返させてはならないということだったのだろう。意見の違いとか批判的な討論などというものが許されなかった時代だ。イローナがどうなったかを知る者はいないと思う。トーマスは知らされなかった。いや、知らされなかったと思うが、本当のところは知らない。私はあの時代のことはきれいさっぱり忘れることにした。過去のことで、話すのも嫌なのだ。あれはじつに忌まわしい時代だった。そう、じつに忌まわしい時代としか言いようがない」

「エミールとイローナの噂のことをあなたに教えたのは誰ですか」エリンボルクが訊いた。

「カールという男だ」とハンネスは答えた。

「カール？」

「そう」

「やはりライプツィヒに留学したアイスランド人？」エリンボルクが聞いた。

ハンネスはうなずいた。

「六〇年代にロシア製の盗聴器を使うような立場にいた人間を知ってますか？」エーレンデュルが訊いた。「誰か、スパイごっこをしていそうな人間を？」

「ロシアの盗聴器？」

「そうです。詳しくは話せませんが、そう訊かれて誰か思いつく人間がいますか？」

「ああ、いる。もしロータルが外交官になったのなら、考えられる。だが、どういうことだ？私には想像もできないが……、アイスランド人スパイということか？」

「いや、それは考えられない。それはないでしょう」エーレンデュルが言った。

「いや、とにかく私はそんなことは皆目知らない。ライプツィヒ時代の連中との付き合いもないし、ロシアとのスパイ合戦などとはまったく縁のない暮らしをしてきた人間なので」

「ロータル・ヴァイセルの写真は持っていませんよね？」エーレンデュルが訊いた。

「ああ、持っていない。そもそもあの時代のものはほとんど何も持っていない」

「このエミールという男、なんだか怪しいですね」エリンボルクが言った。

「ああ、そうかもしれない。さっきも言ったように、彼はずっと外国に住んでいるのかもしれない。ただ、じつは私は……、私が最後にエミールを見たのは……、ちょうどトーマスが二度目にやってきた、あのおかしな訪問をしたころのことなのだ。レイキャヴィクの街中で、ちらっとエミールを見かけた。ライプツィヒ以来、初めてのことだった。ほんの一瞬だったが、あれはエミールに間違いないと思う。後にも先にもそのときだけだ。彼のことは何も知らない」

「それじゃ、そのとき彼と話をしなかったんですね？」エリンボルクが訊いた。

「話？　いや、そんな暇はなかった。彼は車に乗るところで、すぐに行ってしまった。ほんの一瞬だったが、彼に間違いない。それは確かだ。思いがけない人間を見たので、とても驚いたのをよく憶えている」

「車の種類は憶えていますか？」

「車の種類？」

「どこ製の車かとか色とか」

「黒だった」とハンネス。「だが、私はあまり車のことは詳しくない。それでも車の色は黒だったということは憶えている」

「フォード、じゃなかったですか？」エーレンデュルが訊いた。

「それはわからない」

「フォードのファルコン？」

「さあ。ただ、色が黒だったのは確かだ」

31

男はペンを机の上に置いた。ライプツィヒで起きたこと、その後アイスランドに戻ってからのことをできるかぎりわかりやすく具体的に書いたつもりだった。全部で七十枚書いた。ここまで書くのに数日かかったが、まだ終わっていない。最後をどうするかは決めていた。その決心に満足していた。これからすることに迷いはなかった。

彼はいま、偶然にロータルをレイキャヴィクの路上で見かけたところまで書いた。アーイギシンダ通りを散歩していたとき、一つの建物に入っていくロータルを見た。長い間会っていなかったにもかかわらず、ロータルであることはすぐにわかった。でっぷりと太り、足取りも重かったが、向こうは気づかなかった。ロータルに気づくと、男はすぐに足を止め、目を瞠《みは》った。最初の驚きがしずまると、男は相手に気づかれないように半分背を向けてゆっくり戻り始めた。ロータルは門の中に入ると、きちんと閉め、それから敷地の中に入っていった。おそらく建物の裏口から入るのだろうと彼は思った。表には東ドイツ通商事務所という表札が掲げてあった。男は呆然として道に立ったまま建物を眺めた。まだ日が高く、いい天気の中を散歩していた。いつも昼食時間のあと一時間自宅に帰った。職場は保険会社で、レイキャヴィクの町の中央部にあった。そこで二年ほど働いていて、職場にも仕事にもとても満足していた。事故や災難に備える保険を家族に勧める仕事はやりがいがあった。時計を見て、遅刻しそうだと思った。

夕方、男はまた散歩をした。それもよくあることだった。たいていはルートが決まっていた。町の西側をアーイギシンダ通り沿いに歩く。ゆっくりと歩いて例の建物を覗き込み、ロータルの姿が窓に映るのを期待したが、何も見えなかった。窓二つに明かりが見え、中に動きはなかった。家に戻ろうとしたとき、建物の脇の駐車場から突然黒いヴォルガがバックして出てきた。車はそのまま反対方向に走り去った。

男はここで自分が何をしているのかわからなかった。何を、誰を見ることを期待していたのか。例えばロータルが建物から出てきたとしても、自分は彼に話しかけるか、あるいはただその後を尾《つ》けるか、わからなかった。話しかけるとしたら、なんと言うか?

それから数日、夕方になると彼はアーイギシンダ通りを散歩し、例の建物の前をゆっくり歩いた。ある晩、三人の男が建物から出てくるのを見た。二人は黒いヴォルガですぐにいなくなったが、三番目の男は、これがロータルだったが、男たちを見送ると、町の中央に向かってホフスヴァラガータを歩いていった。時刻はおよそ八時。彼はその後をついていった。ロータルはゆっくりとツンガータを上っていき、ガルダストライティ通りに入り、そのまま北へヴェスツールガータまで行き、そこでナウストというレストランに入った。

男はそこでロータルが食事をしている間二時間待った。秋だったので、かなり寒かったが、彼は冬のコートとマフラーと耳の防寒具まで用意していた。こんなスパイごっこをしている自分が馬鹿げて感じられた。フィッシェールスントの側に立ってレストランの入り口を見張っていた。ロータルはレストランから出てくると、ヴェスツールガータを下り、オイストゥルストライティ通りに入り、そこからはシンクホルト方面へ向かった。そしてベルクスターダストライティ通りまでくると、裏通り側に立っている粗末な小屋のような建物の中に入っていった。そこはホルトホテルの近くだった。家のドアが開き、中から誰かがロータルを迎え入れた。顔は見えなかった。

中のことは何も見えなかったが、男は興味が湧き、その小さな小屋に近づいた。街灯は小屋まで届かなかったので、暗闇の中をそっと歩いた。ドアには南京錠が下りていた。そっと近くの窓に近寄り、中を覗いた。机の上にランプが置いてあり、その薄明かりの中に二人の男の姿があった。

片方の男がランプの光の中にぐいと体を寄せた。突然その男が誰かわかり、男はまるで平手打ちを食らったかのように驚いて窓から体を引いた。

ライプツィヒ時代の友人だった。長い間会っていない友人。

エミール。

男はこっそりと建物から離れ、通りに戻ってしばらく待った。そしてしまいに、ロータルがエミールと一緒に家を出てくるのを見た。エミールはすぐに暗闇の中に消えたが、ロータルは西のほうに向かって歩きだした。彼はロータルのあとを尾けながら、これはどういうことなのだろうと考えた。エミールとロータルがレイキャヴィクで一緒に何をしているのだろう。エミールは外国にいるのではなかったのか。いずれにせよ、昔の学友について男はあまりにも知っていることが少なかった。

彼はその後もいろいろ考えたが、何もわからなかった。そしてしまいにハンネスを訪ねることにした。前にも一度彼を訪ねたことがあった。ライプツィヒから帰ってきてすぐ、イローナのことを話すためだった。もしかするとハンネスはエミールとロータルのこと、その関係について何か知っているかもしれない。

ロータルはアーイギシンダ通り沿いの通商事務所と表札の出ている建物の中に姿を消した。男はそこから少し離れてしばらく待ったが、家に帰ることにして歩きだした。そのとき突然閃いたことがあった。最後にロータルに会ったときに言われた意味不明のおかしな言葉だった。

もっと近くを見ることだな。

32

セルフォスからの帰途、エーレンデュルとエリンボルクはハンネスの話を確かめ合った。すでに夕方になっていて、ヘットリスヘイディ経由の道路はさほど混んでいなかった。エーレンデュルは黒いファルコンのことを考えていた。いまの時代、もはや昔のアメ車フォード・ファルコンはレイキャヴィクの道路を走ってはいないだろう。だが、あのモデルはとくに人気があったらしい。エリンボルクの夫のテディがそう言っていた。頭の中にはトーマスという学生の恋人で、連行されたというイローナという女性のことがあった。このトーマスという男をすぐにも訪ねなければ。湖の男が一九五〇年代にライプツィヒで学生だった者たちとどう繋がりがあるのか、エーレンデュルはまだよく掌握《しょうあく》できていなかった。また彼の頭の中には、どうしようもないほど堕ちてしまっている娘のエヴァ＝リンドのことがあったし、いままでほとんど付き合いがなく何も知らないと言っていい息子のシンドリ＝スナイルのこともあった。これらのことが頭の中でぐるぐると渦巻いていた。エリンボルクはそんなエーレンデュルにちらりと視線を送り、何を考えているのかと訊いた。

「べつに」

「何かは考えているでしょう」エリンボルクが言った。

「いいや、べつに」とエーレンデュルは繰り返した。「べつに何も考えていない」
エリンボルクは肩をすくめた。エーレンデュルは次にヴァルゲルデュルのことを思った。ここ数日、彼女から連絡がなかった。彼女には時間が必要なことは知っていたし、自分も急いでいない。彼女はおれの中に何を見ているのだろうと不思議に思った。孤独でクソ真面目な、暗い部屋にいるのを好《この》む男に彼女は何を見たのだろう。ときどき思うことがあった。自分は彼女の相手としてふさわしくないのではないかと。

だがエーレンデュルは、自分が彼女の中に何を見たのかははっきりわかっていた。最初に会ったときから、わかっていた。彼女は自分とはまったく違う、だが、そうありたいと思うような人間だった。二人は肝心なところはすべて正反対だった。美しく、親切で、明るい。結婚生活がうまくいっていなかったにもかかわらず、そしてそのことが彼女に大きな影響を与えているに違いなかったが、彼女はそれに負けないように頑張っていた。いつも問題の中に肯定的な部分を見つけ、誰かを、何かを憎むなどということは彼女にはあり得ない。他の者によって不機嫌にさせられることもない。何かがあっても彼女の人生に取り組む態度——穏やかで、寛容であるその態度——が変わるなどということがない。どうしようもない愚か者にしか見えない彼女の夫でさえも、彼女に影を落とすことができない。エーレンデュルはそう思っていた。

エーレンデュルは自分が彼女の中に何を見ているのか、よく知っていた。彼女と一緒にいると体の中から力が湧いてくるのだ。

「考えていることを言ってくださいよ」エリンボルクが言った。よほど退屈らしかった。

「べつに」エーレンデュルが答えた「べつに何も考えてなどいない」

エリンボルクは首を振った。エーレンデュルは、いつもよりずっと自分たちと過ごす時間が多かったにもかかわらず、夏中不機嫌だった。エリンボルクはシグルデュル＝オーリともこのことを話し、おそらくエヴァ＝リンドが原因だろうと推測した。エーレンデュルはこのところずっと娘に会っていなかった。二人ともエーレンデュルが娘のことを心配していること、彼女を助けようと手を尽くしたことを知っていた。だが、娘のほうはまったくそれをわかっている様子がなかった。あの子は救いようがない、というのがシグルデュル＝オーリの繰り返し言う決まり文句だった。エリンボルクはエヴァ＝リンドのことを話そうと何度か試みたが、エーレンデュルはただうるさそうに手を振るばかりだった。

二人は沈黙したまま、エリンボルクの住んでいるテラスハウスの前まで来た。

彼女はすぐには車を降りず、エーレンデュルに体を向けて言った。

「本当のところ、どうなんです？」

エーレンデュルは答えなかった。

「この件はどうします？　わたしたち、このトーマスという男に会いに行かなければならないんじゃないですか？」

「ああ、そうだ」エーレンデュルが答えた。

「エヴァ＝リンドのことを考えてるんじゃありませんか？　だからそんなに黙り込んでいるんでしょう？」

「おれの心配はしなくていい。じゃ、また明日」

エーレンデュルはエリンボルクが車を降りて自宅の玄関に向かう背中を見送った。玄関ドアを開けて中に入るのを見届けてから車を出した。

二時間後、自宅の椅子に座って、暗い中で考えていたとき、下の入り口から電話があった。エーレンデュルは立ち上がってインターフォンの受話器を取り、相手が誰かを聞いてからボタンを押して入り口のドアを解錠した。アパート中の明かりをつけてから玄関に出てドアを開けて待った。ヴァルゲルデュルが姿を現した。

「もしかして、今日は一人でいたいのでは?」

「いや、そんなことはない。中に入って」

ヴァルゲルデュルは中に入り、彼はコートを受け取った。テーブルの上に本が伏せてあるのを見て、ヴァルゲルデュルは何を読んでいたのかと聞いた。大きな雪崩《なだれ》事件についての本だと彼は答えた。

「そして全員が恐ろしい雪崩に巻き込まれて死んだ、という?」

二人はしばしばエーレンデュルの関心事——人々の暮らし、歴史、ドキュメンタリー、そして恐ろしい事故や死など——について話をしていた。

「いや、全員じゃない。一部は運よく助かった」

「だからあなたは雪崩や山での遭難についての本を読むの?」

「どういう意味?」エーレンデュルが訊き返した。

「一部は助かるから?」

エーレンデュルは微笑んだ。

「そうかもしれないな。きみはまだお姉さんのところにいるの?」

ヴァルゲルデュルはうなずいた。そして、離婚のことで弁護士に頼まなければならないかもしれないと言い、誰かいい弁護士を知っているかと訊いた。自身はいままで弁護士を必要とするようなことに出会ったことがなかったと言った。エーレンデュルは署で訊いてみると言った。なにしろ弁護士が大勢出入りする職場だからと。

「あの緑色の飲み物、まだある?」と言って、ヴァルゲルデュルはソファに腰を下ろした。

彼はうなずいてシャルトリューズの瓶とグラスを二つ取り出した。このリキュールを作るのに三十種類ものハーブが必要と聞いたことがあるのを思い出した。彼女のそばに腰を下ろして、その一つ一つの名前を数え上げた。

ヴァルゲルデュルはその日夫に会った話をした。彼は生まれ変わると約束するから家に戻ってきてほしいと言ったという。だが、彼女の決心が固いことを知ると、彼は怒り、大声で彼女を罵《のの》り始めた。そこはレストランだったが、他の客が眉をひそめてもかまわず彼女をなじり続けた。彼女は立ち上がり、彼を一顧だにせず、レストランをあとにしたと言った。

彼女が話し終わると、二人は何も言わず静かにシャルトリューズを飲んだ。「もう一杯い?」とヴァルゲルデュルが訊いた。「さあ、それじゃ、これからわたしたち、何をしましょうか?」

エーレンデュルはグラスのリキュールを飲み干した。強い酒が喉を刺激した。

二人のグラスに緑の液体を新たに注ぎながら、彼女がアパートの中に入ってきたときに吸い込んだ香りのことを思い出した。遠い昔の夏の匂いのようだった。そして自分でもよくわからない、不思議な喪失感を覚えた。

「したいことをすればいい」と言った。

「それじゃ、あなたは何をしたいの？」ヴァルゲルデュルが訊いた。「あなたはいままでとても辛抱強くわたしに付き合ってくださった。でも、もしかすると、あなたはべつに辛抱強いわけじゃなくて、わたしにあんまり関心がないんじゃないかと思い始めたの……」

二人とも何も言わない。彼女の言葉が宙にぶら下がったままだった。

「あなたは何をしたいの？」

エーレンデュルは二杯目のグラスを飲み干した。これはヴァルゲルデュルに会って以来彼が自分に問いかけてきた問いだった。べつに自分が辛抱強いとは思っていなかった。ただ、彼女をサポートしたいと思っただけだった。もしかすると自分は彼女に十分に関心を、あるいは温かさを見せなかったのかもしれない。自分でもわからなかった。

「きみは何か極端なことをしたいわけではないだろう。それはぼくも同じだ。きみがぼくの人生に現れてから、それほどまだ時間が経っていないし……」

エーレンデュルはここで口を閉じた。自分はこの部屋で本を読んで暮らしてきたが、いまきみが現れてこの部屋のソファに座っているのを嬉しく思っていると言いたかった。彼女はいままでの暮らしの中で彼が接してきたものとはまったく違っていた。夏の清々しい香りのようなもの。彼はどのようにヴァルゲルデュルを扱っていいかわからなかった。彼女に会ってから自分が望むものは彼女だけ、彼女と一緒にいたいという気持ちだけなのだということを、どう彼女に伝えていいかわからなかった。

「きみがいらないなどということじゃない。ただ、このようなことには時間がかかるんだ。とくにぼくには。それにきみは……、その、なんと言っても離婚の話し合いの真っ最中なわけだし……」

ヴァルゲルデュルは彼にとってこの話をするのはむずかしいことなのだとわかっていた。この話になりそうになると、彼はいつもためらい、言葉少なになる。そもそもが無口な人なのだ。だが、もしかするとそのために彼と一緒にいると気分が落ち着くのかもしれない。彼は無理をしない人。いつもそのままの人。他の振る舞いをすることなど、まったくできないに違いなかった。彼は言うこともなすことも嘘のない人だった。ヴァルゲルデュルはそれがわかっていた。それこそ彼女が探し求めていたもので、安心を感じるところだった。彼女はエーレンデュルを心から信じることができた。

「ごめんなさい」と言って、彼女は微笑んだ。「わたし、べつにあなたと問題解決の会議を開いているわけじゃないの。でも、あなたの気持ちを聞きたい、わたしたちがどこにいるのかを知りたいと思って。それはわかってもらえるでしょう?」

「ああ、もちろんだ」とエーレンデュルは言った。二人の間にあった緊張が少し緩んだような気がした。

「時間がかかるのはわかるわ。どうなるかはこれから自然にわかるでしょう」

「そうだね。ぼくもそう思う」

「よかった」と言って、彼女はソファから立ち上がった。エーレンデュルも立った。彼女はこれから息子たちに会いに行くというようなことをつぶやいたが、エーレンデュルにはよく聞こえなかった。別のことを考えていた。ヴァルゲルデュルは玄関に向かい、エーレンデュルは彼女の肩にコートをかけたが、彼女は何か別の気配を感じた。玄関ドアを開けながら振り向き、何か気にかかることでもあるのと訊いた。

エーレンデュルはしっかりと彼女をみつめて言った。

「行かないでくれ」

彼女は動きを止めた。

「ここにいてほしい」

ヴァルゲルデュルはためらった。

「本気なの？」

「ああ、本気だ」

ヴァルゲルデュルはそのまま動かず、彼をみつめた。エーレンデュルは彼女のそばに行って、また玄関の中に引き戻すと、ドアを閉め、彼女のコートを脱がせ始めた。彼女は止めなかった。

二人はゆっくりと静かに心を込めて愛し合った。最初はためらい、不安だったが、すぐにそれもなくなった。

　ベッドに横たわり、エーレンデュルは天井を見上げながら、自分はときどき東の方へ行くと話した。子ども時代を過ごした村に行って、昔のあばら屋に泊まるのだと。家は大きくなかった。四つの壁がまだ残っていて、半分壊れた屋根がかかっている。昔自分の家族がそこに住んでいたことを示すものは何もない。それでもそこにはかつての暮らしの残影があった。格子模様のリノリウム床の一部が残っていて、エーレンデュルはそれを憶えていた。台所の壊れた棚。小さな手のような窓格子が傾いている。そこへ行って思い出とともに床に体を伸ばすと、明るくて静かなその場所が世界の中で唯一自分の安らぐところと思えるのだと言った。

　ヴァルゲルデュルは彼の手を握った。

　エーレンデュルは行き先もわからないまま家を飛び出した少女の話を始めた。家では何もかもうまくいかなかった。母親ともうまくいかず、かと言って、そこにとどまって困難を切り開くほどの勇気もなく、ただそんな暮らしから離れたかった。それも理解できる。なぜなら少女には本当にほしいものが与えられなかったからだ。彼女は自分の暮らしに欠けているものがある、自分は裏切られている、と感じていた。自分をめちゃめちゃにしてしまいたいという思いに取り憑かれ、どんどん堕ちていってその深みから抜けられなくなってしまっていた。ひどい生活から逃げ出して、ときどき父親のところに来て匿ってもらうこともある。父親はできるかぎりのことをして彼女を助け出そうとするのだが、娘は誰の言うことも聞かず、また身を隠し、いまでは堕ちるところまで堕ちて、自暴自棄になっている。

ヴァルゲルデュルは黙ってその話を聞いた。

「いま彼女がどこにいるかは誰も知らない。まだ生きてはいるだろう。もし死んでいたら、きっとぼくの耳に入るだろうから。いまではただその知らせを待っているだけだ。ひどい嵐の中、自分は何度も彼女を探しに出かけ、ようやく見つけて家に連れ戻し、助けた。だが、彼女には通じない。彼女を救い出せる人間などいるのだろうかと思ってしまう」

「それはわからないとわたしは思うわ」ヴァルゲルデュルは長い沈黙のあと、ようやくポツンと言った。

ベッドのサイドテーブルの上の電話が鳴った。エーレンデュルはちらっと見て、応えないことにしようと思った。だがヴァルゲルデュルは応えるべきだと言った。こんな夜中に電話をしてくるのだからよほど大事なことに違いない、と。エーレンデュルはきっといつものようにシグルデュル＝オーリがどうしようもないことで電話してきているのだろうと思いながら受話器を取った。

相手がハーラルデュルだとすぐにはわからなかった。夜中に事務所に入り込んで電話をしている、あんたと会いたいと言った。

「なんの用事だ？」とエーレンデュルが訊いた。

「何が起きたか話したい」ハーラルデュルが言った。

「なぜ？」

「知りたいのか、知りたくないのか？　べつに、話さなくてもいいんだ」

「落ち着いてくれ。明日行こう。それでいいか？」

「明日だな」と言って、ハーラルデュルは電話を切った。

33

男は自分の書いた分厚い手紙を大きな封筒に入れ、宛名を書き、机の上に置いた。封筒の上を撫でて、その内容を思った。この話を書くべきかどうか葛藤があったのだが、やはりこれは避けられないという結論に至ったのだった。クレイヴァルヴァトゥン湖で骸骨《がいこつ》が見つかった。早晩捜査は自分に向けられるだろう。湖の男と自分を結びつける明白なものは何もないとわかっていたが、自分の助けなしにはきっと解決が難しいだろうと思った。彼は嘘をつきたくなかった。真実だけを残せば、それでいいのだと思った。

ハンネスを訪ねたことはよかった。ライプツィヒではハンネスとはすべてのことで意見が一致していたわけではなかったが、彼には初めから良い印象をもっていた。今回ハンネスの話は大きな助けになった。エミールとロータルの関係に新しい光を当ててくれたし、自分がライプツィヒに来る前にエミールとイローナが知り合いだったということもわかった。その後に起きたことがこれで少しわかりやすくなった。いや、そうではないかもしれない。その関係があるためにますます複雑になったのかもしれない。どう考えたらいいのか、彼にはまだわからなかった。

エミールと会って話をしなければ、という結論に達した。イローナとロータル、そしてライプツィヒでの様々な不明なことを問いたださなければならなかった。エミールがすべてを知っているとは思わなかったが、少なくとも知っていることはすべて吐き出させたかった。レイキャヴィクの街中の、あの建物の周りをいつまでもうろついているわけにはいかなかった。かくれんぼをして遊ぶ子どもじゃあるまいし、自分のプライドが許さなかった。

もう一つ、どうしてもエミールに会わなければならない理由があった。ハンネスを訪ねてから考え始めたこと。それはイローナが連行されたことに関し自分がどんな役割を果したのかということだった。自分がいかにナイーヴで、人を信じやすい、疑うことを知らない人間だったかを思い知った。いずれにせよ起きたことは避けられなかったに違いないとは思ったが、自分のナイーヴさのため、知らぬ間に協力することになったのかもしれない。それを確かめたかった。

ロータルのあとを尾《つ》けてから数日後の午後、彼はふたたびベルクスターダストライティ通りへ行き、エミールがいたあの裏通りの小屋の前に立った。仕事の帰り道、まっすぐにそこに行った。すでにあたりは暗くなり始め、空気も冷たかった。冬が近づいていた。

敷地の中に入った。小屋に近づくと、ドアに鍵がかかっていないのがわかった。錠がぶら下がっていた。ドアを開けて中を覗いた。エミールが作業台に向かって座っていた。彼はそっと中に入った。粗末な建物の中には何にするのかわからないようなガラクタがたくさん積まれていた。裸電球が一つ、作業台の上から吊るされていた。

彼がすぐ後ろに立つまで、エミールは気づかなかった。上着が椅子の背にかかっていたが、喧嘩で裂けたかのような大きな裂け目が見えた。エミールが何か腹立たしそうにつぶやくのが聞こえた。突然エミールは人の気配を感じたのか、手に持っていたカードから目を上げてゆっくり後ろを振り向き、彼の姿を捉えた。小屋の中で、後ろに立っているのが誰かわかるのに少し時間がかかったようだ。

「トーマス？　お前か？」とうなるように言った。

「やあ、エミール。ドアが開いていた」

「お前、ここで何をしている？」エミールが言った。「なんだ……、なんなんだ……、お前がどうしてここに？」何を言ったらいいのかわからない様子だった。

「ロータルのあとを尾けてここに来たんだ。アーイギシンダ通りで見かけて」

「ロータルのあとを尾けた？」エミールは信じられないように言った。相手から目を離さずに椅子から立ち上がった。「ここで何をしている？」と繰り返した。「なぜロータルのあとを尾けたりしたんだ？」エミールはドアのほうに目を走らせた。招かれざる客がもっと入ってくるのを恐れるように。「お前一人か？」

「ああ、そうだ。一人だ」

「なんの用事だ？」

「イローナを憶えているな？　ライプツィヒで」

「イローナ？」

「おれたちは付き合っていた。イローナとおれは」

「もちろん憶えているさ。それがどうした?」

「イローナがどうなったか、教えてくれ。こんなに時が経ったんだ。もう話してもいいだろう。知ってるんだろう?」

トーマスは静かに、抑制して、興奮せずに話すつもりだったが、それはできなかった。開かれた本同様に、すべてがその顔に表れていた。愛していた女性を失って、この間どれほど彼が苦しんできたかがそのまま。

「なんの話だ?」エミールが訊いた。

「イローナだ」

「お前、まだ彼女のことを考えているのか? 遠い昔のことじゃないか」

「彼女がどうなったのか、知っているか?」

「知らない。お前が何を話しているのかもわからない。お前はここにいちゃまずいんだ。出て行ってくれ」

トーマスは小屋の中を見回した。

「お前はここで何をしてるんだ? この小屋はいったいなんなんだ? いつアイスランドに戻ってきた?」

「ここからすぐに出て行ってくれ」と言って、エミールは心配そうに戸口のほうを見た。「他にもおれがここにいるのを知っている人間がいるのか? おれのことを知っている奴がいるのか？」

「イローナがどうなったか、言ってくれ」トーマスは繰り返した。

エミールはトーマスを睨みつけ、それから怒りを爆発させた。

「出て行け！　失せろ！　御託を並べるな。おれは何も知らない」

エミールはトーマスの体を押したが、彼は頑として動かなかった。

「イローナを密告して何を褒美にもらった？　奴らはどんな代償をくれた？　金か？　それとも良い成績か？　いい仕事をもらったのか？」

「何を言ってるのか、おれにはさっぱりわからない」それまでの低い声が怒鳴り声に変わった。

エミールはライプツィヒ時代とはすっかり外見が変わったように見えた。以前と同じように痩せてはいたが、いまはまるで病気のように目の下に黒い隈《くま》ができ、手の指はタバコのニコチンで真っ黄色、声はしゃがれていた。喉仏が突き出し、話すたびに上下するのが見える。髪の毛は薄くなっていた。長年会っていなかったので、若いときの記憶しかなかった。いまエミールは疲れきり、消耗しきっているように見えた。ここ数日髭も剃っていないのだろう。不精髭が生えていた。アルコール中毒症にかかっているようにも見えた。

「おれのせいだったんだろう、違うか？」トーマスが言った。

「やめろ、いい加減にしてくれ」と言って、エミールは彼をまた突き返そうとした。「出て行け。全部忘れろ」

トーマスは傍に避けた。

「イローナが何をしているかをお前に話したのはおれだった。お前にああいう行動をとらせたのは、もとはと言えばおれ自身だったんだ。おれが何もしゃべらなかったら、彼女はあんな目に遭わなくてもすんだかもしれない。おれが何も言わなかったら、奴らは集会のことも知らなかっただろうし、写真を撮ったりもしなかったに違いない」

「出て行け！」

「おれはハンネスからお前とロータルの関係を聞いた。そしてロータルと自由ドイツ青年同盟《FDJ》がお前に褒美としていい成績がもらえるように動いたという話も聞いた。お前はお世辞にも優秀な学生とは言えなかった。違うか？　お前が本を読んでいるところなど、一度も見たことがなかった。仲間を密告して何を褒美にもらったんだ？　友だちを裏切ってまで手にした報酬はなんだったんだ？」

「イローナは自分のセクトにおれを入れてくれなかった。だがお前のことは簡単に入れた」エミールは吐き出すように言った。「あの女は裏切り者だ」

「彼女がお前を拒んだからか？　お前と関係をもちたくなかったからか？　彼女がお前を拒んだことにそんなに腹が立ったのか？」

エミールは彼を睨みつけた。

「彼女がお前の何を気に入ったのか、おれにはわからん」とせせら笑った。「アイスランドを社会主義の国にすると張り切っていた優秀な理想主義者に彼女が何を見たのか。彼女が現れると、理想も何も放り出してしまったようなお前に。お前の何が良かったのか、おれにはいまで

「そうか。それでお前は復讐したかったのか？　そういうことだったのか？　彼女に復讐したかったということか？」

「お前ら二人とも当然の報いを受けたんだ。いい気味だ」エミールが言い放った。

トーマスはエミールと向き合いながら、奇妙な冷静さを感じた。この男は友だちではない、知らない人間だ、エミールは自分の知らない人間だったのだと思った。いま自分は悪と対峙しているのだ。学生時代に体制に対して感じたのと同じ種類の悪だ。自分は憎しみと怒りからエミールを殴るべきだと思ったが、急に体から力が抜けてしまった。長年感じてきた不安、心配、恐怖をすべて彼にぶつけたいという気持ちがなくなった。生まれてこのかた、一度も他の人間を殴ったことがないのが理由ではない。暴力に訴えたことがなく、一度も殴り合いの喧嘩をしたことがないせいでもない。彼はあらゆる形の暴力を認めない。それでも、いまこそ怒りが全身にふくれあがって、目の前にいるエミールを殺しかねないと思ったのだが、急に怒りが消えてしまい、残っているのは、言いようもない冷たさ、こんな男などどうでもいい、という冷たさだけだった。

「ああ、お前の言うとおりだ」睨み合いながらエミールが続けた。「お前は他の誰を責めることもできないんだ。イローナの会合のことを最初におれに話したのはお前だからな。彼女が社会主義に反対する人々に力を貸そうという考えをもっていると教えてくれたのはお前だった。そう、お前なんだ。お前の言うとおりだよ。知りたかったんだろう？　これで確認できたわけだ。お前の言葉が彼女の逮捕につながった。その糸口を提供したのはお前自身だったということだ！ 彼女がどんな動きをしているか、おれは知らなかった。それを教えてくれたのはお前だぞ。憶えてるか？ そのあとだ、彼らが彼女を監視し始めたのは。そのあと、彼らはお前を呼び出して忠告を与えたはずだ。ま、そのときはもうすでに時遅しだったがね。すでに歯車が動きだしていたからな。もうその時点では我々の手が届かない段階に入っていた」

トーマスはよく憶えていた。自分は話してはいけない人間に話してしまったのではないかと何度も何度も考えたことを。同国人は信頼できると思っていた。アイスランド人は互いをスパイし合うなどということは決してしないと。相互監視はアイスランド人の仲間の間にまで入り込んでいないと。思想をチェックする警察はアイスランド人の中まで入って統率してはいないと。そう信じていたから、彼はイローナの仲間に会ったことと彼らの考えをアイスランド人仲間に話したのだった。

彼は目の前のエミールを見た。その顔に表れている軽蔑を見た。そして一つの社会をそのような人間蔑視の価値観の上に築くなどということができるはずがないと思った。

「すべてが終わったときに、おれはそれに気がついた」とトーマスは言った。まるで自分に語りかけているような口調だった。この時間とこの場所から遠くに移っていて、何もかもうどうでもいいというような声だった。「すべてが終わったのだということがわかり、取り返しがつかないのだとわかったときに。それはおれが国に戻ってずいぶん時間が経ってからのことだった。イローナの会合のことをお前に話したのはおれだ。なぜそうしたのかはわからないが、それは確かにおれが話したのだ。それだけじゃない。お前にも他の者にも、一度この集まりに出たらいいとまで言った。おれたちアイスランド人は互いに隠し立てをしなかった。どんなことでも心配せずに話すことができた。まさかお前のような者がいるとは思ってもみなかったんだ」

しばらく黙ってから、トーマスはまた話を続けた。

「おれたちは友だち付き合いをしていた。だが、誰かがイローナのことを密告したんだ。大きな大学だったから、誰が密告したかなどわからなかった。そうなんだ。おれが、もしかしてアイスランド人の中に、おれたち仲間の中に密告者がいたのかもしれないと思い始めたのは、ずっと経ってからのことだ」

トーマスはエミールの目を覗き込んだ。

「おれたちが友だちだと思うなんて、おれは本当に大馬鹿者だった」と苦々しい口調で言った。

「おれたちはまだ子どもだった。まだ二十歳過ぎたばかりの子どもだった」

彼はエミールに背を向けて出口に向かった。

「イローナは誰とでも寝る女だ」その背中にエミールが投げつけた。

この言葉が聞こえたとたん、すぐそばの埃まみれの古い棚に立てかけられていたスコップが目に入った。トーマスはその持ち手に手を伸ばして頭上に振り上げると、体を半分後ろに開き、大声とともにエミールの上に振り下ろした。スコップは頭に当たり、エミールは目を宙に浮かせたまま動かなくなり、床に倒れた。

トーマスは石のように硬くなってその場に立ち尽くし、もはや命のないエミールの体を見つめていた。すっかり忘れていた、昔聞いた言葉が頭にがんがん響いた。

叩き殺すにはスコップが一番さ。

床に黒い血が広がり始め、トーマスは自分がエミールをスコップで叩き殺したのだとわかった。なんの感情も湧かなかった。彼はただそこに静かに立ってエミールの命のない体を見下ろし、床に血の海が広がっていくのを見つめていた。まるで自分とは関係ないものを眺めているような気がした。この小屋に来たのは、この男を殺すためではなかった。殺人を計画してはいなかった。考えてもいないことが起きたのだ。

どれほどの時間が経ったのかわからなかったが、誰かに話しかけられた。その男は彼の体を揺さぶり、軽く頬を叩いて何かを言った。トーマスは男が誰かわからなかった。その男は床に倒れているエミールの上にかがみこんだ。指を喉に当てて、脈を見ている。それは意味のないことだった。エミールが死んでいるのは間違いなかった。トーマス自身が殺したのだ。

男は死体から立ち上がって、トーマスに向き直った。トーマスはやっと男が誰かがわかった。肥満体になっていたにもかかわらず。それは彼がレイキャヴィクの町で見かけて後を尾けた男だった。この男が彼をエミールまで案内したのだ。

男はロータルだった。

34

エリンボルクが訪ねてきたときカール・アントンソンは在宅で、クレイヴァルヴァトゥン湖で発見された骸骨《がいこつ》が昔ライプツィヒに留学していたときのアイスランド人留学生たちと関係あるかもしれないと聞いて興味津々という顔をした。そしてエリンボルクを家の中に通した。ちょうど妻と一緒にゴルフに出かけるところだったが、それはあとでいいと言った。

その日少し前にエリンボルクはシグルデュル＝オーリと電話で話し、ベルクソラの調子はどうかと訊いた。すべて順調だとシグルデュル＝オーリは答えた。

「そしてあの男は？　夜中に電話してくるのはもうやめた？」とエリンボルクは訊いた。

「いや、いまでもときどきかかってくる」

「あの人、自殺しようとしているんじゃないかな？」

「うん、おれもそう思う」シグルデュル＝オーリは答えた。「ごめん、エーレンデュルが待ってるんだ」

二人は高齢者施設にハーラルデュルを訪ねることになっていた。エーレンデュルがしつこくレオポルドのことを嗅ぎまわった結果だった。モスフェットルスバイルの例の農家の周りを徹底捜査するエーレンデュルの申請は却下され、彼は落胆していた。

カールはレイニメルールにあるよく手入れされた庭付きの三家族用の建物に住んでいた。妻の名前はウルリーカ。ライプツィヒ出身のドイツ人でしっかり者だった。夫婦はすらりと整った容姿を保って歳を重ねていた。二人とも健康で元気そうだった。これ、ゴルフのせいかしら、とエリンボルクは心の中でつぶやいた。突然の訪問に二人とも大いに驚き、エリンボルクが説明している間目を大きく開いて驚きを確かめ合っていた。

「つまり、警察が湖で発見したのは、私がライプツィヒで勉強した仲間の一人だということですか?」カールが訊いた。ウルリーカはちょうどコーヒーをいれるため台所へ向かったところだった。

「それはまだわかりません。あなたは、いえ、あなた方はライプツィヒでロータルという人物を知っていましたか」

カールは台所の入り口近くに立っている妻に向かって言った。

「ロータルのことを訊かれたよ」

「ロータル? 彼がどうしたというのですか?」ウルリーカが言った。

「湖から上がった男が彼ではないかと警察は見ているようだ」とカールが言った。

「いえ、それはちょっと違います」とエリンボルクは言って、ウルリーカに笑いかけた。「まだそこまではっきりはしていないのです」

「私たち、ロータルに少しお金を払って手伝ってもらったことがあるんですよ。ずっと昔のことですけど」

「手伝ってもらった？」エリンボルクが訊いた。

「ウルリーカが私と一緒にアイスランドに来るために」とカールが言い直した。「彼は顔が広くて、私たちに手を貸すことができた。もちろん、金がかかりましたよ。私の両親はなけなしの金を払ってくれたし、ウルリーカのライプツィヒの親たちも手伝ってくれた」

「そしてロータルは実際に何かしてくれたのですね？」

「ああ、それはもう。ロータルは一生懸命やってくれた。私たちだけでなく、金欲しさだけではああはできなかっただろう。彼は他にも手伝っていたと思いますよ。私たちだけでなく」カールが言った。

「そしてその手伝いは、金さえ払えばやってもらえたということですか？」

カールとウルリーカは目を合わせ、ウルリーカは台所へ消えた。

「確かあのとき彼は、あとで何か連絡がいくかもしれないと言った。わかるかな？　だが、そういうことは一度もなかったし、私たちのほうからも決してそんなことはしなかった。一度もです。アイスランドに戻ってからは、私は一度も党の仕事に参加しなかったし、集会にも出なかった。私はまったく政治に興味を失ったんです。ウルリーカはそれまでも政治には興味がなかったし、政治と聞くだけで反感をもつほどだった」

「つまり、あなた方はその代償として何か任務を与えられるようなことはなかったのですね？」

「もしかすると向こうはそのつもりだったのかもしれない」カールが言った。「しかし誰からも誘いのようなものは来なかった。私たちはあれから一度もロータルに会っていない。昔のあの時代のことを振り返ると、自分でもどんなことに参加していたのか、信じられない。まったく別の時代だった」

「当時アイスランド人留学生たちは、ばかばかしいと言ってましたよ」台所から出てきたウルリーカが言った。「それは的確な表現だとわたしは思ったわ」

「その人たちとはいまでも連絡がありますか?」エリンボルクが訊いた。

「いや、それはあまりないな」カールが言った。「偶然に街で出会ったりすることはあるし、他の人の誕生会で顔を見掛けたりすることもあったが」

「留学生の一人にエミールという人がいましたね。彼について何かご存じですか?」

「彼は、あのあと国に戻らなかったんじゃないかな?」カールが言った。「確かドイツに根を下ろしたと聞いている。あれから彼には会っていないが……、まだ生きてるのかな?」

「それは知りません」エリンボルクが答えた。

「わたし、彼は好きじゃなかった。近くにいてほしくない人だったわ」

「エミールはたいてい一人でいた。あまり多くの人間を知らなかったと思うし、人も彼のことを知らなかったと思う。でも確か彼は社会主義体制には忠実だということを聞いたことがある。ただ、自分はあまり知らないが」

「ロータルという人物について、他には?」

「残念ながら、知らない」カールが言った。

「ライプツィヒ時代の写真がありますか? ロータル・ヴァイセルの写真とか、他の学生の写真とか」

「ロータルのは持っていない。そしてたぶんエミールのもない。しかしトーマスのは持っている。恋人のイローナと一緒のが。イローナはハンガリー出身だった」

カールは立ち上がって、大きなキャビネットのほうへ行った。アルバムを一冊取り出すと、ページをめくって写真を一枚取り出してエリンボルクに手渡した。

モノクロ写真で一組の若いカップルが肩を寄せ、手を取り合っていた。陽の光を受けて二人はカメラに向かって笑っていた。

「それは聖トーマス教会の前で撮った写真ですよ。イローナが連れ去られる数カ月前のことだった」

「その話、聞いたことがあります」エリンボルクが言った。

「私は彼女が捕まえられるときその場にいた」カールが言った。「恐ろしかった。暴力と怒声が飛び交った。彼女がその後どうなったかは誰も知らない。トーマスはきっといまでも立ち直れていないだろう」

「イローナはとても勇敢だったわ」ウルリーカが言った。

「彼女は反政府勢力に参加していた。それが体制には看過できないことだったのだろうな」

高齢者施設に着くと、エーレンデュルはハーラルデュルの部屋のドアをノックした。ちょうど夕食が終わった時刻で、台所から食器の音が聞こえてきた。シグルデュル＝オーリも同行した。中から返事をする声がして、エーレンデュルはドアを開けた。ハーラルデュルは前回と同じく背中を丸くしてうなだれ、床を見つめていた。二人の警官が部屋に入っていくと彼は頭を上げた。

「誰だ、あんたが連れてきたのは?」シグルデュル＝オーリの姿を見とがめてハーラルデュルが言った。

「一緒に働いている者だ」とエーレンデュルは答えた。

ハーラルデュルはシグルデュル＝オーリにはあいさつもしなかった。ジロリと見て、口に気をつけろよというサインを送った。エーレンデュルはハーラルデュルの正面の椅子に腰を下ろし、シグルデュル＝オーリは横の壁にもたれかかった。

そのときドアが開いて、白髪頭の老人が顔を突き出して言った。

「今晩は十一号室で晩のお祈りだぞ」

男はハーラルデュルの返事を待たずにすぐにドアを閉めた。

エーレンデュルは驚いた。

「晩のお祈り? あんたが行くような場とは思えないな」

「晩のお祈りというのは、飲み会のことだ。がっかりしたか?」

シグルデュル＝オーリはにんまりと笑った。だが、頭にはじつは他のことがあった。その日の朝エリンボルクに電話で言ったことは、半分しか本当ではなかった。ベルクソラは医者に、胎児が生き延びるチャンスは五〇パーセントだと言われたのだ。それをシグルデュル＝オーリに話したとき、彼女は元気そうに振る舞っていたが、本当は心配でたまらないことを彼は知っていた。

「さて、今日はぜんぶ話すぞ」ハーラルデュルが言った。「じつはあんたには半分しか本当のことを話していない。あんたら警察はなぜ人の暮らしにそんなに鼻を突っ込みたがるのか、おれにはわからん。だが、とにかく……」

老人は顔を上げてエーレンデュルを見たが、その顔にためらいが浮かんでいるのをエーレンデュルは見逃さなかった。

「ヨイは酸素が足りなかったんだ」と言って、老人はまたうなだれて背中を丸くした。「生まれたときに。それが理由なんだ。それでもなんとか無事生まれて、うまくいったとみんな安心したんだが、だんだん他の子とは違うとわかった。他の子どものようではなかった」

シグルデュル＝オーリはエーレンデュルを見て、自分はこの老人の話がさっぱりわからないと合図した。エーレンデュルは肩をすくめた。ハーラルデュルはこれまでとは少し違う感じだった。言葉の調子が違っていた。少し柔らかくなっているようだった。

「あの子は少しおかしいということがわかった」とハーラルデュルは話を続けた。「遅れているということだった。発達障害というやつだな。優しい子だったが、まったく何もできなかった。何も学べなかった。文字は結局最後まで読めなかった。そうわかるまで長い時間がかかった。おれたちはそれを認めたくなかった。それを受け入れることができなかった」

「親たちにとっては受け入れがたいことだろう」ハーラルデュルの話がこのあと続かないということがわかるのに時間がかかり、エーレンデュルは少し間延びした感じで相槌を打った。

「親が死んでからはおれがヨイの面倒をみた」しばらく経って、ハーラルデュルが床をみつめたまま言った。「あのオンボロ家に二人で住んでいたが、とうとうしまいに暮らせなくなった。売れるものは売り払い、最後にはあの土地まで売った。レイキャヴィクに比較的近かったからあそこはいい値で売れた。町にアパートを買っても金が残ったほどだった」

「あんたが話したい話とは、なんだね?」シグルデュル＝オーリが突然話に切り込み、エーレンデュルはきつい視線を送った。

「車のホイールキャップを盗んだのは弟のヨイだ」ハーラルデュルが何事もなかったように続けて言った。「それがあんたらの探してる〝でっかい犯罪〟だ。もういいだろう、これで。もうおれにかまわんでくれ。これで全部だ。これだけのことにあんたらが大騒ぎするのがおれにはわかんねえ。大昔のことなのに。たったホイールキャップ一つだぞ! それがどうしたというんだ?」

「これは黒いファルコンの話か?」エーレンデュルが言った。

「ああ、黒いファルコンの話だ」

「それじゃやっぱりレオポルドはあんたたちのところまで出かけていったんだな」エーレンデュルが言った。「それを認めるんだな」

ハーラルデュルはうなずいた。

「一生黙っているつもりだったのか? それでいいと思っていたのか?」エーレンデュルが声を荒らげた。「まったく必要のないことじゃないか。そのために人がどんなに苦労したかわかってるのか？」

「おれの部屋まで来て、説教するつもりか？　そうする権利があるとでも思ってんのか？　そんなことをして何になる？」

「何十年もこの事件のために苦しんできた人間がいるんだぞ」エーレンデュルが言った。

「おれたちはあの男に何もしてねえぞ。あの男に手を出したわけでもねえ」

「あんたは警察の捜査を邪魔した」

「それじゃおれを牢屋にぶち込めばいい。だが言っとくが、ヨイはあの男に何もしてねえぞ。ヨイは乱暴ではねえんだ。あいつはあのいまいましいホイールキャップがきれいだと思っただけなんだ。だから盗んだんだ！　まだ三つも残ってるから、一つぐらいなくなってもいいと思ったんだろうよ」

「それでホイールキャップを盗られたほうの男はどうした？」シグルデュル＝オーリが口を挟んだ。

「そのあと警察は男を行方不明者として発表した」とハーラルデュルは言い、エーレンデュルを睨みつけた。「おれはややこしいことになったと思った。もしおれが、ヨイがホイールキャップを盗んだと言ったら、もっとややこしいことになったに決まってた。そんなことを言ったら、ヨイがあの男を殺したとお前らは詰め寄っただろう。弟はあの男を殺したりしてねえ。だがおれがそう言ってもお前らはきっと信じねえで、ヨイを引っ張っていっちまっただろう」

「ヨイがホイールキャップを盗ったとわかったとき、男はどうした？」シグルデュル＝オーリが問いを繰り返した。

「大騒ぎした」

「それで？」

「弟に食ってかかった。それはまずかった。弟は頭は良くなかったが、体のほうはめっぽう強かったからな。男をまるで羽根布団のように放り投げた」

「そして首の骨を折ってしまったのか？」エーレンデュルが聞いた。

ハーラルデュルはゆっくりと頭を上げた。

「さっきおれはなんと言った？」

「この何十年も嘘をついてきたあんたの言うことを信じろというほうが無理というものだ」

「おれは奴が来なかったとすることに決めた。おれたちは奴には会っていないとすることに決めたんだ。それが一番簡単だったからだ。おれたちはあの男に何もしていない。車で帰っていったとき、あいつはピンピンしてたからな」

「それを信じろというのか？」シグルデュル＝オーリが言った。

「ヨイは、誰も、殺しちゃ、いねえ」とハーラルデュルは一言一言はっきりと言った。「ヨイにはそんなことはできねえ。あの子にはハエ一匹殺せねえ。だがあんたらにそう言ったところで、おれの言葉を信じたか？　おれはヨイと話した。あのホイールキャップを返せと言って聞かせた。だが、あの子はどこに隠したか絶対に言わなかった。ヨイはカラスと同じよ。ピカピカ光るものが大好きだった。あのホイールキャップは四つもあって、きれいでピカピカ光っていた。一つぐらいいいじゃないかとあの子は思ったんだ。そういうことなのさ、この、あんたらが大騒ぎした〝犯罪〟は。あの男、ものすごい剣幕で怒って、おれとヨイを脅した。そしてヨイに食ってかかった。おれたちは喧嘩し、あの男は罵《ののし》りながら車に戻っていっちまった。それが男を見た最後だった」

「それを信じろというのか？」と今度はエーレンデュルが言った。

ハーラルデュルは鼻の先で笑った。

「あんたが何を信じようとおれの知ったこっちゃねえ。どうにでもしてくれ」

「あんた、この話をなぜ当時の警察官に言わなかった？　あの男を捜し回っていた警察官に」

「警察か？　あのころ警察がこの男を必死で捜しているというようには見えんかった。べつに説明も求められなかった。おれの話すことを書き留めて帰っていったよ」

「そして男は喧嘩のあと、車に乗って引き上げたというのか？」と言い、エーレンデュルは頭の中で怠け者のニエルスに舌打ちした。

「そうだ」

「ホイールキャップが一つないまま？」

「ああ、あの男、ホイールキャップが一つないまま、車を出していっちまった」

「それで？　そのキャップはどうなった？　あったのか？　ヨイが隠したものを見つけたのか？」

「ああ、見つけた。おれはそれを土の中に埋めた。あの男のことを警察が訊きに来たあと、ヨイはキャップのありかを教えてくれたからな。それでおれは家の裏に埋めたんだ。小さな穴を掘ってな。掘り返してみればいい」

「ああ、そうしよう。あの家の裏を掘り返してみればわかることだからな。だが、あんたはまだ嘘をついているんじゃないかとおれは思う。まだ何かあるな？」

「知るか」ハーラルデュルは吐き出すように言った。「とっとと帰れ」

「他に、何がある？」エーレンデュルが押した。

ハーラルデュルは何も言わなかった。ここまで言えば十分だろうという顔だった。シグルデュル＝オーリはエーレンデュルを見た。小さな部屋が静まり返った。食堂と廊下から音が聞こえた。次の食事を待っている老人たちが廊下を歩く音。エーレンデュルは立ち上がった。

「今日の話は役に立つ。話が聞けてよかった。礼を言うよ。本当は三十年前に聞くことができればもっとよかったのだが、それでも……」

「あの男、財布を落としていった」ハーラルデュルがつぶやいた。

「財布？」エーレンデュルが繰り返した。

「喧嘩しているときに、あの男、財布を落としたんだ。あの男が帰ってからそれが見つかった。車のあったところの地面に落ちていた。ヨイがそれを取って隠した。そのくらいの知恵はあったんだ」

「それで、その財布をどうした？」シグルデュル＝オーリが訊いた。

「ホイールキャップと一緒に埋めた」とハーラルデュルが言った。苦々しそうな笑いが唇に浮かんだ。「それもきっと掘れば見つかるだろうよ」

「財布を男に返そうとは思わなかったのか?」

「思ったさ。だが、電話帳に男の名前が載っていなかった。その後、警察がその男のことを聞きに来た。それで財布はホイールキャップと一緒に土に中におさまったというわけさ」

「いまの話だが、レオポルドは電話帳に載っていなかったというのか?」

「ああ、そうだ。もう一つの名前も載ってなかった」

「もう一つの名前?」シグルデュル＝オーリが聞きとがめた。「その男にもう一つの名前があったのか?」

「ああ。おれも知らなかった。財布の中に免許証があって、そこにはレオポルドと書いてあった。だが、その下にもう一つ運転免許証があった。そこには別の名前があった」

「なんという名前だった?」エーレンデュルが訊いた。

「ヨイはおかしな奴だった。あの子はおれがホイールキャップを埋めた土の周りをいつもぐるぐる回ってた。その上に体を伸ばして寝たり、座り込んだりしていた。だが、そこを掘り返そうとはしなかった。そうする勇気はなかったんだろう。あの子は悪いことをしたと知っていた。あのときも喧嘩したあと、おれにしがみついて泣いていた。かわいそうな奴だった」

「なんという名前だった?」と今度はシグルデュル＝オーリが訊いた。

「それは思い出せねえな。あんたたちの知りたがっていたことは全部話した。さあ、帰ってくれ。一人にさせてくれ」

エーレンデュルはモスフェットルスバイルにある廃屋に車を走らせた。北風とともに寒さが迫り、秋が間違いなくアイスランドの国土にやってきた。車を降りてその家に向かいながら、エーレンデュルは寒さに震えた。襟を立て、ぴったりとコートで体を包んだ。昔家の周りを囲んでいたと思われる柵が地面の草の間深くに倒れていた。高齢者施設を出る前に、ハーラルデュルにホイールキャップを埋めた場所を詳しく図に書いてもらった。

エーレンデュルはスコップを持参してきた。廃屋の壁から歩数を数えて場所の見当をつけると、さっそく掘り返し始めた。ホイールキャップが埋められたところはそれほど深くはあるまいと見当をつけた。掘り返しで暑くなると、手を休めて一服し、また続けた。一メートルほど掘ったが何も出てこないため、今度はその穴の幅を広げた。そこでまた一休みした。土を掘るような作業をするのは久しぶりだった。また休憩をとり、一服した。

それからまた十分ほど掘ったとき、スコップの先が何かに当たった。ホイールキャップだとすぐにわかった。

そっと土を掻いて、最後には土の上に膝をついて土を手ですくい上げた。ホイールキャップが現れ、彼はそっとそれを穴の中から拾い上げた。キャップは錆びていたが、あの黒いフォード・ファルコンのものであることは間違いなかった。エーレンデュルは立ち上がって、家の壁にトントンと叩きつけて土を払った。壁に当たったとき、ヒューッという音がキャップから聞こえた。

エーレンデュルはホイールキャップをそばに置くと、いままで掘った穴を覗き込んだ。ハーラルデュルが話していた財布もここにあるはずだった。穴には土しか見えなかった。彼はふたたび両膝をついて穴の中の土を手ですくい上げ始めた。

すべてハーラルデュルの話したとおりだった。まもなく財布が見つかった。エーレンデュルはそれをそっと手に取って立ち上がった。よく見かける黒い革製の、長方形の財布だった。土の湿気が革の中まで染み込み、ボロボロになりかけていたので、そっと扱わなければならなかった。中を開けてみると、まず小切手が入っていた。それからとうの昔に使われなくなった紙幣、紙切れが数枚、そしてレオポルドという名前の入った運転免許証があった。湿気でかなり傷んでいて、写真の顔はぼやけてほとんど何も見えなかった。財布の中にもう一つの運転免許証が入っていた。外国で発行されたものらしい。写真は他の写真よりははっきり見えた。エーレンデュルは目を凝らして見たが、見覚えのない男だった。

その免許証はドイツで発行されたもののようだったが、湿気でぼやけて、二、三の文字しか読めなかった。男の名前は読み取れたが、姓のほうはまったく読むことができなかった。エーレンデュルは財布を手に持って、顔を上げた。

免許証にある名前には覚えがあった。

エミールと書かれていた。

35

ロータル・ヴァイセルはトーマスを揺すり、名前を呼び、何度も頬を叩いた。そのうちトーマスは意識を取り戻し、血がエミールの頭の下から汚れた石の床の上に広がっていくのを静かに見下ろした。そしてその目をロータルに据えた。

「おれはエミールを殺してしまった」

「何が起きたんだ?」ロータルが吐き出すように訊いた。「なぜ彼を襲った? それよりなぜ彼がここにいるとわかった? どうやって見つけたんだ? そもそもお前は何をしている、ここで、トーマス?」

「お前を尾行したんだ」とトーマスは言った。「町でお前を見かけた。それであとを尾《つ》けたんだ。そしていま、おれはエミールを殺してしまった。彼はイローナのことを何か言った……」

「お前はまだ彼女のことを考えていたのか? あのときのことをまだ忘れていないのか?」

ロータルは入り口へ行ってドアをしっかりと閉めた。それからあたりを見回した。何かその粗末な小屋の中にあるものを探しているようだった。トーマスはその間何もせず、ただロータルの動きを見ているだけだった。ようやく目が薄暗がりに慣れて、小屋の中のものが見えるようになった。そこにはガラクタばかりが寄せ集められていた。椅子、庭作業の道具、家具、べッドのマットレス。作業台の周囲には様々な機器や道具があったが、彼にはそれらがなんなのか見当もつかなかった。双眼鏡、大小様々なカメラ、大きなテープレコーダー、それにつながっている無線機のように見える機器なども見えた。写真もあちこちにあったが、写っているものがなんなのかわからなかった。ベンチのそばの床の上にある大きな黒い箱状の機器には様々な測定器らしいものがついていたが、トーマスには何に使われるものかまったくわからなかった。その箱のそばに茶色い旅行鞄があった。黒い機器が入りそうなほど大きなものだった。黒い機器は壊れているようだった。測定器の針が折れていて、後部が欠けていた。床の上に落ちたときにでも壊れたのか。

彼はまるでトランス状態に陥ったようにその場に立っていた。不思議な、夢の中にいるような感じだった。自分がやってしまったことが非現実的で、理解できなかったのだ。彼は床の上のエミールの体を見、目を移してそれを見ているロータルを見た。

「おれはエミールのことはよくわかっているつもりだった……」

「エミールはどうしようもないほどひどい奴だったからな」ロータルが言った。

「イローナのことを密告したのはエミールか?」

「ああ。イローナが企てる集会のことをおれたちに知らせてきたのはエミールだ。彼はライプツィヒでおれたちのために働いていた。つまり、大学でだ。彼は誰のことであれ平気で報告した。親友だって例外じゃなかった。お前もその一人さ」と言って、ロータルは立ち上がった。

「おれは安全だと思っていた」とトーマスは答えた。「おれたちアイスランド人仲間は。疑ってもみなかった」と言ってから、一瞬彼は口をつぐんだ。ようやく正気に戻り始めた。霧が晴れ始めた。考えがはっきりしてきた。「お前だって同じじゃないか。お前はエミールよりも罪が軽いなどとは言えない。お前はひどいものだった。お前は奴よりももっと悪者だったじゃないか!」と激しく言った。

二人は睨み合った。

「おれはお前を怖がるべきなのか?」トーマスが言った。

怖くはなかった。少なくともそのときはまだ。ロータルから敵意は感じられなかった。それどころか、ロータルは床に横たわって自らの血に浸っているエミールの死体をどう始末するべきかを考えるのに懸命のようだった。ロータルにはトーマスにかまっている暇はないようだった。まだトーマスの手からスコップを取り上げてさえいなかった。おかしなことに、トーマスはまだスコップをしっかり握っていた。

「いや、お前はおれを怖がる必要はない」ロータルが言った。

「そんなことが信用できるか?」

「おれがそう言うからだ」

「人を信用するな。お前こそそれを知っているはずだ。なんと言ってもそうおれに教えたのは、他でもないお前だからな」

「出て行け。そしてここでのことはみな忘れるんだ」そう言うと、ロータルはトーマスに近づき、スコップを握った。「理由は訊くな。エミールの後始末はおれがする。いいか、警察に電話するような馬鹿なことはするな。このことは忘れるんだ。こんなことは起きなかった。馬鹿なことはするなよ」

「なぜだ？　なぜおれを助けようとする？　お前は……」

「おれのことなどどうでもいい」ロータルはトーマスの話を遮った。「さあ、行け。このことは絶対に誰にも話すなよ。いいか、お前はこの件にまったく関係ないんだぞ」

彼らは向かい合って立っていた。ロータルが素早くスコップを握った。

「もちろん関係あるに決まってるじゃないか！」

「いや」ロータルがぴしゃりと言った。「忘れろ」

「さっき言ったのは、どういう意味だ？」

「なんだ？」

「どうしてエミールのことを知ったんだと言っただろう？　どうやって見つけたのかと。エミールはここに住んでいたのか？」

「ここ、アイスランドに？　いや、違う」

「ここで何が起きているんだ？　お前たちは一緒に何をしている？　ここにある機械類はなんなんだ？　ベンチの上にある写真は？」

ロータルはスコップの柄に手をかけたままだった。それを思い切り引っ張って奪おうとしたが、トーマスは放さなかった。

「エミールはここで何をしていたんだ？」トーマスが繰り返した。「おれはてっきり外国に住んでいるとばかり思っていた。東ドイツに。卒業後も留まったのだと思った」

ロータルは彼にとって完全に謎の人物だった。いまではさらにいままで以上に。この男は誰なんだ？　自分はロータルについて何十年も間違った解釈をしていたのだろうか？　あるいは彼は昔どおり、どうしようもない嘘ばかりの男なのか？

「家に帰るんだ。このことは考えるな。これはお前と関係ない。そしてこれはライプツィヒで起きたこととも関係ないんだ」

トーマスは信じられなかった。

「ライプツィヒでいったい何が起きたんだ？　何があったというんだ？　教えてくれ。奴らはイローナをどうしたんだ？」

ロータルは怒鳴り返した。

「おれたちはお前らを手先に使おうとしたんだ」とうとう彼は吐き出すように言った。「だが、失敗した。お前らはみんな噂を流す。しゃべりすぎる。数年前に仲間の二人が逮捕され、国外追放された。彼らはレイキャヴィクの一人の男に写真撮影を頼んだだけだったのに」

「写真撮影？」

「アイスランドにある軍事基地のだ。だが、協力者は得られなかった。それで、エミールがその仕事をすることになった」

「エミールが？」

「ああ、そうだ。あいつは簡単にできると思ったらしい」

ロータルは相手の怪訝《けげん》そうな顔を見ると、エミールのことを話し始めた。まるで自分を信用していいのだと、自分は変わったのだとわからせようとするような、熱心な口ぶりだった。

「我々は彼に一つの仕事を用意した。怪しまれずにアイスランド中を動き回れる仕事だ。彼はすっかり夢中になった。本物のスパイ気取りだった」

ロータルは床の上のエミールを見下ろした。

「もしかすると本当にこいつはスパイになったのかもしれない」

「それで、彼はアメリカの軍事基地の写真を撮る仕事をしたのか？」

「ああ、そうだ。そのうえときどき臨時にランガネスのヘイダルファットルや、ホルナルフィルディのホフンのストックスネスでも働いた。それだけじゃない。フヴァルフィヨルデュルでもだ。そこには石油貯蔵庫がある。仕事は農業機械のセールスで、国中どこへでも仕事という名目で旅行ができた。我々は彼にもっと大きな仕事をしてもらおうと思っていたところだった」

「もっと大きな仕事とは？」

「どんな仕事でも任せられた」とロータルは直言を避けた。

「お前はどうなんだ？　なぜこんな話をする？　お前は向こうの人間じゃないのか？」

「ああ、そのとおり。おれはその一人だ。さあ、ここから出て行くんだ。エミールはおれが片付ける。忘れるんだ。誰にもこのことを話すんじゃない。わかったか？　絶対にしゃべるな」

「エミールの正体が見破られるというリスクはなかったのか？」

「彼は偽りの人物になったんだ。我々はその必要はないと言ったんだが、彼は偽名を使いたがった。アイスランドで誰か知っている人間に出会ったら、たまたま旅行で来ているということにすると。それ以外はレオポルドで通すと。どこからその名前を思いついたのか、おれは知らない。エミールは二人の人間を演じるのが大いに気に入ったらしかった。別の人間のふりをするのが面白くてたまらなかったらしい」

「死体をどうするつもりだ？」

「ときどきレイキャヴィクの南にある小さな湖にガラクタを捨てに行く。今度も問題ないだろう」

「ロータル、おれはお前をこの間ずっと憎んできた。知っているか？」

「いや、おれは忘れていたよ、トーマス。正直言って、イローナは問題だった。いずれ化けの皮が剝がれたはずだ。長い目で見れば、おれのやったことなど小さなことだ。まったく問題ない」

「おれがこのまままっすぐ警察に行くとは思わないのか？」

「ああ、思わない。お前はこの男に対してなんの良心の呵責《かしやく》も感じないはずだ。だからこの件は忘れることができるはずだ。これはなかったことなのだ。おれはこれを誰にも話すつもりはない。だからお前もおれがここにいたなどということは忘れろ」

「しかし……」

「しかしなんだ？　お前は殺人を犯したと言いに行くつもりか？　馬鹿もいい加減にしろ！」

「当時おれたちはみんな若かった。みんな子どもだった。なぜあんなことが起き得たんだ？」

「人はみんなそのときの状況で最善を尽くす。それしかないんだ」

「お前は奴らになんと言うんだ？　エミールのことを？　どう説明するんだ？」

「そのまま話すさ。こんな形で彼を見つけたと。経過はわからないと。一番いいのは彼をこのまま消すことだと話せば、彼らはそれでいいと言うに決まっている。さあ、行け！　出て行け、おれの気が変わらないうちに！」

「一つだけ教えてくれ。イローナはどうなった？」

トーマスは戸口まで来て振り返り、あれからずっと彼を苦しめてきた問いを放った。その答えが得られれば、このことは自分の中で決着がつくという気がした。

「あまり知らないが、脱走しようとしたらしい。それで病院に運び込まれたと聞いた。そのあとのことは知らない」

「だが、なぜイローナは捕まったんだ？　理由はなんだ？」

「知っているじゃないか。彼女は無垢の子羊というわけじゃなかった。自分でもリスクを知っていたはずだ。自分が何をしているかわかっていたはずだ。彼女は煽動者だった。彼らに刃向かった。彼らは一九五三年の東ベルリンの暴動を経験している。あれがまた繰り返されることを恐れたのだ。彼女はリスクを冒してると知っていたはずだ」

「その後彼女はどうなった？」

「いい加減にしろ！　早くここから出て行け！」

「死んだのか？」

「ああ、そうだろう」と言うとロータルは隅にある黒い機器を見つめた。目盛りの壊れている機器だ。そのまま作業台のほうに目を走らせた。その上にフォード印のキーホルダーが置いてあった。車の鍵が見えた。

「警察には田舎に行ったように見せかけよう」とロータルがつぶやく声がした。「上の者たちを説得しなければ。厄介なことになった。奴らはおれの言うことを信用しなくなっているからな」

「なぜだ？」それが聞こえて、トーマスは訊き返した。「なぜ彼らはお前の言うことを信用しないんだ？」

ロータルは薄笑いを浮かべた。

「奴らの命令にあまり従わなかったからさ。奴らはそれを知っているんだ」

36

エーレンデュルはコーパヴォーグルにいた。ホイールキャップを手に持ち、目の前のフォード・ファルコンをしばらく眺めていたが、おもむろに車の前輪のそばにかがみこむと、それをあるべき場所にはめた。キャップはぴったりとはまった。車の持ち主の女性はエーレンデュルがまたやってきたのを見て驚いたが、車庫に行って厚いカバーを外して車を見せてくれた。エーレンデュルはその車の美しいライン、黒いボデー、丸いテールランプ、白い内装、大きくてスマートなハンドル、そして何十年も経ってからぴったりとあるべき場所に収まったホイールキャップを眺めながら、急にこれがほしいという強い欲求に駆られた。物に対してこのような強い欲求を感じたことはいままでほとんどなかった。

「そうですか。あれがもともとのホイールキャップなのね」車の持ち主の女性が言った。

「ええ、ようやく見つかったものです」

「ご苦労様、と言いたいわ」

「車、まだ動きますかね？」

「最後に息子が乗ってみたときは、走りましたけどね」と女性は言った。「どうして？」

「かなり特別な車ですが」エーレンデュルが言った。「もしかして、これが売りに出されるのなら……、買ってもいいかもしれないと……」

「売りに出される？　もちろんよ。ずっと売りに出してますよ、あの人が死んでから。でも電話をかけてくるのは、ただでほしがる人たちばかり。冗談じゃないわ。そんなことするはずないじゃないの！」

「いくらで売りたいんですか？」エーレンデュルが訊く。

「その前に、動くかどうか確かめてみたら？　持って行って、何日か乗ってみたらいいわ。いくらで売るかは息子たちと相談してみます。わたしよりもこういうことに詳しいから。わたしは車のことは全然わからないのよ。でもただではあげませんよ。ちゃんとした値段で売りたいの」

エーレンデュルはいま乗っている日本製の車のことを思った。錆びてすっかりガタついている。彼はもともと所有欲というもののない人間で、命のないモノを集めることにまったく興味がなかったが、このファルコンにはなぜか不思議に心が惹かれた。もしかするとそれは、長い間なくなっていたホイールキャップと関係があるのかもしれない。それを自分が捜し出したという因縁のためかもしれない。とにかく、エーレンデュルは不思議なほどこの車に心が惹かれていた。

シグルデュル＝オーリは翌日の昼ごろエーレンデュルがその車で迎えに来たのを見て、驚きを隠せなかった。フォードにはなんの問題もなかった。持ち主の女性は、息子たちが定期的にこの車をチェックしていたと言っていた。彼ら自身は古い車にはまったく興味がなかったにもかかわらず。車を受け取ったあと、彼はまっすぐフォードの整備工場へ走り、整備を頼んだ。必要なところにオイルを注し、錆止めし、電気関係も全部チェックした。車は新品同様だと工場側は言い、座席もほとんど汚れておらず、メーターも問題なく、エンジンに至っては、ほとんど使われていなかったにもかかわらずベストコンディションだと言った。

「それで、目的はなんですか？」と車に乗ったシグルデュル＝オーリが言った。

「目的？」

「この車で何をするつもりなんです？」

「走らせるだけだ」と言って、ペダルを踏み込んだ。

「いいんですかね、こんなことをして。これ、証拠品じゃないんですか？」

「それはいまにわかる」

彼らはいまライプツィヒ時代の学生をもう一人訪ねるところだった。ハンネスの話に出てきたトーマスという男だった。エーレンデュルはその日の朝、久しぶりにマリオン・ブリームを訪ねた。病人はすっかり調子を取り戻していて、クレイヴァルヴァトゥン湖の事件とエヴァ＝リンドについて尋ねた。

「娘は見つかったのか？」と元先輩は訊いた。

「いや、あの子についてはまったく手がかりがない」とエーレンデュルは答えた。

シグルデュル＝オーリは車の中で、旧東ドイツの秘密警察《シュタージ》についてネットで調べた話をした。

彼らはほぼ百パーセント市民の思想と行動を掌握《しょうあく》していたとあった。シュタージは全国に四一の本部をもち、一一八一カ所に支部を置き、三〇五のサマーハウス、九八のスポーツ施設、工作員の活動のためのアパート一万八〇〇〇戸を所有していた。シュタージの勤務者は九万七〇〇〇人、二一七一人が郵便物チェックの仕事、一四八六人がテレグラフのチェック、八四二六人が電話と無線の盗聴に携わっていた。一〇万人のボランティアの活発なメンバーがいて、一〇〇万人が定期的に警察に情報を伝え、六〇〇万人の人間についての情報がストックされていて、さらに一つの部門はシュタージ内の人間の監視のために働いていた。

シグルデュル＝オーリがこれらの数を数え上げ終わったころ、彼らは目的地に着いた。それは小さな平屋建ての地階付きの家で、かなり古く、手入れもされていないようだった。トタン屋根はそこここで色が剝げ、樋《とい》の一部は錆びていた。壁にはひびが入っていて、長年塗り直しされていないことがわかる。庭にも人の手が入っていない。そこはレイキャヴィク市の西側の海に面した美しい場所で、エーレンデュルはしばらくその景色を眺めた。シグルデュル＝オーリは三度目のベルを鳴らした。留守らしかった。

遠く水平線に船が一隻見えた。家の前の歩道を一組の男女が早足で歩いていった。男は大股で歩き、女はその後ろから小走りについていく。歩きながら話をしている。男は体を捻って後ろに、女は男に聞こえるように声を張り上げて。二人とも家の前に警察官が立っていることになど気づかない様子だった。

「つまりそのエミールという男とレオポルドという男は同一人物だったというわけですね」と言いながら、シグルデュル＝オーリはまたベルを鳴らした。エーレンデュルはモスフェットルスバイル近くの農家の裏で発見したものの話をしたところだった。
「ああ、そのようだ」とエーレンデュル。
「それが湖の男かな？」
「そうかもしれない」

ドアベルが鳴ったとき、トーマスは地下室にいた。警察がやってきたと知っていた。地面すれすれのところにある地下室の窓から、二人の男が車から降りるのが見えた。黒色の古い車《オールド・カー》だった。この瞬間に彼らがやってきたのはまったくの偶然だった。彼はこの春からずっと彼らが来るのを待っていた。夏中もずっと。そしてもう秋になっていた。いつか彼らが来るということはわかっていた。事件解決の最後のステージまできたら、遅かれ早かれ彼らはやってきて、家のドアベルを鳴らすだろうと思っていた。

窓から目を離してイローナのことを思った。昔、二人で聖トーマス教会のそばのバッハの像の前に立ったときのことを思った。美しい夏の日で、二人はしっかり抱き合った。周りにはたくさんの人が行き交い、路面電車や車が通っていたが、二人にとって世界には自分たちしかいなかった。

トーマスはピストルを手に取った。英国製で、第二次世界大戦当時のものだった。それは父親がイギリス人兵士からもらったもので、それを彼は父親から数個の銃弾と一緒にもらい受けたのだった。きれいに磨き手入れをして、数日前にヘイドムルクへ行って壊れていないことを確かめたばかりだった。銃弾が一つだけ残っている。トーマスはピストルを持ち、銃口をこめかみに当てた。

イローナは教会の上の塔を見上げた。

「わたしのトーマス」と言って、彼にくちづけした。

バッハの像がすぐそばにあった。その目は静かに永遠を見つめ、その瞬間唇に微笑みが浮かんだように見えた。

「そうだよ。ぼくは永遠にきみのトーマスだ」


「このトーマスという男、誰なんです?」シグルデュル＝オーリが家の戸口で訊いた。「重要なんですか?」

「いや、おれはハンネスから聞いただけしか知らない。同時代にライプツィヒにいたことと恋人がいたということを聞いている」

そう言ってエーレンデュルはドアベルをまた押し、待った。

外に立っている二人には、鈍い音しか聞こえなかった。小さな、ズンという音。壁をハンマーでそっと叩いたような音だった。エーレンデュルがシグルデュル＝オーリを見た。

「聞いたか?」

「誰か中にいる」シグルデュル＝オーリが言った。

エーレンデュルはドアを叩き、取っ手を押した。鍵がかかっていなかった。二人は中に入り、声をかけたが返事はなかった。地下室へのドアが開いていて、階段が見えた。エーレンデュルはゆっくり階段を下り、床に横たわっている男を見つけた。そばに旧式のピストルがあった。

「我々宛の手紙があった」と言いながらシグルデュル＝オーリが階段を下りてきた。手に分厚い黄色の封筒を持っていた。宛名が〈警察へ〉となっている。

「なるほど、そういうことか！」と床に横たわっている男に気がつくと、シグルデュル＝オーリが声をあげた。

「なぜだ？」エーレンデュルの低い声が響いた。独り言のような言い方だった。

そばに寄り、トーマスという男を見下ろした。

「なぜなんだ？」


エーレンデュルはレオポルドと名乗っていた男の恋人アスタに会いに行き、クレイヴァルヴァトゥン湖で見つかった骸骨《がいこつ》は、レオポルド、実際にはエミールという名前の、かつて彼女が愛し、あとかたもなく消えてしまった男のものだったと報告した。それから長い時間彼女の家の居間で、トーマスという男が自殺する前に書いた長い手紙のことを話し、彼女の問いにできるかぎり答えた。アスタは取り乱さずにこの知らせを聞いた。レオポルドすなわちエミールが東ドイツのスパイだったということも黙って受け止めた。

すべてが彼女にとって初めて聞く話だったはずなのに、エーレンデュルが帰るときに彼女の心にあった問いはたった一つ、それだけを知りたがっているとエーレンデュルは感じた。レオポルド、すなわちエミールが誰だったのかとか彼が何をしたのかではなかった。彼が誰だったにせよ、彼女に対する愛は本物だったのか、彼は本当に自分を愛していたのか、自分は単に彼の隠れ蓑だったのか、という問いだった。だが、彼女の中で燃えているその問いに対しエーレンデュルは答えを持ち合わせなかった。

エーレンデュルはその家を出る前に、なんとかその問いに答えようと言葉を探した。彼女にとって、この答えは決定的なものになるはずだった。そして答える言葉がないまま、泣き崩れるのを我慢している彼女を抱きしめた。

「あなたはそれがわかっている。あなたが一番よく知っている。そうでしょう?」

数日後、帰宅したシグルデュル＝オーリはリビングに呆然として立っているベルクソラを見つけた。涙をたたえた目で入ってきた彼を見た。何があったか、すぐにわかった。彼は走り寄って抱きしめたが、彼女の号泣は止まらなかった。ラジオから夜のニュースが流れ始めた。警察が行方不明の中年男性を捜していると発表し、簡単な特徴が語られた。シグルデュル＝オーリの頭にイチゴの箱を手にした女性の姿が浮かんだ。

37

本格的な冬になった。冷たい北風が吹きつける雪の日、エーレンデュルは春に骸骨《がいこつ》が発見された湖に出かけた。まだ朝早く、人影はなかった。フォードを道端に停めると湖岸に降りた。新聞で湖水の減少が止まったという記事を読んでいた。湖はまた蘇《よみがえ》り始めていた。エネルギー庁の専門家たちは、湖はもとの姿を取り戻すだろうと語っていた。エーレンデュルはランブハーガッティヨルン湖のほうを見た。そっちはすっかり干上がっていて赤土が見えた。クレイヴァルヴァトゥン湖に突き出しているシドリ＝スタピを見、湖を囲んでいる山を眺め、この平和な湖がこともあろうにアイスランドでのスパイ活動と関係していたとはなんとも不思議なことだと思った。

エーレンデュルは湖水に北風が吹き、さざ波が立つさまを見ながら、ようやくここはもとの姿に戻るのだと思った。もしかすると事件を明らかにするための神の素晴らしい采配だったのかもしれない。もしかするとクレイヴァルヴァトゥン湖が干上がって湖底が見えたのは古い犯罪を陽の下にさらすためだったのかもしれない。まもなく湖はふたたび冷たい水で満たされ、干上がっていた部分も深い水の下になる。そこにはついこの間まで何十年も、遠い国での愛や裏切りを物語る骸骨が横たわっていたのだ。

彼はトーマスが命を絶つ前に書いた文章を何度も読み返した。ロータルのこと、エミールのこと、アイスランドからの留学生たちのこと、そこで彼らが遭遇した社会体制、非人間的で不可解な、破壊され消滅する運命となった社会体制について何度も読んだ。イローナを思うトーマスの心、彼らが一緒だった短い時間、イローナに対する彼の愛、生まれるはずだった子どもを思う気持ちを読んだ。生きているときには一度も会ったことがない、床の上に自らを撃ったピストルとともに倒れていた男に、彼は深い同情を禁じ得なかった。これ以外の最後はあり得なかったのかもしれないと思った。

レオポルドとして彼を愛した女性アスタ以外にエミールの死を悼む者はいなかった。エミールは一人っ子で、親類も多くなかった。六〇年代の中ごろまではその一人とライプツィヒから手紙のやりとりをしていたらしかったが、エーレンデュルから連絡を受けても、その男はエミールのことをほとんど憶えていなかった。

アメリカ大使館はロータルがノルウェーで東ドイツの商務官として勤務していた当時の写真を提供してくれたが、レオポルドの恋人だった女性はその写真にまったく見覚えがないと言った。レイキャヴィクにあるドイツ大使館もロータルの写真を探し出したが、すでに一九七八年にドレスデンで獄死しているとわかった。罪名は二重スパイだった。

「戻ってきたのね」という声が後ろから聞こえ、エーレンデュルは振り返った。かすかに見覚えのある女性が後ろに立っていて、彼に笑いかけていた。

「ええと……」

「スンナです。エネルギー庁の水専門研究者の。この春ここで骸骨を見つけたのはわたしですけど、きっと憶えていないでしょうね？」

「いや、いま思い出した」

「あのとき、もう一人いましたよね」と言って、女性はあたりを見回した。

「シグルデュル＝オーリのことかな。彼はこの時間職場にいると思う」

「あの骸骨、身元がわかったんですか？」スンナという女性が訊いた。

「ああ。たぶん」

「新聞に出ていませんね」

「まだ何も発表していない。そちらはその後……？」

「ええ、元気です」

「一緒ですか？」とエーレンデュルは湖に石を投げて水切りをして遊んでいる男のほうを見た。

「ええ。この夏からの知り合い。それで、湖の男は誰だったんです？」

「長い話になる」エーレンデュルが言った。

「それじゃ新聞で読むほうがいいですね」

「ああ、そうしてくれれば」

「それじゃ、どうぞよろしく、もう一人の人に」

「ああ、さよなら」と言ってエーレンデュルは微笑んだ。

その場を動かずスンナが男のほうに戻るのを見ていた。そして二人が手を繋いで車のほうに戻り、レイキャヴィクの方向に車を走らせていくのを眺めた。

エーレンデュルは襟を立て、コートをきっちり体に巻きつけて湖の縁に立った。聖書の中の物語が頭に浮かんだ。トーマスという使徒の話だ。他の使徒たちはイエス・キリストが復活したのを見たと言い、それを聞いたトーマスはこう答えたという。「主の手に打ち込まれた釘の穴をこの目で見なければ、そして主の脇腹の傷をこの手で触らなければ、私は信じない」

トーマスは釘が打ち込まれた穴を見た。そして傷にも触った。だが、聖書のトーマスと違って、このトーマスはこれらの傷を見たとき、信じる心を失ったのだ。

「見ずして信じる者に幸あれ」とエーレンデュルはつぶやき、その言葉は北風に乗って湖上の空へ飛んでいった。

訳者あとがき

アイスランドの首都レイキャヴィクの警察官エーレンデュルを主人公とするシリーズの第四作『湖の男』をお届けする。第三作の『声』を翻訳してから二年以上も経っているので、読者に忘れられてしまっているかもしれないと心配しつつ、今回も作者アーナルデュル・インドリダソンの筆力に引っ張られて、夢中で翻訳した。シリーズを簡単に紹介すると、主人公はレイキャヴィク警察の犯罪捜査官エーレンデュル・スヴェインソン。いつも同じジャケットを着て、その下から古い手編みのヴェストが見えるような格好をしているさえない中年男、と本文で紹介されている。一人暮らし、電子レンジもろくに使えない寒々とした食生活。唯一の趣味が失踪者や山岳地帯の行方不明者の記録を読むこと。一緒に働いているシグルデュル=オーリは彼よりずっと若く、アメリカで犯罪学を勉強したこともある野心的な捜査官。そしてもう一人、料理研究家として料理本を出版するまでに腕を上げた（らしい）女性捜査官エリンボルク。今回も物語はこの三人を軸にして展開する。

レイキャヴィク近郊の湖クレイヴァルヴァトゥンで、ある日骸骨が見つかった。湖は近年の地震が原因で干上がっていて、骸骨はかつてはその湖の底に沈んでいたものらしい。頭蓋骨には強く殴られて空いたと思われる大きな穴があった。隠蔽されていた殺人事件か。骸骨は重そうな黒い箱にくくりつけられていた。箱の表面には擦り傷があり、ロシア文字がかすかに見える。箱は通信機器らしい。冷戦時代のスパイ合戦の道具か？　だとするとこの骸骨の正体は……？　検死官は骸骨を調べ、死亡時期は一九七〇年以前、男性のものと見当をつける。

冒頭からいきなり骸骨と謎の黒い箱が現れる。そして昔の事件の捜査ならエーレンデュルとばかりに、エーレンデュルにこの事件の捜査が回ってくる。これと並行して一人の男のモノローグが展開される。モノローグではあるが、同時にそれは男の追憶の記録でもある。男の中で現在と過去が入り混じる。男は遠い過去の出来事をきのうのことのように鮮明に覚えている。それはソヴィエト社会主義共和国連邦（ソ連）が一九二二年に誕生してから、第二次世界大戦を経て大きく変化したヨーロッパにおいて、ソ連を中心に共産主義をベースとして建国された東欧諸国の一つ、ドイツ民主共和国（東ドイツ）に男が留学した当時の記憶だった。

一方、エーレンデュルたちはクレイヴァルヴァトゥン湖で見つかった骸骨の正体を探るべく、地道な捜索活動を始める。アイスランドは人口約三十万人の小さな国。国土も日本の三分の一の面積しかない。そんな、みんながみんなを知っているような国で、一九六〇年から一九七五年の間に失踪した人間を一人一人チェックしていき、ようやく一人、不思議な消え方をしている人物を捜し当てる。

ここから先は読んでのお楽しみなので、筋を紹介するのは控えるが、話は冒頭で現れた骸骨の身元と黒い箱の正体を追跡するエーレンデュルたちの動きと、一九五〇年代にアイスランドから東ドイツに留学した男の追想が交互に記されて展開される。

ここで少し、第二次世界大戦後のアイスランドの置かれた状況を説明すると、アイスランドは戦中の一九四四年にようやくデンマークから独立したばかりで、第二次世界大戦終結後の一九四九年にイギリス、フランス、アメリカが中心になって創設した軍事同盟、北大西洋条約機構（NATO）のオリジナルメンバーの一国となった。アイスランドは当時も今も自国の軍隊を持っていない。地理的には大西洋の北にあって、片方にアメリカとイギリスを含む西側諸国、もう一方にソ連を中心にした東側諸国がある。アイスランドは、当時の東西冷戦下では「ワシントンとモスクワを結ぶ最短直線経路の真下に位置している」（『日本大百科全書』（小学館）より）軍事上重要な地点であり国だった。この『湖の男』は、アイスランドが〝鉄のカーテン〟との境目の微妙な位置にあって、国内外にスパイが跋扈《ばっこ》していた時代を題材にしている。

アイスランドの軍事状況を見てみると、第二次世界大戦中はイギリス軍とアメリカ軍が、その後は単独でアメリカ軍が、ソ連を睨みつけてケフラヴィクを中心にアイスランド全土に駐留していた。一九九一年のソ連崩壊後は次第にその軍事的意味合いがなくなった。この本の原書が発表された二年後の二〇〇六年にはついにアメリカ軍がアイスランドから引き上げるに至っている。その後もアイスランドは独自の軍事力を保持していない。過去に一度も徴兵制を施行したことがなく、近代的軍事力を持った経験はない。国土の防衛は警察と沿岸警備隊が受け持ち、国外に平和維持の目的で派遣されるアイスランド危機対応部隊は外務省に属するという。

アイスランドは終始一貫して軍隊を持たず地道な平和外交をしてきた。一九八六年にレイキャヴィクで行われたアメリカ大統領ロナルド・レーガンとソ連のミハイル・ゴルバチョフ書記長の歴史的な会談は、軍縮交渉そのものは決裂したが東西の冷戦終結のきっかけとなった。このレイキャヴィク会談を実現させたのは、当時アイスランドの大統領だったヴィグディス・フィンボガドッティルで、彼女は選挙で選ばれた世界初の女性大統領であり、国民の圧倒的支持を得て大統領として四期を勤め上げた稀代の女性政治家である。「小さな国にも平和のためにできることがある」というのはヴィグディスが史上初めてアメリカの大統領とソ連の書記長を同じテーブルにつかせた際の彼女の言葉である。

読者はこの本にロシアという国名が頻出することに気づくだろう。東ドイツが存在した時代、共産主義の本家の国名はロシアではなくソ連だったのだが、北欧ではその時代も一般的にロシア、ロシア人、ロシア語、ロシア製というふうにソ連という国名ではなくロシアという国名が使われていた。それで、原文でソ連と特記されているときはもちろんソ連と訳したが、それ以外はソ連時代であるにもかかわらず、原文にロシアと書かれていれば、そのまま生かしてロシアと表記したことを断っておきたい。

また原文では「東ドイツ共産党」となっているものは、日本での正式名（原語の直訳）は「ドイツ社会主義統一党」で、同じく「ハンガリー共産党」と本文にあるものは、当時は「ハンガリー勤労者党」（一九四八－五六年）であったが、これらも原文通りに訳したことを記しておきたい。また社会主義と共産主義は厳密に区別されずに書かれている。例えば独白部分で、本人が「自分がいまでも社会主義者であるとはっきりと自覚していた」と告白し、そのすぐ後に「自分は生涯共産主義の理想に向かって生きると確信していた」とある。原文通りに、統一せずに訳したことをお断りしておきたい。

この本の原書は二〇〇四年に出版されている。一九八九年にベルリンの壁が崩壊してから十五年、一九九一年にソ連がロシア連邦になってから十三年しか経っていない時に発表されたものである。旧体制の時代を憶えている人間がまだ大勢生きているときに、このような本を書き発表したインドリダソンの冷徹な目と勇気に敬意を表したい。第二次世界大戦後、ソ連が絶対的権力を握っていた時代に、共産主義の国において市民の自由な発言や行動が抑圧されていた状況が一人の留学生の目に映ったものとして書かれているが、いまこの本を読んで、このような自由の剝奪《はくだつ》と強権的な政治は過去のことで、自分たちの国にはないと言い切れる人がどれだけいるだろうかと思う。為政者が都合の悪いことは伏せ、あったことをなかったことにして恣意的に民を管理することは、自国が民主的で自由な社会であると多くの人が信じている二十一世紀のいまのほうが、むしろやりやすいのではあるまいか。

この夏、スウェーデンで運輸省の管理する国民の個人情報が「好ましからざる手（機関）に渡った」というニュースが流れ、運輸省の関連書類が公開されたとき、幾つもの行が黒塗りになっているのをスウェーデンのテレビで見て、驚いた。どこかで見たような……。日本と同じことがスウェーデンでも行われているのだ。関係する行政機関が責任逃れをいい、身をよじっている様子まで同じだった。

さて、今回の作品ではエーレンデュルの個人生活も少し変化を見せる。息子のシンドリ＝スナイルがこの第四作で初めて登場することに注目していただきたい。娘のエヴァ＝リンドはドラッグ中毒で、弟のシンドリ＝スナイルは十代のときからアルコールの問題を抱えているという情報はいままでもあった。レイキャヴィクを離れて田舎で働いていたというシンドリ＝スナイルだが、年齢は書かれていない。おそらく二十歳前後だろう。今回の巻でふらりと父親の前に現れる。エヴァ＝リンドのように父親に食ってかかったりはしないが、父親を醒めた目で見ている。姉のエヴァ＝リンドの唯一の理解者でもある。父親とも十分に対等に渡り合う、未知数の力をもつ若者だ。

そして前作の『声』で現れた検査技師の女性ヴァルゲルデュルもまたエーレンデュルの個人生活に少し変化を与え始めたようである。

末節ながら、私がこの『湖の男』の校正原稿に目を通しているのを見たこちらの友人が、「え！　あなた、アーナルデュルの翻訳をしているの！」と大騒ぎし、大興奮。なんでも彼の最新作 *Den som glömmer*（記憶を葬る人）〔二〇一六年スウェーデン刊ポケット版　原題 *Kamp Knox* 二〇一四年刊　未訳〕を読んだばかりという。アーナルデュル・インドリダソンは出身国のアイスランドではもちろんのこと、スウェーデンでも押しも押されもせぬ北欧ミステリの第一人者で、多くのファンがいることを今更ながら身近なところで確認した次第である。エーレンデュルを主人公としたレイキャヴィク警察シリーズはすでに十五作発表されている。

アーナルデュルの作品は三十カ国以上の言語に訳され、イギリスのＣＷＡゴールドダガー賞、スカンジナヴィア推理作家協会のガラスの鍵賞、スウェーデン推理作家アカデミーの最優秀翻訳ミステリ賞（マルティン・ベック賞）など国際的に認知されている多くの賞を受賞している。

今回の『湖の男』は二〇〇八年にフランスのPrix du Polar Européen（ヨーロッパ・ミステリ賞）を、二〇〇九年にアメリカのバリー賞で長編賞を受賞している。

二〇一七年七月　スウェーデンにて

柳沢由実子

文庫版に寄せて

二〇一七年に発行された『湖の男』がこのたび文庫本で改めて出版されることをとても嬉しく思います。『湖の男』はアーナルデュル・インドリダソンの四番目の邦訳作品で、これまでの三作がアイスランド国内の事件を扱っていたのと異なり、本編では現代のアイスランドと冷戦時代の東ドイツ――ドイツ民主共和国――が舞台となっています。そして、インドリダソン特有の、過去と現在の間を行きつ戻りつする手法で物語が展開されます。

首都レイキャヴィクの近くの湖でソ連の通信機と思われる黒い箱と、それにくくりつけられた骸骨が見つかり、捜査官エーレンデュルのチームは骸骨の身元を捜し始めます。行方不明被害届もない、明らかに数十年も前の殺人とみられるこの一件の捜査は、過去に遡《さかのぼ》って失踪者を探すエーレンデュルたちの地道な作業によって思わぬ展開を見せるのです。

社会主義を信奉する一人のアイスランドの若者が、東ドイツへ留学する。そして憧れの社会主義の国で暮らし、そこで予想だにしなかった事件に遭遇する。これは東ドイツが外国人留学生を受け入れて共産主義を喧伝していた時代の話です。それからおそらく二十年ほど後の一九八九年十一月、ベルリンの壁が若者たちのツルハシで叩き壊される衝撃的な映像がテレビを通して全世界へ送られ、東ドイツは崩壊しました。それに続いて、二年後の一九九一年にソビエト連邦が崩壊したこともこの小説の時代背景になっています。インドリダソンはこの小説であの激動の時代の始まりをこのアイスランドの若者の経験に凝縮させて描いています。この本は私たちに、冷戦時代は終わったが世界は変わったか、と問いかけている気がしてなりません。

二〇二〇年二月二日

柳沢由実子

本書は二〇一七年、小社より刊行されたものの文庫化である。

訳者紹介　1943年岩手県生まれ。上智大学文学部英文学科卒業、ストックホルム大学スウェーデン語科修了。主な訳書に、インドリダソン『湿地』『厳寒の町』、マンケル『殺人者の顔』『イタリアン・シューズ』、シューヴァル／ヴァールー『ロセアンナ』等がある。

検印
廃止

湖の男

2020年3月19日　初版

著　者　アーナルデュル・インドリダソン

訳　者　柳《やなぎ》沢《さわ》由《ゆ》実《み》子《こ》

発行所　(株)東京創元社

代表者　渋谷健太郎

162-0814/東京都新宿区新小川町1-5
電　話　03・3268・8231-営業部
　　　　03・3268・8204-編集部
URL　http://www.tsogen.co.jp
萩原印刷・本間製本

ISBN978-4-488-26606-6　C0197